DER FLUCH VOM GARDASEE

Alessandro Montano verbrachte viele Jahre am Gardasee und schrieb Kritiken für verschiedene Filmmagazine, bevor er in Bologna Filmgeschichte lehrte. Heute lebt er mit seiner Familie in Brescia. »Der Fluch vom Gardasee« ist sein zweiter Roman.

ALESSANDRO MONTANO

DER FLUCH VOM GARDASEE

Kriminalroman

emons:

Lust auf mehr? Laden Sie sich die »LChoice«-App runter, scannen Sie den QR-Code und bestellen Sie weitere Bücher direkt in Ihrer Buchhandlung.

Bibliografische Information der Deutschen Nationalbibliothek
Die Deutsche Nationalbibliothek verzeichnet diese Publikation in der Deutschen Nationalbibliografie; detaillierte bibliografische Daten sind im Internet über http://dnb.d-nb.de abrufbar.

© Emons Verlag GmbH
Alle Rechte vorbehalten
Umschlagmotiv: Montage aus Sabine Lubenow/Lookphotos; shutterstock.com/Loboda Dmytro
Umschlaggestaltung: Nina Schäfer
Umsetzung: Tobias Doetsch
Gestaltung Innenteil: César Satz & Grafik GmbH, Köln
Lektorat: Marit Obsen
Druck und Bindung: Prime Rate Kft., Budapest
Printed in Hungary 2022
ISBN 978-3-7408-0521-0
Originalausgabe

Unser Newsletter informiert Sie regelmäßig über Neues von emons:
Kostenlos bestellen unter
www.emons-verlag.de

Wir Clowns sind umso lästiger,
weil unser Widerstand lachend geschieht.

Dario Fo

1

Es könnte nicht besser sein, hatte er damals gedacht. Jetzt war es anders, und es war besser. Es wunderte ihn immer noch, um wie viel besser es war. Wie hatte er nur so blind sein können? Sein Leben war kein Leben gewesen, nur ein Dasein. Irgendwie abgerückt von allem, von der Welt, von sich selbst. Er hatte einiges durchstehen müssen, bis er endlich angekommen war, wo er sich jetzt befand: im Hier und Jetzt. Er war durch die Hölle gegangen. Erneut.

Was er auch erst jetzt verstand, war, wie viel Mut man brauchte, um sich selbst einzugestehen, dass man ein Opfer war. In seinem Fall »gewesen war«. Am Ende hatte er den Täter zur Strecke gebracht. Fast hätte er dabei sein Leben verloren. Er lächelte kaum merklich. Er hatte stattdessen ein neues Leben gewonnen. Und er mochte dieses Leben.

»Machst du noch weiter oder soll ich?« Martina stand in ihrer staubigen Latzhose vor ihm und wischte sich mit dem Handgelenk eine Haarsträhne aus dem Gesicht.

»Mmh?«

»Du stehst da wie bestellt und nicht abgeholt.«

Luca blickte auf den Presslufthammer in seiner Hand und dann auf den Mauerrest, den es noch zu zertrümmern galt.

»Man wird ja wohl noch mal Luft holen dürfen«, entgegnete er.

»Geht's dir gut?« Martina senkte die Stimme und kam näher.

»Sehr sogar.«

Sie lächelte zufrieden.

Martina arbeitete als Kommissarin bei der Polizei in Malcesine. Sie war ein Teil der Sonderkommission gewesen, mit der zusammen er einen Serienkiller gejagt hatte. Dabei hatten sie sich kennengelernt. Nun waren sie seit einem Jahr ein Paar und wollten zusammenziehen. Sie bewohnte ein kleines Apartment auf der Ostseite des Sees und Luca eine Wohnung in Pregasio oberhalb von Pieve auf der Westseite. Lucas Vermieter hatte ihm das Angebot gemacht, die Wohnung zu kaufen, und Luca hatte die Idee gehabt, die Nachbarwohnung, deren Mieter bald wegziehen würden, ebenfalls zu kaufen. Sie waren sich einig geworden, und nun sollten die beiden Wohnungen per Durchbruch miteinander verbunden werden. Alles war ein Durchbruch für Luca. Alles Schlechte, alles Dunkle und Problematische hatte er hinter sich gelassen. Jetzt kamen die guten Zeiten. Sonne, blauer Himmel, Martina und eine ungewisse, aber zweifellos positive Zukunft. Wenn sie mit den Renovierungsarbeiten fertig waren, würde er mit der Arbeit zu einem neuen Film beginnen. Er wusste noch nicht, worum es gehen würde, aber er verspürte Lust, die Kamera wieder in die Hand zu nehmen.

Luca Spinelli war ein gefragter Dokumentarfilmer, Mörder jagte er normalerweise nicht. Nur wegen seiner Filme, in denen er das Leben und die Menschen am Gardasee porträtierte, war er von Commissario Vialli als Berater in das Team der Soko berufen worden. Aber so eine Arbeit würde er nie wieder annehmen.

Er legte den Atemschutz um und setzte den Presslufthammer an. Nach einer Viertelstunde war der Mauerrest nur noch ein Schutthaufen. Roter Staub waberte durchs Zimmer und bewegte sich träge in Richtung der offenen Terrassentür.

»Geschafft!«, rief er, durch die Feinstaubmaske gedämpft, und hob triumphierend die Hilti in die Luft.

»Starker Mann«, sagte Martina bewundernd und lehnte sich dabei lässig auf eine Schaufel.

»Jaha, stark und verdammt gut aussehend«, bestätigte Luca und nahm den Atemschutz ab. Sein Gesicht war karminrot, bis auf die fast kreisrunde weiße Stelle um Nase und Mund.

Martina fing an zu lachen, sie deutete mit dem Finger auf ihn. »Du siehst aus wie ein Hund! Hübsche Schnauze.« Sie bog sich neben ihrer Schaufel.

»Lachst du mich aus?«

Sie konnte nicht reden, schüttelte nur den Kopf, ohne ihn anzusehen.

»Sieh mich an«, befahl er.

Wieder schüttelte sie den Kopf, und ihre Haare wirbelten wild umher.

»Ich …«, hob er an, als ihn ein Klopfen an der Tür unterbrach. Schmunzelnd ging Luca zur Haustür und öffnete.

Pasquale Vialli, der für die Polizei in Riva arbeitete, stand im Anzug und mit einem Strohhut auf dem Kopf vor ihm.

»Pasquale, schicker Hut. Du kommst wie gerufen«, sagte Luca, und sie schüttelten sich die Hände.

»Schminkt ihr euch Tiergesichter? Ich dachte, ihr renoviert?«

»Er sieht aus wie ein Bernhardiner«, wieherte Martina.

»Ja, das trifft es. Wie weit seid ihr?« Pasquale trat in die Mitte des Raumes und wedelte den Staub vor seinem Gesicht beiseite. Kritisch betrachtete er die Fortschritte.

»Tja, jetzt haben wir eine Wohnung mit zwei Eingangstüren.« Luca stellte sich neben ihn.

»Und habt ihr schon eine Ahnung, wie ihr die Zimmer aufteilt?«

»Wir werden die Küche drüben zu einem großen Badezimmer umfunktionieren, und die neuen Räume werden unsere Arbeitszimmer«, erklärte Martina.

»Sehr schön.« Pasquale nickte anerkennend.

»Warum bist du hier?«, wollte Luca wissen.

»Oh, ich wurde gerufen, weil es oben in Veluzzo vielleicht einen Selbstmord gibt.«

»Veluzzo, wo ist das?«, fragte Martina.

»Hier auf der Hochebene«, antwortete Pasquale.

»Noch hinter Prabione und Pra' da Bont«, präzisierte Luca.

»Kennst du dich da etwa auch aus?«, fragte Pasquale.

»Ich hab dort vor Jahren mal ein paar Leute interviewt. Ist ein sehr abgeschottetes Dorf. Kaum Tourismus, sehr ursprünglich.«

»Ja, ja, ich werd dann auch mal fahren. Man wartet auf mich. Wollte nur mal schnell bei euch reinschauen.«

»Schön, hat uns gefreut. Wenn du hinterher noch Zeit hast, komm wieder, dann können wir was zusammen essen.«

»Hier?« Pasquale blickte erschrocken auf den Schutt um sich herum.

»Für dich gehen wir natürlich in den Ort, damit du dich nicht schmutzig machst.«

Luca brachte Pasquale zur Tür.

»Du siehst mit dem Hut aus wie Jack Nicholson in ›Chinatown‹!«, rief er ihm nach, als Pasquale die Stufen hinunterging.

»Ist das gut oder schlecht?«

»Das ist … na ja, such's dir aus.«

Pasquale winkte und stieg in seinen schwarzen Alfa Romeo.

∗∗∗

Sie hatten fünfzehn Schubkarren Schutt aus der Wohnung die Treppe hinunter und in den auf dem Hof stehenden Container geschleppt. Verschwitzt und müde hockten sie nun auf der Terrasse und blickten in einen diffusen Sonnenuntergang, während sie immer mal wieder aus einer Flasche Wasser tranken.

»Meinst du, wir machen alles richtig?«, fragte Martina leise.

»Dieselbe Frage könnte ich dir auch stellen. Ich weiß es nicht. Aber es fühlt sich richtig an.«

Sie strich mit ihrer Hand über seinen schmutzigen Arm. »Was soll schon passieren?«

»Genau.«

Still lag der See unter ihnen. Nur noch vereinzelt sah man weiße Segel in dem leuchtenden Blau aufblitzen. Es war wieder leise. Nur das Klingeln in Lucas Ohren vom Meißeln des Bohrhammers war noch da. Aber bis morgen würde auch das vorüber sein.

Martinas Handy vibrierte.

»Ja?«, meldete sie sich und blickte dabei nach oben zu den rosa gefärbten Wolken.

»Ich bin's«, sagte Pasquale am anderen Ende der Leitung. »Ich möchte, dass ihr euch das anseht.«

»Was meinst du, Pasquale?«

»Den Tatort. Ich bin noch in Veluzzo.«

Martina sah Luca an. Er verstand sofort, dass es um nichts Gutes gehen konnte.

»Wir sind noch bei der Arbeit«, entgegnete Martina.

»Dann unterbrecht sie.« Er legte auf.

Martina ließ das Handy schlaff sinken.

»Ist mir egal, was er will. Wir machen es einfach nicht«, sagte Luca entschieden.

»Okay.«

Sie saßen weiter da und schauten auf die Berge, auf das Monte-Baldo-Massiv, auf dessen Kuppe sich langsam das Abendlicht senkte.

Es war ebenso atmosphärisch wie zuvor, doch das Telefonat stand zwischen ihnen wie ein Elefant. Man konnte es einfach nicht ignorieren.

»Verdammt«, fluchte Martina.

»Fährst du?« Luca folgte ihr mit dem Blick, als sie aufstand. Sie war die Polizistin, er war nur ein Filmemacher, der seine Wohnung renovierte. Aber ihr Schweigen beinhaltete deutlich die Aufforderung, sich ihr anzuschließen.

»Ich müsste duschen, sieh mich an«, meinte er mäkelig.

»Dann mach schnell.«

2

Sie hatten Martinas Jeep genommen. Lucas alter Flavia hätte auf den kurvigen Bergstraßen länger gebraucht. Veluzzo war ein von der übrigen Welt nahezu abgeschnittenes Bergdorf in einer Gegend, die einem Niemandsland glich. Hinter Pra' da Bont verlief die Via Leonardo da Vinci, ein tiefes, unzugängliches Tal umgehend, über Veluzzo bis Sermerio, das bereits auf der gegenüberliegenden nördlichen Seite des Tals lag. Veluzzo war vielleicht das ursprünglichste Dorf, das rund um den Gardasee noch existierte. Hier wohnten ausschließlich Einheimische, die von der Landwirtschaft lebten, und das größtenteils für den Eigengebrauch. Tourismus gab es nicht. Das Tal war ein unerschlossener Kessel, waldreich, felsig, steil. Luca hatte sich vorhin insgeheim gewundert, als Pasquale sagte, er sei auf dem Weg nach Veluzzo und deshalb komme er vorbei. Über Tignale wäre Pasquale mit Sicherheit schneller dort gewesen. Luca wischte den Gedanken wieder fort, denn es war ihm zu mühsam, Pasquale eine Absicht, über die er nur spekulieren konnte, zu unterstellen. Wenn es überhaupt Absicht gewesen war.

Er blickte durch die Frontscheibe auf die Schlucht auf Martinas Seite. Doch die schmalen Bäume, die die Straße säumten, versperrten vollständig den Blick in die Tiefe. Es war fast ärgerlich, nicht sehen zu können, was sich dahinter verbarg. Seit sie Cadignano passiert hatten, war ihnen kein einziges Auto mehr entgegengekommen. Martina fuhr recht zügig, sodass sie die Strecke in zwanzig, fünfundzwanzig Minuten zurücklegen würden. Trotzdem kam ihm die Fahrt endlos lang vor. Sie schwiegen wie vorhin auf dem Balkon, doch Luca hatte viele Fragen, die ihm im Kopf herumschwirrten, die zu stellen er sich aber nicht traute. Warum war er mitgefahren? Hatte er sich nicht heute Nachmittag erst geschworen, nie wieder in einer Polizeisache mitzumischen? Warum hatte Martina ihn dabeihaben wollen? War es, weil sie jetzt ein Paar waren? Weil sie seine Unterstützung brauchte? Oder hatte sie ähnliche Motive wie Pasquale? Aber welche waren das? Warum hatte er nicht einfach abgelehnt?

Ein klebriger, schwerer Kloß steckte plötzlich in seinem Hals. Er schluckte, aber es wurde nicht besser. Noch waren sie auf der Sonnenseite, doch hinter Sermerio würde es dunkel werden, und er fürchtete, dass sein ungutes Gefühl und der Kloß dann nur noch größer werden würden.

»Wann kommt es denn endlich?«, fragte Martina nach einer Weile.

»Hinter der nächsten Biegung geht es wieder bergauf, dann zweigt irgendwann eine kleine Straße in den Serpentinen ab.«

Es wurde dunkler, die Schatten wuchsen und ließen bald gar nicht mehr daran glauben, dass irgendwo hinter den Bergen noch die Sonne scheinen könnte. Kühler wurde es auch. Martina kurbelte am Lenkrad, als die Serpentinen begannen. Luca meinte, ganz entfernt eine Polizeisirene zu hören. Er fragte sich, warum sie das Radio nicht eingeschaltet hatten. Es hätte die Fahrt mit Sicherheit verkürzt und die Stille etwas erträglicher gemacht. Vielleicht hätte er dann die Sirene überhört. Doch jetzt war es zu spät, um es noch einzuschalten. Dort vorn tauchte schon das Hinweisschild auf. Man hätte es auch verpassen können, es war zur Hälfte von einem Ast verdeckt.

Luca streckte den Zeigefinger aus, und Martina setzte den Blinker. Die Straße, auf die sie nun kamen, war noch enger und holpriger. Steil ging es hoch, um zwei Kurven, über eine Brücke und in einen Wald hinein. Hinter einem Felsen, der mit Drahtgitter gesichert war, tauchte das Ortsschild von Veluzzo auf. Links der Straße, am Berghang, standen die ersten Häuser. Sie waren weiß gestrichen, doch bereits schmutzig und ergraut. Das Dorf schmiegte sich an den Berg, war mit ihm verwachsen und stapelte sich treppenartig am Fels nach oben. Sie folgten einer Linkskurve, und rechts endete die Leitplanke. Das einzige Restaurant oder Café des Ortes befand sich direkt an der Straße. Kaum dass es in Sicht kam, erkannten sie auch schon die ersten Polizeiwagen, die links in einer kleinen Gasse parkten, die sich eng zwischen den kleinen Häusern hindurchschlängelte.

Martina trat auf die Bremse, und sie blieben unentschlossen

in der Mitte der Straße stehen. Ein alter Mann tauchte gebückt im Türrahmen des Cafés auf. Sein Bart war ebenso grau wie die Häuserfassaden. Weit und breit war kein Parkplatz in Sicht.

»Fahr hier an den Rand und mach den Warnblinker an«, schlug Luca vor.

Martina quetschte den Jeep an den rechten Straßenrand. Die Reifen quietschten am hohen Bordstein.

Sie stiegen aus und betraten die Gasse, gingen an den Streifenwagen vorbei und immer höher hinauf, dorthin, wo man Stimmengewirr und klagende Laute von den Hauswänden widerhallen hören konnte.

Etwa zwanzig Meter weiter oben hatte sich eine Traube von Einheimischen gebildet. Leise und mit gesenkten Köpfen wurde miteinander gesprochen. Kinder standen auf den schmalen Balkonen zwischen aufgehängter Wäsche und starrten auf die Szene zu ihren Füßen.

»Buonasera«, grüßte Luca die Gruppe, die augenblicklich verstummte und ihn und Martina mit abschätzigen Blicken musterte.

»Polizei«, sagte Martina nur und zeigte ihren Ausweis vor.

Eine der Frauen deutete nach rechts in ein Gässchen. Die Häuser standen hier so dicht beieinander, dass man sich auf den Balkonen die Hand reichen konnte. Überall waren die hölzernen Fensterläden noch geschlossen. Aus einigen Häusern drangen Fernsehgeräusche, eine Frauenstimme sang, und die Wäsche über ihren Köpfen flappte im abendlichen Wind.

Luca und Martina passierten einen Hofeingang. Hinter dem bogenförmigen Holztor standen drei Männer beisammen und rauchten. Fünf Meter weiter hörten sie schnelle Schritte eine Treppe herunterkommen, und ein Carabiniere sprang auf die Straße. »Hier, bitte!«, rief er und winkte die beiden heran.

Luca sah nach oben. Pasquale stand mit versteinerter Miene auf einem der Balkone. Er hatte seine Anzugjacke ausgezogen, trug aber noch den Hut. Jetzt erkannte Luca das Lied, das von irgendwo aus einem Lautsprecher tönte. »O mio babbino caro«, eine Arie aus der Oper »Gianni Schicchi«. Eine seltsame Musik an so einem Ort, dachte Luca.

14

Martina ging voraus, und sie folgten dem Beamten in einen schummrigen Hausflur. Es roch nach gekochtem Fleisch, Knoblauch und Zigarettenrauch. Im Treppenhaus war es erstaunlich kühl. Die steinernen Stufen glänzten feucht.

»Es ist im ersten Stock«, informierte sie der Carabiniere und drehte sich dabei kurz zu Martina um. Unter seinen Armen und am Rücken waren Schweißflecken zu erkennen.

Je höher sie kamen, desto deutlicher trat ein weiterer Geruch in Lucas Nase. Ein Geruch, der ihm sagte: Geh nicht weiter, dreh einfach um und verschwinde aus dem Haus. So schnell du kannst. Die weinende Frau, wo immer sie sich auch befand, klagte und jammerte in einem fort und stieß Worte aus, die Luca kaum verstehen konnte.

Die rechte Tür im ersten Stock stand offen. Aus der Wohnung drang dieser fürchterliche Geruch nach Eisen, und auch die Arie, die inzwischen wieder von vorn begonnen hatte, kam von hier. Luca hielt sich unwillkürlich eine Hand vor die Nase. Noch im Türrahmen blieb er stehen.

»Da seid ihr ja«, sagte Pasquale, der aus einem der Zimmer auf sie zustrebte. »Ich möchte –«

»Pasquale, was wird das hier?«, hörte Luca sich aufgebracht fragen. »Ich weiß nicht, was ich hier soll. Das hier hat nichts mit mir zu tun. Ich bin kein –«

»Ich weiß, ich weiß«, fiel Pasquale ihm ins Wort. »Aber ich brauche euren Rat. Der Selbstmord ist kein Selbstmord, wie ihr euch ja denken könnt. Er ist … ungewöhnlich, will ich mal sagen.«

Keine zehn Pferde kriegen mich da rein, dachte Luca. Die Tür zu dem Raum, aus dem Pasquale gekommen war, stand offen wie ein Mund. Ein Mund, der ihm zurief, dass er verschwinden sollte.

»Er ist da drin.« Pasquale deutete mit dem Daumen über seine Schulter.

»Ich bleib hier im Flur«, stellte Luca fest und verschränkte die Arme vor der Brust.

Martina setzte sich langsam in Bewegung. »Ich geh mit«, flüsterte sie ihm zu und ging auf leisen Sohlen Pasquale hinterher.

Im Türrahmen stehend blieb ihr Blick an etwas haften. Sie gab einen erstickten Laut von sich und verschwand aus Lucas Sichtfeld. Die Musik spielte immer weiter. Das dritte oder vierte Mal inzwischen.

Luca war jetzt allein im Flur. Er musste einen Würgereiz unterdrücken, weil dieser verdammte Gestank in seine Nase drang wie eine dicke, breiige Flüssigkeit. Er wollte sich gar nicht ausmalen, woher er stammte. Dumpf konnte er die Stimmen von Martina und Pasquale unter der Musik vernehmen. Und aus der Küche kam ein Klappern. Er machte vorsichtig zwei Schritte und lugte um den Türrahmen herum. Der Carabiniere saß mit dem Rücken zu ihm auf einem Küchenstuhl, den Kopf gesenkt und schwer atmend. Von einem zweiten Carabiniere keine Spur. Luca zog sich zurück und horchte hinaus in den Hausflur. Die Stimme der Frau war schwächer geworden, nun konnte er auch die Stimme eines Mannes hören, der versuchte, die Frau zu beruhigen. Sie mussten in der Wohnung über ihnen sein. Aber diese ständige Musik machte einen fast verrückt. Warum konnte man das nicht endlich abstellen?

»Luca?«

Er fuhr herum. Martina stand in der Tür.

»Was ist?«

»Kannst du mal kommen?«

»Ich geh da nicht rein.«

Sie nickte, und Luca ging auf sie zu, stoppte aber eine gute Armlänge von ihr entfernt.

»Es ist ein Mann, man hat ihm die Kehle durchgeschnitten«, sagte sie. »Aber das ist nicht alles, der Mörder hat noch etwas hinterlassen.«

»So, was denn?«

»Sagt dir der Titel ›Das Dorf der Verdammten‹ etwas?«

»Nein, was soll das sein?«

»Ein Buch. Er hält es in seinen Händen.«

»Nein, keine Ahnung.«

»Okay.«

Sie wandte sich ab und ging zurück, wobei sie gut darauf achtete, wo sie hintrat. Luca wischte sich mit beiden Händen übers

Gesicht. Seine Nerven lagen blank. Jede Faser in ihm wehrte sich dagegen, auch nur eine Sekunde länger hierzubleiben, doch irgendetwas Unerklärliches in ihm wollte endlich sehen, was sich hinter der Tür verbarg. Dieser schreckliche Drang, alles mit eigenen Augen sehen zu müssen, im Moment konnte Luca ihn nur schwer unterdrücken. Er spürte schon, wie er sich gegen seinen Willen vorbeugte. Fast wäre er aus dem Gleichgewicht geraten, da machte er einen Schritt vorwärts, hielt sich mit der rechten Hand am Türrahmen fest und blickte auf die Szene in dem knapp fünfzehn Quadratmeter großen Raum. Das Lied wurde noch lauter. Die Schönheit der Musik war ein morbider Kontrast zu dem, was Luca vor sich sah.

An der gegenüberliegenden Wand stand die Balkontür offen, und die vergilbten, mit Flecken und Spritzern übersäten Vorhänge wurden vom Wind aufgebauscht. Rechts schaute man auf eine Anrichte aus dunklem Eichenholz mit einem alten Röhrenfernseher und einer Antenne obendrauf. Zu beiden Seiten des Bildschirms hingen Bilder an den Wänden. Die komplette Wand war bis zur Decke dunkelrot, fast braun gesprenkelt, die Bilder und die Personen darauf durch die zähe Flüssigkeit nahezu unkenntlich. Auch auf dem schwarzen Bildschirm klebten Rückstände wie von einer Fontäne verspritzt. Der Steinfußboden war mit verschiedenen Teppichen ausgelegt, in die eine große Menge Blut eingesickert war. Die Fasern hatten es nicht vollständig aufnehmen können, sodass es darunter wieder ausgetreten war und sich als Pfütze auf dem Stein weiter ausgebreitet hatte.

Die linke Wand wurde in der hinteren Ecke von einem Holzschrank begrenzt, der Geschirr oder Kleidung enthalten konnte, das ließ sich nicht genau sagen. Vor einem braunen Sofa mit zerschlissenem Bezug und einigen darauf drapierten Decken und Kissen stand ein Eichentisch. Der Mann lag rücklings auf der Tischplatte. Die Arme ausgebreitet, die Unterschenkel über die Tischkante hängend. Die Wunde an seinem Hals sah so fürchterlich aus, wie Luca sie sich nicht hätte vorstellen können. Wieder überkam ihn ein heftiger Würgereiz. Der Mund des Toten stand offen und sah ebenfalls wie eine Wunde aus. Seine Haut war grau und blutbefleckt.

Die Arie klang laut in Lucas Ohren, und endlich konnte er den Ursprung der Musik ausmachen: Es war ein kleiner zylinderförmiger Lautsprecher, der neben dem Kopf des Mannes auf dem Tisch stand. »Herrgott, kann man das nicht ausstellen?«, fragte er und wandte seine Augen von der Leiche ab.

»Nicht, bis die Kriminaltechnik hier war. Keiner fasst etwas an«, sagte Pasquale.

Luca wollte sich den Leichnam nicht noch mal ansehen, doch er musste zumindest einen Blick auf die Hände werfen. Sie waren vollständig mit Blut bedeckt, so als hätte der Mann sie darin eingetaucht. Jemand hatte sie auf Bauchhöhe über dem Buch übereinandergelegt, die Finger nicht verschränkt. Ein dunkelblauer Umschlag mit roter und gelber Schrift. Mehr konnte Luca nicht erkennen, und das wollte er auch gar nicht. Er wollte die Wohnung auf der Stelle verlassen.

Er rannte hinaus, die Treppe hinunter und stellte sich mitten in die Gasse. Tief sog er die Luft in seine Lungen. Die Übelkeit wurde nur wenig besser. Er spürte, wie seine Beine zu zittern begannen und den Dienst quittieren wollten. Er schaffte es noch, sich an der gegenüberliegenden Häuserwand abzustützen, und ließ sich daran hinabgleiten. Wie viel Zeit vergangen war, bis sich Schritte näherten und eine Hand ihn an der Schulter berührte, konnte er nicht sagen.

»Alles in Ordnung?«, fragte ihn eine tiefe Stimme.

Luca sah auf und erkannte verschwommen einen Mann mit Schnäuzer und einem Arztkoffer. Er nickte schwach und ließ den Kopf wieder sinken. Als Nächstes hörte er Schritte von mehr als einer Person. Metallene Koffer schepperten. Männerstimmen. Die Frau im oberen Stockwerk wimmerte nur noch leise. Und über allem schwebte wie ein trauriger Paradiesvogel die Arie »O mio babbino caro«, »Oh, mein lieber Papa«, so als beweinte die Sängerin ihren toten Vater.

Luca blickte abermals auf. Die Männer von der Kriminaltechnik standen vor dem Haus und zogen sich ihre weißen Anzüge und Fußstulpen an. Zu seiner Rechten lugten neugierig die drei Männer aus der Toreinfahrt. Einer nahm den letzten Zug von seiner Zigarette und warf den Stummel in den Rinnstein. Sein

Blick fiel auf Luca, und es fühlte sich an, als würde er von seinen schwarzen Augen durchbohrt werden. Dann zog er sich zurück und verschwand im Schatten. Martina kam einige Minuten später zu ihm und reichte ihm eine kleine Wasserflasche. Es war ihm ein Rätsel, wo sie die aufgetrieben hatte, aber er nahm sie dankbar an und trank.

»Besser jetzt?«

»Ja, danke.«

»Tut mir leid«, sagte sie bedrückt.

Luca glaubte, dass sie damit die Tatsache meinte, dass sie ihn genötigt hatte, mit ihr zu kommen, weshalb er das da oben hatte sehen müssen. Er ärgerte sich darüber, nicht einfach zu Hause geblieben zu sein, und er ärgerte sich über Pasquale, der ihm so etwas zugemutet hatte.

»Können wir gehen?«, fragte er.

Martina blickte hoch zum Balkon.

»Wir warten noch kurz auf Pasquale«, sagte sie.

Unzufrieden über die Antwort, nahm Luca einen weiteren Schluck aus der Flasche. Da verstummte die Musik. Der Paradiesvogel war verschwunden, so abrupt, als hätte ihn jemand vom Himmel geschossen. Beide schauten überrascht nach oben.

»Endlich«, sagte Luca erleichtert.

Wenige Sekunden später trat Pasquale aus dem Haus. Es war inzwischen so dunkel, dass die schmutzig-orangefarbenen Laternen zu leuchten begonnen hatten.

»Da seid ihr ja«, sagte er kleinlaut und stellte sich mit Hut und Jackett über dem Arm zu ihnen. »Vielleicht hätte ich nicht anrufen sollen.«

»Ja«, meinte Luca angefressen.

»Tut mir leid, aber ich … ich dachte, ich könnte euren Rat gebrauchen. So etwas sehe ich auch nicht alle Tage. Die Umstände sind …« Er wusste offenbar nicht, wie er den Satz beenden sollte. Das Zimmer da oben sprach für sich.

Luca rappelte sich wieder auf. »Und jetzt?«, fragte er.

Pasquale sah von ihm zu Martina. »Können wir irgendwo reden?«

Martina zuckte unbestimmt mit den Schultern. Ihr war es

unangenehm zu antworten, weil sie wusste, dass Luca hier weg-
wollte.

»Es gibt ja nur ein Café hier, aber immerhin. Ich brauch jetzt
'nen großen Grappa«, sagte Luca.

»Okay, ich geb einen aus«, entgegnete Pasquale erleichtert.

»Was anderes käme auch nicht in Frage.«

»Wir sind hier ohnehin nicht erwünscht, solange die weißen
Jungs da oben zu tun haben«, sagte Pasquale und legte Luca eine
Hand auf die Schulter.

»So, wie's da aussieht, sind die zwei Tage zugange«, sagte
Martina. Sie nahm noch kurz das Schloss der Haustür in Augenschein, bevor sie sich an die Fersen der Männer heftete.

Das Café trug den naheliegenden Namen »Café Veluzzo«.
Von den beiden Tischen, die draußen vor der Tür standen, war
nur einer besetzt. Ein alter Mann mit wettergegerbtem Gesicht
und dunkelbrauner Haut saß hier. Drinnen gab es weitere vier
Tische und die Bar. Hinter dem Tresen schmückten ein Spiegel
mit Martini-Schriftzug und vermutlich selbst gezimmerte Holz-
regale mit nur wenigen Spirituosen den Raum. Die Kaffeemaschine hatte schon bessere Tage gesehen und war nicht sonderlich
gepflegt, wie alles hier.

»Lass uns rausgehen«, bat Luca, der immer noch frische Luft
brauchte. Pasquale bestellte bei der Besitzerin, einer Frau in
einem roten Kleid mit rotbraunen, grau melierten Haaren, die
drei Grappas.

»Buonasera«, grüßte Luca den Alten, »ist der Stuhl noch
frei?«

An jedem Tisch standen nur zwei Stühle.

»Chi, Chi«, erwiderte der Alte mit weichem, zahnlosem
Mund und schmatzte dreimal.

»Mille grazie.« Luca nahm den Stuhl, und sie quetschten sich
zu dritt an den kleinen Holztisch. So, wie die Gläser gefüllt
waren, hatte Pasquale Doppelte oder Dreifache bestellt.

Pasquale hob sein Glas. »Salute.« Mit einem großen Schluck
leerte er es. Luca und Martina wunderten sich stillschweigend
und tranken ihre nur zur Hälfte aus. »So eine Scheiße hatte ich
nicht erwartet«, brummte Pasquale und drehte das leere Glas

zwischen seinen Fingern. »Die Frau, die die ganze Zeit geheult hat, hatte die Leiche gefunden und die Polizei gerufen. Ich weiß gar nicht, wer auf Selbstmord gekommen ist. Was für eine Sauerei.«

»Ist sie seine Frau?«, fragte Martina.

»Keine Ahnung. Der Carabiniere hat all seine Kraft aufbringen müssen, um sie halbwegs zu beruhigen. Sie schläft jetzt wohl.«

»Und der Mann?«, wollte Luca wissen. »Weißt du etwas über ihn?«

»Ja, von den Nachbarn. Michele Nunzetti, achtundfünfzig Jahre alt.«

»Fehlt was in der Wohnung?« Martina blickte in ihr Glas. »Die Tür unten war nicht aufgebrochen, ebenso wenig wie die oben.«

»Kann ich nicht beurteilen. Nach Einbruch sah es nicht aus, du hast recht. In der Wohnung waren auch keine Schubladen oder Schranktüren geöffnet. Der Kerl lag einfach nur so da.«

»In diesem Ort kennt jeder jeden. Wir könnten die Besitzerin des Cafés nach dem Mann befragen«, meinte Luca und nippte am Grappa. Der Alkohol brannte in seiner Kehle und im Hals, erzeugte aber eine wohlige Wärme im Magen.

»Signora«, rief Pasquale, und die Dame kam – so als hätte sie nur darauf gewartet – mit der Grappaflasche nach draußen. Sie bediente zuerst den Alten und trat dann an ihren Tisch. »Noch eine Runde«, sagte Pasquale und ließ seinen Finger über den Gläsern kreisen.

Sie schenkte nach.

»Sagen Sie, kennen Sie den Mann, der heute gestorben ist? Können Sie mir etwas über ihn sagen?«

Sie blickte ihn an. Ihre Miene zeigte deutlich, dass sie nicht ein Wort mit ihm wechseln würde.

»Ich kenne Sie«, sagte sie an Luca gewandt.

Er sah überrascht auf. »Sie erinnern sich an mich? Es ist Jahre her, dass ich hier war.«

»Es kommen nicht viele Fremde zu uns.«

»Ja, richtig. Ich habe damals für einen Film recherchiert.«

»Das haben Sie gesagt. Und ist er fertig?«

»Ja, er … er ist vor fünf oder sechs Jahren rausgekommen. Manchmal zeigen sie ihn im Fernsehen. Aber meist sehr spät.« Sie lächelte. Zumindest hielt Luca es für ein Lächeln. »Michele Nunzetti. Er war Bauer und hat eine kleine Ziegenherde oben in den Bergen«, sagte sie unvermittelt.

»Oh. Danke«, sagte Pasquale. »War er verheiratet?«

»Nein, die Frau ist seine Schwester.« Damit ging sie wieder hinein. Die drei wechselten einen vielsagenden Blick und hoben ihre Gläser.

»Salute.« Luca prostete dem Alten am Nebentisch zu.

»Chalute«, kam es zurück.

»Man kennt dich also hier«, flüsterte Pasquale. »Hat der Alte damals auch schon dort gesessen?« Er lächelte und zwinkerte Luca zu.

»Ja, hat er«, erwiderte Luca und trank sein Glas aus.

3

Sie fuhren nach Hause. Der Himmel war sternenklar und der zunehmende Mond nur eine schmale silberne Sichel. Am Boden war es stockfinster, die Scheinwerfer die einzigen Lichtquellen. Die Fahrbahn hatte keine Markierung in der Mitte, und Martina saß angestrengt hinter dem Lenkrad, den Blick konzentriert auf die Straße gerichtet, mit leicht geröteten Augen nach den zwei Grappas. Luca schaltete das Radio an. Diesmal wollte er es richtig machen.

»Wenn ich fahren soll, musst du Bescheid sagen«, bot er an.

»Geht schon«, sagte sie.

Im Radio lief ein alter Song von Loretta Goggi. Als die Gitarre einsetzte, schaltete Martina sofort lauter. »Gott, ich liebe dieses Lied«, schwärmte sie.

Luca mochte es auch. »Maledetta primavera«, »Verfluchter Frühling«, ein Klassiker.

Tja, irgendwie war es letztes Jahr tatsächlich ein verfluchter Sommer für ihn, für sie beide gewesen. Und jetzt, nachdem sich endlich alles beruhigt hatte, schien es wieder von vorne zu beginnen – mit dem Zimmer voller Blut, in dem sie eben noch gestanden hatten.

Martina begann lauthals mitzusingen und klatschte mit dem Handrücken gegen sein Bein. »Na los, mach mit!«

Und dann sangen sie gemeinsam den verfluchten Frühling im Radio mit. Allein auf einer finsteren Landstraße im Niemandsland der Berge über dem See. Die Fenster waren heruntergekurbelt, und ihre Stimmen hallten durch das Tal.

***

Am Morgen erwachten sie wie mit einem Kater. An den zwei Grappas konnte es nicht liegen, Luca machte den Stress dafür verantwortlich.

»Ich will gar nicht aufstehen«, jammerte Martina. In der

Wohnung roch es nach Steinstaub. Egal, wie gut man die Türen abklebte und mit Folie abdeckte, der Staub fand immer einen Weg. »Heute ist mein letzter freier Tag. Morgen muss ich wieder aufs Revier«, ergänzte sie. »Wir müssen heute noch richtig viel erledigen.«

Luca sah sie an. So lange und intensiv, dass sie lachen musste. »Was ist?«

»Alles ist besser mit dir. Mir ist egal, ob ich in einem Schutthaufen aufwache oder ob so etwas passiert wie gestern. Hauptsache, du bist da.«

Als Antwort bekam er einen Kuss von ihr, und er meinte, Tränen auf ihren Wangen zu spüren.

Sie standen auf, duschten, holten Brötchen vom Supermarkt und frühstückten auf einem der Balkone, die nun beide ihnen gehörten. Dann machten sie sich an die Arbeit.

Während sie den Container draußen füllten, wartete Luca insgeheim darauf, dass Pasquale anrief. Gestern Abend hatten sie alle ein wenig unter Schock gestanden, und die Meinung, wegen der Pasquale um ihre Anwesenheit gebeten hatte, stand noch aus. Aber er rief nicht an. Martina überprüfte mehrere Male ihr Handy, doch sie blieben den ganzen Tag unbehelligt.

»Jetzt müssen wir eigentlich nur noch den Teppich rausreißen, dann können wir mit dem Dielenboden anfangen«, sagte Luca, die Hände in die Hüften gestützt, ihr Tagewerk betrachtend.

»Dazu müssen wir uns erst mal auf eine Diele einigen«, stellte Martina fest.

Luca sah auf die Uhr. »Fünf. Das wird heute ohnehin ein wenig knapp.«

»Dann gehen wir duschen und danach irgendwo schön essen.«

Sie hatten beide Lust, direkt am Wasser und inmitten von Menschen zu sein, nahmen daher die Touristenströme und überteuerten Preise in Kauf und fuhren nach Limone. Sie parkten oben an der Hauptstraße in einem Parkhaus und gingen dann Hand in Hand zu Fuß in den kleinen Ort hinunter. Aus den Geschäften, die wie Höhlen in den alten Steinmauern saßen, leuchtete und funkelte es in allen Farben. Die Lichter spiegelten sich auf dem Wasser des abendlich dunklen Sees. Man hörte

Stimmen aus aller Herren Länder, kleine Wellen, die gegen das Hafenbecken und gegen Boote schwappten, Geschäftsbesitzer boten ihre Waren an oder hielten einen Plausch mit dem Nachbarn. Es war ein spätsommerlich warmer Abend, hier unten natürlich noch mehr als oben in den Bergen.

Martina und Luca ließen sich treiben. Erst gegen halb zehn entschieden sie sich für einen schönen Platz vor einem kleinen Restaurant. Von hier sah man direkt auf das Wasser, auf die nach links weiterführende Hafenpromenade und, wenn man sich umdrehte, auf die Berge, die sich in ihrem Rücken auftürmten. Sie bestellten und warteten bei einem Glas Weißwein auf das Essen. Aus dem Restaurant schepperte etwas blechern die Stimme von Eros Ramazotti, und von einem benachbarten Gasthaus klangen Mandolinenklänge zu ihnen herüber.

Malcesine auf der anderen Seite des Sees glitzerte im typischen orangefarbenen Licht der Promenaden.

»Hast du Heimweh nach drüben?«, fragte Luca mit einem Lächeln, doch insgeheim befürchtete er, dass Martina tatsächlich mit Wehmut hinüberschaute.

»Ob ich hier sitze und rüberschaue oder drüben sitze und hier herüberschaue, ist egal. Es ist beides wunderschön, und ich genieße es.«

Luca hoffte, dass das der Wahrheit entsprach. Martina streckte ihre Hand über den Tisch, und Luca legte seine in ihre. Da hörte er es. Es kam mit einer Brise von weiter oben zu ihm herübergeweht. Das Lied »O mio babbino caro«. Er merkte, wie ihm das Blut aus dem Gesicht wich und eine plötzliche Übelkeit in seinen Magen fuhr. Sogleich zog er, wie von einem Stromschlag getroffen, seine Hand zurück.

Martina blickte ihn verwundert an. Sie hatte es wohl noch nicht gehört. Luca setzte sich kerzengerade auf.

»Hörst du es auch?«

»Was meinst du?«, fragte sie irritiert.

»Hörst du's nicht?«

»Nein, was denn?«

Luca stand auf und versuchte zu lokalisieren, woher die Musik kam.

»Ich bin gleich wieder da. Alles in Ordnung«, sagte er. Dass aber eben *nicht* alles in Ordnung war, war offensichtlich.

Er ließ Martina in Sorge und Ratlosigkeit an ihrem Tisch sitzen und eilte den Klängen hinterher. Er ging durch eine tunnelartige Passage und kam zu einer kleinen Kreuzung, von der drei Wege abzweigten. Luca horchte angestrengt und schlug den linken Weg ein, eine steile Gasse, die an verschiedenen Souvenirläden vorbeiführte. Er sah nach oben zu den Wohnungen und Balkonen und passierte dabei das letzte Geschäft, ohne die Quelle zu finden. Im nächsten Haus standen im Erdgeschoss die Fensterläden offen. Von dort musste die Musik kommen.

Er machte zwei schnelle Schritte und konnte durch ein geöffnetes Fenster in eine Küche blicken. Auch die Haustür stand offen, also ging er hinein und betrat die fremde Küche. Eine Frau in den Vierzigern mit Kopftuch und einer Schürze bekleidet sah ihn erschrocken an. Auf dem Herd kochte etwas in zwei alten, verbeulten Töpfen. Am Küchentisch unmittelbar links neben dem Fenster saß ein alter Mann in braunen Stoffhosen und Unterhemd, er hielt eine Zeitung in den Händen. Auf der Anrichte neben ihm stand ein Radio, aus dem die Arie aus Puccinis Oper drang. Luca wunderte sich noch, dass er die Callas erkannte, während er nur dastand und sich nicht rühren konnte.

»Was wollen Sie?«, fragte die Frau.

Der alte Mann war nur wenig überrascht. Er musterte Luca, als würde der jeden Tag um diese Zeit hier hereinschneien.

»Scusi, es tut mir leid. Ich … ich habe mich im Haus geirrt«, stotterte Luca und ging rückwärts wieder hinaus.

Als er auf die Straße trat, endete die Arie. Zwei Moderatoren übernahmen das Mikrofon und schwärmten lautstark von dem Klassiker und von Maria Callas' Darbietung.

Luca war sein Verhalten so unangenehm, dass er als Entschuldigung am liebsten gleich ein Geschenk für Martina gekauft hätte. Doch er zog es vor, so schnell wie möglich zurückzulaufen und ihr alles zu erklären.

Martina stand kerzengerade am Tisch und blickte suchend in seine Richtung, ein besorgter Kellner, der gerade das Essen serviert hatte, trat unschlüssig neben ihr von einem Fuß auf den anderen.

»Tut mir leid«, rief Luca ihr entgegen. »Wirklich, es tut mir leid, ich hab … Ich weiß auch nicht, was in mich gefahren ist. Das war ganz und gar unpassend. Entschuldige bitte.« Er nickte dem Kellner freundlich zu und nahm Martina in den Arm. Sie zitterte. Die anderen Gäste starrten.

»Tu so was nie wieder«, flüsterte sie, als sie sich aus der Umarmung löste.

Luca räusperte sich. Sein Gesicht glühte jetzt.

»Was war denn bloß los?«, fragte sie leise und nahm das Besteck zur Hand.

»Ich dachte, ich hätte etwas gehört.«

»Und deshalb springst du auf wie ein Verrückter?«

»Ich weiß, es war dumm von mir.«

»Dumm ist gar kein Ausdruck. Was soll denn das gewesen sein?«

Luca stockte. »Das Lied«, sagte er tonlos. »Das Lied, das oben in dem Zimmer in Veluzzo spielte.«

Sie hielt kurz in der Bewegung inne und schnitt dann ihr Bistecca an.

»Das passt ja«, meinte sie mit belegter Stimme, ohne ihn anzusehen.

»Bitte?«

»Pasquale hat gerade angerufen. Er will uns sehen.«

»Heute Abend noch?«

»Ich hab ihm gesagt, dass wir nach dem Essen nach Riva ins Polizeirevier kommen.«

Luca erwiderte nichts. Der Abend, so schön er angefangen hatte, hatte sich zum Gegenteil entwickelt. Es war nichts mehr so wie vor wenigen Momenten noch. Und zwischen ihm und Martina lag eine bislang unbekannte Kühle.

***

Die Fahrt verbrachten sie wieder einmal schweigend, doch das Radio lief. Martina hatte es eingeschaltet.

Das Essen lag Luca schwer im Magen. Als sie um halb elf Riva erreichten, berichteten die Nachrichten von einem Todesfall im Gebiet von Tignale. Es musste sich um den Fall in Veluzzo handeln, wegen dem sie nun hier waren.

Nachdem sie von zwei Beamten anhand ihrer Ausweise überprüft worden waren, durften sie passieren und gingen Schulter an Schulter durch die verlassenen Gänge bis zu dem Raum, in dem sie sich das erste Mal gesehen hatten. Als sie vor der Tür standen und eintreten wollten, hielt Luca Martina am Arm zurück.

»Martina …«

Sie sah ihn an und konnte sich ein Lächeln nicht verkneifen.

»Herrje, hast du ein schlechtes Gewissen«, sagte sie.

Er war überrascht und froh zugleich, diese Worte zu hören.

»Nein, überhaupt nicht. Ich wollte nur …« Er küsste sie, und in dem Moment ging die Tür auf. Pasquale stand vor ihnen.

»Ihr zwei. Ich hatte Geräusche gehört und mich gewundert, was hier draußen los ist«, sagte er. »Wie zwei Teenager, wirklich.« Er schüttelte tadelnd den Kopf.

»Ich frage mich, was du um diese Zeit von zwei Teenagern wollen könntest«, konterte Martina.

»Kommt rein und setzt euch. Wenn ihr was trinken wollt, Wasser steht dort drüben.«

Pasquale hatte zwei Tische zusammengeschoben. Seine Notizen und eine Akte lagen bereit, außerdem lief der Beamer, was nach Lucas Ansicht nichts Gutes bedeutete.

»Wir hatten ein schönes Abendessen genießen wollen, bis du anriefst«, beschwerte sich Martina.

»Euch den Abend zu ruinieren, lag nicht in meiner Absicht«, sagte er und nahm Platz.

Luca und Martina setzten sich ihm gegenüber, mit Blick zur Tafel. Pasquale stützte seine Unterarme auf die Tischplatte, faltete die Hände und blickte sie ernst an. Luca kannte diesen Ausdruck, und Martina mit Sicherheit auch. Sie waren nicht nur gekommen, um ganz unverbindlich Informationen zu erhalten.

»Ich weiß, dass wir alle gerade andere Dinge im Kopf haben. Ihr zieht um und renoviert, Franco hat einen Mordfall in Brescia am Hals, und Tomasio unterzieht sich einem Gesundheitscheck.«

»Was hat er denn?«, wollte Luca wissen. Tomasio war sein Kinderfreund aus alten Tagen und Commissario in Malcesine. Er arbeitete mit Martina zusammen und hatte im letzten Sommer genau wie sie, Luca und Franco zur von Pasquale einberufenen Sonderkommission gehört. »Wusstest du davon?«, fragte er Martina.

Sie senkte den Blick.

»Also alle wissen es, nur mir sagt keiner was«, konstatierte Luca. »Was bedeutet, dass es was Ernstes ist, richtig?« Er blickte die beiden auffordernd an. »Sagt ihr mir jetzt bitte, was los ist?«

Martina ließ sich als Erste erweichen.

»Er wollte nicht, dass du dir Sorgen machst.«

»Prima, das klingt ja toll. Ist es Krebs?«

»Man weiß noch nicht genau, was dahintersteckt. Er hat oft Schwindelanfälle und manchmal Erinnerungslücken. Morgen machen sie ein CT.«

Luca neigte enttäuscht den Kopf. »Und ihr hattet beide nicht den Anstand, mir etwas zu sagen?«

Schweigen erfüllte den Raum. Nur das sonore Summen des Beamers war zu hören.

»Na gut, jetzt ist es ja raus«, meinte Luca. »Dann lasst uns mit dem beginnen, weswegen du uns hierher beordert hast.«

Pasquale fühlte sich nicht wohl, er war jetzt in einer defensiven Position, was ihm sichtlich missfiel. Er verzog den Mund und knetete seine Hände.

»Mir ist, wie schon gesagt, bewusst, dass unsere Sonderkommission sich aufgelöst hat und wir alle anderes um die Ohren haben. Dennoch möchte ich euch bitten, mir erneut quasi beratend zur Seite zu stehen. Ich schätze eure Meinung und finde diesen Fall sehr ungewöhnlich. Versteht ihr, was ich meine?« Er blickte ihnen ein wenig hilfesuchend in die Augen.

Martina nickte nur.

»Also nichts Offizielles, meinst du das?«, hakte Luca nach.

»Richtig. Es wird keine Sonderkommission oder dergleichen geben. Es ist mein Fall, ich werde ihn bearbeiten, allerdings möchte ich nicht auf eure Kompetenzen verzichten.«

»Pasquale, ich bin nur ein Filmemacher, wie du weißt. Und

unsere Zusammenarbeit im letzten Jahr war für mich eine einmalige Angelegenheit. Ich möchte mit Mord und Totschlag nichts mehr zu tun haben«, erklärte Luca ruhig.

»Das verstehe ich vollkommen«, sagte Pasquale, »aber gerade dich wollte ich bitten, vielleicht mal auf unverfängliche Weise mit ein paar Leuten zu sprechen. Dort oben sind alle sehr zugeknöpft, mir erzählt keiner mehr als das Nötigste.«

Martina warf Luca einen raschen Seitenblick zu. Sie war offenbar neugierig, wie er reagieren würde. Luca ließ sich Zeit mit seiner Antwort und starrte nachdenklich auf die Tischplatte. Er dachte an die Besitzerin des Cafés und war sich sicher, dass sie Pasquales Beweggrund war, ihn einzubeziehen.

»Du kannst ja noch mal eine Nacht drüber schlafen. Martina, dich bitte ich als Kollegin mit Erfahrung beim Erstellen von Täterprofilen. Ich hab die Tatortfotos hier, und ein paar Neuigkeiten haben wir auch rausgefunden. Ist allerdings nicht viel. Die Kriminaltechnik wertet bestimmt noch eine Woche lang die Spuren aus.«

»In Ordnung«, sagte sie kurz und wandte sich an Luca. »Willst du schon gehen?«

»Nee. Macht ihr mal, ich schau einfach aus dem Fenster.« Luca stand auf und zog eine der Jalousien hoch, sodass er auf den Parkplatz und das dahinterliegende Riva sehen konnte.

»Soll ich dir die Bilder zeigen und erläutern, was wir daraus bis jetzt für Schlüsse gezogen haben?«

»Lass mich erst mal nur die Fotos sehen, ich mach mir gern mein eigenes Bild.«

Luca musste schmunzeln, das war typisch Martina. Er hörte, wie Pasquale seinen Laptop hochfuhr und einige Dateien anklickte. Dann wurde es still. Er betrachtete weiterhin die beleuchteten Häuser der Stadt. Auf einmal verblasste das Grün der Palmen, zwischen denen die Lichter wie goldgefüllte Schatztruhen funkelten, und eine andere Farbe und merkwürdige Konturen brachen in dieses Bild ein. Eine zweite Welt schien sich auf die erste zu legen. Es war die Reflexion eines der Tatortbilder auf der Scheibe. Er erkannte das Zimmer wieder. Die befleckten Bilder an der Wand. Luca drehte sich um und blickte auf die

Tafel. Jetzt waren Fotos der blutbespritzten Wand und anschließend vom Fernsehbildschirm zu sehen. Es folgten Aufnahmen der Teppiche und der Blutlache am Boden. Luca glaubte, den Geruch von Blut wieder in der Nase zu haben. Dann warf der Beamer Fotos des Opfers an die Wand.

Der abgelichtete Tod war furchtbar schmutzig, fand Luca, der verstorbene Mensch hatte völlig seine Würde verloren. Es war fast so, als läge dort nur eine beschmierte, kaputte Körperhülle. Er wandte sich ab, weil er den Anblick nicht länger ertragen konnte. Um sich abzulenken, nahm er sein Handy zur Hand.

»Wie war noch gleich der Titel des Buches?«, fragte er.

»›Das Dorf der Verdammten‹«, hörte er Pasquale sagen, »von einem gewissen Giovanni Sicaro.«

Luca gab den Titel ein und erhielt nur einen Treffer, doch das Cover wich von dem Einband ab, den er gesehen hatte, und das Buch war auch nur als E-Book erhältlich. Also gab er den Namen des Autors ein. Auch hier fand er nur unzulängliche Ergebnisse. Sicaris oder Sicuros gab es mehrfach als Facebook-Profile, aber ein Sicaro war nicht dabei.

»Das Buch existiert nicht«, sagte er.

»Ja, aber es ist 1986 gedruckt worden und lag in den Händen des Opfers.«

»Wie ist der Name des Verlags?«

»Bretone.«

Luca tippte den Namen ein.

»Das ist eine Hunderasse.«

»Ich dachte, Pferde«, warf Martina ein.

»Ja, auch. Aber kein Verlag.«

Luca suchte weiter, jedoch ohne Ergebnis.

»Wir sind durch, du kannst dich umdrehen«, informierte ihn Martina. Luca setzte sich wieder zu ihnen.

Pasquale kopierte die Bilder auf einen Stick und reichte ihn Martina. »Also, was denkst du?«, fragte er, lehnte sich zurück und verschränkte die Arme hinter dem Kopf.

»Auf der linken Wand hinter dem Sofa gab es so gut wie keine Blutspuren«, resümierte Martina. »Das Opfer stand also mit dem Gesicht zur rechten Wand. Vielleicht eher noch dem Balkon zugewandt, weil dort die höchsten Blutspritzer zu sehen waren. Es ist eher unwahrscheinlich, dass der Täter sein Opfer von vorn angriff. Er wird entweder direkt hinter ihm und damit vor dem Tisch gestanden haben oder hinter dem Tisch. Das Opfer wog zwischen siebzig und achtzig Kilo, schätze ich. Er musste also einige Kraft aufwenden. Ich würde daher auf einen Mann tippen. Der Schnitt selbst ist relativ gerade, ich kann mich anhand der Bilder jedoch nicht festlegen, ob er von links oder rechts gesetzt wurde. In jedem Fall ist es so, wie das Opfer lag, unwahrscheinlich, dass der Täter direkt nach dem Schnitt von ihm abgelassen hat. Der Mann hätte sich im Ringen um sein Leben bewegt und wäre nicht einfach rücklings umgefallen. Ich schätze, er hat das Opfer während des Todeskampfes festgehalten und dann abgelegt. Anschließend drückte er ihm, aus welchen Gründen auch immer, das Buch in die Hand.«

»Sehr gut beobachtet«, sagte Pasquale. »Das deckt sich in etwa mit dem, was die Techniker und ich bislang rekonstruiert haben.«

»Interessant wäre noch die Frage«, fuhr Martina fort, »wie und wann der Täter in die Wohnung gekommen ist. Einbruchspuren gab es nicht, weder an der Haustür noch an der Wohnungstür. Auch keine Spuren, die auf einen Kampf hindeuten. Wie kam der Täter also herein? War er vielleicht schon vor dem Opfer in dem Zimmer?«

»Darüber haben wir auch nachgedacht«, sagte Pasquale und stützte seine Ellbogen auf den Tisch. »Wäre er schon im Zimmer gewesen, hätte das Opfer aber vermutlich nicht mehr das Zimmer betreten, sondern wäre geflohen.«

»Es sei denn, er kannte das Opfer«, sagte Luca.

»Richtig«, pflichtete Pasquale ihm bei.

»Er könnte ihm aber auch hinter der Tür aufgelauert haben. Sie geht nach links auf, wenn ich es richtig in Erinnerung habe«, warf Martina ein.

»Dann folgte er ihm mit ein paar schnellen Schritten bis zum Tisch«, spann Pasquale den Gedanken weiter, »attackierte ihn von hinten und drehte ihn dabei mit dem Gesicht zur rechten Wand.«

»Egal, wie es passiert ist«, sagte Martina, und es klang nach einem abschließenden Statement, »der Täter muss danach zwangsläufig Blut an der Kleidung gehabt haben. Der schnittführende Arm wird das meiste Blut abbekommen haben. Mehr, als seine Kleidung aufnehmen konnte. Und wenn er das Gebäude verlassen hat, müssen im Haus Blutspuren zu finden sein.«

»Könnte er noch im Haus sein?«, fragte Luca erschrocken.

Pasquale lehnte sich erneut zurück und hob die Finger seiner linken Hand. »Es gibt fünf Parteien in dem Haus, die Wohnung des Opfers und die seiner Schwester eingeschlossen. Gesprochen habe ich mit zweien. Eine Wohnung im Obergeschoss wird wohl von einem einzelnen Mann bewohnt, doch laut Aussage der direkten Nachbarin des Opfers«, er blickte in seine Notizen, »Signora Micchietti, ist er verreist.«

»Was, wenn der Täter sich da oben verschanzt hat?«, fragte Luca.

»Was, wenn der Täter der Wohnungsinhaber selbst ist?«, fragte Martina.

»Zurzeit kann ich rechtlich gesehen keine Durchsuchung erwirken. Das heißt im Klartext: Wir müssen warten, bis der Kerl von seiner Reise zurückkommt beziehungsweise freiwillig die Tür öffnet.«

»Aber die Kriminaltechnik kann rausfinden, ob Blutspuren nach oben führen«, sagte Luca mit erhobenem Zeigefinger.

»Sehr richtig«, lobte Pasquale. »Und weil du das erkennst, bist du auch so ein verdammt guter Polizist.«

»Komm mir nicht so«, wiegelte Luca ab. Er stand auf, nahm Martina bei der Hand und zog sie von ihrem Stuhl hoch. »Lass uns gehen. Es ist spät.«

»Ja, ja, haut nur ab. Aber Luca: Überlegst du's dir?«

»Ich schlaf drüber.«

* * *

Der nächste Morgen begann bewölkt und mit einem kühlen Nordwind.

»Ich möchte zu Tomasio Giancarlo«, sagte Luca zu der Dame

am Informationsschalter. Sie tippte lautstark auf der Tastatur ihres Computers herum.

»Tut mir leid, wir haben keinen Tomasio Giancarlo.«

»Er ist heute zu einer Untersuchung hier, ich weiß allerdings nicht, ob er dafür stationär aufgenommen wurde.«

»Offenbar nicht, tut mir leid«, sagte die Dame und zeigte ein strahlend weißes Lächeln unter ihrem knallroten Lippenstift.

»Gibt es dann vielleicht die Möglichkeit zu schauen, ob er ambulant hier ist?«, fragte Luca mit weniger Geduld.

»Ob er einen Termin in der Ambulanz hat, kann ich Ihnen aus Datensicherheitsgründen nicht sagen.«

»Datenschutz«, korrigierte Luca sie. »Das verstehe ich. Wo finde ich denn die Radiologie?«

»Folgen Sie den Schildern dort auf der linken Seite. Es ist ein Nebengebäude.«

»Vielen Dank.«

Luca betrat nach kurzem Gang die Radiologie und wandte sich auch hier an eine Dame am Empfangstresen.

»Buongiorno, ich bin die Begleitung von Tomasio Giancarlo, ich soll ihn nach Hause fahren. Ist er schon fertig?«, fragte Luca und lächelte so charmant, wie er konnte.

Die Dame schaute auf ihren Bildschirm.

»Nein, der sitzt noch im Wartezimmer, er ist aber als Nächster dran.«

Luca sah sich suchend um.

»Dort drüben bitte.« Sie deutete auf eine Glastür.

Luca näherte sich dem quadratischen Raum, in dem rechts und links Stuhlreihen unter Gemäldekopien von Mirò und Kandinsky verliefen. Drei Stühle waren belegt. Tomasio saß links, fast unter dem Fenster an der hinteren Wand, und las in einem Magazin. Luca öffnete die Tür und trat ein. Die Wartenden blickten auf, und Tomasios Augen explodierten förmlich.

»Buongiorno«, grüßte Luca. Nur zwei Personen grüßten zurück. Luca grinste spitzbübisch, nahm sich eine Zeitung vom Tisch und setzte sich neben Tomasio.

»Du dämliches Arschloch«, flüsterte Tomasio, ohne von seiner Lektüre aufzuschauen.

»Ah, du führst Selbstgespräche, deshalb das CT«, sagte Luca in normaler Lautstärke. Die beiden anderen Patienten schauten zu ihnen herüber.

»Halt die Klappe«, zischte Tomasio und lächelte dabei.

»Widerlicher Sturkopf«, gab Luca zurück und lächelte noch breiter.

Die Tür wurde von einer jungen Arzthelferin geöffnet, sie lehnte sich halb herein und sagte:»Signore Giancarlo, bitte.«

Tomasio stand auf und warf die Zeitung auf den Tisch.

»Ich warte hier«, gab Luca ihm noch mit auf den Weg.

Es dauerte eine knappe Stunde, bis Tomasio zurückkehrte. Sofort klappte Luca seine Zeitung zu und sprang auf. Er war froh, hier wieder wegzukönnen. Sie gingen zusammen hinaus, als wären sie auch so gekommen. Draußen marschierten sie Seite an Seite zum Parkplatz.

»Warum bist du hergekommen?«, wollte Tomasio wissen.

»Weil ich es wollte.«

»Kein schlechter Grund«, sagte Tomasio.»Aber hör zu, das war jetzt kein Termin, der mein Schicksal besiegelt, okay? Ich hab lediglich ein paar Symptome, und die haben nachgeschaut. Mehr war es nicht.«

»Deswegen hast du mir auch nichts davon erzählt«, stellte Luca fest.

»Nervensäge.« Tomasio musste grinsen.

»Also, was ist bei der Untersuchung rausgekommen?«, fragte Luca.»Haben sie überhaupt was gefunden in deinem Kopf? Wenigstens ein Gehirn?«

Tomasio blieb stehen und lachte laut auf. Doch dann übermannte ihn die Sorge, und er vergrub das Gesicht in den Händen.

Luca nahm ihn in den Arm.

»Du hast nichts, Tomasio. Alles wird gut. Ich bin sicher, es ist alles in bester Ordnung.«

4

Tomasio hatte noch keine Diagnose bekommen. Selbst wenn sie etwas Auffälliges gefunden hätten, hätten sie es ihm während der Untersuchung nicht mitgeteilt. Also blieb ihm nichts anderes übrig, als zu warten. Doch Tomasio war nicht der Typ, der solange zu Hause herumsaß und grübelte, er arbeitete einfach weiter. Luca fand es beruhigend, ihn in die Hände von Martina übergeben zu können. Ohne sich noch lange aufzuhalten, fuhr Luca weiter. Jedoch nicht nach Hause, wie er Martina erzählt hatte, nein. Er verspürte den Drang, nach Veluzzo zu fahren. Nicht weil Pasquale ihn darum gebeten hatte, nicht weil er sich aus Solidarität dazu gezwungen fühlte. Nein, er wollte wissen, was geschehen war.

Pasquale zu informieren, vergaß er. Er fuhr in Gedanken versunken, und die Fahrt kam ihm heute viel kürzer vor als vorgestern Abend. Am Ziel ergab sich jedoch ein fast identisches Bild. Im Café saß der Alte am Tisch und beobachtete das Treiben auf der Straße. Am Anfang der kleinen Gasse, die ins Dorf hinaufführte, parkten zwei Streifenwagen. Erst als Luca ausgestiegen und ein paar Schritte gegangen war, entdeckte er den dunklen Bus, der der Kriminaltechnik gehören musste. Auf den Balkonen standen dieselben Kinder, nur die drei Männer im Torbogen fehlten, das Holztor war heute verschlossen.

Luca wollte den Hausflur des Hauses Nummer 9 betreten, doch er wurde von einem Absperrband daran gehindert. Der Carabiniere, der ihnen vorgestern den Weg gewiesen hatte, stand am Fuß der Treppe und blickte alarmiert auf.

»Ah, Sie sind es. Kommen Sie durch«, sagte er, als er Luca erkannte, und winkte ihn herein.

Luca duckte sich unter dem Plastikband hindurch. »Ist Commissario Vialli oben?«, fragte er.

»Ja, er und die Kriminaltechniker. Wenn Sie raufmöchten, muss ich Sie erst anmelden. Und Sie müssen sich etwas überziehen.« Er deutete auf Lucas Straßenschuhe.

»Schon gut, ich hör mich erst mal ein bisschen um. Ist hier unten jemand zu Hause?«, fragte er mit Blick auf die Erdgeschosswohnung.

»Allerdings. Ein älterer Herr. Ist ein wenig wunderlich«, verriet der Carabiniere leise und beschrieb mit dem Zeigefinger kreisende Bewegungen an seiner Schläfe.

»Okay, danke.«

Luca trat vor die alte Eichentür mit dem abgewetzten Messinggriff und las den Namen auf der Türklingel: »Cotugno«.

Er klingelte und wartete eine ganze Weile, bis er schlurfende Schritte hinter der Tür hörte. Der alte Herr öffnete sie einen schmalen Spalt breit, sodass Luca nur seine gelblichen, wässrigen Augen sehen konnte.

»Mmh?«, machte er knapp. Dann war schweres Atmen zu hören.

»Buongiorno, Signore Cotugno, mein Name ist Spinelli, haben Sie einen Augenblick Zeit für mich?«

»Kenne Sie nicht.«

»Ich war vor einigen Jahren schon mal hier im Dorf und habe mit Silvana und Gino gesprochen.«

»Gino?«, fragte er, und seine Augen verengten sich.

»Ja, Gino Battista.«

Einen Moment lang hörte man nur das schwere Atmen. Der Carabiniere im Hintergrund beobachtete gespannt, ob es Luca gelingen würde, in die Wohnung zu kommen. Dann wurde das Schloss entriegelt, und die Tür öffnete sich quietschend. Signore Cotugno drehte sich wortlos um und schlurfte in alten Pantoffeln zurück in seine dunkle Wohnung. Er atmete schwerer, als seine Bewegung es vermuten ließ. Vielleicht war es Aufregung, vielleicht eine Lungenkrankheit.

»Kalte Kirche war es an dem Tag. Keine Blumen. Kaffee vergessen«, murmelte er vor sich hin. Luca folgte ihm vorsichtig.

In der ganzen Wohnung standen die Türen offen, aber die Läden vor den Fenstern waren geschlossen, sodass es dunkel war wie in der Nacht. Es brannte nur ein schwaches, gelbliches Licht im Wohnzimmer, in das Signore Cotugno mit zittrigen Händen steuerte.

»Wer weiß das schon? Sieben ist keine Zahl. Vielleicht mehr Äpfel.«

Luca zweifelte mit jedem Schritt mehr daran, dass er hier etwas erfahren würde, was ihn im Mordfall weiterbringen konnte. Trotzdem betrat er hinter dem Alten hergehend das karge, muffige Wohnzimmer. Die Holzdielen knarrten unter ihren Füßen, und Luca hatte Angst, dass der Alte ihn vergessen haben könnte und sich womöglich furchtbar erschrak, wenn er sich umdrehte und ihn sah.

»Michele ist tot. Michele ist tot. Sieben ist keine Zahl. Sieben. Mögen Sie Äpfel?«, fragte der Alte und drehte sich um.

Nun war es Luca, der ein wenig erschrocken war. Darüber, wie nah er ihm jetzt war, und weil er zum ersten Mal in sein Gesicht blicken konnte. Es war blass und irgendwie schwammig, ohne füllig zu sein. Die Haut des Mannes hatte einen wächsernen Glanz, und die großen Tränensäcke unter seinen Augen zogen schwer an seinen unteren Lidern, sodass man das Rot darin sehen konnte. Sein Mund stand offen, die Unterlippe war vorgeschoben.

»Ich? Ja, natürlich mag ich Äpfel.«

»Nehmen Sie sich welche aus dem Garten. Sieben ist keine Zahl. Michele, ja. Michele. Was wollen Sie wissen?« Er hielt sich unsicher an einer Sessellehne fest.

»Na ja, eigentlich wollte ich über den Michele aus Ihrem Haus sprechen. Michele Nunzetti.«

»Michele ist tot.«

»Ja, man fand ihn vorgestern in seiner Wohnung.«

»Sieben. Nein. Keine Blumen, keine. Sie kannten Michele?«

»Nicht persönlich. Wie war er denn?«

»Oben wohnt er. Vorgestern, vorgestern …«

»Ja?«

»Mögen Sie Äpfel?« Er deutete aus dem Fenster.

»Ja, schon, aber was ist mit Michele Nunzetti? Mochte der Äpfel?«

»Nein, keine Äpfel. Nie. Keine Blumen.«

»Haben Sie an dem Abend Lärm gehört?«

»Lärm? Im Fernsehen, ja. Viel Lärm.« Sein Zeigefinger zitterte in Richtung eines kleinen Fernsehers in der Schrankwand.

»Und Musik, haben Sie Musik gehört?«, wollte Luca wissen.

»Ja, sieben. Sieben ist keine Zahl. Keine Blumen. Michele ist tot.«

»Ja, ich weiß«, sagte Luca niedergeschlagen. »Hat Michele Nunzetti in letzter Zeit mit jemandem Streit gehabt?«

»Michele? Nein. Michele hat Ziegen. Keine Blumen. Kein Streit.«

Signore Cotugno schaute immer hilfloser. Das Gespräch schien ihn anzustrengen.

»Michele hatte auch eine Schwester.«

»Sina, ja. Sina. Sie mag Äpfel. Sina isst Äpfel.«

»Das ist gut«, sagte Luca. Er wollte den Mann beruhigen, weil der immer besorgter und nervöser zu werden schien. »War Sina vorgestern Abend zu Hause, oder kam sie von irgendwoher? Sie hat Michele gefunden.«

»Sina war beim Gemüse. Sie ist immer da. Oben am Berg.«

»Hat sie dort einen Garten?«

»Ja. Am Berg.«

»Kennen Sie die beiden gut?«

»Sina, ja. Michele. Ich bin der Onkel.«

Das schockte Luca. Er hatte Signore Cotugno für einen unbeteiligten Nachbarn gehalten. Aber sie waren verwandt. Der alte Mann hatte seinen Neffen verloren.

»Onkel?«, konnte Luca nur sagen.

»Ja. Meine Schwester ist tot.« Er zeigte auf ein Foto in der Schrankwand.

»Und Ihre Schwester war die Mutter der beiden?«

»Mmh. Ja.«

»Es tut mir sehr leid, Signore Cotugno.«

»Mmh. Ja. Keine Blumen.«

»Ich muss jetzt gehen. Vielen Dank.«

Hilflos blickte der Alte Luca hinterher.

Im Hausflur musste Luca erst mal durchatmen. Der Carabiniere stand immer noch am Fuß der Treppe. Weiter oben sicherte ein Kriminaltechniker mit einem Pinsel Spuren am Geländer.

»Na, ganz schön durcheinander, der Alte, was?«, meinte der Carabiniere.

»Er war der Onkel des Opfers, wussten Sie das?«
Der Beamte stockte. Dann schüttelte er betroffen den Kopf.
Luca ging ohne ein weiteres Wort an ihm vorbei nach draußen.
Er wandte sich nach links und ging weiter in den Ort hinein, bis ihm ein kleines Mädchen mit einem Fahrrad fast über den Fuß gefahren wäre. Sie lachte lauthals, als er zurücksprang, und hielt an.
»Das war knapp«, meinte Luca und schüttelte seine Hand dabei.
»Du bist von der Polizei«, stellte sie fest. Ein weiteres Mädchen kam mit klatschenden Sandalensohlen zu ihnen gelaufen.
»Nein, ich bin kein Polizist. Ich mache Filme.«
»Filme? Wie ›Star Wars‹?«, fragte die Kleine.
»Nein, Filme über Menschen.«
»Bei ›Star Wars‹ gibt es auch Menschen.«
»Ja, aber in meinen Filmen geht es um normale Menschen, wie die Leute hier aus dem Dorf.«
Sie blickte sich um. »Echt? Langweilig.«
Luca lächelte. »Kanntet ihr Michele Nunzetti?«
»Der ist tot«, rief sie für Lucas Geschmack etwas zu laut.
»Ja, das stimmt. Sein Onkel sagte mir, er habe eine Ziegenherde in den Bergen.«
»Er und Sina«, präzisierte die Kleine.
»Wisst ihr, wo das ist?«
»Klar.«
»Könnt ihr mich hinführen?«
»Klar!« Sie riss ihr Fahrrad herum.
Luca fiel auf, dass es keine gute Idee war, wenn ein Fremder zwei kleine Mädchen bat, ihm einen Ort in den Bergen zu zeigen.
»Fragt eure Eltern vorher aber bitte, ob ihr überhaupt dürft«, fügte er an.
»Meine Eltern sind nicht da«, sagte das Mädchen ohne Fahrrad.
»Meine Mutter ist zu Hause, sie ist krank.«
»Oh, was hat sie denn?«
»Einen Gips.«
»Ach so.« Luca musste lachen.

»Sie hat sich den Arm gebrochen, weil es auf der Treppe nass war«, erklärte die Kleine.

»Ja, und dann ist sie ausgerutscht und hingeknallt. Voll auf den Arm«, erläuterte ihre Freundin mit martialischem Gesichtsausdruck.

»Soso.«

»Luciaaa«, hallte es plötzlich hinter Luca durch die Straße. Er drehte sich um und sah, dass sich im ersten Stock eines Hauses eine Frau aus dem Fenster lehnte. Sie trug einen blauen Gips am Unterarm.

»Mama, wir zeigen dem Mann, wo Micheles Ziegenherde ist«, rief das Mädchen mit dem Fahrrad.

Luca winkte der Mutter.

»Sind Sie von der Polizei?«

»Nicht direkt. Ich berate die Polizei.«

»Er macht Filme«, rief Lucias Freundin.

»Ach, Sie sind das«, sagte die Frau. »Na los, zeigt ihm die Stelle. Aber dann kommt ihr sofort wieder nach Hause, verstanden?«

»Jaaa«, sangen beide lustlos im Chor.

Lucia ließ ihr Fahrrad einfach fallen und sprintete los. »Hier geht's lang!«

»Wartet. So schnell kann ich nicht«, sagte Luca und beeilte sich hinterherzukommen.

Der Steinweg, den die Mädchen einschlugen, ging nach etwa zwanzig Metern in einen Schotterweg über, der von gelbem Gras bewachsen war. Die Zikaden lärmten in den Büschen rechts und links, und manchmal huschte eine kleine Eidechse über die Steine. Hinter einem windschiefen Stallgebäude tat sich nach rechts der Blick auf. Man schaute auf die Rückseite des Hauses, in dem Michele Nunzetti gelebt hatte. Die Felder hier waren terrassenförmig angelegt und mit groben Steinen begrenzt. Luca blieb stehen und blickte hinüber auf die andere Seite, wo hinter den Fenstern im Obergeschoss die Polizei immer noch Spuren sicherte.

»Komm!«, rief Lucia, die mit ihrer Freundin etwa dreißig Meter vorausgelaufen war.

»Ja, ja, so schnell wie ihr kann ich nicht!«, rief er zurück, und beide Mädchen lachten.

Der Weg machte eine Biegung nach links und wurde steiler. Über einem Olivenhain konnte Luca den dichter werdenden Wald erkennen, den sie bald erreichen mussten. Rechts stand am Rande einer Klippe ein alter, völlig kahler Baum, der seine knorrigen Äste gen Himmel reckte. Er war schwarz und schien einmal von einem Blitz getroffen worden zu sein. Nach wenigen weiteren Minuten trat Luca in den Schatten der Bäume. »Wie weit ist es noch?«, fragte er laut, und seine Stimme hallte durch die unzugängliche Senke, die sich hier tief zwischen zwei Bergen hindurchzog. Er meinte, unten Wasser plätschern zu hören.

»Gleich sind wir da«, schallte es zurück.

Hinter einem kleinen verrosteten Gatter begann ein von stacheligen Sträuchern zugewachsener Weg, der sie den Berg hinaufführte, bis schließlich helles Licht durch die Baumreihen drang und ein leuchtendes Grün dahinter zu erahnen war. Dort musste sich eine Lichtung befinden. Und dann hörte Luca auch schon die ersten Ziegen meckern. Schweiß rann ihm den Rücken hinab, und er atmete angestrengt.

Die Mädchen blieben stehen, als sie an einem steilen Hang eine Art Alm erreichten, die sich fast bis zur Spitze des Berges erhob. Die Ziegen hatten sich in den Schatten der Bäume am linken Ende der Wiese zurückgezogen und grasten dort. Auf einem kleinen Plateau am anderen Ende der Lichtung standen eine graue Hütte und ein kleiner Stall, der eigentlich nur ein Unterstand war. Und zwischen den beiden Gebäuden saß ein Hund. Luca blieb stehen. Er musste zweimal hinschauen, um zu sehen, ob es sich tatsächlich um ein lebendiges Tier oder nur eine Figur handelte, denn der Hund saß wie angewachsen und bewegte sich kein bisschen.

»Das ist sein Hund«, sagte das Mädchen ohne Fahrrad.

»Wir mögen ihn nicht. Können wir jetzt gehen?«, fragte Lucia.

»Sicher, Kinder, vielen Dank. Hier, für euch.« Er reichte jeder der beiden einen Euro.

»Danke«, sagten sie glücklich und liefen hopsend davon.

Luca wollte weitergehen, zögerte aber. Wenn die Mädchen den Hund nicht mochten, war er vielleicht gefährlich. Er sah sich um. Hier gab es nichts, womit er sich verteidigen könnte. Dennoch nahm er seinen Mut zusammen und stieg die Weide hinauf. Er ließ den Hund dabei keinen Moment aus den Augen, falls der gleich losspringen und sich auf ihn stürzen würde. Das Tier war mittelgroß und hatte eine recht kräftige, weiße Brust. Der Rücken und beide Augen waren rötlich gefärbt. Von der Schnauze bis etwas über die Augen verlief eine schmutzige Blässe. An den Läufen war das Fell lockig. Luca erwartete jeden Moment, ein gefährliches Knurren zu hören, doch je näher er dem Tier kam, desto sicherer war er, dass der Hund gar nicht ihn, sondern irgendetwas hinter ihm, in der Ferne, ins Auge gefasst hatte. Er drehte sich um, konnte aber nichts erkennen. Und anstatt eines Knurrens stieß der Hund schließlich leise winselnde Geräusche aus.

»Hey«, sagte Luca sanft und blieb stehen. Der Hund nahm ihn nur für den Bruchteil einer Sekunde wahr und fixierte dann wieder einen Punkt in der Ferne. »Hallo … Hund. Ich komme jetzt mal rauf zu dir, okay?«

Luca ging links unter ihm an der bewachsenen Bergwand entlang, um auf das Plateau zu gelangen. Wo starrte der Hund nur hin? Mit seinen Schlappohren und nach dem Wuchs zu urteilen, war es wohl ein Jagdhund, also hatte er vielleicht ein Eichhörnchen oder ein Kaninchen gewittert. Das Fell des Hundes starrte vor Dreck. Getrockneter Schlamm hing krustig in den Haaren an den Läufen und am Bauch. Auch die Blässe in seinem Gesicht war vom Schmutz oder Matsch dunkel gefärbt, so als hätte er im Unterholz gewühlt.

Luca sah zum Stall. Er war mit Stroh ausgelegt. Überall lagen Ziegenköttel verstreut. Die Hütte stand offen und war kaum größer als der Unterstand.

»Ich schau mal in deine Hütte rein, ja?«, informierte er den Hund, der aber keine Reaktion zeigte.

Drinnen standen ein Tisch und eine Bank. Auf dem Boden zwei Näpfe. An dem einen klebten getrocknete Fleischreste.

Hinter der Hütte lag, von grün schimmernden Fliegen umschwärmt, ein Kaninchenkadaver, den wohl der Hund halb aufgefressen hatte.

Luca wandte sich wieder um und betrachtete das herrenlose Tier. »So, und was machen wir nun mit dir?«

Der Hund zuckte nur kurz mit dem Kopf in seine Richtung und winselte dann weiter. Luca hatte das Gefühl, dass er genau in die Richtung des Hauses blickte, in dem sein Herrchen gewohnt hatte, aber das Dorf war ein gutes Stück weit weg, und das erschien ihm doch ein wenig unwahrscheinlich.

»Dein Herrchen wird nicht mehr kommen, Hund«, sagte er und trat vorsichtig näher. Als er es für ungefährlich hielt, setzte er sich einfach neben den Hund. Der schnüffelte für ein paar Momente an ihm und blickte dann erneut auf das, was seine Aufmerksamkeit gefangen hielt. »Was hat dein Herrchen gemacht, dass man ihm so übel mitgespielt hat, hm? Einen Schatz hat er hier wohl nicht vergraben, was?« Luca ließ seinen Blick über die Weide schweifen. »Wer bringt schon einen Ziegenhirten um?«

Jetzt sah der Hund ihn plötzlich direkt an, so als ob er diesen Satz verstanden hätte.

»Tut mir leid, Hund.«

Das Tier begann ansatzlos zu jaulen wie ein Wolf, der den Mond anheult.

»Das gibt's doch nicht«, flüsterte Luca erstaunt. Es wirkte wie eine direkte Reaktion auf das, was er gesagt hatte. »Schon gut, alter Junge«, sagte er tröstend und streichelte dem Hund vorsichtig über den Rücken, »schon gut.«

Der Hund ließ sich aber nicht mehr beruhigen, und so brach Luca wieder auf. Sicher würde sich Michele Nunzettis Schwester um das Tier kümmern. Vielleicht konnte er ja heute noch mit ihr sprechen.

»Mach's gut«, sagte er zum Abschied und begab sich auf den Rückweg.

Als die Wipfel der Bäume sich wieder wie ein Dach über den Weg wölbten, sah Luca einen Trampelpfad, den er auf dem Hinweg nicht bemerkt hatte. Vielleicht lag ja am Ende dieses

Weges eine Antwort auf die Frage, was einen Ziegenhirten zum Opfer eines brutalen Mordes hatte werden lassen? Doch alles, was er fand, war ein treppenförmig angelegter Gemüsegarten mit Tomatenpflanzen, Zucchini und Auberginen.

Zurück auf der Schotterstraße, konnte er bald die Häuser von Veluzzo durch die Baumkronen schimmern sehen. Er hatte die Steinstraße und das Haus, in dem Lucia wohnte, fast erreicht, da hörte er die tapsigen Schritte hinter sich. Er drehte sich um, und vor ihm stand der Hund. Aus seinen großen braunen Augen sah er zu Luca hoch und legte die Ohren an.

»Was ist? Geh wieder nach oben. Oder willst du zu Sina?«

Der Hund senkte den Kopf und trottete näher.

»Na gut, dann bring ich dich zu ihr. Komm.«

Der Hund folgte ihm auf dem Fuß, und so gingen sie durch den Ort bis in die kleine Gasse mit der offenen Haustür und dem aus dem Fenster wehenden, von Blut befleckten Vorhang. Der Carabiniere stand vor der Tür und rauchte eine Zigarette.

»Wen bringen Sie denn da mit?«, fragte er verdutzt und hüllte sich in eine weiße Rauchwolke.

»Ist die Schwester des Opfers oben?«

»Ja, ist sie. Vialli vernimmt sie gerade.«

»Kann ich hoch?«

Der Beamte blickte auf den Hund und holte sein Handy aus der Tasche.

»Commissario, hier unten steht …« Er blickte Luca fragend an.

»Luca Spinelli«, sagte Luca.

»Luca Spinelli und möchte zu Ihnen. – Ja. Gut. – Aber er hat einen Hund dabei. – Ja, einen Hund. – Okay.« Er legte auf. »Sie können rauf, aber der Hund muss unten bleiben.«

Luca zuckte die Achseln. »Keine Ahnung, ob er das macht.«

»Luca?«, erschallte da eine Stimme von oben. Luca blickte hoch. Pasquale beugte sich aus dem Fenster. »Was machst du da mit dem Köter?«

»Der gehört dem Opfer«, rief er nach oben.

Pasquale stutzte.

»Er ist mir gefolgt, ich wollte ihn der Schwester übergeben.«

Pasquale verschwand kurz im Zimmer und schaute dann wieder heraus. »Kannst du ihn tragen?«

Luca sah den Hund an. »Na ja, ich kann's versuchen.«

»Drinnen sind die Techniker noch am Arbeiten«, meinte der Carabiniere, der jetzt seine Zigarette in den Rinnstein warf.

»Genau, und vielleicht sollten Sie besser nicht Ihre Kippen hierhin werfen«, meinte Luca, bevor er die Fußstulpen anzog, den Hund hochnahm und eintrat.

Die Techniker staunten nicht schlecht, als Luca mit dem Hund im Arm auftauchte.

»Buongiorno«, grüßte Pasquale, der ihn im Hausflur vor Sina Nunzettis Tür erwartete. »Wo hast du den her?«

»Nunzetti hat doch oben in den Bergen eine Ziegenherde. Da saß er und folgte mir einfach.«

»Woher weißt du …? Egal, komm rein. Signora Nunzetti ist noch sehr mitgenommen. Sie hat einen ziemlichen Schock erlitten, als sie ihn fand.«

»Natürlich«, sagte Luca und setzte den Hund ab.

»Signora, das ist ein Kollege von mir, Luca Spinelli«, sagte Pasquale, als sie durch einen kurzen dunklen Flur in ein Wohnzimmer traten, durch dessen geschlossene Fensterläden nur wenig Licht einfiel. Lucas Augen mussten sich erst an die Dunkelheit gewöhnen. Sina Nunzetti saß wie ein grauer Schemen auf der Couch, ihr Körper eingesunken, mit hängenden, kraftlosen Schultern. Sie schniefte und strich sich mit einem weißen Taschentuch über die Nase.

»Buongiorno, Signora«, sagte Luca leise und spürte, wie sich der Hund an sein Bein drückte. »Mein Beileid zum Verlust Ihres Bruders. Es tut mir sehr leid.«

Sie starrte nur entgeistert auf das Tier und nahm Luca gar nicht wahr. »Was soll der Hund hier?«, hörte er sie fragen, mit vom Weinen heiserer Stimme.

»Er ist mir gefolgt. Ich dachte, ich bringe ihn zu –«

»Ich will ihn nicht«, sagte sie, ehe Luca den Satz beenden konnte.

»Aber er gehörte doch Ihrem Bruder«, entgegnete er.

»Ist mir egal. Nehmen Sie ihn wieder mit.«

Pasquale blickte beschwichtigend zu Luca, der eben etwas erwidern wollte, und schaltete sich ein. »Wir kümmern uns darum, kein Problem.«

Er nahm auf einem Stuhl Platz und bedeutete Luca, dass er sich ebenfalls setzen sollte. »Signora Nunzetti hat mir bereits erzählt, dass sie ihren Bruder vorgestern gegen einundzwanzig Uhr gefunden hat. Sie sagte, dass er keine Probleme hatte, die nahelegen würden, dass er Selbstmord begangen haben könnte. Und Feinde oder Streit mit anderen Personen hatte er auch nicht. Es gibt also keinerlei Anhaltspunkt, wer das getan haben könnte«, erläuterte er.

»Ich habe Ihren Onkel vorhin kennengelernt«, begann Luca das Gespräch. »Wie alt ist er, wenn ich fragen darf?«

Sie schien überrascht, dass Luca so etwas wissen wollte. »Siebenundachtzig. Er ist wirr im Kopf.«

»Ja, aber er war sehr nett und hat mir ein wenig erzählt.«

»Wovon?«, fragte sie mit einem überraschend spöttischen Unterton.

»Na ja, ich habe nicht viel verstanden. Nur, dass Sie und Signore Nunzetti die Kinder seiner Schwester sind.«

Darauf sagte sie nichts, senkte nur ihren Blick und rieb mit den Fingern über das Taschentuch.

»Waren Sie denn schon vorher im Haus, oder kamen Sie erst um einundzwanzig Uhr nach Hause?«, wollte Luca wissen.

»Ich kam so gegen halb neun nach Hause und ging zuerst in meine Wohnung. Um neun bin ich dann runter zu … zu Michele.«

»Haben Sie einen Schlüssel?«, fragte Luca.

»Ja.«

»Haben Sie erst geklopft?«

»Ja, ich hab ein paarmal geklopft und auch gerufen. Ich bekam keine Antwort. Aber ich wusste, dass er eigentlich zu Hause sein musste. Also schloss ich auf.«

»Und an der Tür haben Sie nichts Besonderes bemerkt?«

»Nein.«

»War sie abgeschlossen?«

»Nein.«

»War in der Wohnung irgendetwas anders als sonst? Könnte jemand etwas geklaut haben?«

»Na, was denn? Er hatte doch nichts.«

Luca nickte. »Und gehört haben Sie auch nichts, ich meine vorher, als sie noch hier in Ihrer Wohnung waren?«

»Doch, die Musik.«

»Richtig. Spielte sie schon, als Sie nach Hause kamen und an der Wohnung vorbeigingen?«

»Ja.«

»Und haben Sie sich darüber gewundert, oder hörte er öfters laute Musik?«

»Er hörte Radio. Nicht solche Musik.«

»Und der Lautsprecher, der auf dem Tisch stand, gehörte er ihm?«

»Nein«, sagte sie und begann zu weinen.

Luca blickte in das ernste Gesicht von Pasquale. Der Täter hatte die Box mitgebracht.

Signora Nunzetti begann am ganzen Körper zu zittern.

»Ich glaube, wir lassen Sie jetzt lieber allein, Signora. Ruhen Sie sich aus«, sagte Pasquale und erhob sich.

Sie verließen die Wohnung, und Luca nahm den Hund wieder auf den Arm.

»Können Sie mir noch sagen, wie der Hund heißt?«, fragte er, bevor Signora Nunzetti die Tür schloss.

»Er hat keinen Namen.«

»Na wunderbar.«

Sie verriegelte die Tür zweimal von innen und schlurfte davon.

»Und wie sieht's hier aus?«, fragte Luca und nickte in Richtung der Treppe, »schon Spuren gefunden?«

»Ja, in der Tat. Es gibt tatsächlich Blutflecken im Hausflur. Winzig kleine Tropfen nur, aber immerhin. Die Leiche wird jetzt rechtsmedizinisch untersucht. Fingerabdrücke sind genommen«, erklärte Pasquale.

»Keine Fußspuren?«

»Nein, er ist nicht in die Lache getreten … Äh, können wir woanders reden? Dieser Köter da macht mich nervös.«

Sie gingen zu den am Ortseingang geparkten Autos und setzten sich in Pasquales Alfa Romeo.

Luca hatte den Hund auf der Straße stehen lassen. Er saß dort im Schatten und starrte sie an.

»Wir haben also einen Mörder, der zur Haustür unten hereinkam, wie, wissen wir noch nicht, denn sie ist in der Regel verschlossen, nach oben ging und entweder klingelte oder mit einem Schlüssel eindrang und das Opfer von hinten mit Kehlenschnitt tötete, ehe er das Haus auf demselben Weg wieder verließ.«

»Vorher machte er außerdem noch die Musik an, wahrscheinlich der Grund, warum keiner die Schreie gehört hat«, ergänzte Luca.

»Richtig. Aber er hat die Box am Tatort vergessen. Die Fingerabdrücke darauf werden wahrscheinlich die aufschlussreichsten sein.«

»Ja«, sagte Luca wenig überzeugt.

»Glaubst du nicht?«

»Wieso sollte er etwas vergessen, das so laut Musik spielt?«

»Oder er ließ sie absichtlich dort, damit auch keiner seine Schritte hört und man nicht so schnell Verdacht schöpft.«

»Könnte sein, ja.«

»Er ist voller Blut, und trotzdem sieht ihn niemand«, sagte Pasquale kopfschüttelnd. »Und das Motiv? Mein Gott, Nunzetti war Ziegenhirte. Warum sollte irgendwer einen Ziegenhirten umbringen?«

»Es muss eins geben. Für ein zufälliges Opfer ist der Täter zu zielstrebig vorgegangen.«

»Ja, ich schätze, wir finden den Mörder genau hier im Ort. Keiner hat hier groß Verbindung zur Außenwelt. Das schränkt den Täterkreis ziemlich ein.«

»Veluzzo hat ungefähr neunzig Einwohner«, sagte Luca.

»Es sind dreiundneunzig«, bestätigte Pasquale.

»Sagen wir, die Hälfte davon sind Männer. Bleiben rund siebenundvierzig verdächtige Personen. Und vielleicht fünfunddreißig davon sind älter als achtzehn Jahre.«

»Das hieße fünfunddreißig Mal Fingerabdrücke nehmen und DNA-Tests durchführen, und schon haben wir ihn«, sagte

Pasquale, klatschte in die Hände und rieb die Handflächen aneinander.

»Wenn es so war«, fügte Luca leise an und sah zu dem Hund hinüber.

Nachdem Pasquale und Luca sich voneinander verabschiedet hatten, ging Luca mit dem Tier ein paar Schritte die Gasse hinauf.

»So, jetzt lauf wieder hoch«, befahl er und deutete in die Richtung. Der Hund blieb stehen. »Lauf! Na, los. Lauf schon!« Das Tier blieb, wo es war, und blickte Luca an.

»Okay, ich muss jetzt wieder los. Mach's gut, Hund.«

Luca streichelte ihm einmal über den Kopf und ging zurück zu seinem Wagen. Der Hund drehte sich um und sah ihm nach. Luca startete den Motor. Er fuhr rückwärts auf die Hauptstraße hinaus. Dann schlug er links ein und fuhr davon. Er passierte das Ortsschild und tauchte in den Schatten der Bäume ein. Es war heiß im Wagen, und er wollte gerade den Kopf aus dem Fenster strecken, da sah er im Rückspiegel den Hund. Er rannte auf der Landstraße hinter ihm her.

»Das gibt's doch nicht.« Luca prüfte den anderen Spiegel, aber kein Zweifel, das Tier verfolgte ihn. Luca nahm den Fuß vom Gas. »Was will der verdammte Köter von mir?«

Er fürchtete, das Tier würde ihm den ganzen Weg bis nach Pregasio hinterherlaufen, wenn er nichts unternahm. Fluchend setzte er den Warnblinker und hielt an. Er stieg aus und wartete, bis der Hund, der mit hängender Zunge auf ihn zugerannt kam, ihn erreichte. Er hätte schwören können, er lächelte dabei.

»Was willst du von mir?«, begrüßte er ihn, als das Tier hechelnd und schwanzwedelnd bei ihm ankam. »Mmh? Was soll ich machen, Hund? Ich kenne dich nicht, du hast ja nicht mal einen Namen. Lauf nach Hause!«

Der Hund trottete unbeeindruckt an ihm vorbei und sprang durch die offene Fahrertür auf den Beifahrersitz. Speichel troff von seiner Zunge.

»Irgendwie verstehen wir uns nicht so ganz, hab ich das Gefühl«, sagte Luca und bückte sich hinunter, um in den Wagen schauen zu können. »Du sabberst mir alles voll. Ich kann dich nicht mitnehmen. Zu Hause haben wir nur eine Baustelle.«

Aber er musste einsehen, dass der Hund sich seinen Argumenten nicht beugen wollte. »Ich fass es nicht«, kommentierte er das Verhalten des Hundes oder sein eigenes und stieg wieder ein. Seufzend startete er den Motor und fuhr los.

**

Luca entschied sich für einen größeren Umweg mit Zwischenstopp in Limone. Das Buch, das man beim Opfer gefunden hatte, war ein ebenso rätselhaftes Phänomen wie der Lautsprecher, und er wollte sehen, ob er es vielleicht in einem Antiquariat finden konnte. In einer schmalen Seitengasse über dem Hafen befand sich ein kleiner Laden, dessen hölzernes Schild über dem Eingang ihn als Buchladen auswies. Manchmal, nicht immer, stand ein wackliger Tisch mit Büchern vor der Tür, um Touristen anzulocken.

»Buongiorno«, grüßte Luca Ernesto, den Ladenbesitzer, den er von seinen häufigen Besuchen hier bereits kannte.

»Signore Spinelli, eine Freude, Sie zu sehen.« Der alte Mann mit dem weißen Vollbart kam hinter seinem Tresen hervor. »Oh, Sie haben sich einen Hund zugelegt«, sagte er, und sie schüttelten sich die Hände.

»Nein, eigentlich hat sich der Hund mich zugelegt. Aber das ist eine andere Geschichte.« Luca winkte ab. »Ich bin auf der Suche nach einem ganz bestimmten Buch, über das ich kaum Informationen bekommen konnte. Es heißt ›Das Dorf der Verdammten‹, erschienen im Bretone Verlag.«

Der Alte zog die Mundwinkel nach unten. »Nie gehört. Welches Genre? Krimi?«

»Ich schätze schon, dem Titel nach zu urteilen.«

»Ich denke nicht, dass ich es habe. Aber Sie können hier drüben gern mal schauen.«

»Kennen Sie den Verlag?«, fragte Luca.

»Bretone«, meinte der Alte und rieb sich über den Bart. »So wie der Hund?« Er grinste.

»Ja. Wieso?«

Er wies auf das verschmutzte Tier. »Das ist ein Bretone, wenn ich mich nicht irre.«

»Aha. Sie wissen alles, oder?«

»Ich lese viel.«

»Ja, richtig.«

»Aber Ihr Buch kenne ich nicht. Krimis sind auch nicht meine favorisierte Lektüre.«

»Das Erscheinungsjahr war 1986.«

»Nein, da habe ich nichts. Aber ich kenne jemanden in Gardone, da könnten Sie es versuchen.«

Er schrieb Luca die Adresse auf, und Luca meinte auch, an dem Laden zumindest schon mal vorbeigegangen zu sein.

»Viel Glück«, sagte Ernesto, und Luca bezog das nicht nur auf die Suche nach dem Buch, sondern auch auf seinen neuen Gefährten, der an ihm klebte wie ein Schatten.

Zu Hause ließ Luca Wasser in die Badewanne laufen, schüttete ein wenig Shampoo hinein und versuchte, den gröbsten Schmutz von dem Hund zu waschen, der alles gottergeben über sich ergehen ließ. Vielleicht gefiel es ihm sogar ein wenig.

Während er sein Fell einschäumte, sah er dem Tier in die braunen Augen. »Wir brauchen einen Namen für dich. Ist mir zu anstrengend, dich immer nur ›Hund‹ zu nennen. Was könnte wohl zu dir passen?«

Luca sah sich um, weil er keine Idee hatte. Auf dem kleinen Mülleimer neben der Toilette lag eine Fernsehzeitschrift. Trotz seiner nassen Finger griff er danach und las.

»So, überlegen wir mal … Wir haben hier einige bekannte Schauspieler.« Der Hund schnüffelte neugierig an der Zeitung.

»Okay, also wie wär's mit Val Kilmer?«

Der Hund zeigte keine Reaktion.

»Klingt auch nicht, wenn man dich ruft. Und wie steht's mit dem alten Marcello Mastroianni, mmh? Möchtest du Marcello heißen?« Der Hund nieste einmal in den Schaum hinein. »Ich nehm das mal als ein Nein. Okay, Tipp des Tages ist ein Klassiker. ›Elf Uhr nachts‹ mit Jean-Paul Belmondo.«

Der Hund bellte einmal so laut, dass Luca vor Schreck fast die Zeitung ins Wasser gefallen wäre.

»Wirklich, der gefällt dir? Belmondo?«
Wieder ein lautes Bellen.
»Na, dann haben wir's ja. Ab jetzt heißt du Belmondo.«
Belmondo bellte zweimal und leckte Luca über das Gesicht.

5

Die Sonne stand tief, und vom See her schimmerte ein goldener Dunst durch die Baumwipfel. Die Hitze des Tages steckte immer noch im Boden und im Holz der Baumstämme, während von der Bergspitze schon eine kühlere Brise zu ihm herunterwehte. Er schob die quietschende Karre voll Mist aus dem Eselstall und weiter den Berg hinunter, dorthin, wo seine Mutter die Zucchini und Auberginen gepflanzt hatte. Die Erde war trocken, und manchmal, wenn der Wind stärker über die Hänge fuhr, nahm er die obere Schicht in einer grauen Wolke mit sich. Sie hatten zwar eine Bewässerungsanlage gebaut, doch das Wasser aus dem Bach, das durch geschnitzte Holzrinnen bis in den Garten geführt wurde, bewässerte immer nur die Pflanzen selbst, der Boden konnte nur Wasser aufnehmen, wenn es regnete. Meistens kamen abends Regenschauer oder Gewitter, doch dieser Sommer war einer der trockensten gewesen, die er je erlebt hatte. Er hatte seinen Vater viel zu oft in Sorge gesehen – in Sorge darüber, wie sie mit dem bisschen, was sie hatten, durchkommen sollten. Es brach ihm das Herz, und er half ihm, soviel und sooft er konnte. »Ich brauche nicht so viel«, sagte er immer, wenn seine Mutter ihm das Essen auftat. Tagsüber, wenn er draußen war, aß er von den wilden Brombeeren und Bucheckern.

Nein, viel brauchte er tatsächlich nicht. Und wenn er allein war, hatte er seine Musik. Er sang eigentlich immer. Wenn nicht laut, dann in seinem Kopf. Meistens konnte er gar nicht mehr unterscheiden, ob es das eine oder das andere war. Er tat es so selbstverständlich, wie er atmete oder ein Bein vor das andere setzte. Seine helle Stimme erklang auch jetzt, als er den Karren ausgeschüttet hatte und den Dung auf dem Boden verteilte, um ihn dann unterzugraben. Der Wind nahm seine Stimme mit und trug sie höher und höher, ohne dass er es bemerkte.

Weiter oben erntete seine Mutter Tomaten. Sein Vater war

mit dem alten Piaggio Ape unterwegs und suchte im Schrott und Sperrmüll in den Dörfern nach Dingen, die man noch verwerten oder verkaufen konnte. Es gab nichts, was sein Vater nicht reparieren konnte. Er hatte ihr Häuschen selbst gebaut. Alles, was sie hatten, hatten sein Vater und seine Mutter mit ihren eigenen Händen geschaffen. Und genau so sahen ihre Hände auch aus. Große, kräftige, raue, schwielige Hände. Arbeiterhände. Seine dagegen waren zart und weich. Aber er rechnete damit, dass sie, wenn er erwachsen war, nicht anders aussehen würden.

Mit der leeren Karre ging er zurück zum Stall. Enzo und Smeralda standen draußen im Schatten der Bäume und verscheuchten die Fliegen. Am Komposthügel weiter hinten waren so viele Fliegen, dass der gesamte sich zersetzende Berg ständig in Bewegung zu sein schien, und immer war er umhüllt von einem vielstimmigen Summen.

Nach drei weiteren Schubkarren, die er ausgebracht hatte, hörte er den Motor des Ape durch die Bäume an der Straße oberhalb ihres Grundstücks knattern. Er hinterließ eine Staubwolke auf der Schotterstraße, die zu ihrem Haus führte. Was der Vater wohl heute mitgebracht hat, fragte er sich. Möbel, Werkzeuge, Töpfe, Lampen? Er lächelte, während ihm irgendein Schlager aus dem Radio über die Lippen ging, den er im Café oben im Dorf aufgeschnappt hatte.

Die rostige Ladefläche des Ape war bereits leer, als er nach oben kam, um einen Blick hineinzuwerfen.

»War heute nichts dabei?«, fragte er seinen Vater, der in der Küche ein Glas Wasser trank.

»Nein, kein Glück gehabt.«

»Wo ist Mama?«

»Am Brunnen.«

»Ich mach schon mal den Herd an.« Er öffnete die schwarze, verrußte Luke des gusseisernen Herdes, nahm die kleinen Holzschnitze, die auf einem Stapel daneben lagen, und etwas von der Holzwolle, die er geschnitten hatte, und legte beides in den Ofen. Mit dem Feuerstein entzündete er die Wolle und schloss dann rasch die Luke.

»Toto?«, hörte er seine Mutter draußen rufen.

»Er ist hier!«, antwortete sein Vater. »Geh und hilf ihr tragen.«
Toto lief hinaus, nahm seiner Mutter die schweren Holzeimer
ab und brachte sie in die Küche. Sein Vater war verschwunden.
Er hatte gehofft, dass er ihn für seine Arbeit heute loben würde.
Aber vielleicht war er auch gerade erst draußen und sah sich alles
an.

Er half seiner Mutter beim Schälen der Kartoffeln, und weil
es so leise war, vermutete er, dass sein Vater in der Werkstatt
arbeitete. Was allerdings merkwürdig war, denn er hatte ja nichts
mitgebracht, das er hätte reparieren können.

Beim Essen redeten sie nicht viel. Seine Mutter stellte ein paar
Fragen über die Dörfer, durch die sein Vater heute gekommen
war. Wenn Toto wieder anfing, Lieder zu summen, ermahnte
sein Vater ihn: »Nicht beim Essen.«

Nachdem er die Küchenabfälle zum Kompost gebracht und
ein letztes Mal für heute bei Enzo und Smeralda vorbeigeschaut
hatte, ging er zurück ins Haus, wo seine Eltern nebeneinander
in der Küche standen.

»Junge«, sagte sein Vater. Er nannte ihn eigentlich immer nur
Junge und rief ihn selten bei seinem Namen. »Wir möchten dir
alles Gute zu deinem Geburtstag wünschen.«

Seine Mutter öffnete die Arme, und Toto ließ sich von ihr
drücken. Sein Vater legte seine große Hand auf Totos Hinterkopf und drückte ihn an seine Brust. Er roch nach Staub und
Schweiß und Benzin, aber Toto war glücklich. Sie hatten es nicht
vergessen.

»Dein Vater hat etwas für dich«, sagte seine Mutter und strich
über ihren Rock. Der Vater verschwand kurz in der kleinen
Nische hinter dem Herd, wo sie Dinge kühl hielten, und kam
mit etwas Großem zurück, über das er eine Tischdecke gelegt
hatte. Er stellte es auf den Tisch und trat einen Schritt zurück.

»Na los. Sieh's dir an«, sagte er lächelnd und mit einem An-
flug von Stolz in seinen dunklen Augen.

Toto näherte sich dem Tisch und zog die Tischdecke von dem
Geschenk. Er blickte in eine Art hölzerne Blüte einer übergroßen Blume.

»Weißt du, was das ist?«, fragte sein Vater.

Es war das merkwürdigste und schönste Ding, das er je gesehen hatte, und er ahnte, was es sein könnte. Dann sah er weiter unten die Schallplatte und stieß einen Laut der Freude aus. »Das ist ein Grammophon«, sagte sein Vater. »Eine Schallplatte ist auch dabei.«

Tränen schossen Toto in die Augen, und er fiel seinem Vater um den Hals. »Danke«, murmelte er in sein Hemd.

»Wollen wir es ausprobieren?«, fragte seine Mutter. »Es spielt.«

Der Vater zeigte ihm, wie man die Kurbel bediente und die Nadel aufsetzen musste. Kurz bevor sich der Teller zu drehen begann, konnte Toto einen raschen Blick auf die Schrift auf der Schallplatte werfen. »Victoria de Los Angeles« stand dort in goldenen Lettern, und dann, nach dem anfänglichen Kratzen, begann das schönste Lied zu spielen, das er je gehört hatte. Andächtig standen sie alle drei um das Grammophon und lauschten den Klängen. Keiner von ihnen konnte seine Tränen zurückhalten. Der Klang der Schallplatte, dieser wunderbare Augenblick, war wie ein kleines Wunder in dem niedrigen, dunklen Haus, in ihrem kleinen ärmlichen Leben. Es erhob sie über alles, ließ sie schweben und eine Reise in eine fremde, wundervolle Welt antreten. Der heutige Abend würde sich nie wieder aus ihrem Gedächtnis löschen lassen. Er würde für immer dortbleiben als einer der schönsten Momente ihres Lebens. Für Toto vielleicht der schönste Moment überhaupt.

6

»Hast du überhaupt etwas in der Wohnung gemacht?«, fragte Martina. Ihr Blick wanderte über den Fußboden zum Durchbruch und anschließend zur Küche.

»Ähm ... nein, heute war ich unterwegs.«

»Unterwegs, soso. Dielen anschauen?«

Sie legte ihre Tasche auf einem der Stühle ab und ging zum Kühlschrank, um sich eine Flasche Wasser zu holen.

»Nicht direkt. Ich war noch mal oben in Veluzzo.«

Sie knallte überrascht die Kühlschranktür zu. »Hat Pasquale angerufen?«

»Nein, ich hatte selbst den Drang, hinzufahren. Das Ganze ging mir nicht aus dem Kopf.«

»Ja, geht mir ähnlich«, sagte sie und lehnte sich gegen die Arbeitsplatte. Sie nahm einen Schluck aus der Flasche, als ein Winseln aus dem Badezimmer drang. »Was war das?«

»Ja, also da muss ich dir was erklären.«

Sie blickte ihn wie versteinert an. »Wer ist da im Bad?«

»Ich ...«

»Luca«, sagte sie, die Stimme eine Oktave tiefer als gewöhnlich.

»Ich wollte das gar nicht, dass ...«, hob er an, da machte Martina einen Satz nach vorn und riss die Badezimmertür auf.

Drinnen saß Belmondo in Schaum gehüllt in der Wanne und schaute sie aus seinen großen braunen Augen an.

»Was zum ...«

»Ich wollte es dir ja gerade erklären.«

»Was ist das?«

»Das ist ein Hund.«

»Das sehe ich, aber was macht der in unserer Wanne?«

»Er ... Ich bade ihn. Er war schmutzig.«

»Ach so. Na klar, und das Pferd vom Nachbarn kommt auch noch, oder wie?«

Der Nachbar besaß tatsächlich ein Pferd.

»Hör doch mal zu. Ich war in Veluzzo, und er ist mir einfach nachgelaufen, ich konnte ihn nicht mehr abwimmeln. Sogar hinter dem Auto lief er her. Was hätte ich denn machen sollen?«
Sie blickte zu Belmondo, der scheinbar zu der Erklärung nickte und ungeduldig winselte. Das rang ihr ein erstes Lächeln ab. »Süß ist er ja«, sagte sie und ging auf ihn zu. Ohne Scheu oder Angst griff sie ihm mit beiden Händen hinter die schaumgekrönten Ohren und streichelte ihn. »Wie heißt er denn?«
»Belmondo.«
»Belmondo? Woher kennst du seinen Namen, wenn er dir nachgelaufen ist? Kann er sprechen?«
»So ähnlich.«
»So ähnlich?«, fragte sie den Hund und schürzte dabei ihre Lippen. »Was erzählt der komische Mann da nur?«
Sie half ihm, Belmondo abzuspülen und trocken zu rubbeln, bevor sie sich alle drei gemeinsam auf den Balkon setzten.
»Ich war heute in einem Antiquariat in Malcesine«, berichtete Martina. »Aber Fehlanzeige. Der Mann hat mir noch einen anderen Laden in Limone empfohlen.«
»Da waren wir schon«, sagte Luca.
»Wir?«, fragte sie und schaute von ihm zu Belmondo. »Na ja, jedenfalls kannte er weder den Verlag noch den Autor.«
»Ein Buch, das nie geschrieben wurde«, sagte Luca nachdenklich. Vielleicht war das Buch nur eine falsche Fährte, um die Polizei irrezuführen. Heutzutage konnte man ganz leicht ein eigenes Buch drucken lassen, das niemals in den Buchhandel gelangte.
Ihm kam eine Idee. »Könntest du sämtliche Personen mit dem Namen Bretone hier in der Gegend ausfindig machen?«, fragte er Martina. »Vielleicht haben wir Glück, und es ist jemand dabei, der mit dem Verlag etwas zu tun hatte.«
»Kann ich machen.«
»Und wann, meinst du, können wir in das Exemplar schauen, das beim Opfer gefunden wurde?«
»Die Kriminaltechnik wird es mit Sicherheit noch ein bis zwei Wochen in Beschlag haben«, erklärte sie. »Und was hast du heute in Veluzzo gemacht?«

Luca erzählte ihr von der Weide in den Bergen, der Schwester und dem Onkel.

»Ich dachte«, mutmaßte Luca, »dass es vielleicht um Besitzstreitigkeiten gegangen sein könnte. Nunzetti besaß im Grunde nichts außer seinem Stück Land da oben. Wenn jemand anderes ihm das Land abkaufen wollte und er das verweigerte, dann …« Luca pustete die Backen auf und ließ pfeifend die Luft entweichen. »Andererseits: Was soll man damit anfangen, wenn dort nicht gerade Gold zu finden ist oder man ein Hotel bauen will?«

Martina hob die Augenbrauen und schnalzte mit der Zunge. »Es gibt tatsächlich Pläne für eine Anlage«, sagte sie.

»Im Ernst?« Luca setzte sich auf. »Das könnte es sein.«

»Ja, ich hab mich heute ein bisschen schlaugemacht, aber so, wie ich dich verstanden habe, liegt Nunzettis Grundstück oberhalb des Dorfes. Die Ferienhäuser sollen unterhalb des Ortes entstehen, auf einem brachliegenden Gelände. Es wird wohl bereits erschlossen.«

Luca verzog das Gesicht. »Aber wo? Ich habe nichts gesehen.«

Sie grinste. »Es war mit Sicherheit nicht das letzte Mal, dass du dort warst. Pasquale hat dich am Haken.«

»Ach was«, meinte Luca und trank einen Schluck Wasser.

Martina lachte nur leise und sah nach unten zu ihren Füßen, wo Belmondo lag und seinen Kopf auf den Pfoten abgelegt hatte. »Hast du überhaupt was zu fressen für ihn?«

»Stimmt. Hoffentlich ist noch was im Kühlschrank.«

Belmondo hob den Kopf und schaute aufmerksam zur Straße. Wenige Momente später näherte sich Pasquales schwarzer Alfa Romeo. Als im Treppenhaus Schritte zu hören waren, knurrte Belmondo und lief zur Tür.

»Halt bloß den Köter fest«, rief Pasquale schon von draußen.

Luca öffnete und beruhigte den Hund gleichzeitig mit einem Tätscheln.

»Ich hab was zu essen mitgebracht«, sagte Pasquale und hielt zwei Einkaufstüten in die Höhe.

»Du kommst wie gerufen, hoffentlich ist Fleisch drin.«

Pasquale trat ein und machte einen Bogen um Belmondo.

»Ich hab alles oben im Dorf besorgt. Frische Lammlenden, Salat und frisches Brot.«

Belmondo lief schnüffelnd hinter den Tüten her.

»Lammlenden?«, fragte Luca. »Haben sie die Tiere von Nunzetti gleich geschlachtet?«

»Hallo, Martina«, grüßte Pasquale, als Martina vom Balkon hereinkam.

»Na, du hast meinen Mann ja ganz schön eingewickelt. Eigentlich sollte er sich hier um den Boden kümmern.«

»Er kam freiwillig«, verteidigte sich Pasquale und hob abwehrend die Hände.

Luca hatte das Fleisch bereits ausgepackt und auf ein Brett gelegt, er begann, das erste Stück klein zu schneiden.

»He, was machst du? Soll das Gulasch werden?« Pasquale schien mit dieser Variante nicht ganz einverstanden zu sein.

Luca fegte die Fleischstücke mit der Rechten vom Brett in eine Schüssel. »Das ist für den Hund.«

Er stellte das Futter auf den Boden, und Belmondo machte sich mit Heißhunger darüber her.

»Das gute Fleisch«, entfuhr es Pasquale leidend.

»Ich habe vergessen, was für ihn zu besorgen.«

»Wollt ihr ihn etwa behalten?«

Luca und Martina sahen sich an.

»Keine Ahnung«, sagte Luca und beendete damit fürs Erste die Diskussion. Er drückte Martina den Salat und Pasquale das Brot in die Hände. Dann griff er zur Pfanne und schaltete den Herd ein.

Eine halbe Stunde später saßen sie draußen und aßen. Leider war der Anlass aber nicht nur der Besuch eines Freundes, und alle warteten insgeheim darauf, dass einer von ihnen das unvermeidliche Thema anschnitt.

Luca machte schließlich den Anfang. »Es soll eine Ferienanlage gebaut werden?«, fragte er.

»Ja, woher …?«

Martina lächelte.

»Ah, verstehe. Ja, es gibt da ein Grundstück, ein Stück vor

dem Ortseingang, das man nur über einen kleinen Weg erreichen kann. Hab's mir aber noch nicht angesehen. Abends ist alles dunkel dort.«

»Mit Nunzetti hat das nichts zu tun?«, hakte Luca nach.

»Ich weiß es nicht. Bis jetzt gibt es keine Hinweise darauf. Seine Unterlagen werden noch geprüft.«

»Hast du eigentlich die Schwester nach dem Buch gefragt?«, erkundigte sich Luca und legte dabei unbewusst eine Hand auf Pasquales Unterarm. »Kennt sie es eventuell oder weiß, was es damit auf sich hat?«

»Nein, ich hab sie zwar gefragt, aber sie wusste nichts darüber. Zumindest gab sie das vor.«

»Du glaubst, sie hat gelogen?«

»Ich weiß nicht. Sie schien erschrocken, aber mehr kann ich dazu auch nicht sagen.«

»Sie besaß jedenfalls keine Bücher. Bis auf die Bibel auf ihrer Anrichte«, erinnerte sich Luca.

»Gut beobachtet.«

Luca ballte seine Hand zur Faust. »Ich muss dieses Buch in die Hände bekommen.«

»Du musst gar nichts«, sagte Martina, die offenbar nicht ganz einverstanden damit war, wie sehr Luca sich für den Fall interessierte.

Luca fiel ein, dass er gar nicht erwähnt hatte, wem der Hund ursprünglich gehörte. Wenn Pasquale das jetzt ansprach, würde es die Stimmung und obendrein ihre Einstellung zu Belmondo negativ beeinflussen, schätzte er.

»Ich bin nur neugierig. Das ist ganz natürlich«, verteidigte er sich schalkhaft, »überaus menschlich und nachvollziehbar. Noch jemand Wein?«

»Ts«, machte Martina, konnte sich ein Schmunzeln aber nicht verkneifen.

»Ich fahr jetzt mal lieber, das diskutiert ihr besser allein«, zog sich Pasquale aus der Affäre und erhob sich. Luca begleitete ihn zur Tür.

Als er fort war und sie allein im Dunkeln beim Schein einer einzigen Kerze saßen, sagte Martina: »Er wartet nur darauf, dass du voll einsteigst. Du musst dich allerdings entscheiden, was du willst. Entweder ganz oder gar nicht.«

»Ich will nicht wieder mit Morden zu tun haben«, flüsterte Luca so nahe an der Kerze, dass die Flamme durch seinen Atem zu flackern begann. »Aber die Umstände ... Das lässt mich irgendwie nicht los.«

»Also lautet deine Antwort wie?«

»Ich will nur das Buch lesen und –«

»Ah, ah, ah«, fuhr sie dazwischen. »Ja oder nein. Drin oder draußen.«

Belmondo hob den Kopf, so als wollte er sagen: Mach schon, finde raus, wer mein Herrchen getötet hat.

»Ich würde beides verstehen«, fügte Martina noch an.

»Ich mach es«, sagte Luca mit Nachdruck.

»Gut. Dann ruf ihn gleich an. Hab ich nicht anders erwartet.«

»Quatsch.«

»Ach, du bist so durchschaubar für mich wie eine Fensterscheibe. Und der Hund gehörte Nunzetti, stimmt's?«

Luca fühlte sich ertappt.

»Ist doch klar. Mordfall mit Schafherde, und dann kommst du mit so 'nem Hütehund an.«

»Falsch. Ziegen. Und er ist ein Jagdhund, ein Bretone.«

»Er ist der Hund eines Toten. Und jetzt wohnt er bei uns.«

∗∗∗

Luca parkte seinen alten Flavia auf dem kleinen Parkplatz gegenüber dem Amphitheater im Vittoriale in Gardone. Die schiefen Klänge eines Orchesters beim Einspielen wehten mit dem warmen Wind zu ihm herüber. Belmondo sprang mit tropfender Zunge aus dem Wagen und schaute sich aufgeregt um.

»Na, viel mehr als deine Weide hast du noch nicht gesehen, was?«

Sie gingen die Stufen hinauf und durch den Torbogen, der sie in die Gassen des Ortes führte. Hier vorn war alles noch sehr touristisch geprägt mit Restaurants, Cafés und Souvenirläden, doch schon bald blieben nur noch die ursprünglichen

Häuser mit ihren kleinen Fenstern, den hölzernen Läden und den Blumen, die in Ranken an den Fassaden emporkletterten. Sie bogen einmal rechts ab und erreichten nach dreißig Metern einen winzigen Laden, in dessen niedriger Tür Luca sich bücken musste, um sich nicht den Kopf zu stoßen.

»Ist der stubenrein?«, fragte ein Mann mit schwarzer Hornbrille, braunem, kurzärmligem Oberhemd und einem ausgefahrenen Teppichmesser in der Hand.

»Schon gut, er ist harmlos«, wehrte Luca erschrocken ab.

»Oh.« Der Alte bemerkte erst jetzt, wie er mit dem Messer wirken musste. »Tut mir leid, ich öffne gerade ein Paket ... Das galt nicht Ihnen.«

Luca lachte erleichtert auf, und Belmondo legte sich flach auf den kühlen Steinfußboden.

»Ich komme von Ernestos Laden in Limone. Er meinte, Sie könnten mir möglicherweise mit einem Buch weiterhelfen.«

»Zu einigen Büchern kann ich etwas sagen, ja«, scherzte der Mann inmitten von sich durchbiegenden Regalen, gefüllt mit Tausenden von Büchern. Er schnitt die Klebefolie am Päckchen auf, legte das Messer weg und klappte die Deckel zur Seite.

»Ich suche ein Buch mit dem Titel ›Das Dorf der Verdammten‹, erschienen 1986 im Bretone Verlag. Ein Krimi, schätze ich.«

»Und der Autor?« Er sah Luca mit seinen durch die Brille vergrößerten Augen an.

»Giovanni Sicaro.«

»Sicaro, Sicaro ...«, murmelte der Ladenbesitzer, während er Bücher aus dem Karton hob. »Ich bin mir nicht sicher. Soll der Bretone Verlag hier in der Gegend ansässig sein?«, fragte er.

»Keine Ahnung.«

»Mmh. Es gab nämlich mal einen Verlag hier, der so hieß. Aber der existiert seit Dekaden nicht mehr.«

»Tatsächlich?« Luca machte einen Schritt nach vorn.

»In Desenzano, aber wie gesagt ... Ist jetzt ein Supermarkt oder ein Hotel oder eine Tankstelle, oder was sie halt so bauen.«

»Ich konnte nichts über den Verlag finden«, entgegnete Luca.

Der Mann schüttelte den Kopf. »Kein Wunder. Unerheblich. Aber ...« Er hob seinen krummen Zeigefinger, und Luca bemerkte an seinem Ringfinger einen auffälligen silbernen Ring, der ein lachendes Gesicht zeigte. Er blickte automatisch zur anderen Hand und sah an deren Ringfinger das Gegenstück mit einem weinenden Gesicht. »Ich habe noch ein Buch, einen Bildband von damals, da könnte das Gebäude vielleicht abgebildet sein.« Er ging nach hinten, quetschte sich zwischen zwei schiefe Regale und verschwand um eine Ecke. »Hier!«, rief er von irgendwo.

Mit einem staubigen DIN-A4-großen Band kam er zurück, legte ihn auf den Tresen und schlug ihn auf.

»Hier irgendwo muss es sein ...« Er überflog die Abbildungen. »Genau, da. Das ist es.« Sein Zeigefinger legte sich unter eine Schwarz-Weiß-Abbildung, die eine Brückentrasse zeigte. »Sehen Sie hier. Das ist das Gebäude.«

Luca beugte sich über das Bild und konnte die Schrift über dem Eingang entziffern: Verlag Bretone.

»Darf ich das haben?«, fragte er.

»Sie müssten es bezahlen.«

»Natürlich.« Luca lachte und zog seine Brieftasche heraus.

Zufrieden verließ er den Buchladen und ging zurück zu seinem Wagen. Für fünf Euro hatte er seinen ersten richtigen Hinweis günstig erstanden.

Das Haus von damals war heute ein Beauty-Salon auf der Rückseite eines riesigen Einkaufszentrums. Der freistehende zweigeschossige kubische Bau konnte nicht älter als zehn Jahre sein, schätzte Luca. Er betrat den Salon, und eine Türglocke bimmelte laut. Es roch nach Nagellack, Parfum und Haarspray.

»Oh, ein Mann, das ist aber selten«, begrüßte ihn eine Frau Mitte vierzig mit blonden hochtoupierten Haaren. Ihre roten Fingernägel sahen aus wie Klauen, die sie nun erfreut nach Luca ausstreckte. »Was kann ich denn für Sie tun? Nägel, Wachsen, Zupfen?«

»Äh, nein. Ich bin eigentlich nur hier, weil ich eine Frage zu dem Haus habe.«

»Oh«, sagte sie enttäuscht. Drei Damen unter Frisierhauben

musterten ihn im Spiegel. Eine von ihnen ließ eine Kaugummiblase platzen.

»Tja, also früher war hier mal ein Verlag, in den Siebzigern. Sie wissen nicht zufällig etwas über den Besitzer?«

»Nein, das Haus wurde ganz neu gebaut, ehe wir einzogen. Was hier vorher war, weiß ich nicht.«

»Sind Sie die Hausbesitzerin?«, fragte er.

»Nein, ich habe den Salon gemietet. Aber ich kann Ihnen die Adresse meiner Vermieterin geben. Sie ist sehr nett. Sie werden sie mögen.«

»Das wäre sehr freundlich, danke.«

Sie kritzelte etwas auf einen winzigen Block und riss das Blatt ab. »Bitte sehr. Und wenn Sie mal eine Typberatung brauchen, wissen Sie, wo Sie uns finden.«

»Ja, genau«, entgegnete er und verließ dankend den Laden. Belmondo, der im Wagen geblieben war, schnüffelte an ihm, als er wieder einstieg. »Ja, ja, ich weiß«, sagte Luca nur und fuhr weiter.

Die Adresse lag quasi direkt am Hafen. Sie mussten ein paar Schritte zu Fuß gehen, bis sie das Haus gefunden hatten. Der Strom der Menschen an der Promenade schob sich rechts von ihnen an der Gasse vorbei, in der sie an einer mit gusseisernen Verzierungen geschmückten Tür klingelten, bei Signora Brandt, offenbar eine Deutsche.

»Ja?«, kam es gelangweilt aus einem älteren Lautsprecher unter den Klingeln.

»Buongiorno, Signora. Mein Name ist Luca Spinelli, ich bin …« Luca stockte und überlegte, was abschreckender klang – wenn er sagte, er sei Filmemacher, oder wenn er angab, Berater der Polizei zu sein. »Ich bin Regisseur«, sagte er schließlich. »Ich habe eine kurze Frage zu einem Haus, das Ihnen gehört.«

»Kommen Sie rauf, der Hund muss unten warten.«

Überrascht suchte Luca nach der Kamera, die der Dame verraten hatte, dass Belmondo bei ihm war. In der Tür gab es keinen Spion, aber dann sah er, dass eine der vier Klingeln kein Knopf, sondern eine Kameralinse war. Es summte, und er trat ein.

»Dritter Stock«, rief eine verrauchte, heisere Stimme durch das Treppenhaus.

Luca lief die Marmorstufen hinauf bis zu einer geöffneten Tür im dritten Stock, durch die er vorsichtig eintrat.

»Im Wohnzimmer«, instruierte die Stimme ihn, dann hämmerten Absätze auf dem Parkett.

Luca folgte der Stimme vorbei an Gemälden italienischer Maler aus verschiedenen Epochen und Skulpturen auf Podesten bis in einen großen, ausladenden Raum, in den durch eine geöffnete Balkontür helles Tageslicht fiel. Weiße Vorhänge wehten im leichten Wind, der vom See kam. Links thronte auf einer niedrigen Empore ein beeindruckender schwarzer Flügel von Steinway. Rechts umfassten einige Chesterfield-Sitzmöbel aus dunklem Leder einen imposanten Glastisch, der auf einem Sockel aus einer breiten Baumwurzel ruhte. An einer in einem Schrank versenkbaren Bar mixte eine groß gewachsene Frau in einem schlichten schwarzen Kleid einen Drink. Ihre grauen langen Haare hatte sie zu einem lockeren Knoten gebunden.

»Für Sie auch etwas?«

»Was trinken Sie?«

»Scotch mit Eis.«

»Dann schließe ich mich an«, sagte Luca.

Sie bereitete ein zweites Glas zu, während Luca höflich wartete. Mit den Gläsern in beiden Händen drehte sie sich zu ihm um. Sie hatte ein schmales, hübsches Gesicht, blass, aber sie musste einmal eine Schönheit gewesen sein.

»Was führt denn einen Luca Spinelli zu mir?«, fragte sie und reichte ihm den Scotch.

Sie kannte ihn also. Das war wahrscheinlich von Vorteil. Es sei denn, sie hasste seine Filme.

»Nun, ich kam auf gewissen Umwegen zu Ihnen«, begann er.

»Wir gehen auf den Balkon«, sagte sie und schritt voraus.

Unter einer gelben Markise umrandete ein Zaun aus verschiedensten Palmen und Gewächsen einen Balkon, der zwar zum Hof hinaus lag, von dem aus man aber dennoch über zwei andere kleinere Gebäude hinweg den See bewundern konnte.

Es duftete nach Zitrone. Sie bot ihm einen Platz an einem Tisch an, und sie setzten sich.

»Umwege also«, wiederholte sie und lehnte sich, den Scotch locker am oberen Rand in der Hand haltend, zurück.

»Ja, ich bin auf der Suche nach einem Buch, und ein Antiquar berichtete mir, dass der Bretone Verlag, in dem es erschien, früher einmal hier in Desenzano ansässig war. Allerdings steht das Gebäude nicht mehr. Dafür war ich zum ersten Mal in meinem Leben in einem Beauty-Salon«, erzählte er.

Signora Brandt lachte ehrlich amüsiert auf. »Oh, mein Gott, Sie haben Bekanntschaft mit Signora Delvecchio gemacht.«

»Richtig. Sie war so frei, mir Ihre Adresse zu geben, und da bin ich.«

»Nun«, sie nahm einen Schluck von ihrem Scotch, »das muss aber ein sehr wichtiges oder ein sehr wertvolles Buch sein.« Sie nahm ihn genauer in Augenschein, ließ ihren wachen Blick an ihm hinabgleiten und hatte kaum zwei Sekunden später eine Meinung gefasst, woraufhin sie ihren Blick wieder hinaus auf den See lenkte.

»Ein wichtiges, ja. Der Titel lautet: ›Das Dorf der Verdammten‹.«

»Wie effektvoll. Nun, ich meine, mich erinnern zu können, dass Bretone so etwas gedruckt hat. Er hat allerhand unwichtiges Zeug gedruckt. Ich habe das alte Gebäude vor knapp elf Jahren abreißen lassen und … na ja, Sie haben es ja gesehen.«

»Gibt es denn diesen Signore Bretone noch oder einen anderen Mitarbeiter des Verlags, der mir Auskunft geben könnte?«

Sie pustete verächtlich aus. »Was weiß ich? Es interessiert mich auch nicht.«

»Für mich wäre es aber von großem Interesse«, beharrte Luca und trank seinen Scotch.

Sie sah ihn prüfend an. »Was macht dieses Buch denn so fulminant wichtig für Sie?«

Luca überlegte kurz, bevor er antwortete.

»Es war … Ich berate die Polizei von Riva in einem Mordfall«, sagte er, »und dieses Buch ist Gegenstand der Ermittlungen.«

Ihre rechte Augenbraue schoss in die Höhe. »Mord?«, fragte sie mit gestiegener Neugier. »Mord?«

Luca nickte nur, er wollte es nicht noch mal wiederholen.

»Und Sie als Regisseur beraten die Polizei?«, hakte sie fast zynisch nach.

»Ja.«

Sie blickte ihn lange an. Dann atmete sie lautstark ein und lächelte. »Wissen Sie, ich habe darüber schon gelesen, aber ich dachte, der Fall wäre gelöst.«

»Das war ein alter Fall.«

»Ach, Sie starten quasi eine zweite Karriere bei den Carabinieri?«

»Wenn Sie so wollen.«

»Ich will das nicht. Ich will nur hier sitzen und meinen Scotch genießen. Weswegen kamen Sie noch gleich zu mir?«

»Der Verleger, Bretone«, erinnerte er sie, »haben Sie eine Ahnung, wo er wohnen könnte oder ob er überhaupt noch lebt?«

»Dieser Taugenichts«, wetterte sie. »Lisa!«, rief sie gleich darauf in die Wohnung hinein. Kaum zwei Sekunden später erschien eine junge Frau auf dem Balkon. Sie trug ein buntes Kleid und ging auf Strümpfen. »Lisa, das ist Signore Spinelli, Signore, das ist Lisa Fontana, meine Assistentin.«

»Hallo«, sagte Luca freundlich.

»Sera«, sagte sie.

»Kannst du mir bitte den Ordner mit der Aufschrift ›1987 Via Bezzecca‹ geben, wärst du so freundlich?«

»Natürlich.« Sie huschte davon, und Signora Brandt trank ihr Glas aus.

»Schon wieder alle, was sagt man dazu.«

Lisa kehrte mit einem grauen Ordner im Arm zurück und reichte ihn ihrer Chefin. Die schlug ihn auf, blätterte erschöpft zu einer bestimmten Seite und überflog sie.

»Die letzte Adresse, die ich habe, lautet: Via Morazzo 32 in Pozzolengo. Das ist hier in der Nähe.« Lautstark knallte sie den Deckel wieder zu und gab den Ordner ihrer Assistentin.

»Vielen Dank, Signora Brandt.«

»Es war eine nette Abwechslung, Sie im Haus gehabt zu haben«, sagte sie. »Jetzt können Sie Ihren Vierbeiner erlösen.«

»Danke für den Scotch«, entgegnete Luca und reichte ihr zum Abschied die Hand. Ihr Händedruck hätte weich und kraftlos sein sollen, aber ihre sehnigen Finger umschlossen seine Hand und drückten sie überraschend entschlossen.

»Viel Glück.«

7

Die Via Morazzo wirkte an einer Stelle wie ein Kanalbett, so eng ging es zwischen hohen Steinmauern mit vergitterten Fenstern hindurch und am Ende auf ein großes, eisernes Tor zu. Es war verschlossen, doch im Garten arbeitete eine Frau mit Hut, Handschuhen und kurzen Bermudas. Luca hielt vor dem Tor und gewann augenblicklich ihre Aufmerksamkeit.

»Entschuldigen Sie bitte. Ich suche einen gewissen Signore Bretone.«

Sie kam näher.

»Der hat mal hier gewohnt.«

»Wirklich? Und wissen Sie auch, wo ich ihn jetzt finden kann?«

»Was wollen Sie denn von ihm?«, fragte sie misstrauisch.

»Ich habe Fragen zu dem Verlag, den er mal gehabt hat.«

»Bretone ist krank. Er musste hier wegziehen.«

»Meinen Sie, ich könnte mit ihm sprechen?« Luca war sich nicht sicher, wie krank der ehemalige Verleger war. Doch so, wie sie es gesagt hatte, konnte es nichts Harmloses sein.

»Sicher. Ich denke, es ist okay«, entgegnete sie nach kurzem Zögern. »Er wohnt jetzt in Ballino, nördlich von Riva.«

»Ich kenne ein Restaurant dort oben«, bemerkte Luca.

»Genau, ›Da Lucia‹. Er wohnt in dem kleineren Haus direkt davor.«

»Vielen Dank, Signora.«

»Grüßen Sie ihn von mir. Anna.«

Ihrem Tonfall nach schien sie nicht nur seine Nachbarin oder Vermieterin gewesen zu sein. Luca wollte aber nicht weiter nachhaken, schließlich war es nicht von Bedeutung, und es fehlte ihm an Zeit, denn er musste nun den gesamten See von Süd nach Nord wieder hochfahren.

Im nächsten Supermarkt kaufte er stilles Wasser und einen Napf, damit er Belmondo zwischendurch immer mal wieder etwas zu trinken geben konnte.

Es vergingen fast zwei Stunden, bis sie das kleine Dorf erreicht hatten. Das Haus lag direkt an der Straße, Bretone hatte eine Wohnung im oberen Stockwerk. Luca konnte es kaum glauben, er hatte ihn tatsächlich gefunden. Da die Haustür unten offen gestanden hatte, war er direkt hochgegangen und klopfte nun an die hölzerne Wohnungstür. Von drinnen waren brummende Geräusche zu hören, und ein Fernseher lief. Schlurfende Schritte näherten sich. Ein Schloss wurde entriegelt, und im nächsten Moment stand ihm ein älterer, dürrer Mann in ausgewaschenen grünen Shorts und mit nacktem Oberkörper gegenüber. Sein faltiger weißer Körper war übersät mit Leberflecken. Er hielt eine metallene Flasche in der Hand, von der aus schmutzig-gelb aussehende Schläuche in seine Nase führten.

»Ja?«, fragte er mit rasselndem Atem, und seine blauen Lippen bewegten sich wie die eines Fisches.

»Signore Bretone?«

»Ja.« Er hustete heiser. Es klang, als hätte er Schotter und Kies verschluckt.

»Mein Name ist Luca Spinelli. Ich bin Filmemacher und suche Sie wegen eines ganz bestimmten Buches.«

»Buch?«

»Ja, ich hoffe, dass Sie mir weiterhelfen können. Es ist, wenn ich richtig informiert bin, in Ihrem Verlag erschienen.«

»Verlag«, röchelte er leise, und sein Blick wurde glasig. »Kommen Sie rein.«

»Kann der Hund da liegen bleiben?«, fragte Luca und deutete auf Belmondo, der sich unten im Flur auf die Fliesen gelegt hatte.

»Hund? Bringen Sie ihn rauf.«

»Belmondo«, sagte Luca nur, und schon kam der Hund die Treppe hochgelaufen.

Der Alte nickte und drehte sich um. Mit kleinen, unsicheren Schritten tapste er voraus ins Wohnzimmer. Die Wände waren weiß gestrichen und die Decke holzgetäfelt. Über einer Viersitzer-Couch mit verblichener Rückenlehne hing ein Kreuz mit einem geschnitzten Jesus. In der linken Ecke des Sofas lag eine Wolldecke, die eine Sitzkuhle aufwies, und daneben stand eine

Art Sauerstoffgerät, das dieses stete Brummen von sich gab. Gegenüber der Couch befand sich ein Esstisch, auf dem auch der Fernseher platziert war. Das einzige Fenster führte zum Hof hinaus und war mit Tüllgardinen verhangen. In einer Schrankwand aus Eichenholz standen unzählige Bücher und ein paar Flaschen Alkohol.

Bretone ließ sich auf seinen Platz fallen und begann augenblicklich zu husten. Dabei hielt er eine Hand vor den Mund und deutete mit der anderen auf einen Stuhl am Esstisch. Luca zog ihn unter dem Tisch hervor und stellte ihn vor die Couch.

»Das«, begann Bretone und kämpfte einen Moment um Luft, »das ist selten, dass jemand nach dem Verlag fragt. Kommt eigentlich nie vor.« Er stellte die Flasche in den Behälter und ordnete die Schläuche richtig an.

»Ja, es war gar nicht so einfach, Informationen über Sie und den Verlag zu bekommen.«

»Einmal ... kamen«, er ächzte, »Reporter, die Fragen ... stellten. Ist auch schon ... Jahre her.«

»Nun ja, mir geht es eigentlich nur um ein bestimmtes Buch«, erklärte Luca.

»Sie machen ... Filme?« Das Rasseln seiner Atemzüge war beängstigend. Jeden Moment rechnete Luca damit, dass er Sand ausspuckte.

»Richtig, Dokumentarfilme.«

»Warten Sie«, sagte Bretone und regelte mit der Fernbedienung den Ton des Fernsehers herunter.

»Das Buch, um das es geht, suche ich aber nicht in dieser Funktion«, klärte Luca ihn auf. »Ich bin zurzeit Berater der Polizei Riva.«

»Polizei?«

»Ja, die Polizei ermittelt in einem Mordfall, bei dem das Buch eine Rolle spielt.«

Bretones drahtige, wild wachsende Augenbrauen verengten sich, und er verzog seine spröden Lippen.

»Verstehe ich nicht.«

»Sagt Ihnen der Titel ›Das Dorf der Verdammten‹ noch etwas?«, fragte Luca frei heraus.

Etwas passierte in Bretones Gesicht. Seine Augen wurden heller, und seine Hautfarbe verlor an Kränklichkeit. »Oh, ja«, hauchte er, und kleine Steinchen in seiner Stimme überschlugen sich raspelnd.

»Wunderbar, Sie erinnern sich.«

»Und ob«, sagte er und musste lachen, woraufhin er von einem Hustenanfall geschüttelt wurde.

»Was können Sie mir darüber sagen?«, wollte Luca wissen.

»Kennen Sie den Autor, was passiert in dem Buch?«

»Ich habe nicht ... viele Bücher rausgebracht, wie Sie sich denken können«, begann Bretone, und seine Brust hob und senkte sich wie ein alter Blasebalg. »Aber das war das Buch, von dem ... ich immer dachte, es sei ... das Bedeutendste, das ich ... gemacht habe.«

»Aha«, sagte Luca interessiert.

Der alte Mann versank in Gedanken, während seine Brust fortwährend anschwoll und sich senkte, sodass Luca fürchtete, dass eben das ganz plötzlich aufhören könnte.

»Nur ganz wenige haben es gekauft«, sagte Bretone schließlich. »Es hätte für uns etwas Großes werden können, aber leider ...« Er hustete schwach.

»Wovon handelte es?«, wollte Luca wissen.

Bretone sah ihn an. Seine bläulich schimmernden Augäpfel verschwanden fast vollständig unter violett geäderten Augenlidern. »Es war Kriminalliteratur, oder vielleicht besser Horrorliteratur, aber es war Literatur. Das war jemand, der schreiben konnte.« Er nickte, und sein Atem beschleunigte sich vor Aufregung, in der er sich jetzt befand.

»Horror?«, hakte Luca nach.

»Nun ja, es ging um einen Mörder, der wie ein Geist agierte, ein Phantom. Er hatte menschliche und gleichzeitig übernatürliche Züge. Er war Mörder und Richter in einem.«

»Was meinen Sie mit übernatürlich?«

»Er tauchte auf wie aus dem Nichts, und ebenso verschwand er auch. Er war ... real oder nicht real, ein Mensch oder eine Erscheinung. Das konnte der Leser ... nur für sich selbst beantworten.«

»Wie eine Slasherfigur? Michael Myers zum Beispiel?«

»Ja, das wäre ein Vergleich. Nur eben keine Popkultur.«

»Sie haben nicht zufällig noch ein Exemplar?«, hörte Luca sich sagen und vernahm nun seinen eigenen Atem, der schwer und gehetzt klang.

Bretone sah ihm tief in die Augen, dann streckte er den Zeigefinger in Richtung des Bücherschranks aus. Insgeheim hatte Luca das gehofft.

»Dort oben steht eins. Aber ... das gebe ich nicht aus den Händen.«

Hitze stieg Luca ins Gesicht, er musste sich räuspern, weil er einen Kloß im Hals hatte. »Ich müsste es zumindest einmal lesen«, sagte er.

»Das ist das einzige Buch, das ich noch besitze.«

»Ich verstehe, wie viel es Ihnen wert ist, aber ...« Luca rieb seine Hände. Sie waren schweißnass. »Ich sagte ja schon, dass ich der Polizei in Riva zurzeit dabei helfe, einen Mordfall zu untersuchen.«

Ein Schatten legte sich auf Bretones Gesicht. Mit zitternden Fingern prüfte er den Sitz der Schläuche in seiner Nase.

»Das Buch wurde am Tatort gefunden. Wir denken, dass der Mörder es mitgebracht und dem Opfer in die Hände gelegt hat.«

Das Rasseln in Bretones Atem nahm zu.

»Für die Ermittlungen ist es unerlässlich, dass wir dieses Buch nicht nur auf Spuren untersuchen, sondern auch den Inhalt genauer in Augenschein nehmen. Das geht aber erst, wenn die Kriminaltechniker es freigeben, und das kann dauern. Daher möchte ich Sie inständig bitten, es mir, wenn auch nur leihweise, zu überlassen.«

»Was ist passiert?«, wollte Bretone wissen.

»Ich weiß nicht, ob ich das erzählen darf.«

Bretones Augen wurden langsam immer größer, ein wachsender Schrecken zeichnete sich darin ab. »Was ... ist ... geschehen?«

Luca wägte ab, was er preisgeben konnte. Dann sagte er: »Ein Mann wurde getötet. Jemand verschaffte sich Zutritt zu seiner

Wohnung und schnitt ihm die Kehle durch. Er konnte ungesehen entkommen.«

Bretones Brust hob und senkte sich, hob und senkte sich.

»Wo ... ist das ... passiert?«

»In einem kleinen Dorf, sie werden es nicht kennen.«

»Veluzzo?« Bretones Stimme klang kratzig wie ein Schritt auf einem abschüssigen Schotterweg.

Luca wollte antworten, doch irgendetwas hatte ihm die Sprache geraubt. Daher nickte er nur. Er spürte kalten Schweiß an seinen Schläfen und an seinem Haaransatz austreten.

Bretone versuchte, genug Luft zu bekommen, und lehnte sich zurück, konzentriert darauf, tiefe, gleichmäßige Atemzüge zu nehmen. Irgendwie verschluckte er sich und begann zu husten. Sein Gesicht schwoll rot an, die Adern an seinem Hals traten fingerdick hervor. Panisch tastete er nach einem Regler an dem Gerät und drehte ihn weiter auf.

»Kann ich helfen?«, fragte Luca ängstlich.

Bretone winkte ab und schloss die Augen. Sein gesamter Körper arbeitete. Es dauerte einige Minuten, bis er sich wieder gefangen hatte.

»Tut ... mir leid.«

»Schon gut.«

Er bedeutete Luca, dass er das Buch holen sollte. Luca ging zur Schrankwand und ließ seinen Blick über die Buchrücken gleiten. Er suchte eine gelbe Schrift auf dunkelblauem Untergrund.

»Weiter ... rechts«, wies Bretone ihn atemlos an. Und dann sah Luca es. Vorsichtig zog er es aus dem Regal und drehte es auf den Rücken. Zum ersten Mal sah er das Cover vollständig. Es zeigte den See, vom Ostufer aus betrachtet. Eine dunkle, schwere Gewitterwolke hing über den Bergkämmen, und ein unheilvolles Blau strahlte aus der Mitte des Sees wie ein Auge oder eine Öffnung in eine andere Welt.

»Schlagen Sie ... es auf«, befahl Bretone und gestikulierte fahrig mit den Händen.

Luca klappte den Buchdeckel auf und blätterte zum ersten Kapitel vor. Ein Zitat war ihm vorangestellt: ... *übe nicht allein die Kunst, sondern dringe auch in ihr Inneres … (Ludwig van Beethoven)*

Ein ungewöhnliches Zitat für das Horrorgenre. Er las weiter.

Kapitel 1

Von der Straße aus gesehen, die den See an der Westseite einfasste wie ein Rahmen ein Bild, existierte das Dorf nicht. Es war so weit entfernt wie eine andere Galaxie, eine andere Welt. Es lag in den menschenfeindlichen Bergen oberhalb des Sees, deren Spitzen sich wie Zähne in seinen tiefen Rachen zu graben scheinen. Das Dorf war förmlich aus dem Felsen herausgewachsen, klebte an ihm wie Moos oder eine Flechte. Fernab der Siedlungen um das schöne Wasser herum klammerte Veluzzo sich in die Hänge und Spalten aus rauem, schroffem Stein.

Lucas Herz machte einen schweren, donnernden Schlag gegen seine Brust. Wie eine Trommel, die geschlagen wurde, wenn Not und Gefahr drohten. Veluzzo. Das Buch beschrieb Veluzzo. Luca blickte zu Bretone, der ihn ernst ansah. Das, was er finden wollte, hatte er gefunden, doch die Ahnung, was daraus folgen würde, legte sich wie eine dunkle, schwere Last auf sein Innerstes.

»Mir wurde ganz anders, als Sie eben die Umstände des Mordes erwähnten«, sagte Bretone und wischte sich den Schweiß aus dem Gesicht. »Aber es ist bestimmt nur ein Zufall.«

»Ein Zufall?«, fragte Luca etwas zu laut. »Das Opfer hielt dieses Buch in seinen Händen, wie kann das ein Zufall sein?«

Darauf antwortete Bretone nicht.

Luca kehrte zu seinem Platz zurück und setzte sich. »Was geschieht in diesem Buch?«, fragte er nachdrücklich.

»Er tötet alle«, erklärte Bretone.

»Wie ›alle‹?«

»Na … das ganze Dorf. Es wird ausradiert … Alle sterben.«

Luca sah ihn fassungslos an. »Was soll das? Wie konnten Sie so etwas veröffentlichen?«

»Wieso denn nicht?«, erwiderte Bretone aufgebracht, und sein Atem rasselte wieder stärker. »Es war gut, ich hab es als eine Art

Parabel gelesen … Es … ist kein klassischer Horrorroman. Es ist mehr. Ich konnte doch nicht wissen …«

Luca seufzte. »Nein, entschuldigen Sie bitte«, wehrte er ab. Er hatte sich beruhigt, doch da war noch etwas anderes, das ihn beschäftigte. »Gehe ich recht in der Annahme, dass Sie den Autor kennen?«

Die Gesichtszüge des Alten erschlafften. »Nein. Ich bin ihm nie begegnet«, sagte er müde. »Das Manuskript … erreichte mich per Post. Ein Brief lag bei, sonst nichts. Der Autor schrieb, dass er … anonym bleiben wolle, und nannte mir den Namen, unter dem … das Buch herauskommen sollte.«

»Sie haben nie mit ihm gesprochen?«

»Nein.«

»Und die Adresse? Er musste doch eine Adresse angeben.«

»Kein Absender. Er wollte auch kein Honorar. Nur die Veröffentlichung.«

»Und das war alles?«

»Natürlich war es … sonderbar. Aber ich mochte das Buch. Ich überlegte zusammen mit meinen Mitarbeitern, was zu tun war. Wir entschlossen uns, es in einer kleinen Auflage von dreihundert Stück zu drucken, und boten es den hiesigen Buchhändlern an.«

»Und?«

»Es war wie verhext. Niemand wollte es kaufen.«

Luca richtete den Blick wieder auf das Buch in seinem Schoß. Er blätterte weiter und überflog die Seiten.

»Nehmen Sie es mit. Lesen Sie es«, sagte Bretone. »Aber bitte bringen Sie es mir zurück. Es ist das letzte Exemplar. Ich werde eh nicht mehr lange leben«, er lachte heiser und gurgelte Steine. »Dann können Sie es von mir aus haben.«

»Danke«, sagte Luca. »Ich werde gut darauf aufpassen.«

Wie lange Bretone noch zu leben hatte, wusste er nicht, er wollte auch nicht danach fragen. Es ging ihn nichts an, und er hatte, was er wollte.

Luca kam die Fahrt nach Pregasio endlos lang vor. Das Buch lag auf der Rückbank, und er konnte es nicht abwarten, endlich darin zu lesen.

Zu Hause angekommen, erschien es ihm schon als Zeitverschwendung, Pasquale nur kurz Bescheid zu geben, dass er ein Exemplar gefunden hatte. Er schrieb ihm eine SMS und setzte sich mit dem Buch an seinen Schreibtisch.

Das Leben im Dorf war hart, so wie die Menschen, die in dieser Landschaft ihr Dasein fristeten. Man sah es in ihren Gesichtern, man sah es an ihren Körpern und an ihren Händen. An jeder anderen Stelle am See hätte man es leichter gehabt. Doch hier oben, wo nur eine einzige Straße einsam in der Senke lag, wurde den Menschen nichts geschenkt. Veluzzo war ein vergessener, mehr noch, ein überflüssiger Fleck. Dennoch hatten sich die Vorfahren der hier lebenden Dorfbewohner diesen Ort ausgesucht, um sich niederzulassen. Welche Gründe sie dazu bewogen hatten, blieb wohl ein immerwährendes Geheimnis, das sich weder als Überlieferung noch beim Betrachten ihrer Gräber, die auf dem schiefen Friedhofsgelände hinter der unscheinbaren Kirche im Schatten lagen, ergründen ließ.

Die Häuser, aus Stein und Lehm und Stroh und dem Holz der das Dorf umgebenden Bäume gebaut, wirkten unfertig, geflickt und unvollständig. Dass sie einem Sturm oder einer Regenflut, wie es sie hier in den Bergen oft gab, standhalten konnten, war kaum vorstellbar. Aber das Wetter hinterließ jedes Jahr von Neuem seine Spuren an den Gebäuden.

Die Tiere, die hier gehalten wurden, waren Nutzvieh, das man behandelte, wie man eine Egge oder eine Mistgabel behandelte. Gegenstände, keine Geschöpfe. Sie wurden gebraucht und geschlachtet, getreten und gepeitscht. Und die Menschen, die das taten, hatten alle ein Kreuz über ihrem Bett hängen, sie beteten zu Hause am Esstisch und vor dem Schlafengehen und gingen

sonntags zur Kirche und beteten dort. Sie falteten ihre schwie-
ligen Hände, hielten den Rosenkranz und beteten. Sie aßen das
Abendmahl und tranken vom Wein. Herr, Jesus, vergib uns.
Ernesto Mauro war einer von ihnen. Er besaß ein Kreuz und
einen Rosenkranz, und er faltete seine schwieligen Hände. Er
schlachtete seine Ziegen mit einem Beil und einem Messer in
einem dunklen Schuppen, dessen Holz und Steine getränkt waren
mit Blut. Man hörte ihn die Klingen schleifen und schärfen, be-
vor es ans Werk ging. Und dann schrien die Lämmer und schrien
und schrien, dann zischte die Klinge und zischte das Blut, und
dann waren sie hin. Ein Osterlamm zur Auferstehung. Ein neuer
Anstrich für den Schlachtschuppen.

Luca hielt inne. Er nahm ein Blatt Papier und notierte das Wort
»Tierfreund«. Mit dem Stift an der Lippe dachte er nach und
notierte dann »Beobachter«, »Kritiker«, »Zyniker«, bevor er
weiterlas.

Ernesto staunte nicht schlecht, als er am Morgen von merkwür-
digen Geräuschen geweckt wurde. Die Geräusche an sich waren
nicht merkwürdig, nein, sie waren ihm sogar höchst vertraut,
doch woher sie kamen, war in der Tat ungewöhnlich. Seine Zie-
gen, die auf der Weide sein sollten, er hörte sie in seinem Haus.
Ihr Meckern, ihre Hufe, das Schmatzen, wenn sie fraßen. Er
fuhr aus seinem Bett hoch. Draußen vor dem Fenster graute der
Morgen. Im Nachthemd riss er die Tür seines Schlafzimmers auf
und erschrak, als er Ziegen im Flur sah, Ziegen in der Küche und
Ziegen im Wohnzimmer, Ziegen überall. Sie waren im ganzen
Haus, und jetzt betrat eine sogar sein Schlafzimmer. Der Kot der
Tiere lag verstreut auf dem Boden, kleine Ansammlungen von
schwarzen Kugeln. Es stank.
»Was zum Teufel ist hier los?«, brüllte er. »Was ist das für eine
gottverdammte Scheiße!«
Er watete durch die Tiere und ihre Hinterlassenschaften und
öffnete die Haustür. Niemand war zu sehen. Der Hahn krähte
wie jeden Morgen. Wer konnte das gewesen sein? Wer hatte die
Tiere hereingelassen, ihm das angetan? Wer hatte ihm so übel

mitgespielt? Er sah die Gesichter seiner Nachbarn vor sich, sah sie alle vor seinem inneren Auge wie auf einem Karussell an ihm vorübergleiten. Wer von ihnen? Wer?

»Raus!«, rief er mit tiefer Stimme, packte die Ziegen, warf und prügelte sie hinaus, trat sie vor die Tür, allesamt. Er sprang in Hose und Hemd und holte seinen Stock. Er musste sie wieder hochtreiben. »So eine gottverdammte Scheiße«, fluchte er erneut, denn er fand seinen Stock nicht. Sonst lehnte er immer in der Ecke vor dem Eingang. Jetzt war er verschwunden.

»Ernesto!«, rief ihn eine Stimme, als er in den Hof ging und förmlich durch die Herde pflügte. »Was ist los bei dir?«

»Sieh dir diese Scheiße an!«, schrie er zurück. »Jemand hat mir alle Ziegen ins Haus gesteckt!«

Sein Nachbar sah dem Treiben verständnislos zu, dann zog er sich wieder vom Fenstersims zurück.

Ernesto stürzte in den Schlachtschuppen und blickte im einfallenden Licht der Dämmerung wild um sich. Da lehnte sein Stock. An der hinteren Wand. Er konnte sich nicht erinnern, ihn dorthin gestellt zu haben. Warum auch? Hier drin brauchte er ihn nicht.

Er lief mit ausgestreckter Hand auf den Stock zu, da fiel hinter ihm die Tür ins Schloss. Es wurde dunkel. Fliegen summten in der stickigen, stinkenden Luft. Es gab kein Fenster hier drin, nur eine Holzluke, die man öffnen konnte. Sie war mit einem einfachen Klappriegel gesichert. Ernesto tastete sich an der Wand bis zu dem Holzladen und sperrte ihn auf.

»Was für eine Scheiße ist das heute?«, fragte er laut und dachte verwundert, dass er, als er an der Wand entlanggetastet hatte, gar nicht mit dem Beil und dem Messer in Berührung gekommen war. Er blickte zu den beiden Haken in der Wand, doch sie waren leer. Ernesto öffnete gerade den Mund, um erneut einen Fluch auszustoßen, da hörte er das Geräusch. Auch das kannte er gut. Das Schärfen der Messerklinge mit dem Schärfeeisen. Er fuhr herum, von nackter Angst gepackt, die wie ein Tier in seinen Rücken gesprungen war und sich dort festkrallte.

Das Blut gefror ihm in den Adern, als er ihn entdeckte. Er war fast mit dem Schatten verwachsen. Sein schrecklich entstelltes

Gesicht löste sich langsam aus der Schwärze, und in seinen Augen funkelte es. Eine Reflexion der Messerklinge. Ernesto sah, dass er beides, Messer und Beil, in den Handen hielt.

»Was ...«, entfuhr es ihm, kurz bevor die Messerklinge in seine Kehle fuhr. Ein zischendes Geräusch, dann das Zischen des Blutes.

Ernesto kannte auch diese Geräusche. Aber nie, niemals hätte er für möglich gehalten, dass sein Körper sie verursachen könnte. Er fasste sich mit beiden Händen an den Hals und spürte die Wärme und den Fluss des Blutes, das aus ihm herausströmte. Er gurgelte und wankte, die Augen weit geöffnet.

Der Mann trat nun vollends aus dem Schatten und hob das Beil weit über seinen Kopf. Einen Moment lang verweilte es dort, dann sauste es nieder und führte Ernesto demselben Schicksal zu, das sonst seine Ziegen ereilte.

Und der Schlachtschuppen bekam einen neuen Anstrich.

Luca löste den Blick von der Lektüre, er musste durchatmen. Es war nicht nur gut geschrieben, es war schrecklich nah an der Realität. Ernestos Ende im Schlachtschuppen glich deutlich der Szene, die Luca dort oben in dem Zimmer mit den befleckten Vorhängen gesehen hatte. Er wurde gewahr, dass ihm Schweiß-perlen auf der Lippe standen, und wischte sie mit dem Ärmel fort. Pasquale musste auf der Stelle davon erfahren. Er durfte jetzt nicht weiterlesen.

Belmondo stupste ihn mit seiner kalten, feuchten Schnauze an, so als hätte er bemerkt, dass Luca Trost und Beruhigung brauchte. Luca streichelte ihm über den Kopf und war dankbar für diese Geste.

»Du bist ein guter Hund.«

Er wählte Pasquales Nummer und brauchte nicht lange zu warten.

»Ja?«

»Ich habe es«, sagte Luca nur. »Das Buch, ich habe es.«

»Großartig, ich habe deine Nachricht eben erst gesehen. Hast du es schon gelesen?«

»Nur das erste Kapitel.«

»Und?«

»Wir müssen reden, dringend.«

»Kannst du hierherkommen? Ich bin in Veluzzo, wir haben eine erste Rekonstruktion des Tathergangs vorgenommen.«

Luca verlor keine Zeit und machte sich auf den Weg. Die gesamte Fahrt über bedrückte ihn jedoch das Gefühl, wertvolle Minuten zu verschwenden, Minuten und Stunden, die er zum Lesen benötigte. Das Buch musste gelesen werden, um diesen Mord verstehen zu können.

»Wo hast du es gefunden?«, wollte Pasquale wissen, als Luca in die Wohnung des Toten trat und ihm das Buch reichte.

»Ich habe den Verleger ausfindig gemacht. Er hat es mir geliehen.«

»Gute Arbeit. Und gibt es Hinweise, die wir für unseren Fall nutzen können?« Er schlug das Buch auf und blätterte darin.

»Pasquale«, sagte Luca so eindringlich, dass Pasquale von seiner Lektüre aufsah, »Bretone sagte mir, dass es um einen Mörder geht, der ein gesamtes Dorf auslöscht. Sein erstes Opfer ist ein Ziegenhirte, dem die Kehle durchgeschnitten wird. Nun rate mal, in welchem Dorf das passiert.«

Pasquale musste schlucken.

»Es ist unheimlich, das zu lesen«, gab Luca zu. »Ich habe das Gefühl, es ist eine Anleitung, eine Beschreibung unseres Mordes.«

»Ist es auch dieses Haus?«

»Nein. Aber es ist dieses Dorf.«

»Und wie hat der Mörder im Buch es angestellt?«

»Er hat das Opfer in einen Schuppen gelockt und es dort überrascht.« In dem Moment, da er es aussprach, wusste Luca, dass es hier genauso abgelaufen war. Und Pasquales Gesichtsausdruck schien das zu bestätigen.

»Hör zu«, hob er an und gab Luca das Buch zurück, »wir haben von Sina Nunzetti erfahren, dass sie gar keinen eigenen Schlüssel zur Wohnung ihres Bruders besaß, sondern einen Zweitschlüssel benutzt hat, der oben auf dem Türrahmen platziert war. Bei ihrem Bruder ebenso wie bei ihr und ihrem Onkel.

Der Täter ist also vermutlich mit diesem Schlüssel in die Wohnung eingedrungen. Was voraussetzt, dass er über den Ablageort Bescheid wusste. Wie er aber unten hereingekommen ist, wissen wir noch nicht.«

Pasquale bildete eine Art Rechteck mit seinen Händen, ähnlich wie ein Regisseur, der eine Kameraperspektive simuliert, um sich ganz auf den Ablauf zu konzentrieren.»Er kommt also herauf, benutzt den Schlüssel und betritt die Wohnung. Er weiß, dass Nunzetti noch nicht da ist, und geht in das Wohnzimmer.« Er ging voraus, und Luca folgte ihm.»Dort platziert er den Lautsprecher auf dem Tisch. Die Balkontüren standen wohl schon offen. Darauf sind lediglich Fingerabdrücke von Nunzetti selbst. Aber ...« Er hob den Finger.»Auf den Schranktüren und auf dem Schlüssel hier im Schloss sind Fingerabdrücke abgewischt worden. Das bedeutet: Der Täter hat sich im Schrank versteckt und dort auf sein Opfer gewartet.«

Pasquale öffnete die linke Schranktür. Darin hingen an einer Stange lediglich ein Mantel und eine Anzugjacke. Auf dem Boden standen senkrecht Polsterauflagen für die Balkonmöbel.»Er stellt also die Musik an und versteckt sich, um auf sein Opfer zu warten. Nunzetti kommt, hört die Musik und will nachsehen. Er geht zum Tisch und hebt die Box hoch, stellt sie aber wieder ab, ohne die Musik auszuschalten. Fingerabdrücke von Daumen, Zeige- und Mittelfinger sind darauf. Dann kommt der Täter aus seinem Versteck.« Pasquale spielte nun den Ablauf als Täter nach. Er tat so, als hielte er ein Messer in der Hand. »Nunzetti sieht ihn, will weglaufen, doch der Täter packt ihn an den Haaren und setzt ihm das Messer an die Kehle. Nunzetti versucht, sich wegzudrehen, doch im Drehen schneidet der Täter auch schon zu, und das Blut verteilt sich in einer Fontäne über die Vorhänge, über die Wand und den Fernseher. Dann hat der Täter ihn fest im Griff. Er hält Nunzetti von hinten umklammert und legt ihn rücklings auf den Tisch. Das Opfer ist inzwischen so schwach, dass es sich nicht mehr wehren kann. Nunzetti hustet und spuckt Blut, das beweisen einige Tropfen, die hier links und rechts gefunden wurden. Unterdessen läuft das Blut ungehindert aus der Halswunde und verteilt sich auf dem Tisch.

Von hier fließt es kaskadenförmig auf den Teppich. Der Täter nimmt das Buch und legt es auf Nunzettis Bauch. Dann faltet er die Hände darüber.«

Pasquale trat neben die Couch. »Nun muss der Täter hier hinter dem Tisch entlang zur Tür gegangen sein. Es gibt Blutstropfen, die das andeuten. Ebenso vorne im Flur und auf einer der unteren Treppenstufen im Hausflur. Wahrscheinlich hat er die Hand, mit der er ihm die Kehle durchgeschnitten hat, in seine Hosentasche gesteckt, um sie zu verbergen, doch bis er unten war, hatte sich am Arm oder an der durchtränkten Kleidung ein Blutstropfen gebildet, der herunterfiel. Er verlässt das Haus ungesehen. Niemandem ist ein fremdes Auto aufgefallen.«

Luca nickte. »Er hat das alles sehr genau geplant«, sagte er. »Er kannte das Zeitfenster, das ihm zur Verfügung stand, bis die Schwester nach Hause kommen würde. Er wusste vom Schlüssel …«

»… und er umging jegliche Zeugen, so als wäre er ein Geist«, fügte Pasquale an, ohne zu wissen, dass Bretone den Täter im Buch genau so beschrieben hatte. »In diesem Ort kennt jeder jeden, und ein Fremder hätte auffallen müssen wie ein bunter Hund.«

»Was bedeuten könnte …« Luca beendete den Satz nicht, denn die Antwort lag auf der Hand.

»Dass er selbst aus dem Dorf stammt«, bestätigte Pasquale.

»Hattest du etwas anderes erwartet?«, fragte Luca.

»Im Grunde nicht. Wenn Morde in so kleinen Gemeinschaften geschehen, ist der Täter so gut wie immer Teil der Gemeinde. Ein Außenstehender hätte gar keinen Grund für einen Mord. Allerdings, so wie die Dinge hier gelagert sind«, fuhr er fort, »muss ich sagen, dass ich meine Zweifel habe.«

Luca nickte, denn es ging ihm ebenso. »Ja, die Vorgehensweise ist zu durchdacht, die Tat an sich zu inszenieren.«

»Genau das, diese Inszenierung, wie du sagst, macht mir Angst«, gestand Pasquale.

»Inwiefern Angst?«

»Dass noch etwas folgen könnte.«

Der Satz hing ein paar Sekunden lang wie zu Eis erstarrt zwischen ihnen. Luca konnte sich nicht mehr bewegen, so schien es. Er spürte schwer das Gewicht des Buches in seiner Hand. Dann hörten sie die Schreie.

9

Pasquale stürzte zum Balkon und umklammerte die Brüstung, dass sie zu wackeln begann.

»Ajuuutooo!«, schrie eine tiefe Männerstimme. Sie wurde durch den gesamten Ort getragen.

Eine Frau schrie etwas, Rufe wurden laut.

»Los!«, sagte Pasquale im Hinauslaufen, und Luca folgte ihm. Sie wussten, was geschehen war. Sie wussten, dass es bereits zu spät war. Und Luca fühlte, dass er das, was eben geschehen war, wie ein glühendes Eisen zwischen zwei Buchdeckeln zusammengepresst in der Hand hielt. Es war das zweite Kapitel.

»Ajuuutooo!«, hallte es ihnen wieder entgegen, und sie orientierten sich an dem Rufen, rannten nach rechts, die Straße hoch und immer weiter, bis sie nach einer Linkskurve den Marktplatz erreichten und das dahinterstehende Kirchengebäude. Die Stimmen hatten sich inzwischen vermehrt, und auch andere Personen rannten in die Richtung. Luca und Pasquale überholten sie. Hinter der Kirche bogen sie noch mal rechts ab und sahen links in einer Sackgasse eine Menschentraube unterhalb einer brusthohen Mauer stehen. Darüber begann ein Olivenhain, der steil am Berg lag.

»Ajuuutooo!«, schallte es von irgendwo dort oben, und ein unheimliches Echo verbreitete sich über die Berghänge.

Die Frauen in der Gruppe weinten und gestikulierten wild. Luca erkannte die drei Männer, die er bereits beim ersten Mord in der Toreinfahrt hatte stehen sehen. Als er und Pasquale sich ihnen näherten, deutete einer von ihnen auf eine kleine Treppe, die zum offen stehenden Gatter des Olivenhains hinaufführte.

Der Wind blies heute heiß und kräftig über die Hänge, doch Luca glaubte, etwas unter dem Rauschen in den Olivenbäumen hören zu können, etwas Vertrautes.

»Da oben. Gehen Sie«, bettelte eine der Frauen. Anscheinend wusste jeder im Ort, dass sie von der Polizei waren.

Pasquale nahm zwei Stufen auf einmal, und Luca hatte Mühe,

ihm zu folgen. Das vertrocknete gelbe Gras knisterte unter ihren Füßen, es staubte bei jedem Schritt. Die Bäume standen dicht beieinander und warfen in der erbarmungslosen Hitze einen angenehm kühlen Schatten. Die Zikaden lärmten, der Wind rauschte, und trotzdem war da noch etwas, das Luca immer mal wieder wie in Wellen wahrnehmen konnte.

»Ajutooo«, hörten sie den Mann rufen, jetzt ein schwächer gewordenes Jammern. Durch die Äste spähend, versuchte Luca herauszufinden, wer da vor ihnen war. Er meinte, eine Gestalt erkennen zu können. Doch Pasquales Rücken schob sich davor.

»Was ist passiert?«, rief er der Person entgegen und keuchte vor Anstrengung.

Es folgte ein Jammern, und dann fiel ein Mann vor ihnen auf die Knie. Er trug eine dunkle Hose, ein schwarzes, ausgeblichenes Hemd und auf dem Kopf einen Strohhut, den er nun verlor. »Madonna, mia«, flehte er.

»Was ist mit Ihnen? Was haben Sie?«, fragte Pasquale und ging neben dem Mann auf die Knie. Luca kam dazu und wollte dem Mann gerade unter die Arme greifen, um ihm hoch zu helfen, als er es hörte. »O mio babbino caro«, klang es seicht durch die Olivenbäume hindurch. Pasquale hatte es ebenfalls gehört, er fuhr herum und sah Luca entsetzt an. Sie ließen den Mann dort am Boden kauern und liefen auf die Stimme zu.

Luca fühlte die Angst wie einen Eispanzer auf seinem Rücken, die Kälte fraß sich immer tiefer in seine Knochen und lähmte ihn. Undeutlich, nur fragmentarisch, war eine Art unregelmäßiger Fleck, eine dunklere Stelle hinter den Ästen auszumachen. Sie hielten darauf zu. Mit den Händen wischten sie die störenden Zweige zur Seite und erklommen den Berg, während die Musik immer lauter wurde. Als sie ungefähr erahnen konnten, um was es sich bei dem dunklen Schatten handelte, verringerten sie ihr Tempo und gingen Schulter an Schulter langsam auf die Stelle am Boden zu.

Der Mann lag zwischen zwei Bäumen, das Gesicht in der Sonne, den Rest seines Körpers vom lichten Schatten des Blattwerks bedeckt. Seine Beine, die in langen dunklen Stoffhosen steckten, waren gespreizt, seine Hände auf dem Bauch gefaltet.

Sie hielten das Buch, dasselbe, das auch Luca immer noch in der Hand hielt. Der Hals war geöffnet. Im Sonnenlicht sah man deutlich die auseinanderklaffenden Schnittkanten, die Hautschichten und weiter unten Teile der Speise- und Luftröhre. Das ausgetretene Blut lag wie ein zerfetztes Stück roten Stoffes auf seinem Hals und seinem Kinn und unter seinen Schultern, Blutsprengsel bedeckten wie Leberflecke sein kalkweißes Gesicht. Die Augen waren weit aufgerissen und blickten seelenlos zu den Baumwipfeln empor. Das Blut auf dem verdorrten Gras sah aus wie ein Fächer, eine glänzende dunkelrote Lackschicht. Der kleine Lautsprecher stand rechts von ihm neben einem Baum nahe der Wurzel.»... andrei sul ponte vecchio, ma per buttarmi in arno ...«, sang die Frau mit solcher Trauer und Verzweiflung, dass Luca die Tränen in die Augen stiegen.

»Mach es aus«, bat er Pasquale.

»Das geht nicht, die Spuren ...«

»Wir werden daran keine Spuren finden, das weißt du«, sagte Luca schärfer, als er eigentlich wollte.

Pasquale senkte den Kopf, ging schweren Schrittes zu dem Baumstamm und stellte die Musik aus.

✳✳✳

Zwei Stunden später schwärmte eine Armada an Polizisten und Kriminaltechnikern durch das schmale, verbeulte Gatter in den Olivenhain, um den Tatort zu untersuchen und Spuren zu sichern. Von hier aus war es für den Täter ein Leichtes gewesen zu entkommen. Der Tatort war von der Gasse aus nicht einzusehen und schlecht zugänglich. Hier hatte sich der Mörder alle Zeit der Welt lassen können, aber dennoch konnte und musste er Spuren hinterlassen haben. Die Kriminaltechniker konzentrierten sich vor allem auf den Baum, hinter dem er seinem Opfer aufgelauert haben musste und vor dem er die Box positioniert hatte, in der Hoffnung, Faserspuren an der Rinde zu finden, Haare vielleicht. Hier draußen Blutspuren sicherzustellen, die nicht von größerer Menge waren, würde fast unmöglich sein.

Pasquale stand mit vier Carabinieri am Ende der Sackgasse

und instruierte sie, wie weit sie das Gebiet absperren und wie sie die Schaulustigen, die sich zwar schüchtern, aber zahlreich in den benachbarten Gassen gesammelt hatten, nach Hause schicken sollten. Luca, der im Moment keinen Beitrag leisten konnte, hatte sich abseits des Trubels in den Schatten eines Olivenbaumes gesetzt und las das zweite Kapitel, ahnend, dort auf ein ähnliches Szenario zu stoßen.

Kapitel 2

Die Abende waren kühl, vor allem, wenn der Regen kam, die Tage heiß und trocken. Die Zikaden waren allgegenwärtig wie ein Orchester, das unermüdlich den ganzen Tag bis spät in die Nacht spielte. Tagsüber hörte man einige Tiere, die hier lebten. Ziegen, Kühe, Esel und die Hunde, die eigentlich niemandem gehörten. Sie streunten mal hier, mal dort durch die verdreckten Gassen und ernährten sich von den Abfällen oder stahlen Essen aus den Küchen und den Schlachtschuppen. Ansonsten war es still. Keiner der Bauern nutzte Maschinen oder besaß einen Trecker. Sie lebten wie im Mittelalter. Was draußen in der Welt passierte, interessierte keinen, es ging sie nichts an. Alles außerhalb der beiden Ortsschilder war ebenso weit entfernt wie Afrika oder der Uranus. Den Gardasee hatten einige schon gesehen, aber längst nicht alle.

Es gab keine Schule für die Kinder. Sie wurden in einem Raum in der Kirche unterrichtet, der so etwas wie ein Allzweckraum der Gemeinde war. Hier wurden Vorbereitungen für den Gottesdienst und alle kirchlichen Feste getätigt, Gemeindesitzungen abgehalten, trafen sich die Frauen des Ortes zum traditionellen Körbeflechten. Es war zudem der einzige Ort, an dem man lesen konnte. Man konnte es keine Bibliothek nennen, aber der Pfarrer hatte in einem Regal einige Bücher gesammelt, die für alle verfügbar auslagen, die aber so gut wie niemand in die Hand nahm. Der Pfarrer war auch gleichzeitig der Lehrer und brachte den Kindern vor allem das Lesen und Schreiben und die Grundregeln der Mathematik bei. Das genügte, um hier zu überleben. Manche besuchten später noch eine Schule in Pregasio, doch kaum ein Elternteil legte viel Wert darauf, die Arbeitskraft des eigenen Kindes länger als nötig zu entbehren.

Padre Oswaldo Corso stank fast immer nach Alkohol. Morgens um acht, wenn er seine Stunde begann, dünstete er den Schnaps aus allen Poren aus. Seine Nase hatte sich über die Jahre in eine blauviolette Knolle verwandelt, die umso heller leuchtete, wenn er gerade ein paar Schlucke genommen hatte. Aber dann war er wenigstens frisch und guter Laune. Schlechter sah es aus, wenn die Wirkung nachließ und er Durst bekam. Doch Verstecke hatte er überall. Im Klassenraum hinter der Schiefertafel, in einem Buchschuber im Bücherregal, ja sogar in der Kirche unter dem Altar. Jeder wusste es, und keinen hätte es davon abgehalten, zur Predigt zu gehen oder sein Kind zum Unterricht zu schicken.

Es gab viele Haushalte, die ihren eigenen Schnaps brannten, aber es gab nur einen im Ort, der es als Lebensunterhalt tat. Der krumme Massimo. Er hatte einen Keller, in dem er sich eine eigene Destille gebaut hatte. Er machte aus allem Schnaps. Aus Weizen, aus Kartoffeln, Trauben und Obst. Manchmal war es von allem etwas, weil er es mit der Sauberkeit nicht so ganz ernst nahm und weil sein Keller kaum Licht einließ. Die Destille war ein zwei mal zwei Meter großer und anderthalb Meter hoher Ofen, in dem sich oben eine runde Öffnung befand, in die man mit Hilfe einer Winde unter der Decke einen mächtigen Messingkessel einlassen konnte. Ein verbeultes Rohr führte vom Kessel nach oben und in einem Bogen wieder nach unten zu einem quadratischen Loch im Boden, dem Keller im Keller. Eine zweite Etage, die der krumme Massimo über eine in den Stein gehauene Treppe erreichen konnte. Hier kam das Destillat an, das vom Kessel über dem Feuer durch das Rohr nach unten geleitet wurde, hier wurde es aufgefangen und auch gelagert, wenn er es nicht sofort an den Pfarrer liefern musste. Dieser zweite Keller war nicht gebaut worden, man hatte ihn buchstäblich aus dem Berg gehauen. Er glich auch mehr einer Höhle als allem anderen. Die weiße Farbe an den Wänden blätterte von der Feuchtigkeit an den meisten Stellen schon ab.

Ob der krumme Massimo deshalb so krumm war, weil er für seine Brennerei so viel Holz schleppen und zerhacken musste oder weil er so oft gebückt über dem Messingkessel stand und ihn Tag für Tag hochhieven, ausleeren und neu befüllt wieder hinunterlassen musste, konnte keiner sagen. Einen Arzt gab es nicht. Jede Familie hatte ihre eigenen überlieferten Rezepte gegen alle möglichen Krankheiten. Wenn sich einer den Arm brach, wurde er geschient. Lag jemand krank im Bett, kochte man ihm einen Tee aus verschiedenen Kräutern. Wenn es sehr schlimm war, rief man einen Arzt. Aber wirklich nur dann.

Luca blickte auf. Er war so gut wie allein. Belmondo hatte er vorhin zwar mit zu Nunzettis Wohnung genommen, seitdem aber nicht mehr gesehen. Allerdings machte er sich um ihn keine Sorgen. Der Hund kannte sich hier aus und würde bestimmt zurechtkommen. Vielleicht kam er auch gar nicht mehr zurück, sondern entschied, dass er hierbleiben wollte. Weiter unten sah er Pasquale langsam die Treppe heraufkommen, er telefonierte und sah immer wieder zum Himmel hinauf. Bald konnte Luca das Geräusch eines sich nähernden Hubschraubers hören. Pasquale war so beschäftigt, dass er ihn gar nicht wahrnahm, also widmete Luca sich wieder dem Buch.

Der krumme Massimo hatte keine genaue Ahnung davon, welche Mengen an destilliertem Schnaps herzustellen erlaubt war. Er wusste nur, dass er nicht unbegrenzt brennen durfte, und fürchtete, dass er weit über der legalen Menge lag. Also verriegelte er an diesem Tag lieber seinen Keller. Die Polizei würde kommen und Fragen stellen. Man hatte Ernesto tot in seinem Schuppen gefunden. Claudia, die Frau des Nachbarn, hatte ihn entdeckt. Massimo war Claudias Bruder. Giorgio, sein Schwager, stand bereits oben an der Haustür, als Massimo aus seinem Keller kam. Er war leichenblass und knetete besorgt seine Hände.
»Massimo«, sagte er ohne Luft in der Stimme.
»Giorgio, was ist?« Massimo meinte, Tränen in den Augen seines Schwagers zu erkennen.
»Es geht um Claudia, ihr geht es nicht gut. Ich weiß nicht, was ich tun soll.«
»Und?«
»Kannst du mir helfen?«, bat Giorgio flehentlich.

»Ist gut«, sagte Massimo wenig überzeugt. »Was ... was hat sie denn?«

Giorgios Kopf fuhr zu ihm herum. Seine Augen waren schreckgeweitet, und er flüsterte, so als redete er über etwas Verbotenes: »Sie hat ihn doch gefunden. Ernesto.«

»Deshalb?«

»Ja«, bekräftigte Giorgio.

Massimo war es nicht recht, dass er der Polizei so nah kommen musste. Doch was blieb ihm anderes übrig?

Vor Ernestos Hofeingang standen drei Carabinieri beisammen. Sie sahen furchtbar aus. Als hätten sie gerade den Teufel persönlich gesehen. Ihre Körperhaltung war fast so gebeugt wie die von Massimo. Leise gingen sie an ihnen vorbei in das Haus nebenan und stiegen die Treppe empor. Oben lag das Schlafzimmer, aus dem Giorgio heute Morgen noch Ernesto zugerufen hatte.

»Jemand hatte alle seine Ziegen ins Haus gebracht«, flüsterte er und schob Massimo förmlich die Stufen hinauf.

»Seine Ziegen?«

»Ja, keine Ahnung.«

Massimo drehte sich auf dem Treppenabsatz zu seinem Schwager um. »Ein Streich?«

»Ich weiß nicht, ich glaube nicht. Sie ist im Schlafzimmer«, sagte Giorgio und deutete mit dem Zeigefinger auf die Tür.

Massimo drehte sich wieder um, klopfte und trat ein.

Das Zimmer war eng, das Bett rechts an die Wand gerückt. Am Fußende hatte man gerade so viel Platz, dass man am Fenster entlang zum schweren Kleiderschrank auf der Rückseite des Zimmers gehen konnte. Claudia lag mit offenen Haaren auf zwei Kissen gebettet da und blickte starr auf die zugezogenen Vorhänge. Ein orangefarbenes Licht fiel auf ihr graues Gesicht, und sie wirkte eingefallen. Doch es war nicht der geistlose Ausdruck in ihren Augen, der Massimo auf einmal ängstigte, es war ihr Haar. Claudia war seine jüngere Schwester, und sie hatte langes schwarzes Haar, das sie immer zu einem Zopf gebunden trug. Jetzt war ihr Haar weiß. So weiß wie das Haar einer alten Frau. Von einem Tag auf den anderen war sie eine Greisin ge-

worden. Zumindest für Massimo. In Wahrheit war es von einer Sekunde auf die andere geschehen, nämlich in der Sekunde, in der sie nach Ernesto rufend die Schuppentür aufgestemmt und seine Überreste am Boden hatte liegen sehen. Die grausame, brutale Sezierung seines Körpers war die Entmenschlichung schlechthin. Der Anblick hatte sie ergrauen lassen, und einen schrecklicheren Schrei als ihren hatte Giorgio noch nie in seinem Leben gehört. Er hatte nichts Menschliches mehr an sich gehabt, und doch hatte er gewusst, dass seine Frau ihn ausgestoßen hatte. Er war zu ihr gerannt, auf den Hof, und hatte sie rückwärts aus dem Schuppen kriechen sehen. Er hatte sie ins Haus tragen müssen. Seitdem lag sie oben in ihrem Bett, ohne auch nur mit der Wimper zu zucken. Ihr Verstand war aus ihr entwichen.

»Was soll ich tun?«, fragte Giorgio hilflos.

Massimo ging ums Bett herum auf seine Schwester zu. Ihre Augen blieben starr auf einen imaginären Punkt gerichtet. Ihre Pupillen waren klein und die Ränder ihrer Augenlider weiß wie Elfenbein.

»Claudia«, sagte Massimo. Keine Reaktion.

Er legte eine Hand auf ihre Stirn. Sie war kalt.

»Claudia«, wiederholte er und ließ seine Hand auf ihre Wange gleiten. Nichts. Er leckte sich über die Lippen und drehte sich achselzuckend zu Giorgio um. »Vielleicht«, sagte er und entfernte sich langsam vom Bett, »vielleicht sollte man einen Arzt rufen.«

»Oder den Pfarrer?«

»Der kann ihr auch nicht helfen.«

Massimo wandte sich ab. Mit einem Finger zog er den Vorhang vor dem Fenster auf, um auf Ernestos Hof zu schauen. Dort waren mehrere Beamte in Uniform zugange. Die Tür zum Schuppen stand offen, aber drinnen war es so dunkel, dass man nicht hineinsehen konnte. Einer der Polizisten legte einen Arm um die Schultern eines anderen, der sich krümmte, als müsste er sich übergeben. Massimo ließ den Vorhang los.

Zusammen mit Giorgio stieg er die Treppe hinab. Beide erschraken, als sie sahen, dass jemand still und bewegungslos unten im Flur stand. Der Mann trug schwarze Hosen und eine schwarze, fast knielange Lederjacke. Seine Arme hingen schlaff

an den Seiten seines schmalen Körpers herab, und in seinen koh-
leschwarzen Augen war nicht eine Gefühlsregung zu erkennen.
Auch sein Gesicht war ausdruckslos wie ein Stück Holz.

»Wer sind Sie?«, fragte Giorgio so voller Angst, dass Massimo
meinte, sein Schwager würde glauben, er stünde dem Mörder
gegenüber.

Der Blick des Mannes ging zwischen ihnen hin und her. »Ich
bin Commissario Druso«, sagte er mit einem trockenen Schmat-
zen auf der Zunge.

»Ja?« Giorgio blieb abwartend auf der letzten Stufe stehen.

»Sie fanden das Opfer?«

»Nein, meine Frau.«

»Ist sie dort oben?«

»Ja, aber ich fürchte, sie ... sie hat einen Schock. Sie redet
nicht.«

Drusos Augen fixierten Massimo. »Und Sie sind?«

»Massimo Ettore. Ich bin der Schwager. Also, sein Schwager.«

»Wo können wir reden?«, fragte Druso und lenkte seinen
Blick den Flur entlang.

»Im Wohnzimmer«, sagte Giorgio und ging voraus.

»Kann ich gehen?«, fragte Massimo.

»Waren Sie auch drüben auf dem Hof?«, wollte der Kommis-
sar wissen.

»Nein.«

»Sie können gehen.«

Dankbar wollte Massimo sich zum Ausgang wenden, als Gior-
gio zusammenzuckte.

»Aber ... was soll ich tun?«

»Was meinen Sie?«, fragte Druso.

»Meine Frau, sie ist wie versteinert. Sie hat einen Schock.«

Druso sah ihn einige unheimliche Sekunden lang an.

»Ich kümmere mich darum«, sagte er schließlich.

Massimo winkte seinem Schwager zum Abschied zu und ver-
ließ das Haus.

Eine Hand berührte Luca an der Schulter, er schrak hoch. Pasquale stand in der Sonne über ihm.

»Und?«

»Nichts, der zweite Mord ist noch nicht geschehen.«

»Ich habe Martina und Tomasio gebeten zu kommen«, sagte Pasquale zerknirscht und lenkte seinen Blick nach oben zum Hang, wo irgendwo hinter all den Olivenbäumen die zweite Leiche lag. »Wir können jede Hilfe gebrauchen. Was für eine Sauerei.«

Luca bekam ein schlechtes Gewissen, als Tomasios Name fiel. Durch den Fall hatte er die Diagnose seines Freundes völlig vergessen. Er stand auf.

»Du weißt, was das bedeutet«, raunte Pasquale ihm zu, ohne seinen Blick vom Olivenhain abzuwenden. »Es ist der Anfang einer Serie. Der Killer wird wieder zuschlagen.«

Eine Serie, ja. Doch wenn der Mörder das plante, was das Buch nahelegte, war es nicht nur unvorstellbar, es war nach Lucas Überzeugung auch völlig unmöglich. Das Dorf hatte dreiundneunzig Einwohner. Falls der Mörder vorhatte, die Fiktion in Realität zu verwandeln, würde er offenen Auges in sein eigenes Verderben laufen, zumal er den Hinweis auf die noch folgenden Morde selbst hinterlassen hatte. Niemand, der nur halbwegs bei Verstand war, konnte glauben, dass er damit durchkam. Und so, wie er bisher vorgegangen war, war er bei Verstand.

»Ciao«, hörten sie eine Stimme im Schatten der Häuser sagen. Martina und Tomasio kamen in Begleitung eines Carabiniere die kleine Treppe herauf und betraten den Hain.

»Hallo, ihr zwei«, begrüßte Pasquale sie.

»Ciao«, sagte Luca. Er küsste Martina und nahm Tomasio in den Arm.

»Ist es das?« Tomasio deutete auf das Buch.

Luca reichte es ihm. Dann gingen sie nach oben zum Tatort.

»Wer hat das Opfer diesmal gefunden?«, wollte Martina wissen und duckte sich unter einem Zweig weg.

»Der Schwager. Er ist noch oben«, antwortete Pasquale.

»Achtung!«, rief plötzlich der Carabiniere und deutete nach links, wo ein Tier zwischen den Olivenbäumen hindurch auf sie zugerannt kam. Er zog seine Waffe und legte auf den Hund an.

»Stopp!« Luca ging dazwischen und stellte sich vor den Lauf der Pistole. »Das ist meiner.«

Belmondo sprintete mit fliegender Zunge auf die Gruppe zu und lief fast in Luca hinein, der sich sogleich auf den Boden kniete und ihn streichelte.

»Darf ich vorstellen? Das ist Belmondo.«

»Belmondo?«, wiederholte Tomasio belustigt. »Genauso lebensmüde ist er jedenfalls.«

»Wo kommt er denn jetzt her?«, fragte Pasquale, während Belmondo zu Martina ging und sie ebenfalls begrüßte.

»Keine Ahnung. Ich hatte ihn vorhin aus den Augen verloren.«

»Kann er Spuren lesen? Dann können wir ihn vielleicht gebrauchen«, meinte Tomasio trocken.

Pasquale winkte ab. »Na, los. Wir gehen weiter.«

Da Luca mit dem Hund nicht in die nähere Umgebung des Tatorts gehen durfte und ohnehin schon mehr als genug gesehen hatte, ließ er die drei die Leiche allein inspizieren und setzte sich indes zu dem Schwager des Opfers, den man mit etwas Wasser versorgt hatte.

»Tut mir leid, dass Sie das sehen mussten«, sagte Luca.

Der Mann, er mochte um die fünfzig sein, wischte sich mit der Hand übers Gesicht, als könnte er dadurch alle Erinnerungen auslöschen. Vielleicht waren ihm aber auch nur die Tränen peinlich, die er vergossen hatte.

»Heilige Mutter Gottes, wer tut so etwas?«, fragte er, und es hatte den Anschein, als würde er die heilige Mutter selbst um Antwort bitten, denn er schaute dabei in den Himmel.

»Darf ich fragen, warum Sie hier waren?«, wollte Luca wissen.

»Wir waren verabredet. Ich sollte ihm bei der Ernte helfen. Ich konnte ihn aber nirgends finden, bis ich die Musik hörte.«

»Verstehe.«

»Das ist doch Teufelswerk, Teufelswerk.«

»Ja, grausam.«

»Erst Michele und nun Fernando, ich verstehe das nicht.« Er schluchzte auf, und sein Blick fiel auf das Buch, das Luca sich unter den linken Arm geklemmt hatte. Verstohlen musterte er es.

Luca bemerkte das und holte es hervor. »Kennen Sie das?«, fragte er.

»Was, das Buch?«

»Ja, haben Sie es schon mal gesehen oder gar gelesen?«

»Nein. Nie gesehen.« Wieder ein kurzer, verstohlener Blick. »Können Sie mir sagen, ob Ihr Schwager Feinde gehabt hat? Jemanden, mit dem er im Streit lag? Geldprobleme?«

»Wir sind alle arm hier«, sagte er matt. »Niemand könnte uns etwas wegnehmen oder stehlen ... und Fernando hätte das auch nicht gemacht.«

»Ist er verheiratet?«

Der Mann nickte und senkte betroffen den Kopf. »Wie soll ich ihr das erklären?«

»Wo ist sie jetzt?«, wollte Luca wissen, denn das ganze Dorf schien zu wissen, dass hier etwas passiert war.

»Ich habe den anderen gesagt, dass sie sie nicht rauflassen dürfen.«

»Das war richtig so. Wie alt war Ihr Schwager?« Das Alter eines Toten zu schätzen, besonders in diesem Zustand, war sehr schwierig.

»Er ist ... dreiundfünfzig, ein Jahr jünger als ich. Er hat drei Kinder.«

Luca kniff die Lippen zusammen.

»Wie soll ich ihnen das sagen?«, fragte der Mann erneut und sah Luca aus schwimmenden Augen an.

Luca, so sehr er sich auch anstrengte, bekam kein Wort heraus.

10

Am Abend, nachdem Martina und Tomasio sich auch noch die Wohnung von Michele Nunzetti angesehen hatten, fuhren sie in einer kleinen Kolonne von drei Wagen in ein Restaurant in Pregasio. Luca hatte zwar Hunger, wusste aber nicht, wie er nach diesem Tag überhaupt etwas herunterbekommen sollte. Pasquale bestellte in aller Einvernehmen Kaninchen, und als das frisch gebackene Brot kam, griff auch Luca zögerlich zu.

»Was haben wir hier, eurer Meinung nach?«, fragte Tomasio.

»Es handelt sich, wie ich Luca vorhin schon sagte, mit ziemlicher Sicherheit um eine Mordserie«, antwortete Pasquale leise, damit die anderen Gäste nichts von ihrer Unterredung mitbekamen. Er hatte sich vorgebeugt und zupfte unbewusst an einem Stück Brot herum. »Wir haben außerdem ein dreißig Jahre altes Buch, das bei beiden Opfern gefunden wurde, in dem fiktive Morde an den Einwohnern von Veluzzo geschildert werden. Nach dem, was wir über die Handlung bisher wissen, setzt unser Täter das um, was in dem Buch steht. Jedenfalls gibt es gewisse, sehr auffällige Parallelen.«

»Meinst du, der Autor und der Täter sind dieselbe Person?«, fragte Martina.

»Unwahrscheinlich«, entgegnete Pasquale. »Zumindest lässt sich darüber jetzt noch nichts sagen. Es kann ebenso gut ein psychisch Gestörter sein, der durch die Schilderungen des Romans den Impuls zu töten bekommen hat.«

»Als Nachahmer einer fiktiven Mordserie?« Tomasio klang nicht sonderlich überzeugt.

»Es wäre nicht das erste Mal in der Geschichte, dass jemand durch eine literarische Vorlage beeinflusst wird.« Pasquale zuckte mit den Schultern und steckte sich einen Brotfetzen in den Mund.

»Ja, aber die Umstände der Veröffentlichung sind doch recht seltsam«, gab Tomasio zu bedenken.

»Luca, was denkst du?« Martina sah ihn auffordernd an.

Luca ließ sich Zeit mit seiner Antwort. Ihm war bewusst, dass er der Einzige in der Runde war, der in dem Buch gelesen hatte.

»Ich muss Tomasio recht geben. Die Art und Weise, wie das Buch entstanden ist, ist mehr als ungewöhnlich. Ein Autor schickt sein Manuskript an einen kleinen, hier am See ansässigen Verlag. Er verlangt kein Honorar, denn er möchte anonym bleiben. So anonym, dass er seinen Namen nicht mal dem Verleger gegenüber preisgibt. Und sein Buch handelt von einem in dieser Region tatsächlich existierenden Dorf, dessen sämtliche Bewohner von einem Mörder gemeuchelt werden. Das ganze Dorf, quasi ausgelöscht. Die Menschen in dem Buch mögen fiktive Figuren sein, doch sie wirken absolut authentisch.« Er öffnete beide Hände zu einer ratlosen Geste. »Wenn man es liest, bekommt man sofort den Eindruck, dass er oder vielleicht auch sie aus diesem Dorf stammt.«

»Moment«, fuhr Pasquale dazwischen, »da haben wir noch gar nicht drüber gesprochen. Du glaubst, dass eine Frau das Buch geschrieben haben könnte?«

»Möglich wär's, der Name Giovanni Sicaro ist schließlich ein Pseudonym. Und stilistisch bleibt es offen. Was ich bis jetzt herauslesen konnte, war, dass der Autor ein nicht gerade positives Bild des Ortes zeichnet. Er ist mit Sicherheit ein guter Beobachter, aber auch ein Zyniker und nicht zuletzt Misanthrop.«

»Aber schreibt er denn über reale Personen?«, fragte Martina.

»Das müssen wir herausfinden. Wenn es so ist, würde das die Theorie von Autor und Täter in Personalunion wahrscheinlicher machen«, sagte Luca.

»Wir müssen den Autor ausfindig machen«, stellte Pasquale unumstößlich fest. »Er wird seine Gründe gehabt haben, anonym zu bleiben. Entweder weil er mit seinen Worten real existierende Menschen angriff, die sich in den Figuren wiedererkennen würden, oder weil er sogar plante, sie körperlich anzugreifen.«

»Aber wieso wartet er dreißig Jahre damit?«, wandte Martina ein.

»Das ist eine gute Frage«, gab Pasquale zu.

»Wie alt kann er gewesen sein, als er das Buch schrieb, und

wie alt ist er heute?« Tomasio lehnte sich vor und schaute Luca an.

»Das ist schwer zu schätzen, aber die Art zu schreiben setzt ein gewisses Alter voraus, denke ich. Und auch einen gewissen Bildungsstand«, entgegnete Luca.

»Der Autor müsste heute demnach weit über fünfzig Jahre alt sein, wenn nicht über sechzig«, sagte Tomasio. »Kann er solche Taten noch ausführen?«

»Wie bitte?« Martina lachte auf. »Wieso sollte man in dem Alter keine Kraft mehr haben? Wenn wir von siebzig oder achtzig reden, okay. Aber seht euch doch an. Ihr seid auch bald in dem Alter.«

»Vielen Dank«, sagte Luca und nahm einen Schluck aus seinem Glas. Unter dem Tisch regte sich Belmondo.

»Ja, ja, schon gut. Aber bei allem, was wir hier so phantasieren«, gab Pasquale zu bedenken, »bleibt immer noch die Frage nach dem Motiv. Was lässt unseren Mörder, Buchautor oder nicht, so handeln?«

»Du weißt, wie es mit der Motivlage bei Serientätern ist«, sagte Martina, die als Einzige am Tisch über eine kriminalpsychologische Ausbildung beim FBI verfügte. »Sie folgen einem inneren Zwang, dem sie nicht widerstehen können. So, wie sich der Modus Operandi hier darstellt, ist von einem solchen Täter auszugehen. Es geht ihm nicht nur darum, sein Opfer aus Rache oder Geldgier zu töten. Er will eine Phantasie in die Tat umsetzen. Er ist ein organisierter Täter, der plant und einer Art Choreografie folgt. Dabei sind bestimmte Dinge ganz besonders wichtig für ihn. Der Kehlenschnitt, das Buch, die Musik.«

»Aber …«, wollte Luca widersprechen, da kam die Kellnerin mit dem Essen. Sie trug mit zwei Topflappen eine große dampfende Schale, in der es an den schwarz verbrannten Rändern noch rot kochte. Das Kaninchen in Tomatensoße duftete herrlich, doch die Assoziationen, die dieses Bild wachrief, ließen Luca stocken. Pasquale, der wie alle anderen am Tisch wahrscheinlich ebenso empfand, überwand sich als Erster und tat allen etwas auf ihre Teller auf. Mit spitzen Zähnen nahm Luca den ersten Bissen.

»Was wolltest du eben noch sagen?«, fragte Tomasio.

Luca schluckte das Fleisch hinunter, das warm, aber irgendwie viel zu schwer in seinem Magen lag.

»Was mich an der Serienkiller-Theorie zweifeln lässt, aber ich bin ja kein Experte, ist diese Fixierung auf dieses eine Dorf. Ich dachte immer, Serienkiller fahren herum und suchen sich ihre Opfer zufällig, nach einem bestimmten Muster aus. Das Opfer muss keine bestimmte Person sein, sondern diesem Muster entsprechen.«

»Das ist häufig so, ja. Vor allem bei organisierten Tätern«, verriet Martina.

»Aber hier ist es doch völlig anders. Die wesentliche Gemeinsamkeit der Opfer ist ihr Wohnort.«

»Ich verstehe, was du meinst«, gab Martina zurück. »Da ist auch was dran. Aber wenn ein Täter zu morden beginnt, führt er seine Taten zuerst immer dort aus, wo er sich am sichersten fühlt und wo er sich besonders gut auskennt. Sollte er aus dem Dorf stammen, und es liegt ja wirklich sehr abgeschieden, würde das passen.«

»Aber gibt er genau darüber nicht viel zu viel preis, indem er das Buch bei den Opfern hinterlässt?«, fragte Tomasio. »Er muss doch wissen, dass er sich dadurch angreifbar macht und uns mehr an Hinweisen gibt.«

»Das ist aber oft so bei diesen Tätern. Viele schalten sich sogar in die Ermittlungen ein oder beobachten die Polizei und ergötzen sich an dem Spiel, das sie mit den Ermittlern treiben. Es ist gut möglich, dass auch er uns heute beobachtet hat und eine große Befriedigung dabei empfand«, referierte Martina.

Diese Vorstellung bereitete allen ein unangenehmes Gefühl.

»Ich habe die Vermutung«, sagte Tomasio an Pasquale gerichtet, »dass du nicht daran vorbeikommen wirst, in dieser Sache eine Sonderkommission einzurichten. Beeil dich, das ist wieder mal ein großes Ding.«

»Wärst du dabei?«, fragte Pasquale frei heraus und grinste.

Tomasio schüttelte bedauernd den Kopf. »Ich muss dich leider enttäuschen.«

Das war genau das, was Luca nicht hatte hören wollen, und

ihm missfiel auch die Art, wie es zur Sprache gekommen war. Eigentlich hätte er das mit Tomasio unter vier Augen bereden wollen.

»Was ist denn rausgekommen?«, fragte er fast kleinlaut.

»Tja, es gibt eine gute und eine schlechte Nachricht.« Tomasio lächelte gezwungen und faltete die Hände. »Es ist nicht das, wonach es zunächst aussah.«

»Kein Tumor?«, fragte Martina hoffnungsvoll.

»Nein. Auf dem CT war ein walnussgroßer Schatten zu sehen, doch es hat sich herausgestellt, dass es kein Tumor, sondern ein bereits älteres, verkapseltes Blutgerinnsel ist.«

»Ist das schon die schlechte Nachricht?«, fragte Pasquale vorsichtig.

»Nicht ganz. Es drückt offenbar auf mein Sprachzentrum, und wenn es nicht bald entfernt wird, könnte ich die Fähigkeit zu sprechen verlieren.«

Stille kehrte ein.

»Da seid *ihr* sprachlos, was?«, scherzte Tomasio und trank rasch einen Schluck Wein.

»Und wie schnell …?«, wollte Luca wissen.

»Ich habe nächste Woche einen Termin.«

»Nächste Woche?«

»Ja, ist mir ganz recht. Wozu es hinausschieben? Ich werde danach nur etwas länger krankgeschrieben sein, Pasquale, und daher wohl eher nicht bei dieser Soko dabei sein können.«

»Aber wenn sie es entfernt haben, ist alles wieder gut?« In Martinas Augen glitzerten Tränen.

»Eigentlich schon«, sagte Tomasio. »Es besteht halt nur die Gefahr, dass sie während der OP etwas verletzen, und dann w-w-werde ich a-a-auch n-n-nicht mehr sprechen k-k-können.« Er grinste und bekam dafür sofort eine liebevolle Backpfeife von Martina.

»Und was passiert so lange mit Lia?«, fragte Luca. Lia war Tomasios Frau. Sie litt an Demenz und war auf Tomasio angewiesen.

»Wir haben für die nächste Zeit eine ambulante Pflege organisiert. Die kümmern sich um sie und kochen und so weiter«, erklärte Tomasio.

Luca vergrub sein Gesicht in einer Hand und verbarg damit, wie sehr ihn diese Nachricht mitnahm. Als Heranwachsende waren Tomasio und er die besten Freunde gewesen, sie hatten etwas Schreckliches zusammen durchgestanden, wofür Luca dem Freund jahrelang zu Unrecht eine Teilschuld gegeben hatte. Sein schlechtes Gewissen nagte nicht nur an ihm, es biss ihm direkt ins Gesicht. Da spürte er eine Hand auf seiner Schulter.

»Es könnte übrigens daran liegen, dass wir zwei früher immer so tief getaucht sind, mein Freund«, hörte er Tomasio sagen und blickte auf. »Vielleicht solltest du dich auch mal checken lassen.«

Luca und Tomasio waren in ihrer Kindheit und Jugend Apnoe-Taucher gewesen, ohne diese Bezeichnung jemals gehört zu haben. Sie waren einfach getaucht, so lange und so tief sie konnten. Und vor Kurzem hatten sie diese Fähigkeit wieder nutzen müssen, dabei wären sie fast ertrunken.

»Es tut mir so leid«, flüsterte Luca.

»He, Luca. Denk jetzt bloß nicht, dass du schuld bist. Ich sehe dir dein schlechtes Gewissen förmlich an«, schalt Tomasio ihn.

»Du bist mir zu Hilfe gekommen«, erinnerte Luca seinen Freund.

»Ja, aber das Gerinnsel ist wahrscheinlich älter, also mach dir mal keinen Kopf.«

Nachdem sie nach Hause gefahren waren, fiel Luca so erschöpft ins Bett wie schon lange nicht mehr. Es war aber weniger Müdigkeit als Niedergeschlagenheit, und er mochte gar nicht daran denken, was morgen oder in der kommenden Woche an üblen Ereignissen noch alles folgen könnte.

11

Die Vögel begannen eben erst zu zwitschern, aber er lag schon eine Weile wach auf seinem Bett und hatte die Arme hinter dem Kopf verschränkt. Sein Fenster stand weit offen. Am liebsten wäre er gleich wieder ins Wohnzimmer gerannt, wo auch seine Eltern schliefen, weil dort das Grammophon stand. Es war zu groß, um in seinen winzigen Verschlag zu passen. Hier drin hatten früher die Esel gestanden, bis sein Vater für sie den Außenstall und aus diesem Platz ein Zimmer für ihn gebaut hatte. Er wusste nicht mehr, wie oft sie gestern die Schallplatte gespielt hatten, doch er kannte die Melodie und die Worte bereits auswendig. Leise summend blickte er hinaus in den immer blauer werdenden Himmel. Es war noch vor dem ersten Hahnenschrei, aber gleich würden seine Eltern aufstehen.

»Ich geh dann«, sagte Toto nach dem Frühstück und gab seiner Mutter einen Kuss. Sein Vater war bereits draußen.

»Nimm die Tomate und etwas Brot mit«, sagte sie.

»Ach, lass. In der Schule komme ich nie zum Essen.«

Er lief den Schotterweg hinauf zur Straße, wo sie bereits auf ihn wartete. Nunzia war keine Schönheit, aber sie hatte ein gutes Gesicht und warme Augen, und sie war die Einzige, die mit ihm sprach.

»Ich habe gestern das tollste Geschenk meines Lebens bekommen«, sagte er und lächelte stolz.

»Ach ja, alles Gute zum Geburtstag«, erwiderte sie und klopfte ihm freundschaftlich auf den Rücken.

Nunzia wohnte oberhalb der Straße und eigentlich näher zum Dorf hin. Aber manchmal kam sie zur Straße heruntergelaufen und lief dann einfach weiter bis zu seiner Hauseinfahrt, um ihn abzuholen.

»Ich habe ein Grammophon bekommen. Weißt du, was das ist?«

»Glaube schon. Es macht Musik.«

»Ja, die schönste Musik der Welt.«

»Das klingt toll.«

»Aber sag es bloß niemandem«, raunte er ängstlich.

»Keine Angst. Ich bin doch nicht blöd.«

»Nein, bist du nicht.« Er begann wieder zu summen, und sie gingen unter den sich über die Straße wölbenden Bäumen, die angenehme Kühle spendeten, nebeneinanderher.

Als sie das Schulzimmer in der Kirche erreichten, stand Padre Oswaldo Corso bereits vor der Tür, die Klinke in der Hand, und zählte die Schüler, die sich an ihm vorbeidrückten.

»Buongiorno«, sagten Nunzia und Toto im Chor und gingen hinein. Corso roch nach Schnaps und Schweiß und Weihrauch, eine abstoßende Mischung, weshalb Toto stets den Atem anhielt, wenn er ihm zu nah kam. Sie setzten sich auf ihre Plätze. Matteo und die anderen starrten ihn mit böse blickenden Augen an, um ihn zu provozieren, aber er ignorierte sie.

Krachend ließ Padre Corso die schwere Tür ins Schloss fallen und legte seine goldene Taschenuhr auf das Pult. »Schlagt eure Bibeln auf. Hiob 1, Vers 4. Nunzia beginnt, uns vorzulesen.«

Nunzia, so zauberhaft sie war und so klug, wie sie sprach, war keine gute Leserin. Das irritierte Toto immer wieder von Neuem. Wenn sie lesen musste, war er ganz angespannt, weil er glaubte, ihr helfen zu müssen, wenn sie ins Stocken geriet.

Wie immer legte Nunzia beide Arme parallel zu den Buchkanten und knibbelte beim Vorlesen an den Spitzen der Seiten mit Daumen und Zeigefinger herum. »Und seine Söhne … gingen und machten ein M-Mahl, ein je-jeglicher auf … äh … in seinem Haus und auf sei-seinen Tag und s-s…«

»Sandten«, sagte Toto ihr leise vor.

»Arlecchino!«, donnerte Padre Corso und kam mit einem hinter dem Rücken versteckten Nussbaumzweig hinter seinem Pult hervor. Den Zweig tauschte er immer dann aus, wenn er seine Elastizität verlor. Heute Morgen hatte er einen neuen geschnitten. Die Schnittstellen waren noch ganz feucht. Toto legte automatisch seine Hand flach auf den rechten oberen Rand seines Tisches, und Corso ließ den Stock auf seinen Handrücken niedersausen. Der Schmerz war fast immer derselbe, außer wenn es sehr kalt war, dann war es schlimmer. Matteo grinste, als Corso den Schlag tat. Dann knallte der Stock in Totos Bibel, laut wie ein Pistolenschuss. »Weiterlesen!«, forderte Corso ihn mit unterdrückter Wut auf.

»... und sandten hin und luden ihre drei Schwestern, mit ihnen zu essen und zu trinken«, las Toto fehlerfrei.

Er durfte noch einige Zeilen weiterlesen, bis dem Padre, nicht zum ersten Mal, klar wurde, dass Toto keine Übung im Lesen benötigte.

»Matteo, mach du weiter.« Corso schritt durch die Reihen, den Stock senkrecht an seinen Rücken gedrückt.

Matteos Grinsen verschwand, und er legte einen Finger unter die Zeile. »Der Satan antwortete dem Herrn und sprach: Meinst du, dass Hiob umsonst seinen Gott fürchtet? Hast du doch ihn, sein Haus und alles, was er hat, ringsumher verwahrt.«

Matteo machte zwar auch keine Lesefehler, aber er las ohne jegliche Betonung, mit zu viel Tempo in einem monotonen, gelangweilten Brummen.

»Herrgott«, murmelte Corso leise vor sich hin und schritt schneller zum Pult. Er nahm sich die Bibel und fand die Textstelle. »DU«, rief er nachdrücklich und zeigte wuchtig mit seinem Zeigefinger in die Mitte der Kinder, »hast das Werk seiner Hände GESEGNET ...«, seine Stimme schwoll an, und Wut brandete in ihm auf, »... und sein Gut hat sich ausgebreitet im Lande.«

Er blickte der Reihe nach in die Gesichter der Kinder und endete bei Matteo. »Wenn du liest, lies so, dass man die Bedeutung auch versteht.«

Er sah den Jungen mit großen Augen auffordernd an, und Matteo nickte, um nicht noch länger im Zentrum der Aufmerksamkeit zu stehen.

»Aber RECKE deine Hand aus«, fuhr Corso fort, »und taste an alles, was er hat: Was gilt's, er wird dir ins Angesicht absagen.«

***

Auf dem Nachhauseweg lief Toto schneller als sonst. Er konnte es kaum noch abwarten, endlich das Grammophon zu sehen und, wenn die Arbeit es zuließ, die Schallplatte noch einmal abzuspielen.

»Willst du's sehen?«

»Was?«, fragte Nunzia abwesend.

»Na, das Grammophon.«

»Ich muss nach Hause.«

»Nur kurz.«

Sie war eben dabei, sich zu überwinden, da hörten sie einen Ruf hinter sich. »Hey, Schwuchtel!«, schallte es über die Straße. Toto wurde langsamer und ließ den Kopf hängen. »Mist.«

»Komm, wir laufen«, flüsterte Nunzia, »es ist nicht mehr weit.«

»Die sind schneller als ich. Lauf du.«

»Nein, dann bleib ich bei dir.«

»Sei nicht dumm. Lauf!«

»Nö, mach ich nicht«, sagte sie störrisch.

»Okay, dann laufen wir beide«, entschied Toto und sprintete los. Es war für ihn zwar immer noch aussichtslos, ihnen zu entkommen, doch wenigstens war Nunzia dann sicher. Ihr Haus lag näher an der Straße, und von ihr wollten sie ja auch nichts.

»Tschüs«, rief Nunzia außer Atem, ehe sie in ihre Auffahrt abbog.

Toto rannte und rannte, und irgendwie fühlte es sich beinahe alltäglich an. So automatisch, wie er seine Hand für Padre Corso hinlegte, so lief er auch davon, wenn Matteo auftauchte. Und während er lief, gingen ihm so viele Gedanken durch den Kopf, dass er gar nicht bemerkte, wie nah seine Verfolger ihm schon gekommen waren. Bis er von hinten zu Boden gerissen wurde. Matteo saß plötzlich auf ihm, umringt von den Gesichtern seiner Freunde, Alfredo, Tito, Sergio und Massimo.

»Glaubst du wirklich, du entkommst uns mit deinem schwulen Gerenne? Du bist nicht nur 'ne Tunte, du bist auch noch 'ne dämliche Tunte.«

»Lasst mich!«

»Warum? Wir wollen dir helfen, Arlecchino.«

Wie hungrige Hyänen starrten sie ihn an.

»Du singst doch immer so schön, und wir wollen dir helfen, dass du noch höher kommst mit deiner Schwuchtelstimme.« Matteo grinste breit, und Toto stellte sich vor, wie er eben noch die Bibelstelle vorgelesen hatte. Ohne jeden Ausdruck. Jetzt hatte er erstaunlich viel Ausdruck und Betonung in seiner Stimme.

»Tito, hilf ihm«, forderte Matteo seinen Freund auf, und Tito, der direkt hinter Matteo stand, machte einen Schritt zurück. Dann trat er Toto, der unter Matteos Gewicht keine Chance hatte auszuweichen, in den Schritt.

Toto stöhnte auf vor Schmerz und wand und krümmte sich. Die Jungs lachten.

»Gern geschehen«, sagte Matteo. Er drückte Totos Wangen mit einer Hand zusammen. »Jetzt sing für uns, du alberner Clown, sing, Arlecchino!«

Toto röchelte nur, und seine Augäpfel kreisten wild in ihren Höhlen.

»Sing!«, schrie Matteo und knallte Totos Kopf auf das Pflaster.

Toto schluckte und atmete, schluckte und atmete, und dann ließ er einen Ton erklingen, hell und klar. Einen Moment später schlug ihm Matteo mit der Faust ins Gesicht.

»Reicht schon, es hat geklappt«, sagte er, und sein Gefolge wieherte vor Lachen. Sie ließen ihn dort liegen und verschwanden gut gelaunt in Richtung Dorf.

Toto blieb noch einen Moment liegen und überlegte, was er seiner Mutter sagen sollte, wenn er ein blaues Auge mit nach Hause brachte. Die Schmerzen im Unterleib ließen ihn jedoch keinen klaren Gedanken fassen, und so rappelte er sich schließlich auf und schwankte gebeugt in Richtung des Hauses. Es dauerte nicht lang, da ging er immer gerader, und nach einigen Metern auf dem Schotterweg begann er schon wieder, ein Lied zu singen. »La fisarmonica« von Gianni Morandi, eines seiner Lieblingslieder. Aber so schön und klar er auch sang, so traurig klang er auch.

Am Abend standen Toto und sein Vater gemeinsam in der Werkstatt. Toto sägte an einem Brett, der Vater bohrte ein Loch in einen großen Winkel aus Holz. In der Anstrengung leuchtete Totos Veilchen hellviolett.

»Hingefallen?«, fragte sein Vater und pustete die Späne von der Platte.

»Gestoßen«, sagte Toto. »Am Bücherregal in der Schule.«

»Hast du wieder ein Buch mitgenommen?«

»Ja«, antwortete Toto lächelnd, weil er zwar wusste, wie sinnlos sein Vater das Lesen fand, er wusste aber auch, wie stolz es ihn machte, dass sein Sohn ein so guter und fleißiger Leser war. »Ein Buch über einen Fischer.«

»Das muss ja interessant sein«, brummte sein Vater.

Toto musste lachen. Und dann musste sein Vater lachen. Es war ein guter Moment, ein seltener. Denn so oft waren sie nicht allein zu zweit und taten etwas gemeinsam.

Toto begann zu singen, als er die Schnittkanten des Brettes mit der Feile glättete. Es sollte ein Wandregal werden, auf dem er sein Grammophon abstellen konnte. Im Wohnzimmer nahm es zu viel Platz weg, als dass es dort hätte stehen bleiben können.

12

Luca saß im Wohnzimmer und las im »Dorf der Verdammten«, während Martina schon seit drei Stunden im Bett lag und schlief. Seit der Stelle, an der er im Olivenhain zu lesen aufgehört hatte, war es in erster Linie um die Ermittlungen im Mordfall des Ziegenhirten Ernesto Mauro gegangen, bevor sich der Fokus wieder auf den krummen Massimo gelegt hatte, dessen Schnapsbrennerei ein oft besuchter Treffpunkt für die Männer des Ortes war. In losen Abständen trafen sie sich in dem Kellergewölbe, das zwar unwirtlich, aber im Sommer immerhin angenehm kühl war. Einige der Männer hatten sich auch jetzt wieder versammelt, um bei einem Gläschen Schnaps über den Mord zu diskutieren.

Dumpf hing der gelbe Schein der Lampe über ihren bemützten Köpfen. Ihre Gesichter lagen alle im Schatten. Es war merkwürdig still, stiller als sonst, und die Redepausen zwischen den Wortmeldungen waren endlos lang geworden. Das Schnapsglas in beiden Händen haltend, räusperte sich Lino, der Bäcker des Ortes.

»Und wenn es nun einer aus Veluzzo war?«

»Wer sollte das sein, Lino?«, fragte der klein gewachsene Stefano, der von allen nur »Limone« genannt wurde, weil er einen Zitronenhain besaß. »Keiner von uns würde einem der anderen so etwas antun. Giorgio sagt, Ernesto sei abgeschlachtet worden. Der Kopf, die Arme ... Der Kerl hat ihn zerstückelt. Claudia ist verrückt geworden bei dem Anblick.«

»Wenn wir rausfinden, wer das war«, knurrte Lucino, »ziehen wir ihn zur Rechenschaft.« Er blickte mit seinen großen Augen entschlossen in die Runde, fixierte jeden, um alle nachdrücklich davon zu überzeugen, dass seiner Ansicht gefälligst zu folgen war. Sein drahtiger, muskulöser Körper war gespannt wie eine Sehne, und der Bart, der hufeisenförmig um seinen Mund verlief, verlieh ihm etwas Rohes und Brutales. Er sprang auf und griff sich den Holzstock mit Haken, mit dem der krumme Massimo

die großen Gefäße an langen Nägeln in der Wand aufhing. »*Wir schlitzen den Schweinepriester von oben bis unten auf.*«
Die Männer erwiderten seinen Blick mit einer Mischung aus Angst und Zustimmung.

»*Setz dich wieder*«, *befahl ihm Vito. Er war der Älteste unter ihnen. Seine Hände waren knotig und krumm von der Arbeit, sein Rücken gebeugt, und seine Zähne fehlten fast vollständig.* »*Wenn es so weit ist, können wir darüber reden. Jetzt ist die Polizei im Ort. Wir können nichts tun, außer auf uns und unsere Familien aufzupassen.*«

»*Wir könnten nachts Patrouillen durchs Dorf gehen lassen*«, *schlug Massimo vor.*

»*Das finde ich gut*«, *entgegnete Vito, und Lucino nickte, ohne den Haken loszulassen.*

Das Dorf wollte sich also selbst verteidigen, gegen jemanden oder etwas, das einen von ihnen heimgesucht und bestialisch ermordet hatte. Niemand fühlte sich jetzt noch sicher. Nicht, bis der Mörder gefangen war. Und jeder hier schien zu spüren, dass der Mord an Ernesto vielleicht nur der Anfang gewesen war.

Drei der Männer taten sich für die nächtlichen Rundgänge zusammen. Sie waren bewaffnet mit dem, was sie bei sich im Haus finden konnten. Messer, Knüppel, Sensen, Beile.

Als die anderen Bewohner in ihren Betten lagen und die Männer durch die Gassen gehen hörten, fühlten sie sich sicherer.

Kapitel 14

Massimo steckte die letzte Nacht, in der er mit Lucino und Dario unterwegs gewesen war, noch in den Knochen. Er war nicht mehr der Jüngste und das viele Laufen nicht gewohnt. Seine Arbeit hatte viel mit Warten zu tun – warten, bis das Kondensat sich in den Behältern niedergeschlagen hatte. Das war eine Prozedur, die Geduld erforderte. Ja, Geduld hatte er. Und die würden sie alle brauchen, vermutete er. So leicht würden sie den Mörder nicht in die Finger kriegen. Sein Gefühl sagte ihm, dass er nicht aus diesem Dorf stammte. Auch nicht aus dem nächsten oder überhaupt aus der Gegend hier. Er war so etwas wie ... Massimo hatte kein Wort dafür, aber er war anders als alles, was er kannte, was sie alle hier kannten.

Er saß allein im unteren Keller, in dem sie letzte Woche den Beschluss gefasst hatten. Vor ihm stand eine Flasche Kartoffelschnaps vom letzten Jahr, in seiner Hand hielt er ein Glas, das noch halb gefüllt war. Eine Motte schwirrte um das Licht an der Decke, ihr grotesk vergrößerter Schatten warf sich von Wand zu Wand, doch Massimo störte das nicht. Er war in Gedanken und leerte abwesend das Glas. Zwei, drei Schnäpse würde er noch brauchen, bis er richtig schlafen konnte.

»Plipp«, machte es. Ein Tropfen, der irgendwo heruntergefallen war, was hier unten aber nichts Ungewöhnliches darstellte. Die Temperaturunterschiede zu draußen waren so groß, dass sich an den Wänden ständig Feuchtigkeit bildete.

Wieder ein Tropfen. Massimo goss sich ein weiteres Glas ein und trank es auf ex. Dann sah er auf das Rohr, das durch die Decke nach oben in die Brennerei führte und aus dem beim Brennen das Destillat herauslief. Eine kleine Pfütze hatte sich darunter gebildet. Und wieder fiel ein Tropfen aus der Mündung.

Schwerfällig stand Massimo auf und humpelte hinüber. Er steckte seinen Finger in die Öffnung und probierte von der Flüssigkeit, die sich da gebildet hatte. Es war Alkohol. Weizenschnaps. Aber er hatte keinen gebrannt, weil er wegen der Patrouille die ganze Nacht weggewesen war, und heute war er zu müde gewesen. Wie konnte das sein?

Er stiefelte zur Treppe und zog sich mit den Händen am Geländer hoch bis zur Tür. Alles war still. Er ging durch den Flur und stieß die Tür zur Brennerei auf. Der Kessel war in die Öffnung eingelassen, und im Ofen brannte Feuer.

»Was zum Teufel …« Massimo zweifelte an seinem Verstand. Konnte er vergessen haben, den Schnaps angesetzt zu haben? War er schon so durcheinander?

Er stieg auf die Empore, griff nach dem Lappen und hob den Deckel des Kessels an. Eine weiße Dampfwolke schoss heraus.

Auf einmal wusste er, was das alles zu bedeuten hatte. Doch leider war es schon zu spät für ihn. Er ließ den Deckel scheppernd fallen und fuhr herum. Da stand er auch schon und sah ihn an.

Sein Anblick ließ Massimo nicht nur erschaudern, die Angst explodierte wie eine Bombe in ihm. Ein Schrei entfuhr seiner Kehle, ehe er von stahlharten Händen gepackt wurde und ein Strick sich um seinen Hals zog. Im nächsten Moment wurde er nach hinten gestoßen und fiel. Alles um ihn herum wurde weiß und schwarz zugleich, und die Hitze packte ihn so brutal, dass es ihm vollkommen entging, dass er keine Luft mehr bekam.

Um sechs Uhr am nächsten Morgen stand Padre Corso vor Massimos Tür. Er trug einen Bastkorb, in dem ein Tuch bereitlag, um den Schnaps abzudecken, von dem jeder wusste, dass er ihn darunter versteckt hielt. Als nach zweimaligem Klopfen niemand öffnete, trat Corso ein. Das hatte er schon öfter getan. Wenn Massimo unten im Keller war, hörte er das Klopfen nicht oder kam nicht schnell genug herauf. Ein merkwürdiger Geruch schlug ihm entgegen, und Corso fragte sich, was er da wohl gebrannt hatte.

»Massimo?« Die Kellertür stand offen, die Tür zur Brennerei nicht. Also ging Corso zum Kellerabgang. »Massimo?«

Es blieb still. Unzufrieden stieg er die Stufen hinab, und der Gestank wurde immer stärker. Unten angekommen, trat er mit seinen Sandalen in eine Pfütze und sah, dass der ganze Boden mit einer orangefarbenen Flüssigkeit bedeckt war. Ein paar Fettaugen glänzten darin, und Corso zog augenblicklich seinen Fuß zurück.

»Was ist hier los?«, hauchte er. »Massimo!«

Aber er bekam keine Antwort.

Hastig lief er nach oben und öffnete die Tür zur Brennerei. Auch hier hing ein ekelerregender Geruch in der Luft. Er schlug den Ärmel vor die Nase und ging auf den Kessel zu. Was um alles in der Welt konnte Massimo nur darin gekocht haben? Er stieg auf die Empore und öffnete den noch warmen Deckel.

Als er erkannte, was er vor sich hatte, stürzte er rücklings zu Boden, rappelte sich wieder auf und rannte schreiend aus dem Haus.

Luca musste stoppen. Es war kein Olivenbauer, der als Nächster im »Dorf der Verdammten« dem Mörder zum Opfer fiel, es war ein Schnapsbrenner. Das bedeutete, dass der echte Mörder nicht die Reihenfolge des Buches berücksichtigte. Sollte es aber noch einen Schnapsbrenner im Ort geben, könnte er durchaus eines der nächsten Opfer sein. Luca rief Pasquale an und musste lange warten, bis er abnahm.

»Pasquale, im Buch wird als zweites Opfer ein Schnapsbrenner in seiner Brennerei umgebracht. Von den Personen, die bis jetzt vorkamen, ist keiner ein Olivenbauer«, sagte er leise, aber mit Nachdruck.

»Gibt es denn einen Schnapsbrenner im Dorf?«, fragte Pasquale verschlafen.

»Ich weiß es nicht.«

»Wir fragen morgen nach.«

»Pasquale«, entgegnete Luca mit mehr Stimme, »vielleicht sollten wir nicht so lange warten. Ich hab kein gutes Gefühl dabei.«

Es entstand eine Pause. Luca hörte Pasquale atmen, Bettzeug raschelte.

»Es ist jetzt drei Uhr«, sagte Pasquale. »Wir treffen uns um vier am Café.«

»Ist gut.«

Luca schrieb Martina einen Zettel, nahm Belmondo mit und machte sich sofort auf den Weg. Er würde eine halbe Stunde vor Pasquale dort sein, aber dann konnte er schon mal versuchen, die Besitzerin des Cafés wach zu klingeln.

Die Lichtkegel des Flavia tasteten sich über die verlassene Bergstraße. Luca musste einmal scharf bremsen, als ein Tier durch den gelblichen Lichtschein huschte. Er hielt es für einen Fuchs oder einen Hund. Kurz bevor sie das Dorf erreichten, verlangsamte Luca die Fahrt und suchte die Straßenränder nach einem Baustellenschild ab, vergeblich. Was er aber sah, waren Reifenspuren eines Baufahrzeugs, das rechts aus einem schmalen Schotterweg auf die Straße gefahren sein musste. Er hielt an, konnte in der Dunkelheit allerdings nichts erkennen. Der Weg hätte zehn Meter oder einen ganzen Kilometer lang sein können, das war nicht auszumachen.

Er lenkte den Wagen direkt vor den Eingang des Cafés. Nirgends brannte Licht. Am Himmel zeigte sich bereits so etwas wie ein fahler Schimmer, die Dämmerung setzte ein. Luca stieg aus und ging um das Gebäude herum, in der Vermutung, dass die Frau über dem Lokal wohnte, fand auf der Rückseite jedoch eine Treppe, die zu einem kleineren, weiter unten gelegenen Haus hinabführte, das kaum sichtbar war, weil es zwischen Bäumen eingekeilt stand. Er schaltete die Lampe an seinem Handy an und leuchtete den Weg aus. An der Tür verharrte er kurz und fragte sich, ob es wirklich nötig war, die Dame um diese Zeit zu wecken und in Angst und Schrecken zu versetzen. Aber er hatte einen guten Grund. Also klopfte er. Eine Klingel existierte nicht. Belmondo schaute aufmerksam auf die Tür und spitzte die Ohren, als er drinnen ein Geräusch hörte. Luca klopfte abermals.

Jetzt ging rechts von ihm ein Licht an, und der Vorhang wurde zurückgezogen. Er konnte nicht erkennen, wer es war, aber irgendjemand blickte zu ihm hinaus.

»Was wollen Sie hier, um diese Zeit?«, fragte eine ungehaltene Stimme durch die Tür hindurch.

»Es tut mir sehr leid, Signora, ich will Sie nicht verängstigen. Aber ich habe eine dringende Frage. Gibt es einen Schnapsbrenner hier im Ort?«

»Warum wollen Sie das wissen?«

Luca erinnerte sich, dass die Flasche, aus der sie den Grappa ausgeschenkt hatte, kein Etikett besessen hatte.

»Falls es jemanden gibt, ist er eventuell …«, Luca überlegte sich seine Worte genau, um keine Panik aufkommen zu lassen, »… wichtig für unsere Ermittlungen.«

»Und damit konnten Sie nicht noch zwei Stunden warten?«, moserte die Frau, und ein Schloss wurde geöffnet. Die Tür quietschte, als sie sie aufzog. Mit einem Bademantel bekleidet stand sie vor ihm.

»Nein, wir müssen ihn jetzt sprechen.«

Ihre Augen verengten sich zu Schlitzen, und er hatte das Gefühl, dass sie ihn durchschaute. Weiter oben hörte Luca schon das Motorengeräusch von Pasquales Alfa Romeo.

Er nahm an, dass sie das Auto auch hörte. »Via San Luca Nummer 5«, sagte sie. Dann schloss sie die Tür wieder, und das Licht wurde gelöscht.

Das war deutlich, aber er hatte, was er benötigte.

Pasquale erschrak, als Luca mit Belmondo aus dem Schatten des Hauses trat.

»Wo kommt ihr denn her?«

»Da ist ein Haus hinter dem Café. Komm, wir gehen rauf, ich habe die Adresse von der Besitzerin des Cafés bekommen.« Pasquale war etwas irritiert, aber er folgte Luca in Richtung Marktplatz.

»Via San Luca, hat sie gesagt.« Luca beleuchtete die Straßenschilder mit der Taschenlampe.

»Das passt ja«, meinte Pasquale.

Vor dem Marktplatz ging nach rechts die Via San Luca ab. Die Straße machte einen Bogen nach links, führte an einer Hofeinfahrt vorbei, und nach ein paar Häusern erkannte Luca die Schnapsbrennerei allein durch die Schilderungen im Buch. »Hier ist es«, sagte er und griff sofort zur Klinke der ersten Tür.

Sie war verschlossen.

Pasquale klopfte und wartete. Luca fand eine zweite, direkt im Stein des Felsens sitzende Tür weiter rechts. Sie war geöffnet.

»Hier muss der Keller sein«, sagte Luca, und seine Stimme hallte durch das Gewölbe. Er fand den Lichtschalter und ging voraus. Belmondo folgte ihm.

»Was ist da unten?«, fragte Pasquale. Er kam ebenfalls die Treppe herunter.

»Flaschen, Kanister, alles voll mit Schnaps.« Luca versteinerte, als er das Rohr erblickte, das aus der Öffnung in der Decke nach unten ragte. Es war, als sei er in das Buch eingetreten und erlebe plötzlich die Fiktion als Realität.

»Alles okay, Luca?« Pasquale berührte ihn an der Schulter.

»Ja, ja, schon gut.«

Plötzlich bellte Belmondo auf. In dem Gewölbe war das Geräusch so laut, dass beide Männer zusammenzuckten. Dann fiel oben am Treppenabsatz die Tür ins Schloss.

»Hallo?«, rief Pasquale. Der Hund tapste die Stufen hinauf und bellte die Tür an.

»Keine Angst, Belmondo«, beruhigte Luca ihn und drückte die Tür auf. »Siehst du, war nur der Wind.« Er nahm ihn am Halsband und führte ihn nach draußen.

Pasquale, der ihnen gefolgt war, tippte Luca an und nickte in Richtung der anderen Tür, die nun offen stand. Er zog seine Waffe, näherte sich und lugte vorsichtig hinein.

»Komm«, flüsterte er, und beide betraten den Raum, der vollständig von dem großen, wie ein kleines Raumschiff aussehenden Ofen beherrscht wurde. Der Kessel stand in der Mulde. Der Deckel lag daneben, und Luca überkam eine fast schmerzhafte Übelkeit.

Alles war wie im Buch.

Er musste nachsehen. Auch wenn sich sein Innerstes dagegen wehrte.

»Was tust du?«, fragte Pasquale, als Luca auf die Plattform des Ofens stieg.

Luca winkte angestrengt ab und riskierte einen Blick hinein. Obwohl es noch recht dunkel war, konnte er erkennen, dass der Kessel leer war. Da fiel einem plötzlichen Geräusch nach zu urteilen in der oberen Etage etwas zu Boden und rollte über die Dielen.

In der hinteren rechten Ecke führte eine Steintreppe in die erste Etage. Oben war eine Tür. Pasquale ging vor. Als sie die dritte Stufe erreicht hatten, vernahmen sie durch das Holz der Eichentür die bekannten Klänge der Arie. Für den Bruchteil einer Sekunde hielten sie inne und rannten dann los, Pasquale mit der Waffe im Anschlag voreweg. Er öffnete wuchtig die Tür, die aufschlug und den Blick in einen Wohnraum freigab. Einen Meter vor ihnen lag der schwarze Lautsprecher auf der Seite auf dem Fußboden. Links ging es in ein kleines Badezimmer, und geradeaus musste das Schlafzimmer sein. Es war noch zu dunkel, um mehr erkennen zu können. Bis Luca den Lichtschalter fand.

Eine nur in der Fassung hängende Birne leuchtete auf, und sie erkannten, was im Schlafzimmer passiert war. Ein Mann lag rücklings auf dem Bett. Seine Hände waren um ein Buch auf seinem Bauch gefaltet. Ein fast schwarzer Fleck hatte sich auf dem weißen Laken unter ihm ausgebreitet. Man hatte ihm die Kehle durchgeschnitten.

Pasquale sicherte den Raum.

»Hier ist niemand.«

Beide blickten ratlos von dem Lautsprecher, der das Geräusch verursacht haben musste, zum Opfer. Luca stellte die Musik aus. Die abrupt einsetzende Stille war so absolut, dass sie in den Ohren wehtat. Da hob das Opfer zuckend eine Hand.

***

»Belmondo!«, rief Luca in die Berge hinauf und formte dabei seine Hände zu einem Trichter. In der Aufregung hatte er den Hund vergessen. Jetzt war er nicht mehr auffindbar. Sicher streunte er wieder herum oder …

Pasquale stellte sich neben ihn. Ein Krankenwagen stand vor der Nummer 5, Ärzte und Sanitäter versuchten, das Leben von Frederico Bassano zu retten.

»Mein Gott, wir waren so nah dran«, sagte Luca.

»Ich habe alles angefordert, was wir haben. Aber es dauert, bis die Kräfte hier sind. Der Hubschrauber ist auch unterwegs. Ich …« Er verstummte, als auf einmal ein Bellen ertönte.

»Belmondo«, flüsterte Luca und horchte. Wenige Sekunden später raste der Hund in die Gasse und lief bellend auf sie zu. Er sprang vor ihnen auf und ab und bellte und bellte.

»Was hat er?«, fragte Pasquale verunsichert.

»Ich weiß nicht, so verhält er sich normalerweise nicht.«

Belmondo lief in die Richtung, aus der er gekommen war, und blieb stehen.

»Meint er das so, wie ich denke, dass er es meint?«, fragte Pasquale.

Luca nickte. »Wir sollen ihm folgen.«

Sie liefen los und versuchten, mit dem aufgeregt vorausspringenden Hund Schritt zu halten. Er führte sie zurück zum Marktplatz und den Weg hinunter, auf dem man zum Café kam, bog dann aber rechts ab in eine sehr schmale Gasse, in der die Männer nicht mal mehr nebeneinander laufen konnten. Sie hasteten durch die Häuserschlucht und kamen zu einem Hügel, hinter dem die Straße so steil abfiel, dass sie fast ausgerutscht wären. Belmondo wartete dort auf sie und rannte dann wieder vorneweg. Hinter einem staubigen alten Toyota Pickup blieb er stehen, schnüffelte und bellte.

»Schnauze da draußen!«, schrie eine Männerstimme aus irgendeinem Fenster.

Luca und Pasquale hatten die Stelle erreicht und rangen nach Atem. Belmondo bellte sie an, wedelte mit dem Schwanz und schnüffelte am Boden.

»Ist das Blut?« Luca beugte sich zu einem bräunlichen Fleck hinunter. Er war noch feucht.

»Ja, ist es«, bestätigte Pasquale. »Hey, guter Hund«, lobte er Belmondo.

»Warte mal, was ist das?« Luca versuchte, etwas vom Boden aufzuklauben, aber es war schwierig. Der Gegenstand war so klein, dass man ihn gar nicht erkennen konnte. Dann klappte es, und Luca hielt eine von Blut überzogene Nadel hoch. »Wie kommt die hierher?«, fragte er.

Pasquale griff zum Handy und setzte seine Kollegen und die Kriminaltechnik darüber in Kenntnis, dass sie wahrscheinlich den Fluchtweg des Täters entdeckt hatten.

✳✳✳

Der Ort füllte sich mit Polizisten und Technikern, und für Luca war kein Platz mehr. Er beschloss, nach Hause zurückzufahren. Er wollte das Buch zu Ende lesen und es bis heute Abend im Revier abgeben, wo man es digitalisieren sollte, um es für alle zugänglich zu machen. Trotz der Straßensperren, die Pasquale auf der Landstraße in beiden Richtungen hatte aufstellen lassen, und trotz des Hubschraubers, der über dem Gebiet kreiste und auch Wärmebildkameras einsetzte, hatte man keine Spur vom Täter gefunden. Wie im Buch verschwand er wie ein Geist.

Wie ein Geist fühlte sich Luca auch in seiner unfertigen Wohnung. Der Durchbruch klaffte in der Wand wie das Maul eines riesigen Hais, und die andere Seite des dazugewonnenen Raums war noch fremd und ungewohnt. Eigentlich hatte er diesen Zustand so schnell wie möglich beheben wollen, doch nun war alles anders gekommen. Plötzlich und ohne sein Zutun war er in einen monströsen Fall verwickelt worden, und das Wort »Berater« klang so herrlich distanziert, doch er hatte das Gefühl, dass er in dieser Funktion wie in einem Strudel mitgerissen wurde. Tief hinein in die dunklen Abgründe einer Geschichte, die irgendwie zum Leben erwacht war. Beeinflusste die Fiktion die Realität oder die Realität die Fiktion? Verschwammen gerade die Grenzen oder existierten sie gar nicht?

Es war elf Uhr, als er sich mit dem Buch hinsetzte und es widerwillig aufschlug. Nichts von dem, was die Erzählung noch bereithielt, wollte er lesen. Es war eine Pflicht, die er zu tun hatte, eine Pflicht den Menschen des Ortes gegenüber, die um ihr Leben fürchten mussten.

Commissario Druso stand neben dem Kessel. Sein glattes schwarzes Haar fiel ihm über die Augen, als er sich etwas in einem Buch notierte. Er ließ das Buch in seiner Jackentasche verschwinden und sprang von der Empore.

Draußen orientierte er sich kurz, ehe er den Weg zur Kirche einschlug. Er war ein Fremdkörper hier im Ort, ein schwarzer Ritter aus einer anderen Zeit. Seine Lederschuhe schrammten über den Schotter und staubten ein. Es schien ihn nicht zu stören. Er schritt zielstrebig auf die Kirche zu und schob die schwere Tür auf. Bereits am Eingang hörte er das Wimmern.

Padre Corso kniete vor dem Kreuz hinter dem Altar und betete. Sein gesamter Körper zitterte. Was er sagte, war kaum zu verstehen. Neben ihm lag eine Flasche ohne Etikett, in der noch ein Rest klarer Flüssigkeit stand.

»Padre«, sagte Druso, der hinter ihm stehen geblieben war. Der Geistliche reagierte nicht.

»Padre«, wiederholte Druso mit Nachdruck, griff unter des Pfarrers Arme und half ihm auf die Beine. »Können wir reden? Schaffen Sie das?«

Corso nickte. Ihm stand der Schweiß auf der Stirn, einige Strähnen seines Haars waren schon ganz durchtränkt. Druso deutete auf die erste Sitzreihe, nahm die Flasche und folgte dem schwankenden Corso, der sich schwer auf die Sitzfläche fallen ließ.

»Sie müssen Haltung bewahren«, sagte Druso ausdruckslos, aber dennoch so, dass man wusste, dass er es ernst meinte.

»Ja, ja, ich weiß«, jammerte Corso, »aber wie … wie kann ich da nicht … Wie soll man reagieren auf …?« Sein Unterkiefer bebte, und er blickte auf die Flasche in Drusos Hand.
»Ich verstehe das, aber Sie können hier nicht derart die Fassung verlieren. Jetzt konzentrieren Sie sich bitte und sagen mir, was Sie dort gesehen haben.«
Corsos Augen weiteten sich angstvoll, und sich weigernd schüttelte er den Kopf.
»Wann kamen Sie zum Haus von Signore Ettore?«
Corso atmete schwer und unregelmäßig. »Gegen sechs Uhr, denke ich.«
»Haben Sie irgendetwas Ungewöhnliches bemerkt?«
»Nur dass die Kellertür offen war. Und dann war da dieser … Geruch.« Er musste sich zusammennehmen, verzog das Gesicht vor Anstrengung und schloss die Augen.
Druso, aus welchen Gründen auch immer, gab dem Padre seine Flasche zurück und ließ ihn trinken.
»Haben Sie eine Ahnung, wer ihm das angetan haben könnte?«, fragte er.
»Niemand aus unserem Dorf«, sagte Corso bestimmt. »Dieses Monster ist nicht von hier oder auch nur von dieser Welt.«

»Das kann ich allerdings nicht glauben«, kommentierte Luca den letzten Satz. So präzise, wie der Autor seinen Täter vorgehen ließ und den Ort und die Menschen dort beschrieb, ließ das eigentlich nur den genauen Umkehrschluss zu. Der Täter, ebenso wie der Autor, war ein Bewohner von Veluzzo.

Luca blätterte über einige für ihn unwichtige Stellen hinweg, um direkt zum nächsten Mord zu gelangen. Und der hatte es in sich, denn diesmal starb nicht nur ein einzelner Mensch. In einer Nacht wurden zwei Männer und eine Frau getötet. Limone, der Zitronenbauer, lag von einem speerartig zugespitzten Baumstumpf erstochen in seinem Garten. Sandro, ein Dachdecker und Tischler, war von seinen Werkzeugen durchbohrt an einen Holzbalken gepflockt worden, den er bald in das Kirchendach hatte einbauen wollen. Und Maria, eine verwitwete Frau, die im Dorf viele Männerbekanntschaften hatte und auch einfach nur für Geld mit einigen davon ins Bett ging, wurde vollkommen entblößt und mit einem ihrer Schlüpfer erstickt in ihrem Bett gefunden. Dann stockte Luca auf einmal der Atem, als er einen bekannten Namen las: Fernando. Er besaß einen Olivenhain, und seine Frau fand seine Leiche auf dem Hof in dem Haus, in dem das Öl abgefüllt wurde. Er war in einem der Ölfässer ertränkt worden. Er hatte so heftig versucht, sich daraus zu befreien, dass fast alle seine Fingernägel abgebrochen waren. Je weiter die Geschichte voranschritt, desto grotesker wurden die Morde. In manchen Nächten dezimierte der Täter das Dorf um bis zu vier Personen. Auch Kinder waren dabei, ganze Familien. Die Gemeinde wusste nicht mehr, wo sie die Särge lagern und wo sie all die Toten überhaupt bestatten sollte. Eine Trauermesse nach der anderen wurde gehalten, und die Angst im Dorf wuchs ins Unermessliche. Manche packten ihr weniges Hab und Gut und flohen. Es gab auch zwei Fälle von Selbstmord. Einer der Selbstmörder war Padre Corso. Hin und wieder wurden Andeutungen gemacht, dass Druso vielleicht der Täter sein könnte, doch diese Theorie zerschlug sich, als Druso den Täter bei einem der Morde auf frischer Tat ertappte, dieser ihm aber dennoch entkommen konnte. Der letzte Mord beinhaltete die meisten Opfer, es war ein Massenmord an den noch verbliebenen Menschen, die sich zu einer Versammlung im Gemeindehaus getroffen hatten. Das Gemeindehaus und die Kirche wurden in Brand gesetzt und die Türen verschlossen. Die Polizei war schnell vor Ort, doch es gelang ihnen in dem Inferno nicht, die Türen aufzubrechen, ehe das Feuer gelöscht war, und die Menschen erstickten oder verbrannten kläglich.

Das Buch endete, als man tags darauf die verkohlten Reste des bis auf die Grundmauern abgebrannten Gemeindehauses und der Kirche nach Opfern durchsuchte.

Epilog
Die Polizisten stocherten mit Eisenstangen in den schwarzen, von der Hitze teils verzogenen, teils geschmolzenen und noch schwelenden Resten des Hauses. Niemand sprach ein Wort. Jedem war klar, dass sie hier keine Überlebenden mehr finden würden.

Sämtliche Dorfbewohner lagen tot unter dem heißen Schutt.
Keiner hatte es geschafft. Nicht einer war dem entkommen, was
dieses Dorf heimgesucht hatte. Die Frage, aus welchen Gründen
der Mörder hierhergekommen war, verlor ihre Dringlichkeit,
denn es war niemand mehr da, um eine Lehre daraus zu ziehen.
Das Dorf war gestorben. Es stand noch da, aber es war hohl und
leblos. Die Welt drehte sich weiter, alles blieb, wie es war. Nur
Veluzzo existierte nicht mehr. Doch in einem der Häuser gab es
noch jemanden. Eine einzige Person. Sie war nicht zu dem Tref-
fen im Gemeindehaus gegangen. Sie hatte zu Hause auf einem
Küchenstuhl gesessen und die geernteten Erbsenschoten geleert.
Sie war, ohne es zu wissen, die Letzte und Einzige ihres Ortes.
Ende

Luca klappte das Buch zu und blickte auf die Uhr. Es war zwanzig vor sieben. Jetzt musste er so schnell wie möglich nach Riva. Von unterwegs würde er Pasquale und Martina Bescheid geben, dass er sich auf dem Weg befand. Außerdem wollte er ihnen sagen, welche Figuren im Buch als Nächstes umkamen.

Das Digitalisieren des Buches würde die ganze Nacht in Anspruch nehmen. Morgen konnte er Bretone das Exemplar wieder zurückgeben und ihm bei der Gelegenheit gleich noch ein paar Fragen stellen. Eigentlich blieb im Moment nur eine Frage, die sie schnellstens beantworten mussten: Wer war der Verfasser des Buches? Denn Luca war sich nun, da er auch den Rest der Geschichte gelesen hatte, absolut sicher, dass der Autor auch derjenige war, der inzwischen schon zwei Morde und einen Mordversuch begangen hatte.

13

1983

Padre Corso saß auf dem Bett des alten Giuseppe. Er war seit Längerem krank und bettlägerig, und so schaute Corso hin und wieder nach ihm und redete seiner Frau gut zu.

»Die Hitze ist eine Bürde für uns alle«, sagte Corso und tätschelte dabei Giuseppes Hand, »seien Sie froh, dass Sie hier im kühlen Schatten sind und so gut versorgt werden.«

»Die Feier will ich noch erleben«, sagte Giuseppe heiser. Seine spitze Nase stach wie ein Schnabel aus seinem eingefallenen Gesicht hervor. Seine faltige Haut war blass und dünn. Blaue Adern kräuselten sich auf seinen Augenlidern.

Matteo kam herein und stellte seinem Großvater ein Glas Wasser auf den Nachttisch.

»Guter Junge«, lobte Giuseppe.

»Ja«, sagte Corso weniger überzeugt und musterte Matteo, der dastand, als wartete er auf ein Trinkgeld.

Der Padre wandte sich wieder dem Kranken zu. »Wir werden ein phantastisches Fest organisieren«, versprach er. »Es gibt viel zu tun, und wir sammeln Ideen von allen.«

Giuseppe hörte dankbar zu, auch wenn es ihn anstrengte. Matteo stand weiterhin da und rührte sich nicht.

»Ich hätte da … einen Vorschlag«, kam es plötzlich von ihm.

Überrascht straffte Corso seinen Oberkörper und lauschte gespannt.

»Arlecchino würde gern singen«, sagte Matteo. »Er traut sich nur nicht, Sie zu fragen.«

»Hat er dir das gesagt?«, fragte Corso zweifelnd. Er wusste, was die Kinder und allen voran Matteo von Arlecchino hielten. In ihren Augen war er ein Idiot, ein Trottel. Eigentlich sahen ihn alle im Ort so.

»Ich hab ihn das mal sagen hören.«

»So?« Corso erhob sich von der Bettkante. »Ich muss dann

auch wieder. Arrivederci.« Er reichte dem alten Giuseppe die Hand und nickte Matteo zu.

Unten auf der Straße beschleunigte er seinen Schritt. Eilig huschte er in die Kirche, öffnete ein Fach unter seiner Kanzel und zog eine Flasche von Massimos Schnaps heraus. Gierig trank er einige Schlucke und schraubte den Deckel wieder zu. Dann stützte er sich nachdenklich auf sein Rednerpult. Ihm gingen viele Gedanken durch den Kopf, und bevor er sich wieder losreißen und mit der Arbeit weitermachen konnte, widmete er sich noch einmal der Flasche im Versteck.

**

Toto stand auf dem Feld und blickte lächelnd in den Himmel, wo eine Wolke sich zu einem Berg auftürmte und sich vom unteren Rand her schiefergrau einfärbte. Er summte den Refrain eines Liedes, »Chitarra suona più piano«. Es klang sehnsüchtig und nostalgisch, obwohl sich am Himmel gerade ein Gewitter zusammenbraute.

»Nicola Di Bari«, sagte eine Stimme hinter ihm. Toto drehte sich um.

»Padre Corso«, rief er überrascht, aber nicht beunruhigt. Der Padre war zwar noch nie bei ihm zu Hause gewesen, aber Toto hatte sich nichts zuschulden kommen lassen, also konnte sein Besuch nicht gefährlich für ihn werden.

Er ging ihm entgegen. »Sie kennen Nicola Di Bari?«, fragte er erfreut.

»Ich kenne mich mit Kirchenmusik besser aus, aber Nicola ist … ich mag ihn.«

»Ich habe jetzt ein Grammophon«, berichtete Toto stolz.

»So? Wunderbar. Kann ich deine Eltern sprechen?«

»Meine Mutter ist oben, Vater ist noch nicht zurück.«

»Gut.« Corso setzte sich in Bewegung und spazierte mit hinter dem Rücken verschränkten Händen auf das niedrige Haus zu. Toto lief ihm hinterher.

Das Schweigen des Padre hatte vielleicht doch nichts Gutes zu bedeuten, dachte er unsicher.

In der Ferne grollte es.

»Heut werden wir endlich Wasser bekommen«, sagte Corso mit einem Blick in den Himmel. »Ich muss mich beeilen, damit ich noch trocken nach Hause komme.«

Er klopfte an den Rahmen der geöffneten Tür.

»Hallo?«, rief er.

»Ja?« Totos Mutter kam nach vorn. »Padre«, sagte sie fast erschrocken und reichte ihm brav die Hand, die sie zuvor an der Schürze abgewischt hatte.

»Keine Angst, ich wollte Sie nur mal persönlich aufsuchen, wegen eines Anliegens, das ich habe.«

»Kommen Sie doch bitte herein.« Sie lud ihn mit einer Handbewegung ein, ins Haus einzutreten.

»Danke, Signora.«

Drinnen bot sie ihm einen Platz am Tisch an und setzte sich dazu.

»Toto, holst du etwas Wasser vom Brunnen?«

»Ja, mach ich.«

Toto ging hinaus, auch wenn er gern gehört hätte, was der Padre wollte. Er schnappte sich den Eimer und lief zum Brunnen. Rasch kurbelte er den Behälter in die Tiefe und wieder herauf. Der volle Eimer stieß ihm ständig gegen das Knie, wenn er lief. Kurz bevor er am Haus war, setzte er das schwere Ding ab und horchte auf die Stimmen seiner Mutter und des Padre.

»Jeder im Dorf trägt etwas dazu bei«, hörte er Corso sagen. »Die Dreihundertjahrfeier ist etwas ganz Besonderes für unseren Ort. Sie sind in keiner der Frauengruppen, und Ihr Mann ist auch nicht ständig oben zu sehen …«

»Es tut mir leid«, entgegnete seine Mutter schnell.

»Nein, nein, darum geht es mir gar nicht«, wehrte Corso ab. »Ich wollte Sie nur fragen, ob Arlecchino vielleicht etwas aufführen möchte. Hätte er Interesse daran?«

»Er heißt Toto«, sagte seine Mutter matt, und es wurde für einen Moment still.

»Sicher, entschuldigen Sie. Ich dachte nur … Der Junge singt doch so gern. Wenn er den Wunsch hat und trotz seiner Behinderung den Mut fassen könnte …«

»Mein Sohn hat keine Behinderung.« Die Stimme seiner Mutter klang abweisend.

Toto stand wie angewurzelt da und wusste nicht, warum der Padre das gesagt hatte. Dass die Jungen im Dorf ihn auslachten und hänselten und manchmal auch verdroschen, war normal für ihn, auch dass ihn alle nur Arlecchino nannten, aber dass der Padre dachte ... Toto schluckte. Er blickte auf den Eimer zu seinen Füßen.

»Nun, Signora, Sie wissen doch selbst am besten, wie er ist. Es ist wohl unstrittig, dass er ... wie soll ich sagen ... dass sein Verhalten höchst auffällig ist.« Das Wort »auffällig« sagte er so abschätzig, als hätte er etwas probiert, das ihm nicht schmeckte.

»Mein Sohn kann singen. Wenn Sie möchten, dass er das tut, werde ich ihn gern fragen, Padre.«

Toto hörte dem Gespräch nur noch mit halbem Ohr zu. Seine Gedanken waren lauter, und sein sonst so zufriedenes Lächeln, das er so gut wie nie ablegte, verschwand. Auch die Sonne versteckte sich jetzt hinter den grauen Wolkenbergen, es wurde dunkel, und Toto hob seinen Fuß und stieß den Eimer um. Dann rannte er davon.

Am Abend, als er bereits im Bett lag und von unten auf den Grammophontrichter starrte, der über das selbst gebaute Regal hinausragte und scheinbar über ihm schwebte, klopfte es an seiner Tür. Das Gewitter stand noch immer über dem Berg. Es blitzte und donnerte, und der Regen prasselte aufs Dach.

»Ja?«, rief Toto.

Seine Mutter kam herein. »Schläfst du schon?«

»Nein.«

Sie schloss schnell die Tür hinter sich, um Regen und Wind draußen zu lassen, und kam an sein Bett.

»Du warst still beim Essen«, sagte sie besorgt.

Toto zuckte mit den Schultern.

»Der Padre war hier, um mich etwas zu fragen«, begann sie. »Er bereitet doch die Dreihundertjahrfeier vor, weißt du?«

»Mmh.«

»Und er wollte fragen, ob du Lust hättest, dort zu singen. Er hat dich sehr gelobt.«

»Ach ja?«

»Ja, er sagte, du hättest eine ganz wunderbare Stimme. Toto, du könntest richtig auftreten und allen zeigen, was du kannst.« Toto erwiderte nichts. »Mama, bin ich behindert?«, fragte er nach einer Pause.

Bestürzt beugte sich seine Mutter vor und nahm sein Gesicht in ihre Hände. »Nein, mein Schatz, wie kommst du …?« Sie sprach nicht weiter, weil sie es nun wusste. Er hatte alles gehört. »Nein, Toto, es ist nur so, dass die Menschen dich nicht verstehen können. Das Leben hier ist nicht einfach, die Menschen arbeiten hart und müssen viel entbehren. Das lässt sie bitter werden. Jemanden wie dich, der immer lacht und sich freut, so jemanden kennen sie nicht. Du weißt doch selbst, dass du nicht behindert bist. Du bist der schlaueste Junge, den ich kenne.«

»Aber keiner wird mir zuhören, wenn ich singe. Sie hassen es, wie ich singe, Mama.«

»Wenn du auftrittst, werden alle zuhören und still sein.« Sie lächelte ihn gütig an.

»Sogar der Padre hält mich für einen Idioten.«

»Nein, Toto, das tut er nicht. Er will dir eine Chance geben. Das ist doch sehr freundlich von ihm.«

»Wenn er wieder nüchtern ist, überlegt er es sich noch mal.«

»Toto«, rügte sie ihn.

»Entschuldigung.«

»So, jetzt schläfst du und überlegst es dir, und wenn du eine Entscheidung getroffen hast, gehst du zu ihm.«

»Ich?«

»Ja, wenn er ein falsches Bild von dir hat, rückst du es wieder gerade.« Sie gab ihm einen Kuss auf die Stirn, länger als sonst. »Schlaf gut, mein Sohn.«

»Du auch, Mama.«

Sie ging zur Tür und verharrte dort einen Moment.

»Dein Vater und ich sind sehr stolz auf dich«, sagte sie, bevor sie den Verschlag öffnete und hinaus in den Regen huschte.

***

Toto stand an der Straße und sah nach oben in die Baumwipfel, wo zwischen den sich bewegenden Blättern die Sonne ihre Strahlen zur Erde sandte. Mal hier, da, dort tauchten sie auf und verschwanden wieder wie Töne auf einem Klavier. Toto erkannte darin eine Melodie und stimmte summend ein. Ja, es war eine Melodie, und er lächelte selig.

»Buongiorno«, sagte Nunzia und rüttelte ihn vorsichtig aus seinen Vorstellungen.

»Ciao, Nunzia.«

Sie gingen die Straße hinauf wie jeden Morgen.

»Nunzia, du brauchst nicht mit mir gehen«, sagte Toto nach ein paar Metern.

»Wieso, wir haben doch denselben Weg?«

»Ja, ich meine, du musst nicht mit *mir* gehen. Ich weiß doch, was die anderen von mir denken.«

»Du bist anders als die anderen«, sagte sie.

»Ja, das meine ich. Alle denken, ich sei ein Idiot, ein …« Er hatte tatsächlich Probleme damit, das Wort über die Lippen zu bekommen. »Ein Behinderter.«

Nunzia sagte einen Moment lang nichts, und Toto hielt das für eine stille Zustimmung. Sie schwieg, weil sie ihn nicht verletzen wollte.

»Ich weiß das«, entgegnete sie schließlich leise. »Du bist halt manchmal …«

»Ja?«

»Abwesend irgendwie. Du träumst dann. Wie eben.«

»Ich denke einfach nur.«

»An was denkst du? Du siehst nämlich dabei etwas komisch aus, weißt du?«

»Ach ja? Ich denke an Musik.«

»Musik?«

»Ja, ich stelle mir Musik vor, höre oder sehe sie.«

Nunzia schwieg erneut. Anscheinend hatte sie nicht verstanden, was er sagen wollte.

»Jedenfalls sieht es für die anderen so aus, als ob du …« Sie ließ ihren Finger an der Schläfe kreisen.

Toto blickte vor sich auf die Straße. Er wusste nicht, wie er das ändern sollte. Man konnte doch nicht einfach aufhören zu denken.

»Und du lachst immer«, sagte Nunzia.

Anscheinend war es etwas sehr Schlechtes, wenn man lachte. Aber auch dagegen würde er kaum etwas tun können.

»Andere machen auch komische Sachen«, gab er zurück. »Sieh sie dir doch mal genauer an. Du auch«, sagte er.

»Ich? Was mach ich denn?«

»So machst du«, sagte Toto. Er spitzte seinen Mund und verzog ihn zur rechten Seite. »Immer dann, wenn du was nicht weißt.«

»Stimmt doch gar nicht«, sagte sie und schubste ihn.

»Doch, du bist auch behindert«, entgegnete Toto lachend.

Nunzia fiel mit ein, und sie bogen sich, während sie die Anhöhe zum Dorfeingang erklommen.

Oben in den engen Gassen wurden die Häuser bereits mit Blumen und bunten Lichtern geschmückt. Die kleineren Kinder flitzten um die beiden herum. »Arlecchino, Arlecchino«, riefen sie und lachten und flüchteten, wenn Toto seine Hand nach ihnen ausstreckte.

Auf dem Marktplatz mit der Schule und dem wartenden Padre Corso an der Eingangstür blieb Toto stehen.

Nunzia sah ihn fragend an.

»Corso hat meine Mutter gefragt, ob ich auf der Feier singen will«, sagte er leise.

»Was?« Nunzia wirkte erfreut und besorgt zugleich. »Und? Machst du es?«

»Ich weiß es noch nicht.«

Sie warfen dem Padre verstohlene Blicke zu. Corso blickte demonstrativ auf seine Taschenuhr, und sie beeilten sich, um nicht zu spät zu kommen.

Matteo saß ganz entspannt an seinem Platz und zwinkerte ihm zu, als er an ihm vorbeiging. Es war ein schadenfrohes Zwinkern, das Toto auf sein Veilchen bezog und auf die »Hilfestellung«, die sie ihm vorgestern gegeben hatten.

Das Buch Hiob hatten sie nun gelesen, und heute durften sie es abschreiben. Toto mochte diese Stunden, weil er dann quasi für sich war und alles herrlich still. Als er sein Heft aufschlug und seinen Bleistift zur Hand nahm, sah er, wie draußen auf dem Marktplatz Sandro einen Karren von seinem Muli ziehen ließ, der vollgepackt war mit Holzbohlen. Brett für Brett nahm Sandro nun von der Ladefläche und stapelte sie aufeinander. Das wird einmal die Bühne werden, dachte Toto. Die Bühne, auf der er stehen würde, wenn er zusagte. Die Bühne, auf der alle ihn sehen würden. Und auf der sich entscheiden würde, ob sie ihn singen ließen oder ihn auslachten.

Toto lenkte seine Aufmerksamkeit wieder in sein Heft. Langsam zog er die Linien der einzelnen Buchstaben. Hinauf und in einer Schleife wieder hinab. Irgendwie, dachte er, ist das auch wie eine Melodie. Jeder Buchstabe hat seinen eigenen Klang. Er musste leise lachen. Wieder hatte er etwas entdeckt, das ihn die Dinge anders sehen ließ. Besser, als sie bis dahin gewesen waren. Aus dem langweiligen Abschreiben einer Bibelstelle war Musik geworden.

»Arlecchino!«, schallte es da harsch durch den Klassenraum.

Toto blickte auf und sah, wie Padre Corso wutentbrannt auf ihn zustürzte, den Nussbaumstock wie eine Angel erhoben. So als wollte er einen Fisch aus dem Wasser ziehen.

»Was ist denn?«, fragte Toto arglos.

»Kein Singen im Unterricht«, ermahnte ihn der Padre mit schmalen Lippen, holte aus und ließ den Stock über seinem Kopf schweben. »Deine Hand.«

Er musste wohl wieder gesungen haben, ohne es zu bemerken. Alle anderen Kinder außer Nunzia grinsten und schüttelten die Köpfe, weil sie nicht verstanden, warum er das nicht abstellen konnte.

Toto legte seine Hand auf die rechte obere Tischkante, und der Stock sauste nieder.

»Nicht im Unterricht«, wiederholte der Padre, so als wollte er sagen, dass Toto durchaus die Erlaubnis hatte, auf der Dreihundertjahrfeier zu singen, aber eben niemals hier.

Toto sah ihm direkt in die Augen, was den Padre für den Bruchteil einer Sekunde zu irritieren schien. Dann holte er erneut aus.

Toto war immer noch tief enttäuscht von ihm. Die Sauferei, die Schläge im Unterricht, das alles konnte er ihm verzeihen, aber die Worte, die er gestern benutzt hatte, schmerzten mehr als jeder Schlag, den er hätte ausführen können.

»Luca, bist du durch?«, fragte Pasquale am Telefon. Luca stand gerade an der Ampel vor dem Eingang der Brasaschlucht. »Ja, ich bin unterwegs nach Riva, um dir das Buch zu bringen.«

»Nein, warte. Ich würde dich bitten, noch mal ins Dorf zu kommen. Die Frau des zweiten Opfers, Fernando Lauro, war gestern so hysterisch, dass sie ruhiggestellt werden musste. Ihre beiden Söhne sind aus Rovereto gekommen. Wir können jetzt mit ihnen sprechen.«

Etwas Schweres hing plötzlich in ihm wie an einem inneren Haken und drückte Luca tiefer in den Sitz. Ein Gespräch mit den Angehörigen war das Letzte, woran er mitwirken wollte.

»Ist gut, ich komme«, sagte er dumpf.

»Ich danke dir«, entgegnete Pasquale etwas förmlich, wohl weil er ahnte, wie Luca sich dabei fühlen musste.

Einen Augenblick lang saß Luca einfach so da, lauschte dem Plätschern des Baches und genoss den Schatten. Er wollte gerade den Wagen wenden, als er die Madonna bemerkte, die von roten Kerzen beleuchtet in der Ausbuchtung des Felsens stand. Zwischen all den Lichtern und Blumen zu ihren Füßen meinte Luca ein Buch zu erkennen, und er hatte eine böse Ahnung, um welches Buch es sich handelte.

Er prüfte im Rückspiegel, ob er an der Ampel noch allein war. Kein Auto hinter ihm. Er stieg aus, kletterte über die Balustrade und über den Bachlauf. Einige Kerzen standen auf dem Buch. Ein dunkler Einband mit gelber Schrift. Lass das bitte nicht wahr sein, flehte er innerlich. Lass es nicht wahr sein. Doch er wurde enttäuscht. Es war das Buch: »Das Dorf der Verdammten«.

Luca musste tief durchatmen. Ein Hupen ertönte so laut, dass er vor Schreck aufschrie und herumfuhr. Da stand Martina an sein Auto gelehnt und winkte. Ihre Kehle war durchschnitten und ihre Bluse und Shorts waren blutgetränkt.

Mit einem Keuchen schreckte Luca hoch und fand sich im

Wagen wieder. Er stand immer noch vor der Brasaschlucht, die Ampel auf Rot, neben ihm der Bach, und hielt sein Handy in der Hand. Er blickte zur Madonna. Kein Buch. Nur die Kerzen und Blumen. Er musste direkt nach dem Gespräch mit Pasquale eingenickt sein. Wie lange hatte er schon nicht mehr geschlafen? Er schüttelte sich und sah, dass sich im Rückspiegel ein Wagen näherte. Eilig setzte er den Blinker und wendete.

***

Der jüngere Sohn des Opfers, Emilio, saß mit seiner Mutter auf der Couch, als der ältere, Antonio, sie ins Wohnzimmer führte. Die Köpfe der beiden hingen nach unten, ihr Blick war voller Schmerz.

»Danke, dass Sie Zeit für uns haben«, sagte Pasquale, und er und Luca nahmen auf zwei wackeligen Holzstühlen mit Sitzflächen aus zerschlissenem Bast Platz. Pasquale kondolierte der Familie und begann mit den üblichen Fragen.

Lucas Blick schweifte im Raum umher. An der Wand über der Couch hing ein großformatiges Schwarz-Weiß-Foto eines Paares in Anzug und Kleid, das wohl aus den zwanziger oder dreißiger Jahren stammte. Den Blick nach rechts oben gerichtet, Händchen haltend und mit ernster Miene schauten sie fast so, als verfolgten sie den Weg des Verstorbenen ins Himmelreich. Rund um das Bild gruppiert hingen kleinere Familienfotos jüngeren Datums, darunter eines, das die Familie Arm in Arm in dem Olivenhain abbildete, der ihren Lebensunterhalt sicherte. Keiner von ihnen hatte damals ahnen können, welches Schicksal Fernando dort zwischen den sie so friedlich umgebenden Bäumen einmal ereilen würde.

Die Witwe und ihre Söhne verneinten gerade die Frage, ob sie wüssten, wer ihrem Mann und Vater das angetan haben könnte. Die Frau schielte immer wieder verstohlen zu Luca herüber, so als fragte sie sich, warum er bei diesem Gespräch anwesend war.

»Kennen Sie das Buch ›Das Dorf der Verdammten‹?«, fragte Luca und unterbrach Pasquale mitten in einem Satz, dessen Beginn er gar nicht gehört hatte.

Ein Schatten legte sich über die Augen der Witwe, der Blick der beiden jungen Männer blieb leer.

»Nein«, nuschelte sie leise.

»Nie gehört?«, hakte Luca nach.

»Nein.«

»Wie heißt der Pfarrer hier im Ort?«, wollte Luca wissen.

»Padre Oswaldo Corso«, antwortete sie und hob ein wenig den Kopf vor Neugier. Sie fragte sich augenscheinlich ebenso wie Pasquale, warum er das wissen wollte.

»Kennen Sie einen Massimo Ettore?«

»Der krumme Massimo«, sagte der ältere Bruder und lächelte.

»Er ist gestorben. Schon vor Jahren«, erklärte die Witwe.

»Und Sandro, der Tischler?«

»Ja.«

»Lebt er noch?«

»Ja.«

»Claudia und Giorgio, die Nachbarn von Ernesto Mauro?«

»Ja«, stieß sie verwundert aus. »Aber warum …?«

Pasquale hatte jetzt begriffen, was Luca beabsichtigte, und hielt gespannt die Luft an.

»Es gibt ein Buch über diesen Ort und seine Bewohner, über Menschen, die hier einmal gelebt haben und anscheinend teilweise immer noch leben«, sagte Luca. »Die Namen, die ich gerade genannt habe, werden darin erwähnt. Und doch kennt keiner von Ihnen dieses Buch?«

»Nein.« Sie schüttelte den Kopf.

»Was hat denn das mit unserem Vater zu tun?«, fragte Emilio. Etwas Rebellisches blitzte in seinen schwarzen Augen auf.

»Das Buch ist dreißig Jahre alt«, erklärte Luca, »und es beschreibt den Mord an fast allen Einwohnern, mit nur einer Ausnahme. Der Autor benutzte für seine Figuren anscheinend die realen Namen, was wirklich außergewöhnlich ist.«

»Und?«, fragte Antonio. »Wird unser Vater auch erwähnt?«

»Ja, wird er«, sagte Luca, und diese Bemerkung schnitt wie ein Schwert durch die dicke, nahezu feindselig aufgeladene Luft im Raum.

Luca stand auf. »Es wäre sehr hilfreich, Signora, wenn Sie sich erinnern würden.«

Der abschließende Satz implizierte, dass die Witwe eben gelogen hatte, und ihre Söhne sahen so aus, als würden sie ihm deswegen am liebsten an die Gurgel gehen. Luca beachtete sie nicht. Energischen Schrittes verließ er die Wohnung.

»Was ist denn mit dir auf einmal los?«, fragte Pasquale, als sie wieder auf der Straße waren.

»Jeder, den wir fragen, kennt angeblich den Roman nicht. Aber ist dir schon mal aufgefallen, wie sie reagieren, wenn du ihn erwähnst? Da steckt mehr dahinter, Pasquale. Die lügen uns an.«

»Wo gehen wir hin?«

Luca war in eine Seitengasse eingebogen.

»Ich möchte jemanden sprechen. Giorgio und Claudia. Sie waren die Nachbarn des Ziegenhirten, der im Roman in seinem Schuppen getötet wurde.«

»Luca.« Pasquale blieb stehen und hielt ihn am Arm zurück. »Ich möchte, dass du den hier nimmst. Du sprichst jetzt des Öfteren allein mit fremden Personen und wirst ihn brauchen.«

Luca erkannte den Ausweis, den Pasquale ihm hinhielt. Für den letzten Fall hatte er auch einen erhalten. Ohne ein Wort nahm er ihn an sich.

Sie gingen weiter durch die Straße, an deren Ende sie im Morgengrauen den Schnapsbrenner Frederico Bassano halbtot aufgefunden hatten und wo die Kollegen von der Kriminaltechnik immer noch tätig waren.

»Aber diese Leute haben doch gar nichts mit unseren Fällen zu tun«, gab Pasquale zu bedenken.

»Nicht direkt, aber es ist ein Problem des gesamten Ortes«, entgegnete Luca und blieb vor einer Haustür stehen. »Hier muss es sein.«

Er klopfte, und ein gedrungener Mann mit Halbglatze und dunklen Ringen unter traurigen Augen öffnete.

»Ja?«

Luca blickte zu Pasquale, ob er sie vorstellen wollte, doch der gab Luca den Vortritt.

»Entschuldigen Sie die Störung. Mein Name ist Luca Spinelli, und das ist Commissario Vialli. Wir untersuchen die Morde.« Der Mann verlagerte das Gewicht unsicher von einem Fuß auf den anderen. Er trug alte, zertretene Flipflops.

»Wer ist es, Giorgio?«, wollte eine Frauenstimme von weiter hinten wissen.

»Es ... es ... ist ...«

»Giorgio?«, fragte die Stimme, die nun ganz nah war. Dann schob sich eine Frau neben ihn. Luca hielt den Atem an.

Da war sie. Die Claudia, die im Buch einen solchen Schock erlitten hatte, dass ihr Haar von jetzt auf gleich weiß geworden war. Sie war gealtert, und tatsächlich zogen sich nun weiße Strähnen durch ihre langen, locker zusammengebundenen Haare.

»Wir sind von der Polizei«, wiederholte Luca. »Am Ende der Straße ist heute Nacht ein versuchter Mord geschehen.«

»Ja«, hauchte sie ängstlich.

»Früher hat doch Ihr Bruder Massimo die Brennerei betrieben, nicht wahr?«

Ihre Augen wurden größer. »Ja, das stimmt.«

»Wann ist er verstorben?«

»Vor ...«, sie rechnete nach, »vor sechs Jahren. Wieso fragen Sie?«

»Wie ist er verstorben?«, erkundigte sich Luca, ohne auf ihre Gegenfrage einzugehen.

»Ein Herzinfarkt.«

»›Das Dorf der Verdammten‹, sagt Ihnen dieser Titel etwas?«

Die beiden warfen sich einen überraschten Blick zu.

»Nein, warum? Was soll das sein?«, fragte Giorgio.

»Ein Roman. Dreißig Jahre alt, er spielt hier im Ort.«

»Nie gehört.« Claudia schüttelte den Kopf.

»Sie werden darin erwähnt«, sagte Luca ihnen auf den Kopf zu.

Das war wie eine Ohrfeige für die beiden.

»Können Sie etwas dazu sagen?«, fragte Pasquale, der glaubte, mit seiner Autorität etwas mehr Druck ausüben zu können.

»Wissen Sie –«, hob Giorgio an.

»Es sagt uns nichts«, fiel Claudia ihm ins Wort. »Tut mir leid.«

»Im Buch wird beschrieben, wie Ihr Nachbar Ernesto Mauro bestialisch ermordet wird. Und anschließend Ihr Bruder, Signora.«

Sie schnaubte nur erbost und fassungslos zugleich und schlug ihnen, wohl mehr aus Hilflosigkeit denn aus Trotz, die Tür vor der Nase zu.

»Ist dir das Antwort genug?« Luca sah Pasquale mit einem Hab-ich's-dir-doch-gesagt-Blick an. Er wandte sich zum Gehen. »Es hat alles mit dem Buch zu tun. Wir müssen die Identität des Autors klären.«

»Ich hab gleich noch ein Treffen mit dem Rechtsmediziner.« Pasquale sah auf seine Armbanduhr. »Martina wird dich bei der Suche nach dem Autor bestimmt unterstützen. Mit dem Staatsanwalt habe ich gesprochen, und dass wir eine Soko bekommen, ist bei dieser Lage so gut wie sicher. Willst du mich begleiten?«

»In die Rechtsmedizin?«, fragte Luca.

»Ja.«

»Tut mir leid, aber ich werde mich lieber noch mal hier im Ort umhören.«

Am Auto übergab er Pasquale das Buch, und sie verabredeten sich für den nächsten Tag. Luca winkte noch kurz, bevor er sich wieder umwandte und ins Dorfzentrum spazierte. Höflich grüßte er die Menschen, denen er begegnete. Auf den Balkonen wurde er erneut von zwei Kindern beobachtet, die durch die Stäbe des verrosteten Gitters schauten wie Häftlinge hinter Gefängnismauern.

Es gab zwei Orte, die er heute noch besuchen wollte. Das erste Ziel hatte er beinahe erreicht. Die Kirche des Ortes. Das weiß getünchte Gebäude mit der ovalen Kuppel und dem hölzernen Glockenturm erhob sich zwischen den flacheren Bauten und reckte sich gen Himmel. Dahinter konnte man die Bergspitze erkennen, die inzwischen im Schatten lag und auch dem Dorf das Licht nahm. Luca betrat die Kirche durch die Fronttür und blinzelte, seine Augen mussten sich erst an die Dunkelheit gewöhnen. In einer Pyramide rechts vom Eingang flackerten Kerzen, weiter hinten an den Flanken des Altars standen größere, gusseiserne Kerzenhalter. Die mit Eichenholz verkleideten

Wände schimmerten rötlich braun und schluckten dadurch viel von dem warmen Licht. Insgesamt war die Kirche eher schmucklos, aber typisch für ein armes Bergdorf wie Veluzzo. Eine knapp drei Meter hohe Jesusfigur aus Holz mit blutenden Wunden hing am Kreuz hinter dem Altar, rechts und links waren Bilder der Pietà zu sehen. Am rechten Rand des Altarraums wand sich eine schmale Wendeltreppe zur Kanzel hinauf, die aus Ebenholz gefertigt und mit Schnitzereien versehen war.

»Hallo?«, rief Luca mit gedämpfter Stimme in den Raum hinein, doch als Antwort bekam er nur sein eigenes Echo zu hören. Er schritt zwischen den Bänken auf den Altar zu. Seine Sohlen knirschten auf dem Boden. Die Kerzen brannten hoch und rußig, hin und wieder flackerten sie von einem Zugwind erfasst auf. Luca drehte sich um und ließ seinen Blick zur Decke wandern, wo er die großen Querbalken mit lateinischer Inschrift bemerkte. Einen oder auch mehrere davon hatte vermutlich Sandro neu eingesetzt. Man konnte heute nur noch raten, um welchen es sich handelte.

Luca war zwar allein, doch er fragte sich, ob er wirklich nachsehen sollte. Seine Neugier gewann schließlich, und er ging um den Altar herum, wo er sich nach einem absichernden Blick nach unten bückte. Es gab einen Vorhang aus dickem Stoff, den er beiseiteschieben musste. Dahinter waren zwei Fächer, doch es war so dunkel, dass er nichts erkennen konnte. Er tastete mit der linken Hand ins obere Fach und stieß in der hinteren rechten Ecke gegen die Flasche. Eine Gänsehaut zog sich über seinen Körper. Alles war echt, alles war real. Der Schnaps des Padre war immer noch hier versteckt. Eines der Geheimnisse, die ihm das Buch leise mitgeteilt hatte. Rasch zog er seine Hand wieder zurück. Da knackte es. Er schoss hinter dem Altar in die Höhe und blickte in den Kirchenraum. Er war leer. Es ist das Holz, dachte Luca. Es arbeitet. Der Temperaturunterschied vom Tag zum Abend. Doch er wollte jetzt lieber gleich als später die Kirche verlassen.

Er zog den Vorhang vor und betrat den Mittelgang.

»Wer sind Sie?«

Luca fuhr herum. Eine dunkle Gestalt stand links von ihm

halb im Schatten und hielt sich mit einer Hand an der Banklehne fest. Das Herz schlug ihm bis zum Hals, dennoch ging er auf die Person zu. Sie war klein und wirkte zerbrechlich.

»Ich bin Luca Spinelli«, antwortete er und blieb stehen.

Die Gestalt schälte sich aus dem Schatten und kam langsam auf ihn zu. Padre Corso hatte schütteres, dünnes Haar und einen grau melierten Vollbart. Seine steife Haltung führte Luca auf eine Rückenverletzung oder altersbedingte Krankheit zurück. Sein Gesicht war fahl und gelblich. Er sah anders aus als in seiner Vorstellung. Aber die Knollennase identifizierte ihn unverkennbar als den Padre aus dem Buch. Inzwischen hatte sie eine tiefviolette Farbe angenommen.

»Und wer ist Luca Spinelli?«, fragte Corso scharf.

»Ich bin ... Berater der Polizei«, entgegnete Luca.

»Sind Sie wegen der Morde hier?«

»Ja, richtig. Zwei Morde und ein Mordversuch in sehr kurzer Zeit«, sagte Luca fast vorwurfsvoll.

Der Padre kam noch ein Stück näher und musterte Luca aus zusammengekniffenen Augen. »Was haben Sie da am Altar gesucht?«

Luca sah über Corsos Schulter ins Dunkel hinter dem Altar. Irgendwo dort musste eine Tür sein. Er hatte ihn die ganze Zeit beobachtet.

»Ich ...« Er überlegte, ob er lügen sollte und was ihm das bringen würde. Nein, er wollte keine Missverständnisse aufkommen lassen. »Ich habe den Schnaps gesucht.«

Corsos Lippen verhärteten sich. Er brummte unzufrieden. »Woher wussten Sie davon?«

»›Das Dorf der Verdammten‹«, sagte Luca nur.

Corsos Kinn hob sich ein paar Millimeter. Sein Blick wurde intensiver und durchdringender. »Wer sind Sie?«

»Wer, denken Sie, bin ich?«

»Ich verstehe nicht, was Sie sagen oder von mir wollen. Sie scheinen sich nur recht gut in meiner Kirche auszukennen.«

»Der Titel sagt Ihnen also nichts?«

»Was für ein Titel?«

»›Das Dorf der Verdammten‹. Das ist ein Buchtitel. Das Buch

spielt hier im Ort und beschreibt die Einwohner sehr genau. Daher weiß ich von Ihrem Versteck. In der Kanzel ist noch eines, richtig?«

Man sah, wie die Entrüstung hinter der Fassade aufloderte.

»Ich weiß nicht, was Sie von mir wollen, Signore, aber mir missfällt das Gespräch. Ich wäre Ihnen dankbar, wenn Sie die Kirche jetzt verließen.«

»Padre, ich bin Berater der Polizei, wie ich bereits sagte.« Luca verschärfte seinen Ton. »Ich las das Buch, weil es bei jedem der drei Opfer lag. Sie hielten es in den Händen. Und Sie kennen dieses Buch nicht?«

»Nein, Signore, tut mir leid.«

»Es wurde vor knapp dreißig Jahren geschrieben, und interessanterweise geht darin auch ein Mörder um. Er tötet alle Bewohner des Ortes.«

»Das ist doch aber nur Fiktion.«

»Ja, die drei Menschen mit durchgeschnittenen Kehlen aber nicht«, erwiderte Luca. »So gut, wie der Autor diesen Ort kennt, liegt es nahe, dass er früher hier gelebt hat. Wer, glauben Sie, könnte ein solches Buch verfasst haben?«

»Aus unserem Dorf?« Ein Lächeln umspielte jetzt Corsos Lippen. »Das kann ich nicht glauben. Die Bewohner hier sind Bauern und Handwerker, mehr nicht. Mir fiele keiner ein, der so etwas tun würde oder könnte.«

»Wirklich nicht? Ich habe das Gefühl, egal, wen ich frage, mir will keiner erzählen, was er weiß. Aber alle wissen etwas.«

»Wollen Sie mich der Lüge bezichtigen?«, fragte der Padre grimmig, jedoch mit einem zynischen Lächeln im Mundwinkel. »Mein Sohn, ich habe in meinen fünfzig Jahren hier beinahe jeden Einwohner von Veluzzo, der jünger ist als ich, getauft, unterrichtet und die älteren an ihrem Lebensende begleitet und beerdigt. Niemand kennt die Menschen hier besser als ich.«

»Dann sind Sie genau der Mann, mit dem ich reden muss.«

»Junger Mann, Sie verstehen mich nicht. Ich kann Ihnen nicht helfen. Ich bete für Sie, und ich bete für die Opfer. Aber glauben Sie mir, ich bin ebenso ratlos wie alle anderen hier im Ort, was die Frage angeht, wer solch grausame Taten verüben kann.«

Luca lächelte, weil er verstand, dass er so nicht weiterkam.
»Sie glauben mir nicht, mein Sohn? Wie kann ich Sie vom Gegenteil überzeugen? Ich möchte Ihnen wirklich helfen.«
Luca stand auf. Die Bank knarzte.
»Benutzen Sie noch Ihren Nussbaumstock?«
Corsos Augen weiteten sich, und er schluckte. Luca ließ ihn mit dieser Frage zurück. Er verließ die Kirche und trat hinaus in die Helligkeit.

***

Einige Straßen weiter wohnte ein Kuhbauer mit seiner Familie, den Luca vor einigen Jahren interviewt hatte. Sie wohnten am südlichen Rand des Ortes mit dem Zugang zu einer Weide auf einem flacheren Teilstück des Berges. Gino Battista war ein breitschultriger, gutmütiger Mann mit einem blinden Auge, das ihn zu Unrecht etwas bösartig aussehen ließ.

Luca betrat den staubigen Hof, auf dem es scharf nach Ammoniak roch. Die Haustür gegenüber dem Stall stand offen. Im Schatten eines hölzernen Vordachs lag ein alter grauer Hund und hob müde den Kopf, als er Luca sah.

»Na, ist dein Herrchen zu Hause?«, fragte der ihn und kraulte das Tier am Kopf.

»Luca?«, hörte er da eine Stimme fragen und wandte sich um, dem Hauseingang zu. Er konnte nur einen Schemen erkennen, bis die Frau aus dem Flur ans Licht trat. Es war Silvana, Ginos Frau. Sie umarmten sich, und Luca war überrascht, wie fest sie ihn hielt. Sie hatten damals ein nahezu freundschaftliches Verhältnis aufgebaut, wohl weil sie im selben Alter waren und den gleichen Humor hatten. Silvana war eine fleißige und starke Frau und Mutter. Ihre beiden Kinder, Lisa und Toni, waren damals zehn und zwölf gewesen. Als er sie losließ, bemerkte er, dass ihr Tränen in den Augen standen. Sicher hatten die Morde sie sehr mitgenommen.

»Wo ist Gino?«, erkundigte sich Luca.

»Er ist oben, Luca«, sagte sie und berührte seinen Oberarm. »Du musst wissen, dass er einen schlimmen Unfall hatte.«

Luca sah ihr forschend in die Augen.

»Es war im Winter hier auf dem Hof. Eine der Kühe ist ausgerutscht, als er sie in den Stall treiben wollte. Sie fiel auf sein Bein. Es war nicht mehr zu retten.«

»Was?«, fragte Luca entsetzt.

Sie nickte und wischte sich die Tränen von den Wangen.

»Vor vier Jahren war das.«

»Sie haben es amputieren müssen?«, flüsterte er.

»Ja, unter dem Knie. Aber es lief nicht so, wie es sollte, und er hat immer noch furchtbare Schmerzen. Vielleicht muss er noch mal operiert werden.«

Luca nahm sie in den Arm.

»Und Lisa und Toni?«

»Sie wohnen beide nicht mehr hier. Lisa ist in Spanien, und Toni arbeitet in Bozen.«

»Kann ich ihn sehen?«, fragte Luca.

»Sicher, aber ... erschrick nicht.«

Er schüttelte den Kopf. Er war bereits ein wenig erschrocken darüber, wie Silvana jetzt aussah. Sie war damals eine unscheinbare Schönheit gewesen. Ihre Augenhöhlen wirkten nun kantig und tief, dunkle Ringe standen darunter. Sie war auch sehr dünn geworden.

Luca erklomm die schmale Treppe nach oben zum Elternschlafzimmer. Die Tür stand offen. Als er in den Raum hineinsah, fühlte er sich an den Anblick vom letzten Mordversuch erinnert. Gino lag rücklings auf dem weißen Laken, die Hände auf dem Bauch gefaltet. Nur die Blutlache fehlte. Und der rechte Unterschenkel von Gino.

Luca klopfte vorsichtig an den Türrahmen. Silvana huschte an ihm vorbei ins Zimmer und weckte ihren Mann.

»Schatz, sieh mal, wer uns besuchen kommt.«

Gino schlug langsam seine Augen auf. Die Lider waren verklebt, und er blinzelte, ehe er den Kopf hob. Er hatte bestimmt zwanzig Kilo abgenommen, schätzte Luca. Seine blassen Wangen waren eingefallen, und tiefe Falten umrahmten seinen blutleeren Mund.

»Luca«, sagte er und versuchte, sich aufzurichten.

»Ciao, Gino«, sagte Luca, setzte sich aufs Bett und umarmte ihn. Gino klopfte ihm fest auf den Rücken.

»Wie geht es dir?«, fragte er sichtlich gerührt.

»Oh, ganz gut so weit.« Luca war ergriffen von dem Aussehen des einst so kräftigen Mannes. Er war nur noch ein Schatten seiner selbst. Was konnte er jetzt sagen? Es gab nichts, das ihm hätte Trost spenden können. Also versuchte Luca es mit einem Scherz. »Hab schon gehört, dass du nur noch faul rumliegst.« Gino lachte gequält. Luca erblickte neben dem Nachttisch zwei Gehstützen und eine Prothese mit einem geschnürten Halbschuh.

»Was legst du dich auch mit so gefährlichen Tieren an?«

»Hab den Kürzeren gezogen.« Gino grinste und hob seinen Stumpf an.

»Ich lass euch beide mal allein«, sagte Silvana. »Du isst doch mit uns, ja?«

»Ja, gern«, sagte Luca.

Sie warteten, bis Silvana gegangen war.

»Sie ist toll«, meinte Luca.

Gino schossen die Tränen in die Augen.

»Sie macht alles allein. Einfach alles. Und beschwert sich nie. Ich bin … Ich kann ihr nur noch beim Melken helfen oder in der Küche. Dieses verdammte Bein macht mich wahnsinnig.«

»Ist es so schlimm?«

»Die haben irgendwas falsch gemacht. Angeblich war ich nach dem Unfall zu lange ohne ärztliche Versorgung, aber ich denke, sie haben bei der OP an den Nerven was vermurkst. Ich kann die Scheißprothese kaum tragen, weil es so schmerzt. Ich schlucke mehr Tabletten als alles andere.«

»Silvana sagte, du bräuchtest eine zweite OP?«

»Eine zweite? Es wäre insgesamt die fünfte. Aber dann muss es klappen.«

»Das wird es«, tröstete Luca ihn und legte ihm eine Hand auf das gesunde Bein.

»Wollen wir runtergehen?«, fragte Gino, und Luca willigte ein. Er reichte ihm die Stützen, Gino verzichtete aber auf die Prothese, und sie gesellten sich zu Silvana in die Küche. Sie hatte bereits den Tisch für drei Personen gedeckt, und auf dem Herd kochte etwas.

»Machst du noch einen Film, oder warum bist du hier?«, wollte Silvana wissen, die neben dem Herd frische Petersilie hackte.

»Nein, ich … Das klingt wahrscheinlich komisch, aber ich bin als Berater für die Polizei tätig.«

Silvana hielt inne. Das kleine Küchenbeil schwebte über der Petersilie.

Beide sahen ihn verunsichert an.

»Wegen der Morde?«, fragte Gino heiser und hustete in seine Hand.

»Ja. Ich bin da letztes Jahr irgendwie reingerutscht, und jetzt helfe ich bei diesem Fall auch.«

Es entstand eine ratlose Stille. Silvana fing wieder an zu schneiden.

»Und … habt ihr schon einen Verdacht?« Gino starrte auf die zerkratzte Tischplatte.

»Nein, noch lange nicht. Es sind so viele Spuren zu sichern und zu deuten. Und ich verzweifle ein wenig, weil ich hier im Dorf beinahe jeden nach einem Buch frage, das bei den Opfern gefunden wurde, doch keiner will mit mir darüber reden.«

»Ein Buch?« Silvana drehte sich um. Ihr Gesicht glänzte von Schweiß.

»Die Opfer hielten den Roman ›Das Dorf der Verdammten‹ in den Händen, als man sie fand. Kennt ihr es?«

Gino schob bedauernd die Unterlippe vor. »Nein, wir lesen ja auch nicht, Luca.«

»Ich dachte nur, weil das Dorf, das in dem Roman beschrieben wird, Veluzzo ist. Und weil darin ein Serienkiller alle Einwohner tötet. Was jetzt anscheinend wirklich passiert.«

»Keine Ahnung.« Gino warf Silvana einen Blick zu, den Luca nicht deuten konnte. Logen sogar diese beiden ihn an?

Silvana sagte nichts, sie zuckte nur ratlos mit den Schultern.

»Na ja, jedenfalls bin ich dankbar für jede Information, die ich kriegen kann. Wenn ihr euch also umhören könntet, wäre das sehr hilfreich.«

»Machen wir«, sagte Silvana, die sich bereits wieder abgewandt hatte und das Essen im Topf umrührte.

Sie aßen gemeinsam zu Abend und unterhielten sich angeregt, bis ein Anruf von Martina Luca daran erinnerte, dass er ihr nicht Bescheid gegeben hatte.

»Ich muss fahren«, sagte er nach dem Telefonat und verabschiedete sich. Silvana brachte ihn noch hinaus und begleitete ihn bis zur Straße. Zum Abschied küsste sie ihn auf die Wange und flüsterte: »Komm noch mal wieder.«

Luca versprach es. Er wusste nicht, weswegen sie das gesagt hatte, aber er hatte vor, sein Versprechen bald einzulösen.

15

»Rund um den See, Brescia und Rovereto eingeschlossen, existieren nur fünf Giovanni Sicaros«, zählte Martina auf und schob Luca die Ausdrucke über den Tisch. »Allerdings stammt keiner von ihnen aus Veluzzo.«

Sie saßen am Küchentisch zusammen, während sich draußen vor dem Fenster ein Gewitter am Nachthimmel zusammenbraute. Immer wieder zuckten blauweiße Lichter durch die Wolkenmassen über dem See.

»Was sind das für Fotos?«, wollte Luca wissen. Jedes Datenblatt enthielt auch ein genormtes Foto am oberen linken Rand.

»Lichtbild des Personalausweises«, sagte Martina und trank aus ihrer Aranciata-Dose. Luca überflog die Seiten auf der Suche nach dem einen Anhaltspunkt, der ihm zeigen würde, dass sie hier ansetzen mussten. Aber er zweifelte sowieso an der Wichtigkeit dieses Namens.

»Wenn es ein Pseudonym ist, wovon ich ausgehe, ist keiner dieser Männer der Autor.«

»Schön, Luca, aber das sicher herauszufinden, ist Polizeiarbeit. Ich muss diesen Spuren nachgehen und sie prüfen. Wenn du schon vorher weißt, wer es ist und wer nicht, ist das prima, aber ich muss Dinge beweisen, weißt du?« Sie zog die Blätter wieder zu sich, hob den Stapel an und klopfte mit den unteren Kanten auf die Tischplatte, um sie zu bündeln.

»Tut mir leid, Martina. Ich will nur schnell zum Ziel kommen. Ich hab das Gefühl, uns läuft die Zeit davon.«

Belmondo, der es sich wieder zu ihren Füßen gemütlich gemacht hatte, hob den Kopf, so als bemerkte er die Spannung zwischen ihnen.

»Ich werde diese Männer befragen, du kannst machen, was du für richtig hältst«, sagte sie, lehnte sich zurück und blickte nach draußen auf das Lichterschauspiel.

»Martina«, sagte Luca beschwichtigend. Er hielt ihr seine Hand hin, doch sie umklammerte weiterhin die Datenblätter.

»Luca, ruf mich bitte an, wenn du dich das nächste Mal entscheidest, länger in Veluzzo zu bleiben.« Sie sah ihn mit ihren eisblauen Augen ernst an. »Wir verfolgen hier einen gefährlichen Mann, und du und Pasquale wart ihm schon verdammt nahe.« Jetzt verstand Luca erst, worum es hier ging. Und natürlich hatte sie recht. Pasquale und er hatten den Mörder in der Schnapsbrennerei zwar nicht in flagranti erwischt, aber ihn zumindest gestört, sodass er ihnen fast in die Arme gelaufen wäre. Oder sie ihm.

***

Um kurz nach eins gingen sie ins Bett, und Martina schlief fast sofort ein. Luca war furchtbar müde, aber seine Gedanken ließen ihn nicht zur Ruhe kommen. Draußen grollte der Donner über die Berge, und der Regen kam stoßweise wie ein Meeresrauschen über das Haus. Belmondo lag vor dem Bett, fest gegen das Holz gedrückt. Gewitter mag er nicht, der Arme, dachte Luca. Er stand auf. Belmondo hob nicht einmal den Kopf, kniff nur fest seine Augen zusammen.

Luca wollte etwas Sinnvolles tun, statt nur im Bett zu liegen und das Ende des Gewitters abzuwarten. Morgen würden er und Martina versuchen, den Autor des Buches zu finden. Was ihn jetzt aber beschäftigte, war die Arie, die der Mörder zu jeder seiner Taten abgespielt hatte. Sie konnte, wie sie bereits festgestellt hatten, einen praktischen Wert haben, indem sie die Geräusche des Mordes überspielte. Sie konnte darüber hinaus aber auch eine ganz andere Bedeutung haben. Eine, die ihnen bis jetzt noch nicht klar war. Was war das für ein Lied, wovon handelte es? Was war die Geschichte der Oper? Luca hatte sich nie mit klassischer Musik beschäftigt, eher mit Folklore, die man hier in den Dörfern von Generation zu Generation weitergab, Lieder, die man innerhalb der Familie und auf Dorffesten sang und dazu tanzte. Er musste sich schlaumachen über diese Arie und sie verstehen, damit er verstehen konnte, was der Mörder mit dieser musikalischen Botschaft, wenn sie denn eine war, bezwecken oder ausdrücken wollte.

Leise schlich er ums Bett herum und musste seinen Weg ertasten, weil es so dunkel im Zimmer war. Die digitale Anzeige des elektrischen Weckers auf dem Nachttisch war erloschen. Ein Zeichen dafür, dass das Gewitter einen Stromausfall hervorgerufen hatte, was nicht ungewöhnlich war. »O mio babbino caro«, oh, mein lieber Vater, sang er in Gedanken, als er die Türklinke fand und die Schlafzimmertür öffnete. Da zuckte ein Blitz vom Himmel und tauchte den Raum in bläuliches, vibrierendes Licht. Das leere Wohnzimmer vor ihm erglühte förmlich, und inmitten des Durchbruchs, der in der Nacht noch mehr an ein riesiges Maul erinnerte, erblickte Luca eine schwarze Gestalt. Sie trug eine Kapuze und wandte ihm den Rücken zu. Da war jemand in ihrer Wohnung! Reglos stand er da. Dann krachte ein Donner direkt über ihnen. Luca warf vor Schreck die Tür zu und stolperte rückwärts gegen das Bett, fiel und landete auf dem Boden. Ein Knacken und Reißen schien durch den Himmel zu gehen, dann folgte ein Knurren, das aber nicht vom Gewitter herrührte. Belmondo stand neben dem Bett, den Kopf vorgestreckt, die Ohren angelegt, und aus seiner Kehle kam ein tiefes, warnendes Knurren. Luca sprang zur Tür und drehte den Schlüssel im Schloss herum.

»Luca, was machst du?«, hörte er Martina in der Dunkelheit verschlafen fragen.

»Er ist da«, stieß Luca atemlos hervor. »Jemand ist im Wohnzimmer.«

Martina, die eben noch im Tiefschlaf gewesen war, sprang förmlich aus dem Bett und griff zu ihrer Dienstwaffe, die auf einem Stuhl vor dem Fenster lag.

»Halt, warte!« Luca wollte sie aufhalten, als er sie bereits direkt neben sich spürte.

»Was ist mit dem Licht?«, flüsterte sie.

»Stromausfall.«

»Geh zur Seite«, befahl sie und drückte ihn nach links, wo Belmondo immer noch knurrend stand. Luca hörte, wie ein weiterer Gegenstand vom Tisch genommen wurde. Dann blitzte ein grelles Licht auf. Martina hatte die Taschenlampe an ihrem Handy eingeschaltet. Sie hielt das Handy vor sich, wie man ein

Schild halten würde, und beleuchtete damit die Tür. Die Hand mit ihrer Waffe legte sie auf den Arm und visierte ein imaginäres Ziel an.

»Mach auf«, sagte sie, und Luca griff widerwillig zur Türklinke. »Los!«, rief sie lauter, und Luca öffnete.

In totaler körperlicher Anspannung stand sie da, die Beine gebeugt, den Kopf leicht schräg, sodass sie über Kimme und Korn blicken konnte. Sie ließ den Lauf der Waffe mit dem Lichtstrahl des Handys von links nach rechts wandern, ging einige Schritte in den Raum hinein und auf den Durchbruch zu. Luca lief geduckt hinter ihr, bis Belmondo aus dem Schlafzimmer gerannt kam und bellend an der Haustür stehen blieb.

»Hier ist niemand, Luca«, sagte Martina und entspannte sich. Sie richtete sich auf.

»Schscht, Belmondo!«, befahl Luca, und der Hund stellte das Bellen ein, knurrte aber weiterhin die Tür an. »Und wen wittert er dann?«, fragte er Martina.

»Das Gewitter?« Sie zuckte mit den Schultern. »Keine Ahnung, was er hat, hier war jedenfalls kei…«

Ihre Stimme erstarb so abrupt, als hätte man einen Stecker gezogen.

»Was hast du?«, fragte Luca und ging näher zu ihr. Sie richtete den Lichtstrahl auf den Boden. Dort glänzte etwas. Es war Wasser. Fußspuren führten bis zu dem Wanddurchbruch, wo sich eine kleine Lache gebildet hatte.

»Jemand war hier«, sagte Martina in einem Ton, der Panik, Wut und Entschlossenheit zugleich ausdrückte.

Luca blickte noch entsetzt auf den Wasserfleck am Boden, da rannte Martina bereits hinaus in den Regen. Auch Belmondo schoss aus der Tür. Luca lief ihnen hinterher. Schon auf der Türschwelle prasselte der Regen so heftig auf ihn ein, dass er sich abwenden musste. Die Tropfen schmerzten auf der Haut, und er fragte sich, wie Martina das aushielt, die er nur mit ihrer Nachtwäsche bekleidet unten an ihren beiden Autos vorbei über den Hof sprinten sah. Der Regen war wie eine graue Wand, und plötzlich sprangen die Lichter wieder an. Fenster und Außenlampen und die Straßenlaternen leuchteten wieder, waren aber

nur als verwaschene gelbe Auren zu erkennen. Irgendwo inmitten des Pladderns hörte Luca das Gebell von Belmondo und
dann das Aufröhren eines Motors.

»Er flieht!«, rief Martina, die ihm schon wieder entgegengelaufen kam. »Die Autoschlüssel!«

Luca lief zurück in die Wohnung, nahm den Autoschlüssel
von Martinas Jeep vom Tisch und eilte dann die Treppe hinunter. Sie riss ihm den Bund förmlich aus der Hand, und beide
sprangen ins Auto. Blechern trommelte der Regen aufs Dach.
Martina legte die Waffe zwischen ihre Beine und startete den
Wagen. Mit quietschenden Reifen schoss der Wagen aus der
Auffahrt auf die kleine Straße, die hinunter ins Dorf führte.
In etwa hundert Metern Entfernung erkannten sie rechts die
Rücklichter eines Wagens. Martina riss das Steuer herum, und
sie schlingerten nach links, das Heck brach aus und knallte gegen
die Leitplanke, die sie wieder zurück auf die Straße katapultierte.
Mit ihren nackten Füßen drückte sie das Gaspedal hinunter, und
der Jeep zog nach vorn. Sie fuhren nahezu blind. Der Regen
war so dicht wie ein Vorhang, durch den nur hin und wieder die
roten Rücklichter des anderen Wagens hindurchschienen, wenn
die Kurven wieder den Blick freigaben. Auf Höhe des Hotels
zu ihrer Linken überholten sie Belmondo, der die Verfolgung
bis hierher durchgehalten hatte und keine Anstalten machte,
aufzugeben. Martina sah ihn zwar, hielt aber nicht an.

Mit fast hundert Kilometern pro Stunde rasten sie auf den
Ortseingang von Pieve zu. Luca krallte sich in den Griff der Tür.
Aber Martina kannte sich hier aus und wusste, welche Kurve
vor ihnen lag. Es ging nun abschüssig in den Ort hinein und
auf die kleine Piazza zu. Die Straße führte nach links, zwischen
zwei Hauswänden hindurch, die sie fast touchiert hätten. Wäre
ihnen hier ein Auto entgegengekommen, wären die Fahrt und
ihr Leben wahrscheinlich beendet gewesen.

Stattdessen hatten sie aufgeholt, denn nun sahen sie die Lichter in der ersten Kurve auf dem Weg hinunter in die Brasaschlucht. Wenn der Täter wusste, was er tat, musste er ein guter
Fahrer sein. Denn ab hier ging es in Serpentinen und engen
Kurven immer weiter hinab, bis zur eigentlichen Schlucht, durch

die man nur einspurig über eine Ampelanlage fahren konnte. Martina arbeitete sich hinter dem Lenkrad ab. Manchmal glitten ihre nassen Füße vom Gaspedal, und das Auto machte einen Satz, aber sie gewann immer wieder die Kontrolle zurück. Als sie am Restaurant vorbeikamen, sprang die Ampel gerade auf Rot. Die Rücklichter fuhren ungebremst weiter in die Schlucht hinein, bis sie schließlich vollkommen erloschen. Auch Martina trat das Gaspedal durch. Links schossen die Felswände an ihnen vorbei, und kleine Wasserfälle stürzten darüber auf die Straße. Rechts rauschte der Bach von den Regenfällen aufgefüllt ins Tal. In all dem Wasser konnten sie auch nach einer Weile kein rotes Licht mehr ausmachen. Es war verschwunden. Entweder weil er irgendwo weiter vorn einen Unfall gehabt oder weil er das Licht absichtlich gelöscht hatte.

Martina stierte angestrengt über den oberen Rand des Lenkrads. »Das gibt's doch nicht.«

»Er kann nicht weg sein«, sagte Luca und beugte sich weiter vor. Sie fuhren auf den steinernen Bogen zu, der die Straße überspannte und ein Rohr führte, welches das Regenwasser in den Fluss ableiten sollte. Jetzt ergossen sich wilde, reißende Wassermassen aus der Mündung. Der Bogen war zu einer Wasserrutsche geworden, und das Wasser, das nicht mehr transportiert werden konnte, schwappte in einem breiten Schwall über den Mauerrand und klatschte vor ihnen auf die Straße. Es klang, als würden sie von einer Steinlawine getroffen werden, als sie hindurchfuhren.

Von dem anderen Auto keine Spur. Nach der letzten engen Kurve erreichten sie die zweite Ampelanlage. Durch die Scheibe war nichts zu erkennen außer den Schlammbächen, die sich aus den Felswänden auf den Asphalt ergossen. Sie rasten auf die kleine steinerne Brücke zu, hinter der der erste Tunnel begann. Martina manövrierte den Jeep durch die scharfe Rechtskurve und in den dunklen Schlund hinein. Hier konnte sie beschleunigen, und sie erreichten bald wieder die hundert Stundenkilometer. Sie konnten das Tunnelende bereits sehen, da sprangen vor ihnen auf einmal grelle Scheinwerfer an. Martina und Luca waren so geblendet, dass Martina heftig in die Bremsen stieg. Es krachte laut, als sie rechts mit der Tunnelwand kollidierten. Die Scheibe splitterte, und das Dach und die Tür wurden eingedrückt. Funken sprühten, Metall kreischte. Sie wurden herumgeschleudert und krachten nun mit der linken Seite gegen die Wand. Dann wurde es still und dunkel. Man hörte nur noch, wie der andere Wagen wendete und langsam davonfuhr. Luca verlor das Bewusstsein.

16

Er erwachte, weil er schrecklich fror. Die Kälte kroch in seine Glieder und Knochen und lähmte ihn. Er versuchte, sich zu bewegen, doch es fiel ihm unendlich schwer. Schmerz machte sich in seinem Kopf breit. Zuerst spürte er ihn nur punktuell, doch allmählich wuchs er an und füllte bald seine gesamte rechte Kopfhälfte. Mit einem Stöhnen schlug er die Augen auf. Bläuliches Licht umfing ihn, und irgendwie bewegte sich der Boden. Er hob den Kopf und erkannte, dass er in einer Pfütze lag. Rinnsale glitten gekräuselt auf ihn zu. Ein paar Meter weiter lag eine zerbeulte Tür auf der Straße. Die Beifahrertür des Jeeps. Er musste hinausgefallen sein. Unter Schmerzen drehte er sich auf die Seite. Blut lief ihm in die Augen und tropfte von seiner Nase und seinem Kinn. Es war ganz warm.

»Martina!«, rief er schwach.

Keine Antwort. Ächzend kämpfte er sich auf die Knie und krabbelte so bis zum Einstieg des Jeeps. Er erinnerte sich, dass er nicht angeschnallt gewesen war. Der Kerl hatte sie geblendet, und Martina war gegen die Tunnelwand gefahren. Eine Sirene näherte sich von links. Luca blickte zum Tunnelausgang. Einige Trümmerteile lagen verstreut herum. Es roch nach Benzin.

»Martina«, sagte er und zog sich am Beifahrersitz hoch.

Sie lag seitlich zusammengesunken zwischen Lenkrad und Gangschaltung. Der Kopf lehnte am Armaturenbrett. Ihre blonden Haare glänzten schwarz.

»Martina«, wiederholte er mit wachsender Panik und kletterte zu ihr ins Wageninnere.

Ihre gesamte linke Körperhälfte war blutig. Das Fenster war weg. An seiner Stelle sah man nur die schwarze Tunnelwand. Die Tür war eingebeult, das Plastik gesplittert. Luca berührte sie an der Schulter. Sie war kalt.

»Martina«, sagte er erneut und erstickte fast daran. Er wischte die Haare aus ihrem Gesicht und griff in eine Schürfwunde auf ihrer Wange. Wimmernd suchte er ihren Puls am Hals. Mit zwei

Fingern drückte er unterhalb des Kiefers, doch er spürte nichts. Vielleicht waren es nur seine von der Kälte tauben Finger. Er drückte nochmals, fand aber immer noch keinen Puls. Sein Wimmern wurde lauter und hektischer, er wollte in ihr Gesicht sehen und beugte sich noch weiter über sie. »Wach auf, Martina, wach auf ... bitte, wach auf!«

Die Sirene war jetzt ganz nah, blaues Licht flutete den Tunnel. Das konnte nicht sein. Das alles konnte nicht wirklich passiert sein. Das war nur ein Traum. Ein Traum, weil er so lange nicht geschlafen hatte. Sie war nicht tot. Sie konnte nicht tot sein. Nicht durch diesen Unfall, unmöglich. Das war einfach unmöglich.

»Hallo, sind Sie verletzt?«, rief eine Stimme, die aus einer anderen Welt zu kommen schien.

Das hier war nicht real. Es durfte einfach nicht sein. Es durfte einfach nicht.

***

»Signore Spinelli?«

Luca blinzelte in grelles Licht und sah einen Mann mit einer Maske über Mund und Nase vor sich.

»Da sind Sie ja wieder. Mein Name ist Dr. Benotti, ich bin Ihr behandelnder Arzt. Wir haben eben eine Wunde an Ihrem Kopf genäht und müssen jetzt ein CT machen. Wissen Sie, was das ist?«

»Was ist mit Martina?«, schrie Luca den Mann in Gedanken an, doch aus seinem Mund kam nur ein unverständliches Gestammel.

»Ganz ruhig, Signore, dann haben wir gleich alles erledigt.«

»Nein!«, lallte er und warf seinen Arm zur Seite. Er fand ein Stück Stoff, wohl von der Hose des Mannes, und krallte sich hinein.

»Schwester«, sagte der Arzt, und Luca blickte zur anderen Seite, wo eine Krankenschwester eine Injektion in seinen Zugang im Handrücken setzte. Dann wurde alles milchig weiß, und er schien nach hinten zu fallen.

Ein stetes Piepen ließ ihn aus einem tiefen Schlaf erwachen. Über ihm eine weiße Decke, neben ihm weiße Vorhänge und Maschinen. Sein Mund war trocken. Sein Kopf pochte. Als er begriff, wo er war, gab es nichts anderes mehr in seinem Kopf als Martina. Er musste sie sehen, musste wissen, was mit ihr passiert war. An seinem linken Zeigefinger hing eine Klemme, am rechten Handrücken war der Zugang gelegt, aber greifen konnte er noch mit der Hand. Von dem Trapez über ihm baumelte eine Klingel herab, die er sofort betätigte. Der Alarm ging los, und nur wenige Augenblicke später hörte er Schritte. Der Vorhang wurde zur Seite geschoben, und eine Schwester erschien.

»Signore Spinelli, wieder wach?«

»Wo ist Martina?«, fragte er. Und weil er nicht wusste, ob das ausreichte, fügte er hinzu: »Signora DiStefano?«

»Tut mir leid, ich habe keine Informationen«, antwortete sie und checkte dabei die Anzeigen einiger Maschinen. »Sie hatten einen Unfall und haben eine schwere Gehirnerschütterung«, erklärte sie dann.

»Was ist mit ihr? Wo ist sie?«, beharrte Luca.

»Ich werde die Ärztin holen. Bitte warten Sie einen Moment.«

Sie vermied den Augenkontakt mit ihm, und Luca wusste, was das bedeutete. Verzweifelt schloss er die Augen und schüttelte den Kopf. Das Piepen wurde schneller. Luca streifte den Clip ab, und aus dem Piepen wurde ein steter Pfeifton. Das Display zeigte wohl eine Nulllinie an. Jetzt rannte jemand auf dem Flur, und eine Frau im weißen Kittel erschien. Ihr Blick flog über Luca hinweg und erfasste die Anzeigen. »Alles in Ordnung!«, rief sie nach hinten und kam an sein Bett.

»Wo ist sie?«, fragte Luca.

Die Ärztin schaltete das Gerät ab und wandte sich ihm zu.

»Signore Spinelli, Sie hatten einen schweren Unfall und haben ein Schädel-Hirn-Trauma. Ihre … Die Fahrerin des Wagens zog sich schwerere Verletzungen zu. Die Blutung war leider nicht mehr zu stoppen. Wir haben alles getan.«

»Ist sie …«

»Es tut mir sehr leid. Sie hat den Unfall nicht überlebt.«

Luca legte beide Hände über sein Gesicht, so als könnte er

damit die äußere Welt draußen lassen und aussperren aus seinem Kopf.

»War sie Ihre Lebensgefährtin?«

Luca hatte keine Stimme mehr. Und er konnte sich auch nicht mehr bewegen. Er spürte die Hand der Ärztin auf seiner Schulter. »Soll ich jemanden holen, mit dem Sie reden können?«, fragte sie.

»Wo ist sie?«, fragte Luca dumpf.

Es entstand eine kurze Pause, in der die Ärztin nicht antwortete, bis sie schließlich leise meinte: »Hier im Krankenhaus.«

»Ich will sie sehen«, sagte Luca bestimmt und löste die Hände vom Gesicht.

»Signore Spinelli …« Sie versuchte, ihn umzustimmen, das hörte Luca deutlich heraus.

»Ich will sie sehen.«

»Das können wir nicht einfach …«

Luca sah sie unnachgiebig an. Sie atmete tief aus und senkte den Kopf.

»Ich sehe, was ich machen kann.«

Die Schwester kam zurück, und die Ärztin ging.

»Hier ist etwas gegen die Schmerzen.« Sie reichte ihm einen Plastikbecher in der Größe eines Schnapsglases. Luca nahm das Medikament gleichgültig. »Hier ist Wasser, wenn Sie mögen.«

Luca schüttelte nur andeutungsweise den Kopf. Sie wollte gern irgendetwas Tröstendes sagen, brachte aber nichts heraus, was Luca auch lieber war. Er wollte nicht reden und niemandem zuhören. Er wollte nichts, außer die letzten Stunden rückgängig machen.

Die Ärztin holte Luca eine Viertelstunde später mit einem Rollstuhl ab. Sie half ihm hinein und fuhr ihn aus dem Aufwachraum hinaus auf den Gang. Anstatt des Personenaufzugs, in dem auch die Besucher fuhren, nahmen sie den Bettenaufzug und fuhren in den ersten Stock hinunter. Hier waren alle Fenster abgedunkelt, es gab keine Besucher und auch keine Schwestern, zumindest sah Luca keine. Neben dem Stationszimmer lag ein Raum mit der Aufschrift »Personal«. Er war verschlossen, und sie zückte einen Schlüsselbund und ließ sie ein.

Der Raum war leer bis auf das Bett, das in der Mitte vor einem mit einer Jalousie verdunkelten Fenster stand. Eine weiße Decke war über Martinas Körper gelegt worden. Die Ärztin fuhr ihn links neben das Bett.

»Ich lasse Sie jetzt ein paar Minuten allein. Soll ich … sie aufdecken?«

Das konnte alles nicht wahr sein. Martina unter diesem Laken. Die Ärztin, die ihm Zeit mit seiner toten Freundin gab. Nichts davon.

Offenbar hatte Luca irgendeine Geste der Zustimmung gemacht, denn nun ging die Ärztin ans Kopfende und hob vorsichtig das Laken, schlug es sorgfältig um und legte den Saum auf Martinas Brust. Die OP-Wunde am Kopf war mit einem Pflaster verbunden, ihr Gesicht war gewaschen worden.

»Wenn Sie hinausmöchten oder wenn Ihnen schlecht wird, drücken Sie bitte die Klingel.« Sie zog aus der Lichtleiste über dem Bett ein Kabel mit Klingel, das sie Luca in den Rollstuhl legte. Dann ging sie leise hinaus und schloss ebenso leise die Tür. Von außen wurde abgeschlossen. Jetzt war er allein mit Martina.

Es kostete ihn so viel Kraft, aus diesem Stuhl aufzustehen. Alle Last der Welt hing an seinem Körper und zog ihn in eine dunkle Tiefe. Er musste sich förmlich hochstemmen, um an das Bett zu treten.

»Oh, Martina, es tut mir so leid.« Er suchte unter dem Laken nach ihrer Hand und hielt sie.

»Das hätte er nicht tun dürfen«, flüsterte er.

17

Luca musste noch eine Nacht im Krankenhaus bleiben. Gegen Nachmittag kamen Pasquale und Tomasio, um ihn zu besuchen. Auch sie waren furchtbar betroffen von Martinas Tod. Keiner fand Worte für das, was geschehen war. Vielleicht war das auch gar nicht nötig. Sie waren einfach zusammen, drei Männer, die um einen teuren Menschen trauerten.

Sie saßen in dem Einzelzimmer, in das Luca verlegt worden war, um den kleinen Gästetisch herum. Eine Schwester hatte ihnen Kaffee gebracht, der kalt und unangetastet in den Tassen stand.

»Hast du irgendwas erkennen können?«, fragte Pasquale, nachdem sie eine Ewigkeit geschwiegen hatten.

»Er trug eine schwarze Jacke mit Kapuze«, erinnerte sich Luca und rieb sich die Stirn. »Das Auto … Ich hab ja nur die Rücklichter gesehen. Der Regen war immens.«

»Autofarbe?«

»Es muss ein dunkles Modell gewesen sein. Schwarz, blau oder braun.«

»Aber was genau wollte er bei dir?«, meinte Tomasio grübelnd.

»Vielleicht das Buch, vielleicht dachte er, ich hätte noch andere Beweise von Bretone erhalten. Irgendwas, wovon wir nichts wissen.« Luca konnte sich nur schlecht konzentrieren und wurde schnell müde. Er musste bald etwas schlafen.

»Na ja, aber warum kommt er ausgerechnet an so einem Abend, wo es wie aus Eimern regnet? Er muss doch wissen, dass er Spuren hinterlässt«, sagte Tomasio.

»Habt ihr welche gefunden?«

»Fußabdrücke, aber sie sind leider nicht verwertbar«, entgegnete Pasquale. »Zu viel Wasser hat die Struktur zerstört. Es ist also nicht mehr als eine getrocknete Pfütze.«

»Deine Haustür stand übrigens noch offen, und der Hund war in der Wohnung«, informierte Tomasio ihn mit einem Lächeln.

»Belmondo? Geht's ihm gut?«

»Ja, ich hab ihn mit zu mir genommen. Meine Frau und er verstehen sich ausgezeichnet.«

»Aber mal zurück zu Tomasios Frage«, sagte Pasquale. »Was hat er bei dir gesucht?«

»Ich habe nichts, das ihn interessieren könnte. Vielleicht wollte er mir nur klarmachen, dass er weiß, wer ich bin.«

»Ein Warnschuss?«, fragte Tomasio.

»Wenn du so willst, ja. Er hatte vielleicht nicht mit Martina gerechnet.«

Allein die Erwähnung ihres Namens ließ sie wieder verstummen. Jeder hing für eine Weile seinen eigenen Gedanken nach.

»Wer hat uns eigentlich gefunden und die Rettung alarmiert? Ich kann mich an keinen Wagen erinnern.« Luca sah wieder die Bilder vor seinem inneren Auge und hörte die Sirenen heulen.

»Das ist auch komisch«, antwortete Pasquale nachdenklich. »Der Notruf wurde von einem Hotel abgesetzt. Jemand hatte vorher an der Rezeption angerufen und gesagt, dass es einen Unfall gegeben hat und sie bitte einen Krankenwagen alarmieren sollen.«

»Wieso ruft derjenige nicht direkt …« Tomasio brach ab, als er verstand, was das bedeutete.

»Du meinst, er hat selbst angerufen?«, hakte Luca nach.

Pasquale zuckte die Schultern.

»Wenn er direkt in der Notrufzentrale angerufen hätte, hätten sie den Anruf zurückverfolgen können. Im Hotel hätte man ihn gesehen. So rief er im Hotel an, und wir haben nur diese Adresse, nicht aber seine.«

»Ein Mörder mit schlechtem Gewissen?«, fragte Tomasio mit gerunzelter Stirn.

»Das in Veluzzo ist eine andere Handschrift«, sagte Pasquale. »Was er sich hierbei gedacht hat, ist mir schleierhaft.«

»Seid mir nicht böse, aber ich glaube, ich muss jetzt schlafen«, murmelte Luca. Seine Erschöpfung ließ ihn nicht mehr klar denken, er konnte sich kaum noch aufrecht im Stuhl halten.

»Wir wohnen ab heute quasi zusammen«, meinte Tomasio,

als sie sich an der Tür verabschiedeten. »Mein Zimmer ist eine Etage über dir.«

»Ist morgen deine OP?«

»Ja«, sagte er bedrückt. Den Grund dafür konnte Luca ihm ansehen: Er hatte noch eine Chance. Martina hatte keine mehr.

✳✳✳

Am nächsten Morgen quälte sich Luca aus dem Krankenhausbett. Er fühlte sich ebenso matt und kraftlos und müde wie gestern Abend, als er sich schlafen gelegt hatte. Im Badezimmer zog er sich aus und sah, dass seine Blutergüsse an der rechten Schulter und der Hüfte über Nacht noch dunkler und größer geworden waren. Blauviolette Flecken zogen sich großflächig über seine schmerzende, geschwollene Haut. Und da waren auch noch die Striemen auf seinem Rücken, die er nur schlecht sehen konnte. Während es seinem Kopf heute besser ging, hatten sich die Schmerzen am Körper kaum verringert.

Er duschte kalt, was ihn etwas wacher werden ließ, und packte anschließend seine Sachen in die kleine Reisetasche, die Tomasio und Pasquale ihm mitgebracht hatten. Im Zimmer ließ er sich auf den Stuhl fallen und dachte mit hängendem Kopf daran, wie es sein würde, in die Wohnung zurückzukehren. Die Wohnung, die sie gemeinsam renoviert, die Wohnung, in der zu leben sie geplant hatten. Die Wohnung, in der der Mörder gestanden hatte, um … ja, um was zu tun?

Luca sah ihn noch vor sich, so klar, wie er ihn nicht einmal in jener Nacht gesehen hatte. Reglos im Durchbruch stehend, mit dem Rücken zu ihm, die schwarze, tropfende Jacke, die Kapuze. Und wie er sich dann langsam zu ihm umdrehte, sodass er sein Profil sehen konnte, über dem wie ein Dach die Kapuze stand und einen tiefschwarzen Schatten warf. Als er schließlich frontal vor ihm stand, war dort anstatt eines Gesichts nur ein schwarzes Loch zu erkennen. Als würde diese Gestalt gar kein Gesicht besitzen.

Es klopfte an der Tür, und eine Schwester kam herein. Luca schreckte hoch.

»Guten Morgen, Signore Spinelli. Sie sehen schon so abfahrbereit aus«, sagte sie so fröhlich, als hätte man sie nicht informiert, was passiert war. Luca antwortete nicht. Sie reichte ihm einen kleinen Becher mit Schmerzmittel. »So, das ist für Sie. Und hier habe ich noch Tabletten, die ich Ihnen für zu Hause mitgebe.«

Draußen auf dem Gang lief auf klatschenden Sohlen ein kleiner Junge am Zimmer vorbei.

»Wann bekomme ich meine Entlassungspapiere?«, fragte Luca.

»Die muss der Arzt erst ausstellen und unterschreiben. Das kann noch bis zehn oder elf Uhr dauern. Im Moment ist er im OP. Frühstück bringe ich Ihnen gleich. Kaffee oder Tee?«

Luca hob ratlos die Hände. »Kaffee«, sagte er, obwohl er wusste, dass er ihn nicht anrühren würde.

Sie schloss die Tür hinter sich, und Luca hörte, wie der Junge wieder zurückkam und vor Lucas Tür stoppte. Dann klatschten seine Sohlen erneut über das Linoleum.

Heute Morgen schien alles noch weiter entfernt, noch unwahrscheinlicher zu sein als gestern. Jeden Moment rechnete er damit, dass Martina hereinkommen und sich darüber lustig machen würde, wie ramponiert er aussah. Es hat so viel mehr Energie und Leben in ihr gesteckt als in mir, dachte er. Wie kann das jetzt einfach verschwunden sein?

Die Tür öffnete sich leise, doch anstelle der Schwester mit dem Frühstückstablett lugte der kleine Junge herein.

»Hallo«, sagte Luca überrascht.

»Bist du Luca?«, fragte er schüchtern.

»Ja, bin ich.«

Er schob die Tür weiter auf und wechselte von einem Fuß auf den anderen, so als müsste er dringend auf die Toilette. Dabei sah er Luca mit großen Augen an und knibbelte am Saum seines T-Shirts herum.

»Ich soll dir sagen, dass es ihm leidtut.«

Luca verstand nicht sofort. Doch eine Ahnung bohrte unangenehm in seinem Kopf herum.

»Tschüs«, sagte der Junge und machte kehrt.

»Halt! Was hast du gesagt?«

Luca war aufgesprungen und eilte zur Tür.

»Er hat gesagt, ich soll dir sagen, dass es ihm leidtut«, wiederholte der Kleine wie ein Gedicht, das er zu Weihnachten hatte aufsagen müssen.

»Wer? Wer hat das gesagt?«, fragte Luca.

Der Junge drehte sich um und zeigte den Gang hinunter. Dort war niemand zu sehen.

Lucas Blick hing immer noch an den Lippen des Jungen, aber seine Füße bewegten sich bereits weg von ihm. Dann warf er sich herum und rannte, so gut er mit der Prellung an seiner Hüfte laufen konnte, den Gang hinunter, bis zur ersten Abzweigung, die zu den Aufzügen und zum Treppenhaus führte. Alles war menschenleer.

Luca humpelte zurück. Er hielt direkt auf den Jungen zu, der wie angewachsen stehen geblieben war und dem nun die Angst ins Gesicht geschrieben stand.

»Wer hat dir das gesagt?«, rief Luca, noch ehe er ihn erreicht hatte. »Wer? Wie sah er aus? He?« Er ging vor dem Jungen in die Hocke und packte ihn bei den Schultern. »Sag doch, wie sah er aus? Groß, klein, dunkle Haare, blonde Haare? Wie?«

Der Junge fing an zu weinen. Im nächsten Moment ging eine Tür zu einem der Krankenzimmer auf, und eine Frau erschien im Türrahmen.

»Was machen Sie da?«, rief sie schrill, und mit zwei Schritten war sie bei ihm und entriss ihm den Jungen.

»Tut … tut mir leid«, stammelte Luca, erschrocken über sich selbst.

Die Schwester kam herbeigelaufen.

»Dieser Mann hat sich an meinem Sohn vergriffen«, rief die Frau. Der Kleine heulte an ihrem Bauch.

»Es tut mir leid«, sagte Luca abermals und stand auf. »Ich wollte nicht …«

»Signore Spinelli, was machen Sie hier?«, fragte die Schwester.

»Er hat gesagt, dass …« Luca verstummte, denn ihm wurde klar, dass es keinen Zweck hatte, ihnen die Umstände zu erklären. »Ich entschuldige mich tausendmal.«

»Gehen Sie bitte in Ihr Zimmer«, sagte die Schwester bestimmt und wandte sich der Mutter und dem Kleinen zu. Sie murmelte etwas von »Unfall« und »Trauma« und begleitete die beiden in das Zimmer zurück.

Luca lief zum Fenster in seinem Zimmer und riss die Vorhänge beiseite. Unten spazierten etwa ein Dutzend Menschen über die Anlage, zwei Autos fuhren vom Parkplatz, und ein Krankenwagen kam mit Blaulicht, aber ohne Sirene die Auffahrt hochgefahren. Konnte er noch immer dort unten sein? Fuhr er in diesem Moment vom Gelände? Luca griff zum Handy und rief Pasquale an.

»Pasquale, er war hier!«

»Bitte?«

»Er war hier auf meiner Station und hat einem kleinen Jungen gesagt, er soll mir ausrichten, dass es ihm leidtäte.«

»Luca, meinst du das ernst?«

»Er war hier, Pasquale. Er war hier, zehn Meter von mir entfernt.«

∗∗∗

Während Luca seine Abschlussuntersuchung bekam, durchkämmten einige Polizisten das Gebäude und befragten die Mitarbeiter auf der Station und am Empfang.

Luca saß auf einem Stuhl, und Dr. Benotti, ein groß gewachsener Mann mit Hornbrille im Stil der sechziger Jahre, leuchtete ihm mit einer Taschenlampe in die Augen, um die Pupillenreflexe zu prüfen.

»Körperlich sind Sie in Ordnung«, sagte er, knipste die Lampe aus und stieß sich mit dem rollbaren Stuhl nach hinten ab. »Natürlich brauchen Sie noch Ruhe, und Ihre Prellungen müssen auskurieren, aber was mir mehr Sorge macht, ist Ihre seelische Verfassung. War Signora DiStefano Ihre Lebensgefährtin?«

Luca nickte.

»Ich empfehle Ihnen dringend, sich psychologische Hilfe zu suchen. Ich schreibe Ihnen ein paar Namen auf. Das sind gute

Ärzte.« Er kritzelte auf einem kleinen Block herum und riss das Blatt ab. »Bitte sehr. Machen Sie einen Termin.«

Luca nickte abermals. »Diese Polizeiaktion heute hier im Haus hat wohl mit Ihnen und dem Unfall zu tun, ja?«

»Wir suchen denjenigen, der ... der den Unfall wahrscheinlich verursacht hat.«

»Und Sie glauben, er ist hier im Gebäude?«

»Er war es. Er hat mir eine Nachricht zukommen lassen.«

»Wie das?« Dr. Benotti runzelte die Stirn und fuhr mit dem Stuhl ein Stück auf Luca zu.

»Er beauftragte einen Jungen damit, der im Gang vor meiner Tür spielte.«

»Ach, die Geschichte. Ich hörte davon. Dann erklärt sich ja einiges.«

»Ich hab überreagiert.«

»Verständlich.«

»Dr. Benotti, ich habe da noch eine Bitte. Ein Freund von mir, Tomasio Giancarlo, wurde heute hier operiert. Ein Blutgerinnsel im Kopf. Ich würde gern wissen, wie die OP verlaufen ist.«

Benotti lenkte den Stuhl hinter seinen Schreibtisch und sah im Computer nach.

»Giancarlo, da ist er. Ist noch im OP. Ich kann Sie auf die Station bringen, dann können Sie dort warten und werden informiert, wenn Ihr Freund aus dem OP kommt, wie wäre das?«

»Gern.«

***

Im Aufenthaltsraum auf Station 4 war Luca der Einzige. Er hörte, wie sich Pasquale vorn bei den Schwestern nach ihm erkundigte und ihm die Richtung gewiesen wurde.

Pasquale kam herein und setzte sich neben ihn.

»Und?«, fragte Luca.

»Nichts. Ist ja auch kein Wunder, da wir nicht wissen, wie er aussieht. Wir haben aber den Jungen und seine Mutter gefunden und befragt. Der Kleine meinte, es sei ein Mann mit schwarzer

Kapuze und tiefer Stimme gewesen. Das ist alles.« Er ließ hilflos seine Hände auf die Oberschenkel fallen.

Sie schwiegen einen Moment.

»Vielleicht kennt er dich?«, fragte Pasquale dann.

»Mich?«

»Ja, und er mag dich, deswegen bereut er den Vorfall im Tunnel.«

»Wer sollte das sein? Von den Dorfbewohnern kenne ich nur Gino wirklich. Und der hat nur noch ein Auge und ein Bein.«

»Aber diese Reue, woher rührt die?«

»Wir sind einfach nicht aus Veluzzo. Das war außerhalb des Plans.«

»Er kann Leuten die Kehle aufschlitzen, aber jemanden bei einem Unfall umzubringen, bereitet ihm ein schlechtes Gewissen?«

Luca antwortete nicht.

»Tut mir leid. Das hätte ich nicht sagen sollen«, murmelte Pasquale geknickt.

»Signori?«, fragte eine Stimme.

Sie blickten zur Tür, wo eine Schwester im Rahmen stand.

»Ihr Freund ist erfolgreich operiert worden.« Sie schaute zu der Uhr, die im Zimmer hing. »Vor einer Viertelstunde kam er in den Aufwachraum und wird dort für den Rest des Tages bleiben. Eventuell auch noch die Nacht.«

»Vielen Dank«, sagte Luca und sah ebenfalls zu der Uhr. Es war zwölf Uhr dreißig.

Dann würde er jetzt wohl oder übel nach Hause fahren.

»Komm, ich bringe dich heim«, meinte Pasquale.

Luca starrte noch auf das Ziffernblatt der Uhr.

»Luca?«, fragte Pasquale, der schon stand und Lucas Tasche in der Hand hielt.

»Sieben ist keine Zahl«, wisperte Luca abwesend.

»Bitte?«

»Sieben ist keine Zahl«, wiederholte er lauter und deutete auf die Uhr. Das weiße Ziffernblatt war mit schwarzen Stundenstrichen und den Ziffern Zwölf, Drei, Sechs und Neun beschriftet.

Luca stand auf. »Das könnte er gemeint haben. Sieben ist keine Zahl auf der Uhr, sie ist nur ein Strich.«

»Wovon redest du?«

»Der Onkel von Michele Nunzetti. Er sagte immer wieder: ›Sieben ist keine Zahl.‹ Er könnte die Uhrzeit gemeint haben.«

»Und was soll das bedeuten?«

»Das Opfer wurde gegen einundzwanzig Uhr getötet. Wir wissen nicht, wie der Täter unten reingekommen ist. Was, wenn der Alte ihm die Tür aufgemacht hat? Um sieben Uhr?«

»Aber der ist doch nicht mehr klar im Kopf.«

»Schon, aber er redete ja auch von Äpfeln, und es gibt tatsächlich einen Apfelbaum im Garten.«

»Luca …«

»Nein, nein, lass uns zu ihm fahren und ihn noch mal befragen. Bitte.«

Pasquale sah ihn prüfend an. Wahrscheinlich hielt er sein Anliegen für einen Vorwand, um nicht nach Hause zu müssen. Und das stimmte irgendwie ja auch.

»Na gut. Fahren wir.«

Pasquale fuhr über Tignale, damit sie nicht an der Unfallstelle vorbeimussten. Luca war erleichtert. Es wären mit Sicherheit noch deutliche Spuren zu sehen gewesen, und das hätte er nicht ertragen können. Was er auch nicht ertragen könnte, wäre, jetzt in ihrer Wohnung allein zu sein. Was sollte er dort tun? So wie er sich jetzt fühlte, wäre er am liebsten nie wieder dorthin zurückgekehrt.

Sie fuhren immer höher über dem See, der stets zu ihrer Rechten blieb. Die Straße war längst nicht so eng und kurvig wie die nach Pieve, aber als sie durch den einzigen Tunnel auf der Strecke fuhren, stockte Luca der Atem. Augenblicklich waren die Bilder vom Unfall wieder da. Sein Herz schlug schmerzhaft in seiner Brust. Doch es besserte sich, als sie wieder in der Sonne fuhren und sich vor ihnen die obere Ebene von Tignale auftat. Die grünen Hügel waren dicht bewachsen, und die Häuser der Dörfer stachen weiß und gelb daraus hervor.

In Gardola folgten sie den Schildern nach Prabione und Pra' da Bont. Und als man schon glauben konnte, außer wilden Tieren nichts mehr in diesen Bergen anzutreffen, kam die kleine Ausfahrt nach Veluzzo.

Luca humpelte neben Pasquale die schmalen Gassen entlang, bis zum Haus des ersten Opfers, Michele Nunzetti.

»Wir klingeln und schauen, ob er uns öffnet.«

Luca betätigte den Schalter, und es dauerte lange, bis endlich die Tür aufgezogen wurde und der alte Herr vor ihnen stand.

»Buongiorno, Signore«, grüßte Luca, »ich war neulich bei Ihnen, und wir haben uns unterhalten, erinnern Sie sich noch? Luca Spinelli.«

»Mögen Sie Äpfel?«

Pasquale verzog wenig Hoffnung sehend das Gesicht.

»Allerdings«, antwortete Luca.

»Kommen Sie.« Der Alte winkte sie herein und schlappte zurück in seine Wohnung.

»Ist Ihre Nichte oben?«

»Nein. Pflaster jetzt.«

Luca verstand zunächst nicht, begriff dann aber, dass der Alte ihn meinte. Seine genähte Wunde am Kopf war mit einem großen Pflaster versehen.

Signore Cotugno führte sie in die Küche, öffnete mit zitternden Händen den Kühlschrank und holte einen Jutebeutel heraus.

»Äpfel. Hier, nehmen Sie.«

Er reichte Luca und Pasquale je einen kühlen, rotwangigen Apfel und lächelte. »Vom Baum im Garten«, sagte er und deutete auf die geschlossenen Läden hinter ihm.

Luca biss sogleich hinein.

»Phantastisch. Sehr lecker.«

Der Alte brummte zufrieden und legte den Beutel wieder ins Kühlfach. »Immer kühl, die Äpfel. Kühl. Zanussi hält sie kühl.«

Luca entdeckte das kleine Firmenschild »Zanussi« auf der Tür und musste lächeln.

»Signore Cotugno, als ich neulich bei Ihnen war, war zwei Tage zuvor Ihr Neffe verstorben, erinnern Sie sich?«

»Der erinnert sich nicht mal an den Apfel, den er dir gerade gegeben hat«, flüsterte Pasquale Luca zu.

Der Alte nahm schwer atmend am Tisch Platz. Er öffnete immer wieder den Mund wie ein Fisch und schnappte nach Luft.

»Hunde nicht, nein. Kein Hund. Sina mag Blumen.«

Luca runzelte die Stirn, als er versuchte, das zu entschlüsseln. Pasquale sah sich indes genauer in der Küche um.

»Ja, richtig«, sagte Luca langsam. »Ich war bei Ihrer Nichte und hatte einen Hund dabei, doch Ihre Nichte mag keine Hunde, nicht wahr?«

Signore Cotugno fuhr abwertend mit seiner Hand durch die Luft. »Steine nimmt sie. Steine.«

»Sie bewirft den Hund mit Steinen?«

Wieder brummte er zustimmend.

»Aber Blumen hat sie gern.«

»Ja, Blumen. Gemüse und Blumen. Oben.«

»Letztes Mal sagten Sie etwas von ›sieben‹«, begann Luca und setzte sich zu ihm an den Tisch. »›Sieben ist keine Zahl‹, sagten Sie. Und ›keine Blumen‹. Wie meinten Sie das?«

Pasquale verdrehte hinter dem Alten die Augen.

»Sieben, ja. Keine Blumen, ja.«

»Warum ist Sieben keine Zahl?«, fragte Luca.

Der Alte streckte seine wackelnde Hand aus und deutete nach oben. Luca drehte sich um. Hinter ihm hing eine Uhr an der Wand. Sie war wie die im Warteraum des Krankenhauses nur mit den Ziffern Zwölf, Drei, Sechs und Neun beschriftet.

Mit einem triumphierenden Lächeln sah Luca zu Pasquale. Der konnte es kaum glauben.

»Richtig«, sagte Luca. »Sieben ist keine Zahl auf der Uhr, nicht wahr? Was geschah um sieben Uhr?«

»Ding Dong«, sang der Alte und ahmte damit den Klingelton der Wohnungstür nach.

Jetzt kam Pasquale um den Tisch herum und setzte sich neben Luca.

»Mögen Sie Äpfel?«, fragte Signore Cotugno Pasquale.

»Hab schon einen«, sagte der und hob ihn zum Beweis hoch.

»Wer kam um sieben Uhr?«, fragte Luca gebannt.

»Ein Mann. Sieben. Ding Dong. Keine Blumen.«

»Ein Mann? Und er mochte keine Blumen?«

»Blumen für Sina. Sina mag Blumen. Keine Hunde. Wirft Steine.«

»Blumen für Sina?«, hakte Luca nach und rückte auf seinem Stuhl gespannt ein Stück vor. »Er hatte Blumen für Ihre Nichte dabei?«

Cotugno schnappte nach Luft und nickte dann, er konnte gar nicht mehr damit aufhören.

»Und wieso ›*keine* Blumen‹?«, fragte jetzt Pasquale. »Das verstehe ich nicht.«

»Keine Blumen«, bestätigte Cotugno und schüttelte nun unaufhörlich den Kopf.

»Er hatte also keine dabei, sagte aber, er wolle Sina welche schenken?«

»Ja, oben. Oben.« Er zeigte an die Decke.

»Er ging hoch zu ihrer Wohnung?«

»Sina, ja. Oben, ja. Mann. Keine Blumen.«

»Mochte er Äpfel?«, fragte Luca.

»Nein, keine Äpfel. Nein.«

»Also haben Sie mit ihm gesprochen. Wie sah er aus? Kannten Sie ihn sogar?«

Cotugno schüttelte den Kopf und blickte von Luca zu Pasquale und wieder zu Luca. Dann zeigte er auf Pasquale.

»So? Wie dieser Mann?«, wollte Luca wissen, und Pasquale fühlte sich augenscheinlich wie ertappt.

»Groß, groß. Zentimeter.«

»Ah, er war also so groß wie mein Kollege hier?« Luca legte Pasquale eine Hand auf die Schulter. Cotugno nickte und schnappte nach Luft.

»Und hatte er schwarzes Haar?«

Cotugno hörte nicht auf zu nicken.

»Schwarz, ja? Und einen Bart vielleicht?«

Cotugno nickte weiter.

»Schwarze Haare, einen Bart und so groß wie er?«

»Ja, keine Blumen. Keine Äpfel.«

»Großartig, das ist sehr gut«, lobte Luca den Alten. »War es nur ein Oberlippenbart oder ein Vollbart?«

»Voll. Voll. Kein Oberlippenbart.«

»Gut. Und sein Alter?«

Wieder ging Cotugnos Blick zwischen Luca und Pasquale hin und her. Wieder zeigte er auf Pasquale.

»Aha, also ungefähr so alt wie Signore Vialli.«

»Vialli, ja. Mag Äpfel. Keine Hunde.«

Pasquale stutzte, weil der Alte recht hatte.

»Und können Sie mir etwas über seine Kleidung sagen? Was hatte er an?«

Cotugno blickte an sich herab und zeigte auf sein Hemd.

»Ein Oberhemd mit halbem Arm?«

»Ja, halber Arm. Tüte. Keine Blumen.«

»Und eine Tüte hatte er? Da waren keine Blumen drin?«

»Nein, keine Blumen. Keine Äpfel.«

»Was war denn drin?«

Er hob ratlos seine sich scheinbar völlig eigenständig bewegenden Hände.

»Können Sie sich erinnern, wann die Musik zu spielen begann?«, wollte Luca wissen.

»Neun ist eine Zahl. Michele, ja. Michele.«

»Neun Uhr, als Nunzetti nach Hause kam«, flüsterte Luca Pasquale zu.

»Michele«, wiederholte der Alte schnaubend, und Luca sah, dass er mit den Tränen kämpfte.

»Schon gut«, sagte er und drückte Cotugnos Hand.

✳✳✳

»Er traute sich also, direkt mit einem Bewohner des Hauses zu sprechen«, meinte Pasquale, der von der Dreistigkeit und Selbstsicherheit dieses Vorgehens beeindruckt war.

»Das kann er sich nur leisten, weil er so gut informiert ist«, entgegnete Luca. Sie saßen in Pasquales Wagen und besprachen das unorthodoxe Treffen mit Cotugno. »Er kennt diese Leute. Er weiß, wann sie nach Hause kommen, er weiß, dass Cotugno geistig eingeschränkt ist, er weiß, dass Sina Blumen mag.«

»Ja, aber er muss doch damit rechnen, dass der Alte ihn irgendwie beschreiben kann, trotz seines Zustands. Es ist einfach zu riskant.«

»Das stimmt. Und für so nachlässig halte ich ihn ganz gewiss nicht.«

»Was bedeutet, dass er vielleicht dafür gesorgt hat, dass er nicht erkannt wird. Wenn es jemand aus dem Ort ist, muss Cotugno ihn doch kennen und könnte es uns sagen.« Pasquale ließ seine Hände aufs Lenkrad fallen. Unzufrieden schaute er aus dem Seitenfenster. »Ich habe Angst, dass wir beim nächsten Mal wieder zu spät sind. Es wird so kommen. Ich werde einige Beamte abstellen, die den Ort sichern. Patrouillen, die auch nachts für Sicherheit sorgen.«

»Das ist eine gute Entscheidung«, sagte Luca.

Pasquale startete den Wagen und fuhr rückwärts auf die Hauptstraße. Kurz nachdem sie den Ort verlassen hatten, legte Luca eine Hand auf Pasquales Arm. »Kannst du eben mal in diese Einfahrt fahren? Da, wo gebaut werden soll?«

»Gern. Wollte ich mir sowieso noch anschauen.«

Sie hielten nach den Lkw-Spuren Ausschau, die der Regen allerdings vollständig vom Asphalt gespült hatte. Den Weg entdeckten sie dennoch, und Pasquale fuhr langsam zwischen den Bäumen und Sträuchern hindurch, deren Zweige über die Karosserie strichen. Hier war der Boden aufgeweicht, und die Lkw hatten Spurrillen hinterlassen, in denen braune Pfützen standen. Es ging nun steil bergab, und das länger, als sie vermutet hatten, bis sie von einem Bauzaun aufgehalten wurden.

»Tja, bis hierhin«, sagte Pasquale, und sie stiegen aus.

Am Zaun hing ein Baufirmenschild mit der Aufschrift »Delegretto-Bau«. Auf der planierten Ebene dahinter standen ein kleiner Bagger und ein Raupenbagger hinter einem abgerissenen Haus, das kaum größer als eine Laube gewesen sein konnte. Terrassenförmig senkte sich das Grundstück bis zur Waldgrenze am unteren Rand ab. Auf der hinteren Seite musste der in der Schlucht verlaufende Bach das Areal eingrenzen.

»Ganz nett«, meinte Pasquale und krallte seine Finger in den Maschendraht. »Da kann man was draus machen.«

»Was ist mit den ehemaligen Besitzern?«, fragte Luca.

»Keine Ahnung. Aber das kann ich in Erfahrung bringen.«

»Im Buch wird das Haus nicht erwähnt.«

»Jetzt kann man auch nicht mehr sagen, wie alt es war.« Pasquale ließ den Zaun los und notierte sich den Namen der Firma. »Soll ich dich jetzt nach Hause bringen?«

Luca überlegte kurz. »Ich würde gern heute noch zu Bretone fahren. Ich stelle nur schnell meine Tasche ins Haus und nehme dann den Flavia.«

***

Nachdem er das inzwischen digitalisierte Exemplar von »Das Dorf der Verdammten« im Revier abgeholt hatte, fuhr Luca einem erneut aufziehenden Gewitter davon, das sich langsam von Südosten her näherte.

Pozzolengo wirkte verlassen, und es war deutlich kühler hier oben als bei seinem letzten Besuch. Die Läden am Haus von Bretone waren dennoch geschlossen. Luca hoffte, dass er ihn überhaupt antraf. Andererseits hatte er nicht den Eindruck gehabt, dass Bretone sich viel außerhalb des Hauses bewegte. Er klingelte und wurde sogleich eingelassen.

»Irgendwie hab ich gewusst, dass Sie heute kommen«, begrüßte Bretone ihn an der Tür und hustete blechern. »Was ist Ihnen denn passiert?«

»Nur ein Unfall. Ich dachte, Sie denken vielleicht, dass ich das Buch gar nicht mehr zurückbringe«, entgegnete Luca.

»Dann hätte ich Sie ganz falsch eingeschätzt.«

Luca folgte Bretone durch den Flur ins Wohnzimmer. Lässig baumelte die Sauerstoffflasche in seiner Hand. Seine dünnen Beinchen drohten bei jedem Schritt einzuknicken.

»Können Sie Menschen gut einschätzen?«, fragte Luca.

»Na ja, so ganz falsch liege ich nie.«

»Und Giovanni Sicaro, wie haben Sie ihn damals eingeschätzt?«

Bretone drehte sich zu Luca um, mit steifem Hals, damit seine Schläuche nicht verrutschten. »Als sehr talentiert«, antwortete er, und sein Atem knisterte.

»Sonst noch was? Aggressiv, passiv, schüchtern, listig, hochmütig?«

Bretone lachte so rasselnd, dass Luca glaubte, ein alter Motor würde gestartet. »Ich habe lediglich Briefkontakt mit ihm gehabt.«

»Nun, ich habe schon Briefe gelesen, in denen man den Menschen hinter der Schrift deutlich erkennen konnte«, gab Luca zurück.

»Den Menschen hinter der Schrift«, wiederholte Bretone nicht ohne Sarkasmus und schlurfte zum Wandschrank, wo er eine Schublade herauszog.

»Es gibt inzwischen zwei Tote und einen weiteren Mordversuch«, sagte Luca. Er sah, wie Bretone in der Bewegung einfror.

»Dann«, meinte der Verleger mit tiefer Stimme, »sollten Sie sich besser selbst ein Bild machen.« Er drehte sich um und präsentierte Luca einen Schlüssel.

Die Kellertreppe war steil und schmal. Luca hatte ständig Angst, dass Bretone abrutschen und stolpern könnte. Die Sauerstoffflasche schlug ein ums andere Mal gegen das gusseiserne Geländer. Unten waren für alle Wohneinheiten des Hauses Holzverschläge gebaut worden, die an Hundezwinger erinnerten und nur spärlich mit staubigen, spinnennetzverhangenen Lampen beleuchtet wurden. Sie waren mit Vorhängeschlössern gesichert.

»Halten Sie mal«, sagte Bretone und übergab Luca die Sauerstoffflasche. Er nestelte an dem Schloss herum und schien es nicht öffnen zu können, bis es schließlich »Klick« machte und der Bügel aufsprang.

Bretone stieß die Tür auf und knipste innen eine weitere Lampe an der Decke an, die in dem mit alten Möbeln zugestellten Raum mehr Schatten als Licht erzeugte. Bis unter die Decke stapelten sich Sofas, Schränke, Tische und Vitrinen. Eine antike Anrichte aus Eiche mit geschnitzten Weinreben auf den Türen und gedrechselten Beinen war das einzige noch zugängliche Möbel, auf das Bretone zielstrebig zuging und sich mit einem weiteren Schlüssel an einer der Schubladen zu schaffen machte.

»Ist noch aus meinem alten Haus«, erklärte er beiläufig. »Ich musste mich etwas verkleinern, und jetzt steht hier unten alles rum und staubt ein.«

»Schöne Stücke«, sagte Luca bewundernd, bekam aber keine Antwort, weil Bretone das Schloss geöffnet hatte und in der Schublade herumwühlte. Es war ein bedrückendes Gefühl, hier inmitten der Berge von alten Möbeln zu stehen, die jeden Moment aus dem Gleichgewicht geraten konnten, so schien es Luca jedenfalls. Auch von den benachbarten Parzellen drückten schwere Gegenstände gegen die Holzlatten. Tote Spinnen hingen in grauen Netzen in den Ecken und bewegten sich geisterhaft im Luftzug, der von der Tür her durch den Gang strich.

Bretone richtete sich auf und hielt nun eine lederne Mappe in den Händen, die mit einem Verschluss aus Messing versehen war. »Ich habe ein paar Dinge aufbewahrt«, sagte er dumpf. Jeder seiner Atemzüge hörte sich hier unten an wie ein Sägen.

Er öffnete die Mappe und reichte Luca einen vergilbten Umschlag. In schwarzer Handschrift war darauf die Anschrift des Verlags zu lesen. Eine Briefmarke oder ein Stempel fehlte. Luca drehte das Kuvert um. Kein Absender.

»Darf ich?«, fragte er und machte eine den Umschlag öffnende Geste.

»Bitte, dafür sind wir hier unten.«

Luca nahm den Brief heraus und faltete ihn auf. Die Schrift war sauber, sorgfältig, sehr schwungvoll und elegant.

Sehr geehrter Signore Bretone,
ich wende mich hoffnungsvoll an Sie, um Ihnen das Manuskript zu meinem ersten Roman mit dem Titel »Das Dorf der Verdammten« in die Hände zu geben.
Über meine Person ist nicht mehr zu sagen, als dass ich als Autor anonym bleiben möchte.
Ihnen als Verleger mache ich folgendes Angebot: Sie veröffentlichen meinen Roman, und ich werde kein Honorar verlangen.
Das Einzige, was ich wünsche, ist, dass Sie als Autorennamen das Pseudonym »Giovanni Sicaro« angeben.
Egal, wie Sie sich entscheiden, Sie werden keinen Kontakt mit mir aufnehmen müssen. Ich werde von der Veröffentlichung

erfahren und melde mich ggf. postalisch, sollte ich einige Exemplare benötigen.
Ich verbleibe in vollem Bewusstsein über mein ungewöhnliches Anliegen, aber in großer Zuversicht, dass Sie meinen Vorschlag annehmen werden.

Hochachtungsvoll
...

Das war alles. Luca blickte auf und sah, dass Bretone den Brief fixierte. Er hatte eine ungeheure Anziehung und Wichtigkeit für ihn, das war nicht zu übersehen.

»Ist das tatsächlich Ihre einzige Korrespondenz mit ihm?«, fragte Luca. Das Licht im Kellerabteil flackerte.

Bretones Antwort war ein weiterer Brief, den er Luca zu lesen gab.

Sehr geehrter Signore Bretone,
ich bin erfreut zu sehen, dass unser kleines Geschäft zustande gekommen ist.
Ich werde Ihnen genau hundert Exemplare abnehmen. Lassen Sie die Bücher einfach nach Dienstschluss in einem Karton verpackt vor der Tür des Verlages stehen. Ich werde Ihnen das Geld in einem Umschlag in den Briefkasten werfen.
Vielen Dank für Ihre Kooperation.

Hochachtungsvoll
...

»Und, was taten Sie?«, wollte Luca wissen.

»Ich machte alles so, wie er es verlangt hatte. Das Geld lag am nächsten Morgen im Briefkasten.«

Luca roch am Papier. Es hatte den typischen Geruch von Papier, das lange in feuchter Luft gelagert worden war.

»Warum haben Sie die aufbewahrt?«, wollte er wissen.

Bretones Atem brandete auf und ebbte ab, brandete auf und ebbte ab.

»Es gibt Dinge oder besser Geschehnisse im Berufsleben, die einem im Gedächtnis bleiben. Für den einen ist es ein Millionengeschäft, für den anderen eine bisher noch nie versuchte Operation, für Sie vielleicht der erfolgreichste Film, den Sie gedreht haben. Für mich war das Buch zwar kein Erfolg«, meinte er mit einem federleichten Lächeln, »aber bis dahin hatte ich Bücher rausgebracht, die inhaltlich banal und nicht unbedingt von hoher Qualität oder hohem Anspruch waren. Ich habe auch Fotobände veröffentlicht, aber alles sehr klein und ... na ja, von Amateuren, möchte ich sagen. Das hier war für mich das Juwel unseres Verlags. Es war das am schlechtesten verkaufte Buch in unserem Programm. Aber es war ungewöhnlich, und ja, was soll ich sagen, ich mochte den Kerl, der mir diese Briefe schrieb. Seinen Stil, sein ... wie soll ich es nennen? Seine Ausstrahlung.«

»Das war zwar ein kalkulierbares Risiko, aber dennoch ist es ein riskantes Unternehmen für Sie als Geschäftsmann gewesen, auf so etwas einzugehen, oder?«, meinte Luca.

»Wenn Sie damit sagen wollen, dass ich ein schlechter Geschäftsmann war, sage ich Ihnen, wie sehr mir das an meinem alten Arsch vorbeigeht. Wahrscheinlich hat Signora Brandt schon über mich hergezogen, aber die Geschichte hätte auch einschlagen können wie eine Bombe.«

»Bewundern Sie ihn?«, fragte Luca und war im selben Moment überrascht darüber, dass er diese Frage stellte. Ihm kam kurzzeitig sogar der Gedanke, dass Bretone der Mörder sein könnte. Aber bei seinem gesundheitlichen Zustand war das nicht möglich.

Bretone schnaubte verächtlich. »Wollen Sie damit sagen, dass ich gewusst haben könnte, was er vorhat? Dass ich es unterstützt oder gebilligt hätte?«

»Nein ...«

»Ich sage Ihnen mal was. Niemand, der diese Briefe und das Buch zu lesen bekommt, kann sich ausmalen, dass so etwas passieren wird. Niemand, verstehen Sie? Nicht in Ihren kühnsten Träumen.«

Luca senkte den Kopf. Wahrscheinlich hatte er recht. Aber mochten die Briefe, die er hier in den Händen hielt, für Bretone damals auch ein Juwel gewesen sein, jetzt waren sie von noch größerer Bedeutung für die Ermittlungen. Damit hatten sie die Handschrift des vermeintlichen Mörders und höchstwahrscheinlich auch seine Fingerabdrücke auf dem Papier.

»Signore Bretone, darf ich …«

»Ja, ja, behalten Sie sie ruhig. Jetzt ist es auch egal. Für die paar Monate, die ich noch habe …«

Die Polizei hätte sie auch beschlagnahmen können, das wusste Bretone sicherlich, aber zu fragen war Luca lieber, als dem alten Mann das anzudrohen.

18

1983

Die Bühne war so gut wie fertig aufgebaut. Sandro stand bis zur Brust im letzten Quadranten des Gerüsts, das er zusammengezimmert hatte, und nagelte die noch fehlenden Bohlen auf die Stützen. Sein nackter Oberkörper glänzte vor Schweiß, und seine Muskeln arbeiteten unter seiner gebräunten Haut. Toto stand auf dem Marktplatz und sah ihm zu. Die Schule war zu Ende, er war der Letzte gewesen, der das Gebäude verlassen hatte, weil er sich noch ein Buch aus der »Bibliothek« genommen hatte. Er fand den Titel so komisch, dass er es unbedingt lesen musste. »Von Mäusen und Menschen«. Das letzte Buch war traurig gewesen, jetzt wollte er etwas haben, das ihn vielleicht auch zum Lachen brachte.

»He, was stehst du da so rum und glotzt?«, rief Sandro ihm zu. Er wischte sich mit seinem schwarz behaarten Unterarm den Schweiß von der Stirn.

Toto wusste darauf nichts zu antworten, es war doch offensichtlich, dass er ihm zusah. Was ihm währenddessen alles durch den Kopf gegangen war, konnte er nicht auf die Schnelle erklären, also ließ er es bleiben und lächelte.

»Dieser Schwachsinnige«, brummte Sandro und wog den Hammer in seiner Hand. In seiner Hosentasche fand er noch mehr Nägel und setzte einen auf dem noch losen Brett an. Dann schlug er mit solcher Härte darauf ein, dass der Nagel schon beim ersten Hieb fast komplett im Holz verschwand.

»Trödel nicht, Arlecchino«, sagte eine Stimme hinter Toto, und Toto drehte sich um. Padre Corso ging hinüber zur Kirche, eine scharf riechende Fahne hinter sich herziehend. Er war wohl auch noch am Bücherregal gewesen.

»He, Arlecchino«, rief Sandro da, »reich mir mal die letzten zwei Bohlen rüber, ja?« Er deutete auf die verbliebenen Holzbohlen, für die er aus dem Gerüst hätte klettern müssen.

Toto tat, wie ihm geheißen, und hob die schweren Bretter an. Er konnte sie kaum festhalten, sie rutschten immer wieder auseinander. Umständlich hievte er sie auf das Gestell und blieb dabei mit seinem Jackenärmel an einer Ecke hängen. Es gab ein hässliches Geräusch, als der Stoff zerriss.

»Oh, nein«, jammerte Toto.

Sandro nahm das Holz entgegen, schaute auf den Riss und meinte: »Fällt bei deiner Flickenjacke eh nicht mehr auf, Junge. Deine Mutter wird's schon nähen.«

Das tröstete Toto nicht, denn genau das wollte er auf keinen Fall, dass seine Mutter wieder nähen musste. Aber nun war es passiert.

»Ciao, Sandro«, sagte er.

Sandro sah ihm hinterher und schüttelte nur den Kopf.

»Tut mir leid«, entschuldigte sich Toto bei seiner Mutter, als er zu Hause angekommen war. »Ich habe beim Aufbau der Bühne geholfen und bin irgendwo hängen geblieben.«

Sie untersuchte den aufgerissenen Ärmel mit beiden Händen und streng zusammengeschobenen Augenbrauen. »Ausgerechnet jetzt vor dem Fest«, murmelte sie und stand auf, um ihr Nähzeug zu holen.

Toto sah ihr schuldbewusst nach und setzte sich an den Küchentisch.

»Kann ich damit auftreten?«

Seine Mutter drehte sich zu ihm um. Sie hielt ihren Nähbeutel fest an die Brust gedrückt. »Willst du das wirklich tun?«

»Ich möchte singen. Das ist das, was ich kann, und ich will es allen zeigen.«

Sie lächelte gütig, legte den Kopf schräg und strich ihm über das Haar. »Du weißt, dass du singen kannst, deine Eltern wissen es, und der liebe Gott weiß es auch. Du musst es keinem beweisen.«

»Das ist es nicht«, entgegnete er. »Ich glaube, ich will auf der Bühne stehen.« Er dachte einen Moment über seinen eigenen Satz nach und nickte dann zur Bestätigung.

»Wenn das deine Entscheidung ist, wird es so gemacht. Aber überleg es dir gut«, entschied seine Mutter, doch es schwang eine

Warnung in ihrer Stimme mit, die davon zeugte, dass sie nicht um jeden Preis an einen Erfolg von Toto glaubte.

»Ich denke über nichts anderes mehr nach«, sagte Toto. Ja, es war entschieden.

»Und was möchtest du singen?«

»Das Lied, das ihr mir geschenkt habt«, sagte er selig und blickte zu ihr auf.

»Aber … ich weiß nicht, ob das für dieses Fest die richtige Musik ist.«

»Ich liebe dieses Lied, Mama. Ich möchte kein anderes singen.«

Die Sorgenfalten um ihre Augen und um den Mund herum wollten nicht verschwinden.

»Dann gib Padre Corso Bescheid«, meinte sie leise und öffnete den Beutel. »Und jetzt kümmern wir uns um deine Jacke. Du sollst doch gut aussehen, mein Sohn.« Sie lächelte ihn aufmunternd an.

Am nächsten Morgen ging er zielstrebig und zuversichtlich zur Schule. Es war gut, eine Entscheidung getroffen zu haben, und die fertige Bühne stand nun wie ein holzgewordener Traum in der Mitte des Marktplatzes. Er legte eine Hand auf die Holzbohlen und strich darüber. Sie waren warm von den morgendlichen Sonnenstrahlen, und es roch nach Harz.

Er ließ den Schultag wie gewöhnlich verstreichen, blieb am Ende der letzten Stunde jedoch sitzen und wartete, bis alle den Raum verlassen hatten. Padre Corso stand hinter seinem Pult und blickte ungeduldig zwischen ihm und dem versteckten Schnaps im Bücherregal hin und her.

»Willst du noch ein Buch holen, dann mach schon.«

»Nein«, sagte Toto und erhob sich, »ich wollte Ihnen sagen, dass ich beim Jubiläumsfest auftreten werde.«

Padre Corso richtete sich zu voller Größe auf und legte beide Hände auf das Pult, als wollte er gleich hier zu predigen beginnen.

»Tatsächlich? Das ist … sehr mutig von dir, Arlecchino. Du musst aber nicht, wenn …«

»Ich weiß. Ich werde ›O mio babbino caro‹ singen. Das ist aus einer Oper.«

Corso blinzelte irritiert. »Das ist kein Lied, das man auf so einem Fest singen kann«, presste er hervor.

»Doch, Sie werden sehen«, sagte Toto und kam auf das Pult zu.

»N-na gut«, stammelte Corso, »dann sehe ich, wie ich dich im Programm unterbringe.«

»Das ist nett, danke sehr. Bis morgen.«

»Ja, bis morgen.«

Toto trat hinaus in die heiße Mittagssonne. Er dachte, dass Nunzia vielleicht auf ihn gewartet hätte, doch statt ihrer saßen zwei andere Mädchen aus seiner Klasse auf dem vorderen Rand der Bühne und sonnten sich.

»Na, hast du Corso noch die Schuhe geputzt?«, rief Francesca, ein großes, vorlautes Mädchen, das öfter mit Matteo und seinen Jungs Zeit verbrachte, obwohl sie schon ein paar Jahre älter war. Sie rauchte und klaute die Zigaretten. Sie klaute überhaupt alles, was sie besaß. Kaugummis, Haarbänder, Spangen, Colaflaschen. Claudia war ein blasses Mädchen, etwas kleiner als Francesca, und sie eiferte ihrer Freundin nach, wo sie konnte. Allerdings fehlte ihr oft der Mut, so zu sein wie sie, vor allem, wenn es ums Klauen ging. Und wirklich frech war sie nur in Francescas Gegenwart. Allein war sie eher schüchtern, hatte Toto bemerkt.

Claudia lachte mit kieksender Stimme über die Bemerkung ihrer Freundin und hielt sich eine Hand vor den Mund.

»Nein«, sagte Toto und warf sich stolz in die Brust, »ich habe mich für die Feier angemeldet.«

Beide hörten augenblicklich auf zu lachen und zu kichern und schauten ihn überrascht an.

»Angemeldet wofür?«

»Ich singe auf dem Fest.«

Die beiden sahen sich an und platzten dann vor Lachen.

»Arlecchino singt!«, piepste Francesca und bog sich, dass sie fast von der Rampe gerutscht wäre.

»Das Fest ist kein Zirkus, hast du das noch nicht mitgekriegt?«, fragte Claudia, und als sie lachte, fielen ihr ihre langen Haare ins Gesicht.

»Gott, du bist ein echt komischer Clown. Mach nur, wir sind auf jeden Fall da und schauen zu«, versicherte Francesca amüsiert.

»Macht ihr auch etwas?«, fragte Toto.

»Wir? Nein.«

»Das dachte ich mir«, sagte Toto, und damit ließ er die beiden zurück. Pfeifend schlenderte er nach Hause.

Heute ging er ausnahmsweise einen Umweg. Anstatt durch den Ort zur Straße zu gehen, bog er nach links ab und folgte der Gasse, bis der Feldweg begann und rechts der Hof vom alten Michele auftauchte. Eigentlich gehörte er jetzt dem jungen Michele, seinem Sohn, aber jeder nannte den Hof immer nur den Hof vom alten Michele. Michele hatte Schweine, die er in einem dunklen, stinkenden Stall hielt. Im Sommer waren sie oft draußen auf einer matschigen Wiese, die von einem Quellwasserlauf bewässert wurde. Toto mochte die kleinen Ferkel. Ziegen hatte Michele auch, und die Lämmer waren auch niedlich, aber die Ferkel hatten es Toto besonders angetan. Manchmal kletterte er über den Zaun und ging runter zum Stall, um eins davon herauszunehmen. Auch heute wollte er das tun, aber ihm fiel ein, dass er auf seine Kleidung achten musste. Bis zum Fest war es noch knapp eine Woche. Er konnte es sich nicht leisten, seine Sachen zu verschmutzen.

Als er in den Stall geschlüpft war und sich gerade ein Ferkel mit einem schwarzen Fleck über dem Auge, das er schon oft besucht hatte, zum Streicheln ausgesucht hatte, hörte er Stimmen. Zwei Männer kamen. Einer von ihnen war der junge Michele, der andere Salvatore, der Bürgermeister. Toto setzte das Schweinchen zurück auf den Boden und flüchtete auf leisen Sohlen hinter die Tür. Hier blieb er stehen und beobachtete durch einen Spalt, wie die beiden Männer von der anderen Seite her den Stall betraten. Toto war überrascht, noch einen dritten Mann zu sehen. Es war Franco, der Schlachter.

»So, hier haben wir eine hübsche Auswahl, Salvatore. Ich weiß, dass du etwas Besonderes möchtest, also hab ich sie gefüttert wie noch nie zuvor.« Michele lachte und stellte sich ans Gatter der Box. Der falschen Box, wie Toto im Stillen dachte.

»Dieser verfluchte Gestank, wie hältst du das nur aus, Michele?«, fragte der Bürgermeister.

»Welcher Gestank?«, fragte Michele zurück und lachte wieder aus vollem Hals. Franco grinste nur schüchtern. Franco redete nie viel. Er war ein kräftiger Mann mit kleinem Kopf und einem spitzen Kinn. Seine Wangen waren immer rot und seine Kulleraugen wie schwarze Perlen, in denen man nicht eine Gefühlsregung erkennen konnte.

»Das da sieht gut aus«, meinte Salvatore und deutete auf eins der älteren Ferkel. Toto öffnete vor Verwunderung den Türspalt ein wenig mehr.

»Nein. Das Spanferkel muss außerordentlich fett sein. Fett und lang am besten«, sagte Franco mit seiner für seinen Körper viel zu hellen Stimme. »Das dort.« Er deutete mit dem Zeigefinger auf ein Tier, und Toto versuchte durch die Holzlatten hindurch zu erkennen, welches er meinte.

»Mir ist das egal, Hauptsache, ihr zahlt.«

»Doch, ja, Franco hat recht. Das da ist prima.«

Michele zog einen Strick aus dem hinteren Hosenbund, in den bereits eine Schlaufe gebunden war.

»Das hier?«

»Nein, das mit dem Fleck am Auge.«

»Alles klar.«

Toto war entsetzt. Aber natürlich: Für ein Spanferkel benötigte man ein Ferkel. Sein Ferkel!

Michele beugte sich über das Gatter, warf das Ferkel um und legte rasch die Schlinge um seine Hinterbeine. Dann zog er es ruckartig daran in die Höhe. Es quiekte und strampelte hilflos mit den Vorderläufen.

»Wunderbar«, freute sich Salvatore.

»Dann gehen wir gleich in den Schlachtschuppen«, meinte Michele, als auf einmal Toto aus seinem Versteck hervorsprang.

»Nein!«, rief er.

Die drei Männer fuhren erschrocken herum. Das Schwein zappelte immer noch in der Schlaufe.

»Was machst du hier?«, fragte Michele.

»Nichts«, sagte Toto und blickte auf das Ferkel.

Die Männer verstanden, und ein Grinsen stahl sich in ihre Gesichter.

»Junge, wir brauchen ein Ferkel. Was hast du denn gedacht?« Sie lachten.

»Bitte«, flehte Toto.

Sie lachten nur noch lauter.

»He, du Clown, mach, dass du nach Hause kommst!«, rief Franco.

»Arlecchino, geh und hilf deinen Eltern. Es ist schon spät, du müsstest längst zu Hause sein«, sagte Salvatore.

»Aber das Ferkel …«

»Das lass mal unsere Sorge sein«, fuhr Michele ihm über den Mund.

»Oder sollen wir dich auch auf den Spieß stecken?«, schlug der sonst so wortkarge Franco vor, und Toto blickte ihn scharf an. Das Grinsen verschwand aus seinem feisten Gesicht.

»Na, los. Raus aus meinem Stall, oder ich mach dir Beine.«

»Der Arme ist ein bisschen zurückgeblieben, lass ihn doch«, raunte Salvatore Michele zu und wandte sich dann an Toto. »Komm, deine Eltern machen sich schon Sorgen, ja? Geh zu deiner Mutter, Arlecchino.«

»Ich heiße Toto«, sagte Toto.

»Schön, dann geh nach Hause, Toto.«

Toto sah ein, dass er gegen drei Männer keine Chance haben würde. Jedenfalls nicht, indem er sie bekniete oder handgreiflich wurde. Also zog er sich zurück.

»Warum geben die Eltern ihn nicht irgendwohin, wo man sich um ihn kümmert?«, redete Michele unbekümmert weiter, obwohl er davon ausgehen musste, dass Toto ihn noch hören konnte.

»Er kann ihnen helfen. Körperlich ist doch alles in Ordnung mit ihm«, entgegnete Salvatore.

»'n bisschen schwächlich ist er schon«, meinte Franco.

Und dann hörte Toto ein Geräusch, das er sofort erkannte, weil er es schon öfter gehört hatte, wenn er Franco nicht vorn im Laden angetroffen hatte, weil der hinten in der gekachelten Metzgerei seiner Arbeit nachgegangen war. Der Schlachter zog ein Messer über das Schärfeleder. Vor und zurück, vor und zurück.

Toto hielt sich die Ohren zu und lief weg, den Hügel hinunter und am toten Baum vorbei bis zum Fluss, wo er durch das Flussbett bis zur Mühle watete.

19

Luca musste sich eingestehen, dass er sich nicht traute, nach Hause zu fahren, und nur aus diesem Grund den weiten Weg vom Nordufer zum Südufer nach Desenzano gefahren war. Die ganze Fahrt über hatte er sich eingeredet, dass er Signora Brandt noch einmal über Bretone ausfragen musste. Doch das war nur ein Vorwand. Als er jetzt dort eintraf und sich vor die kleine versteckte Kamera stellte, um zu klingeln, war es bereits neunzehn Uhr. Dieses Mal war nur ein Klicken im Lautsprecher zu hören, keine Stimme.

»Hallo, Signora Brandt?«, fragte Luca, aber er bekam keine Antwort. Als er bereits wieder gehen wollte, ertönte der Summer, und Luca trat ein. Klavierklänge schwebten zu ihm herunter. Oben an der Wohnungstür wartete die junge Bedienstete, Lisa Fontana, auf ihn.

»Buonasera, Signore Spinelli«, sagte sie erfreut, aber zurückhaltend. Anscheinend war es eine nette Abwechslung, wenn Besuch ins Haus kam und sie nicht den ganzen Tag allein mit der nicht ganz unkomplizierten Signora Brandt verbringen musste.

Sie schloss die Tür hinter Luca und führte ihn dann in das Wohnzimmer, wo Signora Brandt am Flügel saß, ein Glas mit klarer und wahrscheinlich alkoholhaltiger Flüssigkeit anstelle von Noten vor sich. Sie spielte gut, doch der snobistische Ausdruck auf ihrem Gesicht, ihre gemalten Augenbrauen und der verächtliche Zug um ihren Mund zeugten von geringem emotionalen Zugang zu dem Stück, das Luca unbekannt war. Sie spielte weiter, nachdem er eingetreten war, als sei er überhaupt nicht da. Obwohl Luca sicher war, dass Lisa ihn nicht ohne ihre Erlaubnis eingelassen hatte. Irgendwann löste sie ihren Blick von der Tastatur, sah zu Luca, und ein süffisantes Lächeln umspielte ihre rot bemalten Lippen.

»Mögen Sie das Stück?«, fragte sie laut, um die Klänge zu übertönen.

»Ja, ich mag es. Von wem ist es?«

Abrupt hörte sie auf zu spielen, wischte mit der Hand über den Klavierrücken und schnappte sich ihr Glas, aus dem sie einen großen, durstigen Schluck nahm.

»Das war die Klaviersonate Nr. 11 von Wolfgang Amadeus Mozart. Schon mal gehört?« Sie stand auf und ging auf der anderen Seite um das Klavier herum.

»Klassische Musik ist nicht meine Stärke«, gab Luca zu.

»Ach.« Sie ging zu der kleinen Bar, goss ihm wie selbstverständlich ein großes Glas Wodka ein und drückte ihm den Drink in die Hand. »Hier, Sie sehen aus, als könnten Sie etwas vertragen. Wir gehen raus.«

Wie letztes Mal nahmen sie auf dem Balkon Platz. Signora Brandts Blick schweifte über die umliegenden Häuser und deren Balkone, so als prüfte sie, ob es bei ihrem Gespräch Zuschauer oder Zuhörer geben könnte.

»Sie haben Bretone wohl nicht gefunden, wenn Sie wieder bei mir auftauchen.«

»Doch, ich habe ihn gefunden und auch mit ihm gesprochen.«

»Dann weiß ich nicht, was Sie jetzt noch zu mir führt. Salute.« Sie prostete ihm leger zu und trank.

»Nun ja …«

»Anliegen, die mit ›Nun ja‹ beginnen, sind immer heikel, mein lieber Spinelli. Ich weiß nicht, ob ich heute für heikle Anliegen aufgelegt bin. Aber was ist mit Ihnen?«

»Wie bitte?«

»Sie sehen verändert aus«, meinte sie und blickte an ihm herab wie eine englische Aristokratin, die einen neuen Küchenjungen einstellen will. »Was ist Ihnen denn über die Leber und gegen was sind Sie mit Ihrem Kopf gelaufen?«

Luca senkte den Blick.

»Oh, so schlimm?«

»Ein Unfall.«

»Aber nicht mit Ihrem Wagen, sonst wären Sie nicht hier«, entgegnete sie.

»Nein, es war der Wagen meiner … Lebensgefährtin«, sagte Luca, und sein Mund war plötzlich so trocken wie Sandpapier.

»Hat sie es überlebt?«, fragte sie ihn direkt, aber ihre Tonlage war nicht mehr so sarkastisch eingefärbt.

»Nein. Sie … nein.«

Mein Gott, wie konnte das sein, dass er so etwas sagen musste? Es auszusprechen war, wie eine Unterschrift unter Martinas Tod zu setzen.

»Dann trinken Sie«, sagte Signora Brandt leise und klang jetzt fast mütterlich. Nach einer Pause fuhr sie fort: »Aber deswegen sind Sie nicht hier. Es geht immer noch um Bretone und dieses wundersame Buch?«

Luca trank. Er trank, bis das Glas leer war und ihm die Tränen in die Augen stiegen, ob vom Alkohol oder durch die Erinnerung an Martinas Tod, konnte er nicht sagen.

»Ich sprach mit Bretone. Er ist sehr krank«, erklärte Luca und wischte sich über den Mund. »Er erinnerte sich gut und gab mir sogar ein Exemplar des gesuchten Buches.«

»Bestens. Wie ich nun wieder ins Spiel komme, werden Sie mir sicher gleich erklären, nicht wahr?«

»Ich …« Luca blinzelte. Er war unkonzentriert und müde. Und noch dazu verblasste seine Erinnerung an die Geschehnisse rund um die Morde irgendwie. »Sagte ich schon, dass der Autor und der Mörder dieselbe Person sein könnten?«

»Ich meine nicht, aber es wäre eine naheliegende Schlussfolgerung«, entgegnete sie gelangweilt.

»Ich habe da eine Frage, die Ihnen wahrscheinlich ein wenig seltsam vorkommt, dennoch muss ich sie stellen«, sagte Luca. »Denken Sie, dass Bretone dieses Buch selbst geschrieben haben könnte? Sie kennen ihn zumindest ein wenig. Denken Sie, dass er …« Luca stoppte, weil ihm bewusst wurde, wie unangemessen diese Frage war. Wie sollte Bretones Vermieterin einschätzen können, ob er ein Mörder war? Es gab Ehefrauen, die mit Serienkillern liiert waren und nichts von deren Untaten ahnten. Wie konnte er nur glauben, dass diese Dame auch nur im Entferntesten eine Aussage dazu machen könnte? Luca musste sich eingestehen, dass er nicht mehr in der Lage war, klar zu denken.

»Mich wundert bei Bretone überhaupt nichts«, antwortete Signora Brandt ungerührt. »Er ist ein Versager in meinen Augen, ein Tagträumer, der sich etwas aufgebaut hatte und es dann selbst wieder eingerissen hat. Er war unfähig, einen Verlag oder überhaupt ein Geschäft zu führen. Und wenn er die ganze Geschichte rund um diesen anonymen Autor bloß erfunden hätte, würde ich mich nicht wundern. Allein schon sein Verhalten wegen dieser Veröffentlichung zeugt ja von seiner geradezu kindlichen Naivität. Ob und inwiefern er schreiben kann, vermag ich nicht zu sagen. Ich habe dieses Buch auch nie in der Hand gehabt.« Sie pflückte sich einen Fussel von ihrem schwarzen Ärmel.

»Aber wenn er der Urheber wäre, müsste er im Umkehrschluss der Mörder sein«, erinnerte Luca sie.

»Und wenn schon. Dann ist es so«, sagte sie leichthin.

»Seine Krankheit ließe das jedoch nicht zu.«

»Kann er das nur gespielt haben?«, fragte sie kühl.

»Ich denke nicht. Und ich frage mich, ob er mit der Krankheit noch genug Kraft hätte ...«

»Das herauszufinden, ist Ihre Aufgabe. Nicht meine.«

»Ja«, sagte Luca und stellte sein leeres Glas auf den Tisch. »Eine Frage habe ich noch: Kennen Sie die Oper ›Gianni Schicchi‹?«

»Ist das eine rhetorische Frage, Signore Spinelli?«

»Tut mir leid. Die Arie ›O mio babbino caro‹, können Sie mir mehr darüber erzählen? Worum geht es genau?«

»Ist das Ihr neues Projekt? Klassische Musik leicht erklärt? Filmen Sie mich jetzt?«

»Nein, es ist von Bedeutung für den Mordfall.«

»Oh, dann möchte ich Ihnen natürlich nicht im Wege stehen. Die Geschichte ist eigentlich recht simpel«, begann sie zu erklären. »Ein reicher Mann stirbt, und die liebe Verwandtschaft rechnet sich einiges aus, erbt am Ende aber nichts. Daraufhin wollen die Hinterbliebenen das Testament fälschen. Gianni Schicchi schlüpft in die Rolle des Kranken auf dem Sterbebett und diktiert dem Notar, wer was erhalten soll. Er tut es für seine Tochter, damit sie ihren Geliebten heiraten und einen Ring kaufen kann. Darum geht es in der Arie, sie bekniet darin ihren Vater, die Erbschaft zu retten, um ihr einen Anteil zu sichern, und droht gar mit ihrem Selbstmord. Nun ist die große Frage der Musikgeschichte: Ist sie ein unsterblich verliebtes Mädchen, das auf ehrliche Weise ihrem Vater ihr Herz ausschüttet, oder ist sie ebenso geldgierig und durchtrieben wie die anderen Verwandten? Wie inszeniert man dieses Stück? Da scheiden sich die Geister. Ich habe freilich meine eigene Meinung, und Sie müssten sich Ihre bilden.« Sie blickte mit erhobener Augenbraue auf ihre Finger, so als prüfte sie deren Beschaffenheit für das nächste Klavierstück.

»Vielen Dank. Das hilft mir schon weiter. Haben Sie das Stück hier?«

»Natürlich, mein Lieber. Welche Version wünschen Sie denn? Die Callas, Tebaldi, Netrebko, Elisabeth Schwarzkopf oder vielleicht Youngok Shin?«

»Sie besitzen alle diese Versionen?«

»Ja, macht mich das zur Verdächtigen?«

»Ich denke nicht.«

»Fein. Wo ist eigentlich Ihr Hund?«

Sie musste ihre Assistentin gefragt haben, ob Belmondo bei ihm war.

»Bei Freunden.«

»Sie sollten Gesellschaft haben, wenn Sie jetzt nach Hause fahren«, sagte sie, ohne ihn dabei anzuschauen. Es klang fast wie ein ärztlicher Rat.

Luca stand auf und reichte ihr die Hand zum Abschied. Sie rief nach Lisa, damit sie ihn hinausbegleitete.

Als er unten im Treppenhaus die Tür öffnen wollte, verspürte Luca einen leichten Schwindel und führte das darauf zurück, dass er heute noch nichts gegessen oder getrunken hatte. Bis auf den Wodka.

Er kannte einen Wirt hier im alten Hafen von Desenzano, daher ging er die paar Schritte bis zum Restaurant und setzte sich auf die Terrasse.

»Luca«, rief der Besitzer, als er ihn erkannte, und setzte sich gleich zu ihm. »Was machst du, bist du allein?«

»Ciao, Andrea. Ja, ich wollte schnell was essen bei dir.«

»Schön. Gut, dich zu sehen. Wie geht's dir? Bist du verletzt?« Er deutete auf das Pflaster.

»Na ja … kleiner Unfall. Bin gefallen.«

»Du siehst blass aus, ist alles in Ordnung?«, fragte Andrea Spezzi besorgt.

»Ich muss nur langsam mal was essen.«

Der Wirt winkte einem Kellner und bestellte Wasser, Wein und einen Teller Pasta für Luca.

»Gleich ist es besser, ja? Wenn ich bestelle, ist alles in zwei Minuten da.« Er zwinkerte Luca zu und schlug ihm freundschaftlich auf die Schulter.

»Signore Spezzi«, rief einer der Kellner.

»Si?«

»Das Essen für Signora Brandt ist fertig.«

»Marco soll es raufbringen«, rief er zurück. »Dreimal klingeln und schnell den Rückzug antreten!«

»Signora Brandt?«, fragte Luca neugierig.

»Ja, eine alte Hexe, die hier um die Ecke wohnt. Sie bestellt jeden Tag ihr Essen bei uns.«

»Ich komme gerade von ihr.«

»Du kennst Signora Brandt?«, fragte Andrea erstaunt.

»Ja, ich habe eben mit ihr gesprochen.«

Andrea lachte laut auf und schlug ihm erneut auf die Schulter. »Mio dio! Wir nennen sie nur die Schwarze Witwe. Die Kellner sind froh, wenn sie lebend wieder zurückkommen.«

»Sie ist sehr eigen, das stimmt.«

»Eigen?« Andrea schaute sich um, ob jemand ihrem Gespräch lauschte. Dann kam er näher und senkte die Stimme. »Sie hat ihren Mann umgebracht. Deswegen Schwarze Witwe. Jetzt hat sie das ganze Geld. Und der arme Kerl liegt in seinem Bentley am Grund des Sees begraben.«

»Das glaubst du doch nicht wirklich«, sagte Luca.

»Offiziell war es natürlich ein Unfall, aber das glaubt keiner. Und das junge Mädchen hält sie als Sklavin. Würde mich nicht wundern, wenn sie sie nachts in einen Kerker einsperrt«, raunte Andrea.

Jetzt musste Luca lachen. »Ach komm, das ist doch Seemannsgarn.«

»Es gibt nicht nur gute Menschen auf der Welt, Luca.«

»Ja, das ist mir auch schon aufgefallen.«

Andrea schüttelte den Kopf. »Sie ist eine Hexe, basta.«

Das Essen wurde gebracht, und Luca machte sich darüber her. Er war regelrecht ausgehungert.

Um kurz nach zweiundzwanzig Uhr kehrte er in seine Wohnung zurück. Es war still hier. Unerträglich still. Gleich morgen früh würde er Belmondo holen. Er schaltete überall das Licht an und stellte dann fest, dass dadurch nur noch offensichtlicher wurde, wie einsam er war. Um ihn herum stand die unfertige Wohnung wie eine Ruine seines Lebenstraums. Hier hatte er mit Martina leben wollen. Sie beide, zusammen. Und jetzt war alles vorbei. Martina war tot, und Luca wusste, dass er in diesen Wänden nicht länger wohnen bleiben konnte.

Als er sich im Schlafzimmer auf seine Seite des Bettes legte, kam ihm die andere Seite unendlich groß und nackt vor. Er rutschte ein Stück hinüber, roch das Parfum von Martina, und alles stürzte auf ihn ein. Hilflos wurde er unter einem Erdrutsch aus Emotionen begraben, die er bis hierhin unterdrückt hatte. Jetzt brach alles aus ihm heraus, und er heulte und schrie verzweifelt in die Kissen, bis er irgendwann vor Erschöpfung einschlief.

***

Tomasio hatte ihm einmal gesagt, dass es eine Gnade sei zu vergessen, vergessen zu werden hingegen sei eine schreckliche Erfahrung.

Seine Frau Lia hatte gute und schlechte Tage. An guten Tagen erkannte sie einen, und man konnte ein Gespräch führen. An schlechten Tagen hielt sie manchmal sogar Tomasio für einen Fremden und fing im schlimmsten Fall an zu schreien, aus Angst, man könnte ihr etwas antun.

Als Luca an diesem Morgen bei ihr auftauchte, hatte sie einen guten Tag. Die Betreuerin hatte ihm geöffnet und ihn zur Terrassentür geführt.

»Sehen Sie«, sagte sie und nickte hinaus in den Garten, wo Lia mit Belmondo auf dem Rasen lag und spielte. »Sie ist regelrecht aufgeblüht, seit der Hund da ist.«

»Schön«, sagte Luca und ging zu den beiden hinaus.

Belmondo bemerkte ihn sofort und lief schwanzwedelnd auf ihn zu. Luca streichelte ihn mit beiden Händen, während Lia sich aufsetzte.

»Ciao, Lia«, sagte Luca und versuchte ihr anzusehen, ob es heute schwierig werden würde, mit ihr zu sprechen.

»Hallo, Luca. Der Hund ist toll. Wo hast du ihn her?«

»Er ist mir quasi zugelaufen.« Er setzte sich zu ihr.

»Ich hätte auch gern einen. Er ist so voller Leben.«

Ja, das stimmte, er war voller Leben, obwohl er der Hund eines Toten war und obwohl Martina gerade erst gestorben war.

»Du bist traurig«, sagte sie und schaute ihm prüfend in die Augen.

»Ja, ich … habe jemanden verloren.«

Luca war sich nicht sicher, was er ihr erzählen sollte. Sie hatte Martina gekannt und wusste, dass sie zusammen waren, aber womöglich erinnerte sie sich nicht, oder falls sie sich erinnerte, könnte es sie aus dem Gleichgewicht bringen, wenn sie von ihrem Tod erfuhr.

»Wen denn?«, fragte sie. Luca hatte keine Angehörigen mehr, also war ihre Frage berechtigt.

»Martina«, sagte er leise.

»Oh Gott, Luca.« Ihre Augen weiteten sich vor Schreck, und sie berührte ihn am Arm. »Was ist passiert?«

»Ein Autounfall.«

»Du bist auch verletzt«, meinte sie.

»Nichts Schlimmes.«

»Es tut mir so leid, Luca.«

Luca nickte nur und senkte den Kopf. Sofort war Belmondo da und leckte über sein Ohr, woraufhin beide wieder lachen mussten.

»Wollen wir heute zusammen zu Tomasio fahren?«, fragte Luca, nachdem Belmondo sich zwischen sie gelegt und den Bauch nach oben gedreht hatte, um sich kraulen zu lassen.

»Wer ist Tomasio?« Sie blinzelte gegen die Sonne zu ihm herüber.

»Er ist dein Mann, Lia. Tomasio, erinnerst du dich?«

»Nein«, sagte sie leise und senkte irritiert den Blick.

»Macht nichts, Lia. Später vielleicht.«

»Ja, ja …«, wisperte sie. »Tomasio.« Sie strich Belmondo über den Bauch.

Luca hatte Mitleid mit ihr. Wie musste es sein, so etwas immer wieder zu hören? Immer wieder daran erinnert zu werden, wie unzulänglich das eigene Gedächtnis war?

»Warum besuchen?«, wollte sie wissen.

»Er ist im Krankenhaus.«

»Was hat er denn?«

»Da war ein Blutgerinnsel in seinem Kopf, das entfernt werden musste.«

»Oh. Ist es schlimm?«

»Ich denke, es ist alles gut verlaufen. Mach dir keine Sorgen.«

»Darf ich mit dir kommen?«

»Gern, Lia.«

20

In Veluzzo stand Padre Corso am Pult und blickte auf den zum Platzen gefüllten Gemeinderaum. Dumpfes Stimmengewirr erfüllte den Raum, der sich immer mehr aufheizte. Corso blickte in besorgte Gesichter, ängstliche und wütende Gesichter. »Ruhe bitte«, sagte er und hob eine Hand. Augenblicklich wurde es still.

»Ihr alle wisst, was geschehen ist. Zwei unserer Männer sind gestorben, einer ist schwer verletzt. Väter, Großväter und Söhne unseres Ortes. Und ihr alle wisst auch, was vor vielen Jahren hier passiert ist. Damals haben wir uns hier getroffen, genau wie heute, um etwas zu entscheiden. Wir haben das getan, um unsere Kinder und uns zu schützen. Und lange dachten wir, es sei uns gelungen. Vielleicht war das ein Trugschluss.«

Nach einer bedeutungsvollen Pause, während der man eine Stecknadel hätte fallen hören können, fuhr er fort: »Diese schrecklichen Morde scheinen alle mit dem Buch zu tun zu haben. Niemand weiß, wer uns heimsucht, auch wenn das Phantom uns gut zu kennen scheint. Aber ich möchte euch um eines bitten.« Er kam hinter seinem Pult hervor und blickte allen nachdrücklich in die Augen. »Passt aufeinander auf. Haltet die Augen offen. Redet miteinander, lasst niemanden allein. Haltet zusammen. Und wer immer sich verdächtig macht, jedes Gesicht, das ihr nicht kennt, jede Person, die sich auffällig verhält, werdet ihr melden.«

Die Dorfbewohner sahen ihn mit großen Augen an. Der Schweiß lief ihnen herunter. Ihre dunkle, sonnengebräunte Haut glänzte vor Feuchtigkeit. Lucias Mutter pustete sich Luft zu und bewegte die Finger ihres eingegipsten Arms. Lucias Oma, die neben ihr saß, fächelte sich mit einem weißen Klappfächer Luft zu, wie einige andere der älteren Damen auch.

Padre Corso wartete lange, bevor er weitersprach. Zu lange offenbar für einen jungen Mann im hinteren Teil des Raumes, dem man seine Ungeduld ansehen konnte.

»Was sollen wir der Polizei sagen?«, fragte dieser laut in den Saal hinein.

Corso senkte den Blick und nickte, so als hätte er diese Frage erwartet. »Ob wir es der Polizei sagen oder nicht: Was denjenigen angeht, der dahintersteckt, bleiben wir so ahnungslos wie zuvor. Wie könnte es uns also nützen? Unser Dorf ist eine eingeschworene Gemeinschaft, wir passen selbst auf uns auf. Die Polizei kennt uns und unsere Geschichte nicht. Und das soll sie auch gar nicht. Wir wissen es besser. Wir kümmern uns darum. Es hätte uns damals nicht geholfen, darüber zu sprechen, und heute wird es das auch nicht. Daher plädiere ich dafür, dass es weiter unser Geheimnis bleibt. Wenn ihr Grund für einen Verdacht habt, sprecht mich an. Dann erörtern wir, was zu tun ist, hier in diesem Raum. So wie jetzt auch. Wichtig ist nur, dass wir aufeinander achtgeben.«

Gino, der mit Silvana in einer der letzten Reihen ganz außen saß, spürte, wie seine Frau ihre Hand auf seine Schulter legte.

»Geht jetzt nach Hause. Und schlaft mit einem wachen Auge. Gott sei mit euch.«

Damit entließ Corso seine Gemeinde. Gino verließ als einer der Letzten humpelnd das Gebäude. Corso kam zu ihm.

»Gino, schön, dich mal wieder zu sehen. Wie geht es dir?«

Gino lächelte gezwungen. Silvana stand dicht bei ihm.

»An manchen Tagen ganz gut. Aber bald werde ich noch mal operiert. Dann wird alles besser.«

»Das hoffe ich für dich. Silvana ist ja bei dir.«

Sie lächelte traurig.

»Ich besuche euch bald«, versprach Corso und geleitete sie zur Kirchentür, wo er die letzten Gemeindemitglieder verabschiedete und dann hinter ihnen abschloss. Er löschte das Licht und sah ihre schwarzen Silhouetten durch die Fenster in den Gassen verschwinden. Dann eilte er zum Bücherregal, zog den Schuber heraus und trank gierig aus der Schnapsflasche. Er kleckerte, aber das war ihm egal. Er trank und trank, bis er ein Geräusch hörte und erschrocken absetzte. Er spähte zum Pult. Niemand war zu sehen. Aber es war ganz deutlich etwas zu hören gewesen. Und das Geräusch war ihm irgendwie vertraut.

Sich immer wieder umblickend, verstaute er die Flasche und ging vorsichtig zum anderen Ende des Raums. Er hatte doch abgeschlossen. Niemand konnte sich hier drin befinden außer ihm. Kurz musste er sich am Pult abstützen, der Alkohol wirbelte durch seinen Kopf und vernebelte ihm den Verstand. Da berührten seine Finger etwas Hartes, Dünnes. Es war der Nussbaumstock. Er lag quer über dem Pult wie früher, als er ihn noch benutzt hatte. Das war bestimmt zwanzig Jahre her. Corso stieß einen zittrigen, dumpfen Schrei aus, der im Dunkeln verhallte. Dann fuhr er herum, weil er glaubte, dass der Mörder sich nun ihn als Opfer auserkoren hatte und ihn von hinten mit dem Messer attackieren würde. Aber da war niemand. Er war allein.

Angstvoll beäugte er den Stock. Wie war der hier hereingekommen? Wer hatte ihn auf das Pult gelegt? Es musste passiert sein, als er mit Gino gesprochen hatte.

Leise, aber inständig begann Padre Corso zu beten.

✳✳✳

Luca hoffte, dass Lia sich wieder an Tomasio erinnern konnte, bevor sie das Krankenhaus erreichten. Sie saß neben ihm auf dem Beifahrersitz und blickte konzentriert auf die Straße, so als wollte sie sich den Weg gut einprägen, doch Luca war überzeugt, dass sie sich die verlorenen Informationen ins Gedächtnis zu rufen versuchte. Belmondo lag hinten auf dem Rücksitz und schlief.

»Wird er denn wollen, dass ich ihn besuchen komme?«, fragte sie schüchtern nach ungefähr der Hälfte des Weges.

»Da bin ich mir ganz sicher, Lia. Er liebt dich. Er wird sich über nichts mehr freuen.«

Sie lächelte ebenso schüchtern, wie sie gefragt hatte. Einen Moment später war auch sie eingeschlafen.

Jetzt, da Luca so ganz für sich an der Ostseite des Sees entlangfuhr, überkamen ihn immer wieder leichte Panikattacken. Er sah auf einmal Unfälle vor seinem inneren Auge, sah, wie er von der Straße abkam und in den Gegenverkehr hineingeriet oder nach rechts über die Absperrung hinaus in den See stürzte.

Dann griff er fester ins Lenkrad und atmete tief durch, um die Bilder aus seinem Kopf zu verdrängen. Als sie in Peschiera an einer Ampel anhalten mussten, wachten Lia und Belmondo fast gleichzeitig wieder auf.

»Wo sind wir?«, fragte Lia.

Das konnte entweder bedeuten, dass sie wissen wollte, wie weit sie bis jetzt gekommen waren, oder aber, dass sie die komplette Fahrt und ihr Treffen vergessen hatte und sich nun fragte, wie sie in das Auto gekommen war.

»In Peschiera, wir sind bald da.«

»Ich habe Angst«, sagte sie. Sie wusste also noch, warum sie unterwegs waren.

»Das brauchst du nicht. Außerdem bin ich bei dir. Es wird alles gut.«

Als sie wenig später die Klinik erreichten, musste Belmondo im Wagen bleiben. Sie gingen noch einmal mit ihm Gassi, dann betraten sie durch den Haupteingang das Krankenhaus.

Auf der Station fragten sie am Schwesternzimmer nach Tomasio.

»Sind Sie Angehörige?«, fragte eine robuste, aber freundliche Schwester, die so schnell von ihrem Stuhl aufsprang, dass Luca schon dachte, es sei etwas passiert.

Lia traute sich nicht zu antworten, daher übernahm Luca das Reden.

»Das ist seine Frau, ich bin ein Freund.«

»Signora Giancarlo, darf ich kurz mit Ihnen sprechen?«

Sie wollte sich offenbar mit Lia in das Schwesternzimmer zurückziehen, doch Lia blieb stehen und sah Luca ängstlich an.

Luca war sich nicht sicher, ob er etwas über Lias Gesundheitszustand sagen sollte. Unschlüssig schaute er von ihr zu der Schwester.

»Darf er mitkommen, bitte? Ich möchte, dass er das auch hört.«

»Wie Sie wünschen«, sagte die Schwester und schloss hinter ihnen die Tür.

»Was ist denn passiert?« Lias Stimme hatte einen piepsenden Ton angenommen.

»Nun, im Prinzip ist alles gut verlaufen, Signora. Das Blutgerinnsel konnte entfernt werden. Durch die OP hat Ihr Mann einen vorübergehenden Sprachverlust erlitten, was aber ganz normal ist.«

Lias Augen füllten sich mit Tränen. Die Schwester bemerkte das sofort und legte tröstend eine Hand auf ihren Oberarm.

»Keine Angst, es ist wahrscheinlich nur eine kurze Phase.«

»Ist er wach, weiß er es?«, fragte Luca.

»Ja, er ist seit heute Mittag bei uns auf der Station. Es geht ihm sehr gut. Wir haben ihm Stift und Block gegeben, sodass Sie mit ihm reden können.«

»Und wie lang kann diese Phase andauern?«, hakte Luca nach.

»Das wissen wir nicht. Es könnte nach ein paar Tagen vorbei sein, es können aber auch zwei Wochen oder mehr werden.«

»Ich will ihn sehen. Wo ist mein Mann?«, sagte Lia mit einem Unterton, der Luca aufhorchen ließ. Es klang selbstbewusst, wie die Lia, die ihren Mann kannte.

»Zimmer 15. Links den Gang runter.«

Lia schob sich an der Ärztin und Luca vorbei und ging zielstrebig auf Zimmer 15 zu. Sie klopfte leise an und trat ein. Als Luca dazukam, lagen sich die beiden weinend in den Armen. Er stellte sich ans Bettende und freute sich mit ihnen, unabhängig davon, aus welchem Grund sie hier waren.

Tomasio hob grüßend den Arm, als er Luca erblickte. Ein großes rechteckiges Pflaster saß quer auf seinem Schädel. Zwei Beutel hingen am Infusionsständer über ihm. Luca trat näher und nahm seine Hand.

»Endlich hältst du mal die Klappe«, sagte er, und Tomasio lachte durch seine Tränen hindurch. Die Stimme war noch da, aber als er Luca antworten wollte, hörte es sich an wie Stöhnen. Er konnte kein einziges Wort herausbringen, daher griff er zu seinem Stift und kritzelte etwas auf den Block.

»Danke«, stand dort nur. Luca wusste, dass er damit nicht seinen lockeren Spruch meinte, sondern die Tatsache, dass er Lia mitgebracht hatte.

»Tja, Belmondo durfte leider nicht mit rauf.«

Wieder lachte Tomasio.

»Wie geht's dir sonst, hast du Schmerzen?«

Tomasio deutete auf die Infusionsbeutel. Dann wollte er etwas sagen, doch sosehr er sich auch bemühte, es kam ihm kein Wort über die Lippen. Luca setzte sich auf das Bett.

»Lass nur, einfach mal nichts sagen ist doch auch ganz nett.« Tomasio schüttelte den Kopf und wandte sich wieder dem Block zu. Mit hastigen Bewegungen schrieb er etwas auf, riss den Zettel ab und drückte ihn Luca in die Hand.

Lass es gut sein. Sag Pasquale, dass du aufhörst, und kümmer dich um dich selbst. Du brauchst Hilfe.

Lucas Schultern sanken herab. Er wusste, dass Tomasio sich Sorgen um ihn machte, und er wusste, dass er recht hatte. Er sollte sich aus der Sache raushalten. Martinas Tod hatte diese Ermittlung zu einer persönlichen Sache für ihn werden lassen. Er durfte jetzt nicht in ein Racheschema verfallen. Andererseits, was war ihm denn geblieben? Wofür sollte er weitermachen – oder aufhören, besser gesagt?

Das waren die falschen Gedanken, und das wusste Luca. Er war nach dem Ende ihres letzten Falls monatelang in psychologischer Behandlung gewesen. Eigentlich war er da noch immer, er hatte wegen der Hausrenovierung nur einige Termine abgesagt. Und weil er das Gefühl gehabt hatte, dass die neuen Umstände sein Leben so positiv veränderten, dass er vielleicht gar keine Sitzungen mehr benötigte.

Tomasio umfasste sein Handgelenk, und Luca bemerkte, wie weit weg er in Gedanken gewesen war. Da klingelte sein Handy, und alle erschraken. Luca blickte auf die Anzeige. Es war Pasquale.

»Ich lass euch kurz mal allein, in Ordnung? Bin gleich wieder da«, sagte er und verließ das Zimmer, um den Anruf entgegenzunehmen.

»Ja?«

»Luca, Pasquale hier. Wie geht's dir?«

»Ganz gut. Ich bin gerade bei Tomasio im Krankenhaus.«

»Hat er alles gut überstanden? Ich konnte noch nicht vorbeikommen.«

»Er … er kann im Moment nicht mehr sprechen. Aber die Ärztin sagt, das sei nur vorübergehend.«

Betretenes Schweigen am anderen Ende der Leitung. Luca hörte Hintergrundgeräusche von anderen Personen, die miteinander sprachen.

»Verdammt. Aber er wird doch wieder?«

»Ich hoffe es, Pasquale. Ich hoffe es.«

»Luca, weswegen ich anrufe …«, fuhr Pasquale fort. »Wir haben jetzt einige Ergebnisse von der Kriminaltechnik und den Bericht der Rechtsmedizin bekommen.«

Luca sah sich nach einem Ort um, an dem er ungestört telefonieren konnte, und fand einen verlassenen Aufenthaltsraum. Er stellte sich ans Fenster.

»Schieß los.«

»Aufgrund der Schnitttiefen und -richtungen ist davon auszugehen, dass wir es mit einem Rechtshänder zu tun haben. Was uns leider wenig weiterhilft. Etwas vielversprechender sind die Stofffasern, die wir beim Mord im Olivenhain sicherstellen konnten. Interessanterweise befanden sich in dem Stoff kleine Fasern von Holz, die nicht vom Olivenbaum stammen. Es ist Eichenholz mit einer Lackschicht.«

»Jemand, der in einem holzverarbeitenden Betrieb arbeitet?«, mutmaßte Luca.

»Möglich, ja. Baumärkte, Tischlereien, Parkettverleger … Interessant ist aber vor allem die Faser an sich. Es ist eine Leinfaser. Wird heute kaum noch benutzt. Muss auch schon über vierzig Jahre alt sein.«

Das ließ Luca nachdenklich werden. Wer trug denn Kleidung, die vierzig Jahre alt war? Jemand, der kaum Gelegenheit und kein Geld hatte, sich etwas zu kaufen? Sicher gab es in Veluzzo einige Bauern, auf die das zutraf. Aber außerhalb des Dorfes? Er lehnte sich unschlüssig mit dem Rücken gegen die Fensterscheibe und sah durch die nur angelehnte Tür des Aufenthaltsraums auf einmal eine schwarz gekleidete Gestalt mit aufgestellter Kapuze vorbeigehen.

Pasquale sagte etwas, aber Luca hörte nicht mehr hin. Er erinnerte sich an den Jungen, der ihm etwas hatte ausrichten sollen und den Mann genau so beschrieben hatte. Mit einem Satz war er an der Tür. Der Mann bog gerade nach links um die Ecke. In den Gang mit der Nummer 15. Er musste es sein, und er wollte zu Tomasio.

Luca lief ihm nach, um die Ecke des Stationszimmers herum. Da war er und steuerte direkt auf Zimmer 15 zu. Luca hatte nichts, um sich gegen ihn zur Wehr zu setzen. Keine Waffe, keinen Gegenstand, den er als Waffe hätte benutzen können. Seine Schritte wurden schneller und schneller, er streckte eine Hand aus. Und gerade als der Mann an die Klinke zu Zimmer 15 greifen wollte, packte Luca ihn an der Schulter und riss ihn herum. Er zog ihm die Kapuze vom Kopf und starrte in das erschrockene Gesicht einer jungen Frau. Sie trug ein Nasenpiercing, und ihre Augen waren ganz schwarz geschminkt.

»Was ist?«, fragte sie verängstigt.

»Tut ... tut mir leid«, stammelte Luca. »Was wollen Sie in dem Zimmer?«

»Haustechnik«, antwortete sie atemlos. »Ich soll einen Wasserhahn reparieren.«

Luca bemerkte das weiße Schild auf ihrer Brust. Darauf war das Emblem der Klinik abgebildet. Weiter links war in kleinerer Schrift »Haustechnik, Sign. Sarani« aufgestickt.

Luca entschuldigte sich abermals und ließ die Dame ihre Arbeit verrichten. Pasquale war immer noch am Telefon und rief in den Hörer hinein.

»Was zum Teufel ist los bei dir?«

»Alles okay, ich hab ... ich hab mich geirrt. Ich dachte ...«

Jetzt war der richtige Zeitpunkt, um es ihm zu sagen. Tomasio hatte recht, er musste aus der Sache aussteigen.

»Pasquale«, sagte Luca, doch ehe er fortfahren konnte, kamen die Bilder aus dem Tunnel zurück. Das Geräusch, als sie gegen die Wand schlugen. Er sah, wie er Martinas blutiges Haar zur Seite schob. »Ich ruf dich später wieder an«, sagte er und beendete das Gespräch, ohne eine Reaktion von Pasquale abzuwarten.

***

Bretone stand unschlüssig vor dem geöffneten Kühlschrank, in dem sich kaum etwas Essbares befand. Ein wenig Aufschnitt, Butter, ein halber Apfel, ein Glas Marmelade, eine Flasche Wodka und zwei Flaschen Wasser. Er starrte und starrte, bis er schließlich die Tür wieder zuwarf, ohne sich etwas genommen zu haben. Schlurfend ging er zurück zu seinem Sofa. Der Fernseher lief noch, war aber lautlos gestellt. Auf dem Tisch lagen ein kleiner Block und ein Bleistift, die er nun zur Hand nahm, um etwas aufzuschreiben. Als er fertig war, machte er einen deutlichen Punkt und legte beides zurück auf den Tisch. Mit der Fernbedienung regelte er die Lautstärke sehr hoch. Es lief eine Quizshow. Eine Frau freute sich gerade über einen hohen Gewinn, und das Publikum raste vor Begeisterung.

Bretone neigte sich nach links zu seinem Sauerstoffgerät und drehte den Sauerstoff ganz aus. Dann zog er sich seine Nasenschläuche heraus und legte alles links auf die Couch. Einen Moment lang versuchte er, ohne jede Hilfe tief einzuatmen. Wenn er die Luft wieder aus seinen Lungen ließ, rasselte es in seiner Kehle. Er schloss die Augen und lächelte, so als genieße er diese Freiheit.

Als er die Augen wieder aufschlug, sah er nach rechts. Dort lag ein Tuch neben seinem Bein, in das etwas eingeschlagen war. Behutsam faltete er die Enden des Tuchs auf und legte eine schwarze Glock 19 frei. Er nahm sie in die rechte Hand und wog sie fast liebevoll darin. Mit dem Tuch wischte er noch einmal über den schwarzen Stahl, bevor er sie durchlud. Er blickte zum Fernseher. Die Frau weinte vor Glück. Das Publikum klatschte und klatschte. Dann setzte er den Lauf der Glock an seine Schläfe und drückte ab.

21

Lucia hatte eine Tomate geschnitten und hielt das Holzbrett schräg über den dampfenden Topf, sodass die unregelmäßigen Würfel hineinfielen.

»Sehr gut, meine Kleine«, lobte ihre Oma sie. »Und jetzt Deckel drauf und mindestens eine halbe Stunde köcheln lassen.«

Lucia lachte laut auf. »Köcheln«, wiederholte sie, »es heißt ›kochen‹!«

»Das geht beides. Köcheln ist ein schwaches Kochen. Hin und wieder kannst du mal reinschauen, ob der Saft orange wird, dann wird er erst so richtig lecker.«

»Meine Finger stinken«, sagte Lucia und spreizte ihre klebrigen Finger ab.

»Das ist der Knoblauch. Hier, nimm etwas Petersilie und reib deine Hände damit ein.«

»Wie mit Seife?«

»Ja, genau.«

Wieder lachte Lucia und warf den Kopf in den Nacken.

»Mama, Nonna Francesca ist so komisch!«

»Schön, dass ihr beiden Spaß habt«, entgegnete ihre Mutter, die einen Stapel feuchter Wäsche über dem Gipsarm nach draußen auf den Balkon trug.

»Geh, hilf deiner Mutter«, sagte Francesca und winkte Lucia hinaus.

»Ich mag aber keine Wäsche aufhängen«, klagte die Kleine.

»Lucia«, drohte Francesca und hob einen Zeigefinger, »aber sofort, sonst setzt es was.«

Lucia gehorchte und trabte müde auf den Balkon.

Ihre Mutter kam wieder herein, um noch mehr Wäscheklammern aus der Schublade in der Anrichte zu holen. »Ich hab dir schon hundertmal gesagt, dass du ihr keine Schläge androhen sollst«, sagte sie, ohne von ihrer Arbeit aufzublicken.

Francesca sah sie aus kalten Augen an. Ihre Lippen waren ganz schmal und blass.

»Die Zeiten sind vorüber«, raunte ihr die Tochter noch zu, als sie an ihr vorbei wieder nach draußen ging. Francesca blieb reglos stehen und starrte wütend auf die Tischplatte, wo die von ihr selbst gemachte Pasta auf einem Brett lag. »Lucia«, rief sie, »achte bitte auf die Soße, ich bin gleich wieder da.«

Sie verließ die Küche und stieg im Treppenhaus eine Etage tiefer. Ihre Wohnungstür stand offen, ein Besen samt Kehrblech und Feger lehnte noch im Türrahmen. Sie verstaute die Sachen in einer dunklen Nische im Flur, die mit einer alten Gardine verhangen war, und ging dann durchs Schlafzimmer in das Badezimmer, wo sie sich die Hände wusch. Die Wut über ihre Tochter hatte sie immer noch im Griff, und sie stützte sich am Beckenrand ab und ließ den Kopf hängen. Zunächst ganz langsam, dann immer schneller zog sie sich die Haarnadeln aus ihren langen, zu einem Zopf gebundenen Haaren und warf sie in die Spüle. Immer wilder wurden ihre Bewegungen, und das Haar stand ihr nun wirr vom Kopf ab. Beim Blick in den Spiegel bleckte sie die Zähne. Dann griff sie harsch zu einer Bürste und begann, unsanft ihre Haare zu kämmen. Es gab ein dumpfes, kratzendes Geräusch, wenn sie sich damit über den Kopf fuhr. Was sie nicht sehen konnte, war der Schatten, der an der Tür zum Schlafzimmer vorbeihuschte. Sie war ganz auf sich konzentriert.

Sie legte sich die Haare nach vorn über die Schulter und bürstete die Spitzen, bis sie glänzten. Irgendwo in ihrem Spiegelbild schien sie die junge, schöne Francesca zu suchen, die sie einmal gewesen war. Kraftlos ließ sie die Bürste sinken. Da setzte auf einmal Musik ein, sie kam aus ihrem Schlafzimmer. Francesca erschrak dermaßen, dass sie die Bürste klirrend ins Becken fallen ließ. Ein Lied spielte. Ja, sie kannte es irgendwoher. Was hatte das zu bedeuten? Was ging hier vor? Sicher war es Lucia, die mit der Wäsche fertig und heruntergekommen war, um ihr einen Streich zu spielen.

»Lucia?«, rief sie. Aber es kam keine Antwort.

Die Tür vom Bad zu ihrem Schlafzimmer stand gerade so weit offen, dass sie den unteren Teil ihres Betts und ein Stück vom Kleiderschrank sehen konnte. An der Schranktür war ein

Spiegel befestigt, durch den sie auch die andere Seite des Raumes einsehen konnte. Das Zimmer war leer. Sie ging zur Tür und stieß sie mit spitzen Fingern auf. Da war niemand. Nur dieses kleine schwarze Ding auf ihrem Bett, das die Arie spielte. Gesungen von einer wunderschönen Frauenstimme. Sie näherte sich dem Bett. Die Musik musste endlich aufhören. Oder sollte sie lieber ihre Tochter holen? Aber wie stand sie denn dann da? Wie ein kleines, weinerliches Mädchen.

Francesca erinnerte sich an das, was Padre Corso vorhin erst gesagt hatte. Verlass das Haus, rief eine Stimme in ihr, verlass das Haus! Als sie sich umdrehte, um der Stimme zu folgen und das Richtige zu tun, öffnete sich hinter ihr die Schranktür, die Spiegelung des Raumes huschte über die glänzende Oberfläche hinweg, und das dunkle Loch spuckte eine Gestalt aus. Sie trug eine fürchterlich aussehende schwarze Augenmaske mit einer grotesken Knollennase.

»Eccomi!«, flüsterte eine raue Stimme, und Francesca erstarrte. Angst kam über sie wie ein Schwall Eiswasser. Sie fuhr herum und blickte diesem Ding, dieser Kreatur direkt in seine blitzenden Augen. »Eccomi!«, flüsterte der Eindringling abermals, ein Lächeln auf den Lippen, und Francesca stürzte zurück. Sie stöhnte tief und panisch, die Augen weit, weit aufgerissen, warf sich herum und streckte ihre Arme zur Flucht nach vorn. Doch die Kreatur hinter ihr packte sie an den gebürsteten Haaren und zog sie zu sich, hielt sie fest im Griff. Als sich die Stimme der Opernsängerin erhob, schnitt die Klinge blitzend quer über Francescas Hals, und dann sprühte das Blut aus ihrer Kehle ins Zimmer hinein und auf das Bett, und der Schrei, der ihr auf den Lippen gelegen hatte, wurde von einem Gurgeln erstickt. Er hielt sie hin wie ein Tier zum Verbluten, bis das Leben aus ihr gewichen war und er sie auf das Bett legen konnte.

22

1983

Heute war der Tag, an dem sich alles entscheiden würde. Das Dorf wurde dreihundert Jahre alt. Als Toto an diesem Morgen erwachte, schlug ihm das Herz bereits bis zum Hals. Er tapste zur Tür und sah hinaus in den noch jungen Morgen. Es war frisch und kühl. Er ließ die Tür offen und ging zurück zum Bett, setzte sich und nahm die Platte von Victoria de Los Angeles in die Hände. Irgendwo zwischen diesen unscheinbaren schwarzen Rillen war die wunderbarste Musik der Welt versteckt. Heute wollte er zeigen, wie schön er diese Musik vortragen konnte, wie wunderbar auch seine Stimme war. Alle im Dorf sollten es wissen. Er küsste die Schallplatte und legte sie zurück auf den Teller des Grammophons. Jetzt musste er sich erst mal fertig machen und anziehen. Heute gab es viel zu tun.

***

»Buongiorno, können wir dir vielleicht ein bisschen helfen? Dein Vater hat doch heute sicher noch etwas für das Fest zu tun«, fragte Matteo Gino, der mit einer Mistgabel im Stall stand und Matteo und seine Freunde ein wenig verdutzt ansah. Gino war noch zu jung, um in Matteos Clique zu sein, und selbst wenn er alt genug gewesen wäre, hätte Matteo ihn wahrscheinlich nicht gewollt.

»Ich muss die Kühe auf die Weide treiben«, antwortete er. »Papa hilft bei dem Befestigen der Lichter auf dem Marktplatz.«

»Na, siehst du. Meine Mutter sagte, ich soll dich fragen, ob wir helfen können.«

Das fand Gino schon plausibler. Matteo wäre nie von allein auf die Idee gekommen, ihm in irgendeiner Weise zur Hand zu gehen. Aber sofort überkam ihn ein schlechtes Gewissen, denn die einzige Arbeit, die er den Jungs anvertrauen konnte und die außerdem anstand, war, den Stall auszumisten. Die Herde konnten sie nicht nach oben treiben, das wusste Gino. Das war seine Aufgabe.

»Tja, aber … Also, wenn der Stall leer ist, müsste er ausgemistet werden.«

»Mit dieser Gabel?«

»Nein, wir haben noch andere dafür und Schaufeln auch.«

»Gut, wo sind die denn?«

Gino zeigte den Jungs alles und führte die Herde dann allein aus dem Stall und auf den Berg.

Jetzt freute er sich, denn wenn er früher fertig war, konnte er zum Marktplatz gehen und dort seinem Vater helfen. Der würde stolz sein, wenn er alles erledigt hatte. Und heute Abend würde der ganze Ort in einem Meer aus bunten Lichtern erstrahlen. Man würde essen und trinken, und er würde bis tief in die Nacht mit den anderen Kindern spielen. Es würde großartig werden. Das größte Fest, das sie jemals gefeiert hatten.

***

»Und, bist du schon aufgeregt, Arlecchino?« Padre Corso stand hinter ihm, seine Nase leuchtete in der Sonne, sein Blick war freundlich und glasig. Wie viele andere Dorfbewohner halfen Toto und sein Vater mit, einige Stände und den großen Grill aufzubauen. Andere Jungs aus Totos Klasse hoben gerade schwere Steine von einem Karren und legten damit einen Kreis, in dem später ein Feuer für das Spanferkel entfacht werden sollte. Von den Bäumen und den Dächern und Laternen zogen sich Lichter- und Blumenketten über den Platz. An mehreren Stellen waren Männer mit Leitern in den Baumkronen und an Dachkanten damit beschäftigt, Kabel und Seile zu fixieren.

»Ja, das bin ich, Padre«, gestand Toto lächelnd.

»Kommst du gleich zu mir rüber ins Gemeindehaus, dann können wir besprechen, wann du dran bist?«

»Sobald ich fertig bin, Padre.«

Es tat Toto gut, mit seinem Vater zusammen zu arbeiten, und

wenn er dabei war, traute sich auch keiner, sich über ihn lustig zu machen. Toto fühlte sich absolut sicher an diesem Morgen. Rund um den Platz wurden die Stände aufgebaut, in der Mitte Stühle aufgestellt, die jeder aus seinem Haus mitbrachte. Kinder, Mütter, Großmütter, sie alle schleppten Stühle herbei, und so entstand Reihe um Reihe, bis der Marktplatz wie ein Freilichttheater aussah.

Toto wischte sich den Schweiß von der Stirn und ging hinüber zum Gemeindehaus, als die Stände fertig waren und alle Helfer Wasser aus großen Karaffen getrunken hatten. Einige der Männer tranken schon Wein, dementsprechend gut war auch die Stimmung unter ihnen. Toto klopfte und betrat seinen Klassenraum, in dem Padre Corso vor einem Stapel Papiere an einem der Tische saß und sich Notizen machte.

»Arlecchino«, sagte er, als er kurz aufgeblickt hatte. »Komm näher.«

»Padre Corso?«

»Ja?«

»Ich möchte nicht, dass Sie mich nachher als Arlecchino ankündigen. Mein Name ist Toto.«

Corso blickte zu ihm hoch.

»Äh, ja, natürlich, Junge.«

»Danke schön.«

»Ist … äh, ich meine, bist du denn immer noch der Meinung, dass du singen möchtest?«

»Ja, bin ich.«

»Gut, gut. Ich wollte nur fragen, weil … weil es nicht ganz leicht ist, auf einer Bühne zu stehen. Man braucht viel Mut für so was.«

»Das weiß ich.«

Corso sah ihn prüfend an, konnte aber keine Zweifel ausmachen. »Na gut. Dann würde ich dich nach der Gitarrendarbietung ankündigen.«

»Ist gut. Um wie viel Uhr ist das?«, fragte Toto.

»Tja, das kann man nur so ungefähr sagen. Zu Beginn werde ich ein paar Worte sagen. Dann beginnen wir mit der Tanzgruppe, gefolgt von dem Männerchor. Danach kommt schon die Gitarrengruppe und dann du. Das müsste gegen zwanzig Uhr dreißig sein.«

»Ist gut.«

»Brauchst du irgendwas? Eine Begleitung, Musik, ein Instrument oder so?«

»Nein, ich brauche nichts. Ich singe einfach nur.«

»Fein.« Corso schluckte und sah Toto lange an.

»Kann ich wieder gehen?«

»Sicher, natürlich.«

Toto ging zur Tür und hatte bereits die Klinke in der Hand.

»Ach, Arle… Toto, das Lied, das du da singen willst …«

»Es bleibt dabei«, sagte Toto entschlossen.

Corso hielt kurz und anscheinend wenig zufrieden inne, nickte dann aber.

Toto ging ohne ein weiteres Wort.

***

Seine Mutter hatte seine Jacke und seine lange Hose gewaschen. Beides hing über der Wäscheleine in der Abendsonne, als Toto und sein Vater nach Hause kamen.

»Ihr seid spät«, rief sie ihnen entgegen.

»Es war viel zu tun«, entgegnete der Vater, und Toto prüfte, ob seine Sachen schon trocken waren.

»Du gehst dich jetzt erst mal tüchtig waschen«, sagte seine Mutter zu ihm und schob ihn in Richtung Haus.

Als er gebadet hatte und mit nassen Haaren in sein Zimmer ging, hörte er seine Mutter beten. Das tat sie um diese Zeit eigentlich nie. Toto kämmte seine Haare und zog sich an. In dem kleinen stumpfen Spiegel an der Wand betrachtete er sich lange und ernsthaft. Dann lächelte er. Er würde singen. Das tun, was er am liebsten tat. Ja, jetzt freute er sich darauf. Freute sich, wie er sich schon lange nicht mehr auf etwas gefreut hatte.

Sie gingen gemeinsam in den Ort und stellten fest, dass sie das noch nie zusammen getan hatten. Schon von Weitem hörte man die Stimmen und das Lachen, das Knacken des Feuers, das Kindergeschrei. Es duftete nach gebratenem Fleisch und

Tomaten und Basilikum und Wein, der aus großen Zwanzig-Liter-Karaffen mit einem Gummischlauch ausgeschenkt wurde. Als sie den Marktplatz erreichten, hatten sie trotz des Treibens und der ungewöhnlichen Geräuschkulisse den Eindruck, dass es stiller wurde und alle sie anstarrten.

Toto blickte hinüber zur Feuerstelle, wo mannshohe Flammen aus einem Haufen Äste und Holzscheite in den abendblauen Himmel emporzüngelten. Funken stoben wie Feuerwerk über die Spitzen der Flammen hinaus und stiegen immer höher, bis sie verglühten. Ein wunderbarer Anblick, wäre da nicht das Dreibeingestell aus Fichtenästen gewesen, das sie zu beiden Seiten des Feuers aufgestellt hatten. Gerade trugen zwei Männer den riesigen Spieß herbei, auf dem der Länge nach das Ferkel steckte. Mit seiner noch speckigen, nackten weißen Haut wurde es direkt ins Feuer gehoben. Toto wandte sich ab. Er blickte zur Bühne, wo man am hinteren Ende zwei Pfosten errichtet hatte, zwischen denen ein weißes Tuch gespannt war. Von Hand gestickt war dort zu lesen: »Veluzzo – 300 Jahre«.

Die älteren Damen hatten sich bereits einen Sitzplatz gesucht und Stolen umgelegt. Es wurde getrunken und getratscht, gelacht und gestikuliert. Kleine Kinder liefen einander jagend durch die Reihen, während sich die Jugendlichen in Grüppchen um den Platz herum verteilt hatten, rauchten und heimlich tranken.

»Setz dich doch schon mal, ich hole dir was zu essen«, sagte der Vater zur Mutter.

Totos Mutter nahm Platz und blickte sich schüchtern um. Keine der Frauen wollte mit ihr reden. Sie hatten so gut wie keinen Kontakt. Totos Vater wurde zumindest gegrüßt, aber ein Gespräch fing auch mit ihm keiner an. Toto suchte Nunzia in der Menge, konnte sie aber nirgends entdecken. Es gab keinen Platz, wo er hätte hingehen können, also stand er einfach nur so da, lächelte vor sich hin und wurde genau deswegen von den anderen belächelt. Manche schüttelten den Kopf, wenn sie hinter vorgehaltener Hand über ihn tuschelten. Toto sah das gar nicht mehr. Er sah nur die hübsche Beleuchtung, die geschmückten Häuser und Bäume und fand, dass ihr Dorf noch nie besser ausgesehen hatte. Noch nie war so viel Wärme und Leben in ihm gewesen.

»Was möchtest du denn?«, fragte sein Vater ihn.

»Gar nichts, danke«, gab Toto zurück.

»Nervös?«

»Ein wenig.«

Er strich ihm über den Kopf und ging das Essen holen. Als er zurückkehrte, reichte er seiner Frau einen Teller mit Grillfleisch und setzte sich dann mit einem Teller Kaninchen in Tomatensoße neben sie. Den Teller stellte er auf seine Knie, nahm sein Taschenmesser und schnitt kleine Stücke von einem Brotkanten ab, die er in die Soße warf.

»Wollt ihr Wein? Soll ich euch ein Glas holen?«, fragte Toto.

Seine Eltern sahen sich an und lächelten.

»Ja, danke, Toto.«

Er ging rüber zum Karren des krummen Massimo.

»Zwei Becher Wein, bitte. Für meine Eltern«, sagte er.

»Hätte auch nicht gedacht, dass du davon trinkst, Junge.« Massimo schmunzelte und füllte mit dem Schlauch Wein in zwei Plastikbecher. »Du bist immer lustig, was? Brauchst keinen Wein dafür.«

»Nein, warum auch?«

Massimo lachte laut und winkte ab. »Ach, lass nur, Kleiner. Die Dümmsten sind immer die Glücklichsten, stimmt's?« Wieder lachte er laut, während Toto, der wusste, dass von ihm keine Antwort erwartet wurde, sich einfach nur umdrehte und den Wein zu seinen Eltern brachte.

»Was ist mit Massimo?«, wollte seine Mutter neugierig wissen.

»Zu viel Wein«, gab Toto zurück, was seine Eltern amüsierte.

Nunzia war immer noch nirgends zu sehen. Nur Matteo, Tito und Alfredo entdeckte er, sie standen im Schatten des Gemeindehauses.

Toto sah Francesca und Claudia kichernd vor der Bühne entlanglaufen, als auf einmal die Glocken der Kirche zu läuten begannen. Die beiden zuckten erschrocken zusammen, liefen dann aber schnell weiter. Nun begannen sich auch die anderen

Dorfbewohner zu setzen. Bald darauf kam Padre Corso von vier Ministranten flankiert aus der Kirche. Er hielt das Weihrauchfass in der Hand. Zwei Männer kamen dazu, eine Marienstatue vor ihm hertragend, im Pulk näherten sie sich dem Marktplatz. Corso ließ das Fass hin und her pendeln. Weißer Rauch quoll aus dem silbernen Behälter hervor und schloss ihn in eine weiße Wolke ein.

Die Statue wurde vor der Bühne abgestellt, und Padre Corso und die Ministranten betraten die Plattform. Es wurde still auf dem Marktplatz, nur die Glockenschläge erfüllten noch die Luft, bis sie langsam ausklangen. Padre Corso begann, in das Ständermikrofon sprechend zu beten, und am Ende des Gebets segnete er den Ort. »Wir begehen heute ein besonderes Fest für unser Dorf«, fuhr er fort. »Unser Veluzzo wird dreihundert Jahre alt, und wir alle sind ein Teil davon. Wir sind hier geboren, wir sind hier aufgewachsen, haben hier geheiratet, gearbeitet, sind hier zur Schule gegangen. Wir alle, die wir uns hier versammelt haben, sind Veluzzo und dürfen uns damit auch selbst feiern. Feiern für das, was wir hier geleistet, was wir vollbracht haben und jeden Tag von Neuem wieder vollbringen. Und seht nur, was wir heute hier geschaffen haben.« Er breitete seine Arme aus und sah sich um. »Der Ort erstrahlt in einem wunderbaren Licht, und wir sind alle zusammen und helfen und unterstützen einander und bringen uns ein in eine Gemeinschaft, die zusammenhält, zusammenhalten muss, damit unser Leben hier so funktioniert, wie es funktioniert. Ich blicke mit Stolz auf unser Veluzzo und mit Stolz auf euch. Die heilige Mutter Gottes steht hier vor mir, mitten auf unserem Marktplatz, und wird über uns wachen und ihren Segen über uns ausschütten. Sie ist in jedem Moment da für einen jeden von uns. Unsere heilige Mutter Gottes, gelobt seist du. Amen.«

»Amen«, sang der gesamte Ort im Chor.

»Um diesen Tag würdig zu begehen, haben wir für Musik und Unterhaltung gesorgt, und ich freue mich, nun unsere Volkstanzgruppe anzusagen, die mit ihrer Darbietung diesen Abend einläutet. Viel Vergnügen, Veluzzo!«

Beifall brandete auf. Der Padre verließ die Bühne, hinter der nun laute Rufe zu hören waren, und die Tänzer betraten in ihren traditionellen weiß-grünen Trachten das Podest. Flöten, Akkordeons und Gitarren spielten zum Tanz auf, Tamburine schlugen den Takt, und das Publikum klatschte dazu. Die Stimmung war ausgelassen, alle Sorgen und Nöte waren vergessen, und die Augen der Menschen leuchteten vor Begeisterung. Auch Toto klatschte im Takt und summte die Melodie mit. Er war bereit, und der Ort war bereit für ihn, das fühlte er. Fasziniert schaute er den im Anschluss an den Männerchor spielenden Gitarrenspielern zu, deren Finger virtuos über die Saiten ihrer Instrumente wirbelten und die gleichzeitig den Klangkörper als Trommel benutzten. Im Zusammenspiel hatten die Instrumente einen unglaublich kraft- und druckvollen Klang, der ganz ohne Mikrofon den gesamten Platz ausfüllte. Die Leute riefen und pfiffen vor Begeisterung und spendeten lang anhaltenden Beifall, als die Gruppe sich auf der Bühne verneigte. Padre Corso erklomm abermals die Plattform, und langsam ebbte die Geräuschkulisse ab. Totos Mutter drehte sich zu Toto um und drückte ihm fest die Hand. Sein Vater lächelte ihm zuversichtlich zu.

»Und jetzt, meine Lieben, kommt ein mutiger junger Mann, der hier ganz allein ein Lied vortragen wird. Bitte begrüßt auf der Bühne ... Toto!«

Padre Corso hob die Hand in Totos Richtung, und der setzte sich in Bewegung. Stille fiel wie ein dickes, schweres Tuch auf den gesamten Platz und erstickte jedes Geräusch. Toto hätte schwören können, dass alle seinen Herzschlag hören konnten. Er ging an der Maria vorbei nach links und erklomm die Stufen zur Bühne, von der Corso eben wieder herunterkam.

Da stand er nun. Allein auf einem großen, weiten Teppich aus Holz, etwas erhöht über den Bewohnern des gesamten Ortes, die ihn anstarrten, als seien sie Zeugen der Landung eines Außerirdischen. Mit einem kurzen Seitenblick erhaschte Toto noch ein Bild von Nunzia, die mit einem Becher in der Hand unter einem der Bäume stand und ihm mit großen Augen zusah. Niemand bewegte sich. Toto schluckte. Es war keine Spucke da. Es klickte nur laut in seiner Kehle. Er zwang sich, an etwas anderes zu denken als an das, was in den Köpfen der Dorfbewohner wohl vorging. Zwang sich, die Musik zu hören, die in seinem Inneren spielte, legte im Geiste die Schallplatte auf den Teller und ließ die Nadel des Grammophons auf die erste Rille sinken. Er sog Luft in seine Lungen, sein Brustkorb weitete sich, und er begann zu lächeln.

Jetzt konnte er singen. Und er tat es. Seine Stimme spann sich wie ein feiner seidener Faden aus seiner Kehle und schwebte empor in die warme Abendluft. Sein hoher Sopran vibrierte wie klares Glas, doch so wunderbar klar und rein seine Stimme auch klang, so grotesk wirkte sie aus dem Mund eines Bauernjungen auf einem Marktplatz wie diesem. Sie war ein Fremdkörper, ein akustisches Paradoxon zu allem, was dieser Ort darstellte.

Toto sang und sang, und aller Augen hingen an ihm, bis einer der Zuhörer aufsprang und diese Situation durchbrach wie ein Stein einen spiegelglatten See. Matteo stand in einer der mittleren Reihen und lächelte. Dann warf er seinen Arm nach vorn, streckte den Zeigefinger aus und tönte mit seiner rauen, polternden Stimme: »Der singt ja wie ein Eunuch!«

Der Satz traf es auf den Punkt. So stellten sich alle die Stimme eines Eunuchen vor, oder jedenfalls all diejenigen, die von so etwas schon gehört hatten. Ein schadenfrohes Lächeln blitzte in vielen Gesichtern auf, und chorartiges Gelächter schwappte durch die Reihen.

»Haben sie dir die besten Stücke abgeschnitten?«, rief ein Mann, und das Lachen wurde lauter und lauter.

Toto hörte auf zu singen. Er sah in die Menge wie ein Mensch, der an einem Strand einer Flutwelle entgegenblickt und weiß, dass es keine Rettung geben wird. Hilflos hörte er sich jeden einzelnen Zuruf an.

»Tunte!«, riefen sie, »Schwuchtel!«, bis ein weiterer Junge, Tito, schrie: »Arlecchino, hast du aber eine schöne Jacke!«

Alle bogen sich vor Lachen. Auch die Älteren. Corso, dem die Situation längst entglitten war, konnte nicht anders, als zu schmunzeln. Bis Matteo sich bückte und einen Jutesack unter dem Stuhl hervorholte. Er griff hinein, und in seiner Faust hielt er etwas Schwarzes, Glänzendes.

»Arlecchino, du brauchst noch eine schöne Maske für dein Kostüm!«, schrie er. Mit diesen Worten trat er aus der Reihe, sodass Toto noch ein letztes Mal seine Eltern sehen konnte, bevor es passierte. Das Entsetzen stand dem Vater ins Gesicht geschrieben, seine Mutter weinte.

Matteo holte weit aus und warf eine Handvoll Kuhmist direkt in Totos Gesicht. Die Leute wieherten vor Lachen. Für Toto wurde alles schwarz, und dann roch er, was er da im Gesicht hatte.

Während er noch die Hände hob, um sich das Zeug aus dem Gesicht zu wischen, flogen bereits weitere Fladen von Matteo, Tito und Alfredo auf ihn zu und klatschten auf sein Gesicht, die Brust und die Hose. Er konnte nichts tun, sich nicht wehren. Er hätte weglaufen sollen, doch er stand nur da, starr vor Schrecken, und ließ sich wie eine Zielscheibe mit Scheiße bewerfen. So lange, bis eine tiefe, erboste Stimme einen gefährlichen Schrei ausstieß. Es war sein Vater, der dem Treiben Einhalt gebieten wollte.

Toto wischte sich mit den Fingerspitzen die Augen frei. Er konnte nicht fassen, nicht glauben, was hier passierte. Über Matteo und seine Kumpane wunderte er sich nicht, aber über all die Leute, die ihn ohne Scham auslachten. Sein Vater kam auf die Bühne zugestürzt. Die drei Jungs hatten die Madonna in ihre Mitte genommen und warfen eilig die Reste, die sie noch aus den Beuteln klauben konnten. Da sprang Toto nach hinten von der Bühne und lief fort, so schnell er konnte. Ich habe mich geirrt, dachte er noch, während er vor dieser Szene flüchtete wie vor einem wilden Tier, ich habe sie alle falsch eingeschätzt. Wie hatte er nur so dumm sein können? Wieso hatte er sich ausgerechnet diesen Menschen anvertrauen wollen? Er war ein Clown, ein Harlekin, sie hatten ganz recht. Er hatte sich heute selbst dazu gemacht, vor dem ganzen Dorf.

Er lief an Micheles Schweinestall vorbei, in dem jetzt ein Ferkel fehlte, das im Feuer auf dem Marktplatz verkohlte. Da vernahm er Schritte auf dem Schotterweg hinter sich. Matteo und seine Freunde verfolgten ihn, gleich hatten sie ihn eingeholt. Toto sprang über den Zaun und rannte über das Feld hinunter zum Fluss. Doch so weit kam er nicht. Etwas Schweres prallte von hinten auf ihn und riss ihn zu Boden. Er hörte das Atmen und Stöhnen der Jungen, die ihn niedergerungen hatten und ihn jetzt zu sich umdrehten.

»Glaubst du im Ernst, wir lassen dich entkommen, du dreckige Schwuchtel?« Matteos Gesicht glänzte im Schein des Mondes über ihm. Seine Augen funkelten wild und fast verrückt. »Glaubst du, dass wir dich damit durchkommen lassen, du schwule Mistsau?«

Totos Gegenwehr erstarb. Matteo erhob sich. Zu dritt standen sie über ihm und starrten auf ihn herab.

»Steh auf.«

Toto blieb liegen. Sie nestelten an irgendetwas herum, und Tito entfernte sich. Dann wurde er hochgerissen.

»Das hier ist nicht dein Ort, du Pisser«, flüsterte Matteo in sein Ohr. »Du bist ein unnatürliches, ekelerregendes Stück Scheiße, du mit deiner schrecklichen Frauenstimme. Hilf dir selbst und mach dem ein Ende.«

Toto verstand nicht. Bedeutete das, dass er aus dem Dorf verschwinden sollte? Seine Eltern verlassen? Doch schon im nächsten Moment wusste er es besser. Er sah Tito, der unter dem toten Baum stand und an einem der Äste ein Seil festzurrte. Nein, genau genommen war es kein Seil, es war ein Strick. Ein Galgenstrick. Mit einer Schlaufe am Ende. Alfredo schleppte einen zersägten Baumstumpf herbei, und sie zerrten ihn unter den Baum.

»Na, los. Jetzt ist es so weit. Sei wenigstens einmal ein Mann.«

Tito stülpte die Schlaufe über Totos Kopf und zog sie fest. Alfredo hob ihn auf den Stumpf, der unter seinen Füßen bedenklich wackelte. Dann entfernten sich die drei ein paar Schritte und sahen ihn erwartungsvoll an.

Warum sollte ich es nicht tun?, fragte sich Toto. Dann wäre alles vorbei. Kein Matteo mehr, keine Menschen, die ihn auslachten und für einen Dummkopf hielten, niemand mehr, der behauptete, er sei behindert und zurückgeblieben, und niemand würde ihn mehr »Arlecchino« rufen. Mit einem Schlag wären alle seine Probleme behoben.

»Mach schon, du schwule Sau, häng dich endlich auf!«, sagte Matteo gehässig.

Toto hoffte, dass sein Vater die Jungen bis hierher verfolgt hatte, dass er jeden Moment auftauchen und ihm helfen würde. Doch er kam nicht. Es war still. Nur entfernt hörte man aufgeregte Stimmen und Feuerknacken.

»Tu's! Na, mach schon!«

Toto blickte auf seine Füße. Der Baumstumpf wackelte, und dann, plötzlich, er wusste nicht mal, ob mit oder ohne sein Zutun, kippte er seitlich weg und fiel.

Ein Ruck ging durch seinen Körper. Der Strick schnitt sich in seinen Hals und hielt jetzt sein ganzes Gewicht. Sofort war der Schmerz da, und gleichzeitig blieb ihm keine Luft mehr zum Atmen. Einfach gar keine. Panik ergriff ihn. Er fing an zu zappeln und baumelte hin und her. Nur noch unscharf konnte er die drei Jungen erkennen. Toto versuchte, nach oben zu greifen, um sich an dem Seil hochzuziehen. Da ertönte von irgendwo eine Stimme, grell und laut.

»Lasst ihn!«

Die Jungen rannten wie von der Tarantel gestochen davon. Toto meinte, das Bewusstsein zu verlieren.

»Warte, warte, ich helf dir, warte«, flüsterte eilig eine besorgte Stimme. Es war Nunzia. Sie hockte zu seinen Füßen und versuchte, den Baumstumpf wieder aufzustellen, sodass er sich daraufstellen konnte. Dann fasste sie nach seinen umhertretenden Beinen und setzte seine Füße auf das Stück Holz. Toto bekam das alles nur noch verschwommen mit. Er versuchte zu stehen, balancierte und wurde gleichzeitig von ihren Armen gehalten.

»Hilfe!«, schrie sie, »Hilfe!«

Dumpfe Schritte näherten sich, und dann wurde er hochgehoben, und jemand schnitt ihn vom Baum herunter.

»Toto«, hörte er seinen Vater sagen. Sehen konnte er nichts mehr. Und atmen konnte er auch nicht, obwohl der Strick doch durchtrennt war. Nein, er bekam keine Luft. Seine Kehle war wie zubetoniert. Nichts kam mehr hindurch, sosehr er sich auch anstrengte. Sein Brustkorb bäumte sich auf, und seine Augen weiteten sich, aber er bekam keine Luft.

»Toto!«, rief Nunzia weinend.

»Er kann nicht atmen«, sagte sein Vater mit einer Stimme, die Toto noch nie zuvor gehört hatte. »Ich muss …«

Als sein Vater sein Messer nahm und an seinem Hals nach der richtigen Stelle suchte, um einen Luftröhrenschnitt zu machen, verlor Toto das Bewusstsein.

23

Luca stand fassungslos im Wohnzimmer von Bretone. Pasquale hatte ihn angerufen, um ihn darüber zu informieren, dass der Verleger Selbstmord begangen hatte, und ihn gebeten, zu dessen Haus zu kommen. Bretone lag seitlich auf der Couch. Blutspritzer waren über die Wand und die Couchlehne verteilt. Seine Augen waren offen und blickten leer ins Nichts. Die Pistole hielt er noch umklammert.

»Verdammt«, flüsterte Luca.

Pasquale stand etwas versetzt hinter ihm. Es waren noch weitere Beamte und zwei Männer der Kriminaltechnik anwesend.

»Da liegt ein Brief auf dem Tisch«, sagte Pasquale. »Den solltest du lesen.«

Luca betrachtete das unscheinbare Blatt Papier, das auf dem Tisch lag wie ein vergessener Einkaufszettel.

»Darf ich es anfassen?«, fragte er.

Pasquale reichte ihm einen Handschuh, den er überzog. Er nahm das Blatt an der unteren rechten Ecke hoch und las.

Lieber Signore Spinelli,
Sie sehen, dass ich mich wohl geirrt habe. Das, was ich meinte, in ihm zu sehen, ist von keiner Bedeutung mehr. Ich kann nur hoffen, dass diese Menschen mir vergeben.
Und ich bitte Sie, dem ein Ende zu bereiten.
Ich kümmere mich um meines.

Alles Gute
Enzo Bretone

»Scheint dir das plausibel?«, fragte Pasquale.

»Er hat es nicht so gezeigt, aber es muss ihn doch sehr beschäftigt haben. Mehr, als ich dachte«, entgegnete Luca.

»Wir müssen untersuchen, ob es ein Selbstmord oder Mord war.«

»Er hatte nicht mehr lange zu leben«, meinte Luca. »Sehr wahrscheinlich ist er es selbst gewesen.«

»Der Brief lag auf dem Buch«, sagte Pasquale und deutete auf den Tisch. »Ich schätze, du sollst es haben.«

Luca war der blaue Einband unter dem Blatt gar nicht aufgefallen. Bretone hatte den Abschiedsbrief auf dem letzten Exemplar von »Das Dorf der Verdammten« platziert. Luca nahm das Buch an sich. Pasquales Handy klingelte, und er ging ein paar Schritte in Richtung Tür, um das Gespräch entgegenzunehmen.

Luca wollte so schnell wie möglich von hier verschwinden und sich gerade an Pasquale vorbei in den Flur schieben, da hielt Pasquale ihn am Arm fest.

»Luca«, sagte er ernst.

Luca hielt inne, bis er aufgelegt hatte.

»Er hat wieder zugeschlagen. Diesmal ist es eine Frau.«

Luca konnte nichts erwidern.

»Begleitest du mich?«

Zusammen verließen sie die Wohnung von Bretone und fuhren nach Veluzzo.

***

»Verdammt, ich kenne das Haus«, sagte Luca, als sie ausstiegen. Während Belmondo von der Rückbank sprang und sogleich mit der Nase am Boden klebte, eilten sie an den drei Polizeiwagen vorbei, die schon auf dem Weg parkten, und liefen ins Haus. Dort stand ein Beamter vor der Wohnungstür im Erdgeschoss.

»Wer ist es?«, fragte Luca.

»Eine ältere Dame«, antwortete der Polizist irritiert.

Erleichtert sanken Lucas Schultern herab. »Wo sind das Mädchen und seine Mutter?«

»Oben.« Der Carabiniere deutete die Treppe hinauf.

Luca stieg nach oben in den ersten Stock zur Wohnung von Lucia und ihrer Mutter. »Hallo?«, rief er und klopfte an den Rahmen der offen stehenden Tür. Er hörte eine Frau schluchzen.

Zögernd trat Luca ein. »Signora?«, fragte er leise, als er sah, dass sie mit der schlafenden Lucia im Arm auf dem Sofa saß.

Mit den Fingern ihres eingegipsten Arms streichelte sie ihrer Tochter über das Haar.

»Sie?«

»Ja, ich habe gehört, was passiert ist. Geht's ihr gut?« Er blickte in Lucias Richtung.

Sie nickte bitter.

»Haben Sie sie gefunden?«, wollte Luca wissen.

Wieder nickte sie, und Luca war erleichtert.

»Es tut mir so leid.« Er trat etwas näher an sie heran. »Signora, ich weiß, dass jetzt nicht der richtige Zeitpunkt ist, aber können Sie mir sagen, ob Sie etwas gesehen oder gehört haben? Waren Sie hier im Haus?«

»Ja, aber ich habe nichts gehört. Ich war auf dem Balkon und hab Wäsche aufgehängt. So lange war niemand auf dem Weg zu sehen.«

»Wie haben Sie es bemerkt?«

»Wir … wir hatten einen Streit. Na ja, nicht wirklich, aber ich wollte sehen, wie es ihr geht. Wir wollten zusammen essen, aber sie kam nicht.«

»Verstehe.«

Sie schwiegen eine Weile. Lucia schlief fiebrig.

»Wir gehen hier weg«, sagte ihre Mutter wie aus dem Nichts. »Ich halte das nicht mehr aus, diese Angst.«

Luca sah sie an.

»Er war in unserem Haus, er war hier drin, nur ein paar Meter von uns entfernt.«

»Ja, ich glaube, ich würde das Gleiche tun.«

»Aber wohin soll ich gehen? Wohin?«, fragte sie, und ihre Stimme wurde immer dünner.

***

Luca war bei Lucias Mutter geblieben, bis ein Psychologe der Polizei eintraf, um sich um die Angehörigen zu kümmern. Er war nicht erpicht darauf, sich den Tatort in der unteren Etage anzusehen. Als er nach draußen trat, wartete Pasquale bereits auf ihn.

»Da bist du ja.« Er schloss sein Notizbuch und steckte es ein. »Wenn du … also, wenn du jetzt Zeit für dich brauchst, dann nimm sie dir. Du musst das hier nicht machen.«

Einen Moment lang dachte Luca über den Vorschlag nach.

»Ich würde das Angebot gern annehmen, aber das geht jetzt nicht mehr.«

»Bei der Polizei gilt eine Regel: Wer persönlich involviert ist, muss den Fall abgeben. Dennoch hätte ich dich gern weiterhin an meiner Seite.«

»Ich bin ja auch kein Polizist«, sagte Luca. »Und ich kann jetzt sowieso nicht aufhören. Ich wüsste gar nicht, was ich tun sollte. Er hat mir alles genommen.« Luca rieb sich die Stirn und merkte, wie er zu zittern begann.

»Vielleicht solltest du dennoch eine kleine Auszeit nehmen, Luca. Du siehst nicht gut aus.«

»Es geht schon«, beharrte Luca und versuchte, sich zu sammeln.

»Das ist kein schöner Anblick da drin.« Pasquale legte mitfühlend den Kopf schräg, unsicher, wie er sich verhalten sollte.

»Wir müssen dem Einhalt gebieten«, sagte Luca. »Die Lösung liegt hier im Dorf, wahrscheinlich näher, als wir denken, als alle denken. Doch …«

»Doch?«

»Sie verschweigen uns etwas.«

»Ja, das sehe ich auch so.«

»Ich denke«, entschied Luca und sah Pasquale entschlossen in die Augen, »ich werde mich hier einquartieren.«

Pasquales Augenbrauen zogen sich zweifelnd zusammen.

»Ich kann nicht mehr in unsere Wohnung, Pasquale. Ich halte es da nicht aus. Wenn ich hierbleibe, bin ich näher am Geschehen, an den Leuten, ich –«

»Das ist keine so schlechte Idee«, unterbrach Pasquale ihn. »Wir müssen unsere Kräfte hier sowieso verstärken. Wie man sieht, reicht es nicht aus. Ich sollte mich dir anschließen, allerdings muss ich auf dem Revier sein und alles koordinieren.«

»Aber ich bin frei. Ich kann das von jetzt auf gleich machen«, erklärte Luca.

»Und wo willst du hin?«

»Ich weiß da schon etwas. Jetzt lass uns reingehen.«

Sie betraten das Schlafzimmer der Toten. Der Geruch von Blut war erneut erstickend. Die weißen Laken sahen aus wie die Leinwand eines Künstlers, der mit roter Farbe wild und unkontrolliert um sich geworfen hatte. Das Bild glich den anderen Morden und insbesondere dem letzten Mordversuch bis ins Detail, bis auf den Unterschied, dass diesmal das erste weibliche Opfer vor ihnen lag.

»Wir sind uns sicher, dass der Täter im Schrank auf sie gewartet und sie dann von hinten attackiert hat. Diesmal kann er sie aufgrund der Möbelstellung im Raum nicht direkt von hinten angegriffen haben. Er kam wahrscheinlich von der Seite. Das heißt, dass sie ihn vermutlich gesehen hat, bevor er sie packen konnte.«

»Aber sie hatte nicht genug Kraft, sich zu wehren«, mutmaßte Luca.

»Und der Schock könnte sie gelähmt haben. Sie hatte kaum Zeit, alles spielte sich hier am Fußende des Bettes ab.«

Luca ließ seinen Blick über die Szenerie gleiten.

»Ob er weiß, dass eines der Opfer überlebt hat?«

»Eigentlich kann er das nur wissen, wenn er aus dem Dorf stammt«, antwortete Pasquale. »Doch selbst wenn, ich habe eine lückenlose Bewachung angeordnet. Niemand weiß, wo Bassano liegt. Seine Aussage könnte den Durchbruch bedeuten.«

Luca nickte. »Serienmörder wechseln nur sehr selten das Geschlecht ihrer Opfer, das hat Martina mal gesagt.«

»Tja, aber was bedeutet es, wenn er es doch tut?«

»Dass unser Mörder ein Sonderfall ist.« Luca dachte an den Jungen im Krankenhaus, der ihm die Nachricht des Täters übermittelt hatte. Gewissensbisse waren in der Tat ein Sonderfall in der Geschichte der Serienmorde. Aber das zeigte nur, dass Martina und er ein Kollateralschaden gewesen waren. Nein. Martina war einer, er nicht. Er lebte noch. Und er musste hinter das Geheimnis dieses Mörders kommen, bevor noch weitere Opfer vor ihm lagen, deren Blut über das Zimmer verteilt war. Beim nächsten Mal konnte es vielleicht ein Kind sein. Wenn das

Buch aus der Feder des Mörders stammte und eine Prophezeiung darstellte, das gesamte Dorf zu meucheln, dann machte er selbst davor nicht halt.

Luca ging. Er hatte ein Ziel, und noch dazu eines, das ihn von Martina ablenken würde. Kaum dass er draußen war, kam Belmondo zu ihm gelaufen. Luca vermutete, dass er nach seiner Ziegenherde geschaut hatte, weil er aus dieser Richtung kam. Sie fuhren nach Pregasio, Luca packte ein paar Sachen in eine Reisetasche, nahm einen Napf und Futter für Belmondo mit und lud alles in den Kofferraum.

Es war Abend, als er bei Gino und Silvana ankam. Die Haustür stand diesmal nicht offen wie sonst, und Luca befürchtete schon, sie wären gar nicht zu Hause. Aber Lupo, der alte Hund, lag wie üblich vor der Tür und hob neugierig, aber ruhig den Kopf. Als er Belmondo sah, mühte er sich hoch und wedelte müde mit dem Schwanz. Belmondo und er beschnupperten sich kurz, ehe Belmondo einen Abstecher zum Kuhstall machte und Lupo sich wieder hinlegte. Luca klopfte gegen die Tür.

»Hallo, jemand zu Hause?«

Er hörte Schritte. Das Schloss wurde zweimal entriegelt, bevor Silvana öffnete.

»Luca!«

»Ja, tut mir leid, störe ich?«

»Natürlich nicht, komm rein«, sagte sie, ließ ihn eintreten und verschloss die Tür sogleich wieder.

»Schlaft ihr schon?«

»Gino schläft. Es war ein anstrengender Tag für ihn.«

Luca bemerkte, dass Silvana geweint hatte. Aber sie schien sehr erleichtert zu sein, ihn zu sehen.

»Setz dich doch. Willst du etwas trinken?«

Luca nahm Platz und faltete seine Hände auf der Tischplatte.

»Ich hab eine ganz freche Bitte an euch.«

»So, was kann das denn sein?«

»Ich wollte mich hier im Dorf einquartieren und fragen, ob euer Zimmer noch frei ist.«

Luca war es unangenehm, sich selbst einzuladen, aber in Silvanas Augen sah er, dass sie sich freute.

»Natürlich, gern«, sagte sie. »Wie kommst …?« Sie wollte eigentlich weitersprechen, verstand dann aber, weshalb er fragte.

»Es ist wegen der Morde, stimmt's?«, flüsterte sie.

»Ja. Ich habe das Gefühl, ich bin hier näher dran und kann auf diese Weise besser … agieren.«

Er wusste nicht, wie er es anders sagen sollte. »Agieren« war ein Wort, das fast schon zu aktiv klang. Sie hatten das Heft nicht in der Hand, konnten im Grunde nur reagieren, doch eigentlich wollte er dem Mörder zuvorkommen.

»Hast du deswegen geweint?«, fragte er, und Silvana schlug ertappt die Augenlider nieder.

»Ich hab vorhin das von Francesca erfahren. Wir waren heute Morgen noch alle zusammen im Gemeindehaus, und ich hab sie gesehen, ohne zu ahnen …«

»Ja, es ist schlimm, besonders wegen der Kleinen«, entgegnete Luca.

»Dieses Monster macht selbst vor wehrlosen alten Frauen nicht halt. Was ist das für ein Mensch, der so was tut?«

»Ich weiß es nicht, Silvana. Aber ich versuche dahinterzukommen.«

Sie setzte sich zu ihm an den Tisch.

»Du siehst aber auch nicht wirklich gut aus«, meinte sie mit einem besorgten Blick.

»Nein, wahrscheinlich nicht. Es ist auch viel passiert.«

Sie sagte nichts, weil sie zu höflich war, ihn zu fragen, was ihn bedrückte.

»Weißt du, dieser Kerl, der Mörder, er war in meiner Wohnung«, begann Luca stockend zu erzählen. »Es war nachts, ich war mit meiner … Freundin dort …«

»Oh, du hast jemanden?«

»Ich … ja, also … Er brach bei uns ein und flüchtete, als wir ihn bemerkten. Meine Freundin … Sie ist Polizistin, wir verfolgten ihn im Auto, und in einem Tunnel in der Schlucht blendete er uns, und wir hatten einen Unfall.«

»Oh, nein … Ist alles gut?«

»Nein, leider … überlebte sie den Unfall nicht.«

Es war unglaublich hart, das auszusprechen. Luca ließ den

Kopf hängen und kämpfte darum, nicht völlig die Fassung zu verlieren. Er fühlte sich auf einmal ganz schwach, alles schien über ihm zusammenzubrechen. Tränen stiegen ihm in die Augen, ein dicker Kloß saß in seinem Hals und schnürte ihm die Luft ab.

Silvana kam sofort um den Tisch herum, setzte sich neben ihn und legte einen Arm um ihn. »Schsch«, machte sie nur. Keine Fragen, keine aufmunternden Floskeln, sie machte einfach nur dieses sanfte und irgendwie wohltuende Geräusch. Lucas Tränen fielen auf den Holzfußboden, seine Schultern zuckten. Mit der anderen Hand hielt sie seinen Arm ganz fest.

Luca verspürte den fast unüberwindbaren Drang, sie in die Arme zu nehmen, sie an sich zu drücken und zu halten, sie festzuhalten, so wie er Martina nie wieder würde halten können. Er wandte sich zu Silvana um und schlang seine Arme um sie. So saßen sie, hielten sich ganz fest umarmt und weinten beide, bis sie sich schließlich auf ihre nassen Gesichter und Lippen küssten.

»Nein, nein, das dürfen wir nicht«, flüsterte Silvana und zuckte zurück. Sie sahen sich tief in die Augen. Alles um sie herum verwischte irgendwie, wurde dunkel und unscharf, nur sie beide schienen noch zu existieren.

Lucas schlechtes Gewissen nagte schmerzhaft an ihm. Was tat er hier? Kaum war Martina tot, tröstete er sich mit einer anderen Frau? Wie konnte er so etwas nur tun? Wie konnte er sie so schnell, auf so schändliche Weise betrügen? Aber es war so tröstlich, und Silvana tat so gut.

Sie küssten sich erneut und saßen sich dann Stirn an Stirn gelehnt gegenüber.

»Das dürfen wir nicht«, wiederholte Silvana kaum hörbar. Er legte eine Hand auf ihre Wange und löste sich dann von ihr.

»Ich hab meine Sachen schon dabei, auch wenn das ein wenig aufdringlich ist«, sagte Luca, um sie beide ein wenig abzulenken.

Silvana lachte und schniefte. »Das ist schon in Ordnung. Ich mach dir gleich dein Bett fertig.«

Sie stand auf und holte Bettwäsche aus einem alten Bauernschrank im Flur. Während sie das Zimmer für ihn herrichtete, sprachen sie über Gino und sein Bein und was für Aussichten er hatte. Dann stellte Luca ihr Belmondo vor, der vor dem Haus inzwischen leise jaulte.

»Kenn ich dich nicht?«, fragte sie den Hund und streichelte ihn hinter den Ohren.

»Das ist der Hund von Michele Nunzetti, er ist mir gefolgt, und ich bin ihn nicht wieder losgeworden.«

»Ach was. Hast du Luca verfolgt?«, fragte sie Belmondo.

Mit einer Flasche Wein setzten sie sich in die Küche. Silvana stellte eine zerlaufene Kerze in einer alten Weinflasche auf den Tisch und zündete sie an.

»Schön, dass du da bist. Dann ist gleich mehr Leben im Haus«, sagte sie.

»Danke, dass ich hier sein darf. Zu Hause kann ich jetzt nicht sein. Wir hatten einen Umbau geplant. Aber jetzt überlege ich, alles wieder zu verkaufen.«

»Es tut mir so leid, Luca. Und er kam in eure Wohnung und wollte euch töten?«, fragte sie schaudernd.

»Ich weiß nicht genau, was er bei uns wollte. Aber töten wollte er uns nicht. Vielleicht hat er nach Beweisen gesucht.«

»Das ist alles so furchtbar. Der ganze Ort lebt in Angst. Die Polizei geht durch die Straßen. Unsere Männer auch. Jeder bleibt zu Hause, wenn er kann, und schließt ab. Es ist unerträglich.«

»Silvana, ich habe das Gefühl, dass alle hier im Ort mir und der Polizei etwas verschweigen. Ich erwähnte letztes Mal doch dieses Buch, und auch bei euch meinte ich zu merken, dass ihr mehr darüber wisst.«

Sie wich seinem Blick aus und nahm einen Schluck Wein.

»Silvana, er wird nicht aufhören. Ich weiß nicht, warum ihr alle schweigt, aber es wird weitere Leben kosten. Was ist los? Was ist passiert?«

Silvanas Blick wanderte zur Decke, wo Gino über ihnen im Schlafzimmer lag und schlief. Angst glänzte in ihren Augen. Sie kam näher und berührte mit dem Zeigefinger Lucas Hand.

»Gestern hat Padre Corso uns gebeten, nicht darüber zu sprechen«, flüsterte sie. »Dieses Buch … Es kam vor vielen Jahren heraus, und alle hier im Dorf waren geschockt. Es gab ein großes Hin und Her, was wir unternehmen sollten.«

»Aber wie seid ihr darauf aufmerksam geworden, wer von euch hat es gelesen?«

»Das war unheimlich, geradezu geisterhaft«, erzählte sie. »Es war ein kühler Morgen im April, das weiß ich noch. Nebel hatte den Ort verschluckt, man konnte kaum zwei Meter weit schauen. Als dann die Sonne herauskam, lichtete sich das Grau und gab den Blick auf die Bücher frei, die jemand mitten auf dem Marktplatz übereinandergestapelt hatte. Es waren genau dreiundneunzig Stück. Eins für jeden der dreiundneunzig Einwohner, die wir damals waren.«

»Wirklich? Was für ein Zufall, heute sind es wieder genauso viele.«

»Natürlich waren alle neugierig und blätterten darin herum. Keiner wusste ja, wie die Bücher hierher nach Veluzzo gekommen waren und wozu. Und so lasen wir alle von unserem Tod. *Wir* wurden darin beschrieben, wir, echte Menschen, die alle getötet wurden.« Schuldig blickte sie nach oben. »Gino bringt mich um, wenn er erfährt, dass ich's dir sage.«

»Silvana, du tust das einzig Richtige, glaub mir.«

»Es herrschte damals eine große Verunsicherung, so wie jetzt auch. Jeder dachte, dass das Buch eine Ankündigung sei und der Mörder zu uns ins Dorf kommen würde. Padre Corso bat uns, stark zu sein, und erlaubte uns, uns zur Wehr zu setzen. Er schlug vor, dass wir dieses Werk vernichten sollten. Also haben wir die Bücher auf dem Marktplatz auf einen Haufen geworfen und sie angezündet. Verbrannt. Alle. Einige hatten schreckliche Angst, dass wir damit nur noch mehr Zorn schüren würden.«

»Bei wem?«, fragte Luca.

»Na, bei dem Mann, der das geschrieben hatte. Keiner wusste, wer es gewesen war, aber jeder verdächtigte irgendeinen hier im Dorf. Das Misstrauen wuchs und wuchs, und Corso wollte dem ein Ende bereiten.«

»Hat es funktioniert?«

»Na ja, es wurde ruhiger. Zeit verging, und es geschah nichts. Also dachten alle, dass es damit erledigt sei. Bis heute. Jetzt denken alle, dass er zurückgekommen ist und uns alle töten wird.«

»Aber wer kann das sein, Silvana? Wer könnte wollen, dass das ganze Dorf stirbt?«

»Ich weiß es nicht.« Sie begann wieder zu weinen und drückte seine Hand jetzt ganz fest.

»Aber es muss jemanden geben. Und wenn er aus dem Dorf stammt, was naheliegt, so gut, wie er alle kennt, müsst ihr ihn auch kennen.«

»Manchmal«, sie schluchzte, »denke ich …« Sie stockte, denn sie traute sich kaum, es auszusprechen.

»Ja?«

»Dass … dass es Gino ist.«

»Gino?«

»Ja, weil er sich so verändert hat seit dem Unfall. Er ist ganz anders, Luca. Ich hab manchmal Angst, dass die Schmerzen ihm den Verstand rauben. Er ist dann wie … ja, wie verrückt.« Sie hauchte die Wörter nur noch, und Luca spürte, dass sie am ganzen Leib zitterte. »Dann wieder denke ich, dass es Corso selbst sein könnte.«

»Weißt du, den Gedanken hatte ich auch schon«, gestand Luca. »Ich kann dir nicht mal sagen, warum. Er ist einfach anders als die übrigen Dorfbewohner.«

Sie schniefte ein paarmal und trank dann ihr Glas Wein aus. Erschöpft saß sie vor ihm auf dem Stuhl und wischte sich eine Haarsträhne aus der Stirn. Sie ist wirklich eine Schönheit, dachte Luca, eine Schönheit, die langsam an ihrer Arbeit hier zerbricht.

»Bitte sag niemandem, dass du das alles von mir weißt«, bat sie ihn.

»Silvana, ich würde nie etwas tun, das dir schadet.«

Sie lächelte dankbar.

»Ich muss jetzt ins Bett. Ich bin müde.«

»Ja, ich gehe auch.«

Luca trank sein Glas aus, und sie löschten das Licht. Oben im Flur verabschiedeten sie sich stumm, und jeder ging in sein Zimmer.

✳✳✳

In dieser Nacht schien die Fiktion die Realität vollends einzuholen. Wie in der Szene im Buch beschrieben, trafen sich heute die Männer des Ortes, zwar nicht im Keller vom krummen Massimo, aber in der Werkstatt von Sandro, dem Tischler. Sie hockten im Licht der holzstaubigen Deckenlampe auf Bänken und Tischen und Hockern, lehnten an Regalen voll mit Holzbalken und Brettern und Kartons voller Nägeln. Ihre braun gebrannten Gesichter schauten grimmig und misstrauisch drein. Keiner fühlte sich sicher, nicht mal in dieser Runde.

»Ich denke, es sind jetzt alle da«, sagte Sandro. Es gab ein lautes Geräusch, als er die Werkstatt abschloss.

Einen Moment lang geschah gar nichts, nur Blicke wurden getauscht, bis einer vortrat und die Stimme erhob.

»Ihr alle wisst, was Padre Corso heute Morgen gesagt hat, ihr wart alle dort«, sagte Matteo. »Aber ich denke, dass es einfach nicht ausreicht zu schweigen. Dass wir nicht zu Hause sitzen und abwarten können, bis der Kerl kommt und wieder einen von uns abschlachtet. Wir alle haben viel zu verlieren. Und wenn es nur unser eigenes Leben ist. Aber ich will nicht warten und meine Hände in den Schoß legen, während ein paar Carabinieri hier durch den Ort spazieren. Wir müssen handeln, Freunde. Es ist an uns, das Dorf zu verteidigen.« Er sagte das letzte Wort laut und mit unumstößlicher Entschlossenheit. Und hatte die meisten der Männer damit am Haken.

Zustimmendes Gemurmel schwoll an, die Gruppe regte sich nervös.

»Wir sollten uns von heute an in jeder Nacht zusammentun und in Dreiergruppen durch den Ort gehen. Wir müssen ihn finden, ihn stellen, und wenn's nötig ist …« Er machte eine Pause und sah in die Gesichter der Männer. »Dann müssen wir ihn auch töten.«

»Ja!« und »Genau!« riefen einige. Arme schossen nach oben, Fäuste ballten sich.

»Wir bewaffnen uns mit dem, was wir haben. Allein mit den Dingen hier in Sandros Werkstatt können wir zehn Leute bewaffnen. Messer, Äxte, Holzplanken, es taugt alles, was wir kriegen können.«

»Und das sollte nicht nur nachts so sein«, rief Alfredo, und alle drehten sich zu ihm um. Er saß auf einem Hocker, beide Hände auf seine Schenkel gelegt. »Francesca ist am Tage getötet worden, genau wie Fernando. Wir müssen immer wach sein. Wir müssen immer bereit sein, Tag und Nacht.«

Auch ihm stimmten alle zu.

»Ich kann eine Liste erstellen, in die wir eintragen, wer mit wem wann auf Wache geht«, schlug Sandro vor und schnappte sich sein Auftragsbuch, das jeder hier kannte, und einen Bleistift, den er anleckte. Und dann meldeten sich alle bei ihm und wurden in Gruppen eingeteilt.

24

Luca hörte, wie Silvana und Gino sich unterhielten, als er am nächsten Morgen die Treppe herunterkam.

»Hey, Luca«, begrüßte Gino ihn freudig und humpelte auf ihn zu.

»Buongiorno, Gino. Hat deine Frau dir schon erzählt, dass ich mich eingeladen habe?«

»Ach, alles wunderbar, wir freuen uns, wenn du hier bist.«

Sie setzten sich gemeinsam an den Tisch, auf dem schon alles für das Frühstück für Luca und Gino gedeckt war. Silvana hatte bereits gegessen.

»Sie hat mir auch von deinem Verlust erzählt, also brauchst du nicht mehr drüber reden«, meinte Gino und schenkte ihm Kaffee ein.

Luca nickte dankbar. Er wusste, dass Gino es keineswegs so leichtnahm, wie er es sagte. »Wie geht's dir heute Morgen?«, erkundigte er sich.

»Besser, viel besser. Gestern war ich einfach nur fertig. Ich war lang auf den Beinen gewesen … nein, auf *dem* Bein«, scherzte er und lachte laut los. Luca und Silvana lachten mit und sahen sich dabei an. Silvana schlug die Augen nieder.

»Ich hatte euch doch neulich nach diesem Buch gefragt«, hob Luca ungerührt an, und Ginos Lachen ebbte augenblicklich ab. Silvana war fast erschrocken, wie kaltschnäuzig Luca das Thema anschnitt. »Habt ihr irgendwas in Erfahrung bringen können?«

»Äh, nein, tut mir leid, Luca. Aber wie gesagt, hier liest niemand. Bis auf Schulbücher wird hier nicht viel Lesbares angeschafft.«

»Verstehe. Dann höre ich mich mal woanders um.«

»Wie lange bleibst du?«

»Das kann ich noch nicht sagen. Ich möchte euch natürlich nicht zu lange belästigen …«

»Ach, das ist doch Quatsch«, schmetterte Gino den Einwand ab. »Wir freuen uns. Und jetzt iss endlich was.«

»Wenn ich euch irgendwie helfen kann, möchte ich aber, dass ihr mir das sagt, okay?«

»Machen wir«, meinte Gino. »Ehrlich gesagt, kann Silvana manchmal gut Hilfe gebrauchen, ich kann ja kaum was machen.«

Silvana nickte nur schüchtern.

***

Luca wollte mit Pasquale sprechen und wusste, dass er ihn am Tatort des letzten Mordes finden würde. Die Kriminaltechniker waren dort weiterhin mit der Spurensicherung beschäftigt. Auf dem Weg zu Lucias Haus fielen Luca zwei Carabinieri auf, die ihren Kontrollgang durch die Gassen des Ortes machten.

Pasquale saß im Hausflur auf der Treppe und telefonierte. Die Tür zur Wohnung von Lucia und ihrer Mutter war heute geschlossen.

»Wo kommst du denn jetzt her?«, fragte er, als er aufgelegt hatte.

»Ich bin bei den Leuten untergekommen, die ich damals für meinen Film interviewt habe.«

»Gut. Kannst du dich noch an die Nadel erinnern, die wir gefunden haben, als wir den Täter verfolgt haben?«

»Sicher.«

»Solche Nadeln werden von Schneidern zum Abstecken benutzt. Gut möglich, dass er seine Kleider zum Ändern weggegeben hat. Wir überprüfen jetzt alle Schneidereien hier auf der Westseite.«

»Ich habe auch etwas erfahren«, sagte Luca und setzte sich neben Pasquale. »Es geht um das Buch.«

Er berichtete, was Silvana ihm gestern Nacht anvertraut hatte.

»Dann halten alle das Buch für eine Prophezeiung«, sagte Pasquale, als Luca geendet hatte.

»Nichts anderes ist es, das lässt sich nach vier Tötungsversuchen an Dorfbewohnern mit Sicherheit behaupten«, entgegnete Luca. »Es ist wie ein Abzählreim. Dieses Dorf ist verflucht, aber keiner will wissen, wer es verflucht haben könnte.«

»Oft sind die Mörder die, denen man es am wenigsten zutraut.«

Luca dachte an ihre anfängliche Theorie, dass der Mörder auch eine Frau sein könnte. Signora Brandt kam ihm in den Sinn und die Aussage des Wirts vom Restaurant in Desenzano, sie sei eine Schwarze Witwe.

»Wir müssen noch über etwas ganz anderes reden«, sagte Pasquale in einem Tonfall, der Luca aufhorchen ließ. »Ich hab schon ein paar Dinge erledigt, aber du ... du müsstest dich um Martinas Beerdigung kümmern.«

Allein ihren Namen zu hören, fühlte sich an wie ein Stich mit einem heißen Dolch direkt in sein Herz. Luca atmete tief ein.

»Es tut mir leid, Luca, aber ...«

»Ich verstehe schon. Was ... was muss ich tun?«

»Sie hat keine Angehörigen bis auf einen Cousin und eine Tante. Die wohnen im Süden, in Kalabrien. Wir haben sie kontaktiert. Sie möchten es dir überlassen. Du müsstest entscheiden, wo sie beerdigt werden soll, du musst ... na ja, du musst den Sarg aussuchen und solche Dinge.«

Pasquale war es sichtlich unangenehm, Luca über diese Umstände zu informieren.

»Ja, was ... wen muss ich da ansprechen?«, fragte Luca, der sich gerade ein wenig wie narkotisiert fühlte. Alles war neblig und unbestimmt, und die Stimme von Pasquale schien weit weg zu sein.

»In der Gemeinde, in der sie früher gewohnt hat, gibt es einen Pfarrer. Ich habe dir seine Nummer und Adresse aufgeschrieben. Ich kann auch gern dabei sein, wenn du möchtest.« Pasquale reichte ihm den Zettel.

»Danke.« Luca starrte auf das kleine Blatt, konnte aber weder lesen noch einen klaren Gedanken fassen. Sein Kopf war vollkommen leer. Was ihn aus seinem Zustand wieder herausriss, war das Klingeln von Pasquales Handy. Beziehungsweise Pasquales Stimme, die auf etwas reagierte, das ihm gerade durchgegeben wurde. Luca sah ihn fragend an.

»Er ist wach, ansprechbar.«

»Was, wer?«

»Frederico Bassano, der Schnapsbrenner.«

25

1983

Wer den Krankenwagen gerufen hatte, wusste Totos Vater nicht. Er hielt oben auf dem Feldweg, und sein rotes Licht pulsierte weithin sichtbar. »Hier!«, rief er den Männern zu, die jetzt ausstiegen. Er hatte Nunzia sein Messer gegeben und ihr gesagt, sie solle ein Stück Schlauch vom Wasseranschluss im Stall abschneiden. Das Stück hatte er in den Schnitt in Totos Hals gesteckt, damit er atmen konnte.

Mit Taschenlampen kamen die Sanitäter und der Arzt auf das Feld gelaufen und beleuchteten den bewusstlosen Toto, aus dessen Hals nun ein schmutziges Stück Schlauch ragte.

»Was ist passiert?«, fragte einer der Männer.

»Er hat sich am Baum dort erhängt. Ich habe einen Luftröhrenschnitt machen müssen, weil er nicht atmen konnte, obwohl das Seil weg war.«

Ein Lichtstrahl wanderte zum toten Baum, wo noch das abgeschnittene Stück Seil hing.

»Was ist mit ihm, was ist mit ihm?«, hörte man Totos Mutter jetzt verzweifelt rufen. Jemand schien sie zurückzuhalten.

Die Sanitäter kümmerten sich um Toto, holten eine Trage und behandelten die Wunde. Der Vater stand daneben und sah zu.

Als sie ihn so weit versorgt hatten, dass sie ihn nach oben tragen konnten, lief er voraus und nahm seine Frau schützend in die Arme. Einige Schaulustige waren gekommen. Nunzia stand weinend und zitternd am Zaun.

»Was ist mit ihm?«, fragte Totos Mutter verzweifelt.

»Es wird schon wieder, sie kümmern sich um ihn«, murmelte er und drückte seine Frau dabei so fest an sich, dass sie nicht zu Toto sehen konnte. »Das ist eure Schuld!«, schrie er die Umherstehenden an. »Euer Werk!« Mit ausgestreckter Hand zeigte er auf seine Nachbarn, die jetzt betreten wegsahen und sich zurückzogen.

»Einer von Ihnen kann mitfahren«, informierte sie einer der Sanitäter.

»Ich mache das«, sagte der Vater und sah seiner Frau fest in die Augen. »Ich fahre mit, hörst du? Es wird alles gut, ich passe auf ihn auf.«

»Nein, ich bin seine Mutter, er braucht mich jetzt. Du kannst mit dem Auto nachkommen«, entgegnete sie so entschlossen und ruhig im Ton, dass er sie gehen ließ. Sie stieg hinten mit in den Krankenwagen ein, und die Türen wurden geschlossen.

»Macht Platz!«, rief er und schwenkte wild die Arme. Die Menschen schwärmten davon, der Wagen fuhr rückwärts den Weg hinab. Der Vater sah ihm hinterher und weinte. Dann war er allein. Nur Nunzia stand noch am Zaun wie ein Schatten und schluchzte und schluchzte.

»Nunzia, geh nach Hause, hörst du? Du hast ihm das Leben gerettet.« Sie umarmte ihn, und er legte seine Arme um sie und drückte sie an sich. »Schon gut. Jetzt lauf.«

Dann ging er zurück zum Marktplatz. Nervöse Stimmen waren zu hören. Viele waren schon gegangen. Die, die noch übrig waren, standen beisammen, entweder an den Ständen oder an der Bühne, und tuschelten miteinander. Padre Corso war in der Gruppe an der Bühne. Totos Vater betrat den Platz wie ein Gladiator. Die Arme abgewinkelt und zum Angriff bereit. Mit bloßen Händen zerschlug er einen der Stände, umfasste einen abgebrochenen Holzbalken wie einen Baseballschläger und trat auf die Gruppe an der Bühne zu, die vor Angst auseinanderstob. Wie wild schlug er auf die Madonna ein, die unter seinen harten, erbarmungslosen Schlägen zersplitterte und brach. Padre Corso musste entsetzt und hilflos mitansehen, wie das Symbol ihrer Kirche zerschlagen wurde. Keiner hielt Totos Vater auf. Alle sahen zu. Als er den Kopf der Figur vom Rumpf getrennt hatte, drehte er sich schwer atmend zu den Leuten um und drohte mit dem Holzbalken. »Seht ihr das?«, schrie er. »Seht ihr, was ich mit ihr gemacht habe? Das mache ich mit jedem von euch, der sich meinem Sohn nähert. Bei Gott, das schwöre ich!«

Er warf das Holz auf den Boden und ging. Wie ein wütender, schnaubender Bär verschwand er aus dem bunten Lichtschein der Lampions, die man zur großen Feier aufgehängt hatte. Und die nun in einem Trümmerfeld, einer blutigen Katastrophe geendet hatte.

***

Totos Eltern warteten in einem offenen Wartebereich, in dem drei Bänke in U-Form zwischen dicken, viereckigen Säulen aufgestellt waren. Sie waren allein. Es war bereits nach ein Uhr und Toto seit etwas über einer Stunde im OP. Sie sprachen nicht, sie weinten nicht, sie starrten nur verzweifelt vor sich hin, in eine unabsehbare Zukunft. Würde Toto es überleben? Wenn ja, welche Schäden würde er davontragen?

Irgendwann bemerkte Totos Vater, dass seine Hände noch voller Blut waren, und er suchte die Herrentoilette auf, um sich die Hände zu waschen. Hellrot wirbelte das mit Wasser vermischte Blut seines Sohnes in den Abfluss. Wie hatte das nur geschehen können? Hätten sie diesen Verlauf nicht ahnen müssen, hätten sie Toto nicht davon abbringen müssen, auf der Feier aufzutreten? Und wo war eigentlich der Strick hergekommen, an dem er gehangen hatte? Wenn er sich umbringen wollte, so kurz, nachdem er von der Bühne geflohen war, hätte er doch unmöglich so schnell ein Seil finden können.

Er trocknete seine Hände ab und schlurfte zurück in den Wartebereich, wo er einen Mann in blauer Kleidung und mit herunterhängendem Mundschutz bei seiner Frau stehen sah. Sie weinte und knetete unaufhörlich ihre Hände.

»Ah, Sie sind der Vater, ja?«, sprach der Arzt ihn an. »Ich habe Ihrer Frau gerade schon berichtet, dass Ihr Sohn außer Lebensgefahr ist. Sie haben den Luftröhrenschnitt durchgeführt?«

»Ja.«

»Damit haben Sie Ihrem Sohn das Leben gerettet. Er hat Quetschungen am Kehlkopf und Einblutungen, die ein selbstständiges Atmen unmöglich gemacht haben. Durch den Ruck, der auf den Hals einwirkte, als das Seil sich straffte, sind auch

Kehlkopf, Luftröhre und Stimmbänder verletzt worden. Wir konnten das aber operativ wiederherstellen. Natürlich wird er in den nächsten Wochen noch Probleme mit dem Essen, Trinken und Sprechen haben. Und seine Stimme wird sich hoffentlich wieder erholen …«

»Seine Stimme?«, fragte Totos Mutter entgeistert.

»Ja, er hatte Glück, dass wir alles so rekonstruieren konnten, dass ein Sprechen wieder möglich wird. Seine Stimme wird dadurch allerdings in Mitleidenschaft gezogen.«

»Aber er singt doch so gern.«

Der Arzt verzog entschuldigend und mitfühlend zugleich den Mund. »Wir müssen abwarten, wie es sich entwickelt. Er wird Sprachunterricht, Logopädie, nehmen müssen, und dann sehen wir weiter. Aber er wird wieder gesund.« Er lächelte aufmunternd.

»Wann können wir zu ihm?«, fragte Totos Mutter.

»Er ist jetzt auf der Aufwachstation und wird noch beobachtet. Aber ich denke, ungefähr in zwei Stunden können Sie zu ihm.«

Totos Vater umarmte seine Frau und bedankte sich bei dem Arzt.

»Was tun wir, wenn er nicht mehr singen kann?«, wimmerte sie.

»Nun lass uns doch dankbar sein, dass er überhaupt wieder gesund wird.«

Sie drückte sich ganz fest an ihren Mann und krallte sich in seinen Ärmel.

»Warum haben sie ihm das nur angetan?«

Darauf hatte er keine Antwort.

26

Frederico Bassano lag in der Universitätsklinik in Verona. Luca und Pasquale fuhren mit dem Lift in den fünften Stock und betraten einen kleinen Vorraum, durch den sie auf den Gang der Station gelangten. Pasquale deutete nach oben in die linke Ecke über dem Durchgang. »Ich hab Kameras installieren lassen, so, dass man sie sieht und abgeschreckt wird. Ich kann sogar mit meinem Handy auf das Livebild zugreifen.«

Sie erreichten eine T-Kreuzung, und Luca konnte an beiden Enden des Ganges Polizeiwachen erkennen.

»Er liegt in Zimmer 51.« Pasquale steuerte nach rechts und klopfte an die Zimmertür. Ein Carabiniere öffnete und ließ sie ein, als er Pasquale erkannte.

Frederico Bassano lag schlafend in einem vollautomatischen Bett. Das Kopfteil war aufrecht gestellt. Seinen Hals zierte ein dicker Verband, der anmutete wie eine Halskrause, und am Kinn schimmerte noch die rötliche Jodtinktur auf seiner Haut. Er war blass, seine dunklen Augenlider glänzten fettig. Vom Gang her näherten sich eilige Schritte, und der Beamte ließ einen Arzt herein.

»Buongiorno, Signori«, begrüßte er Luca und Pasquale. »Erfreuliche Nachrichten, aber ich muss Sie gleich vorwarnen, er wird nicht mit Ihnen sprechen können. Er kann Ihnen aufschreiben, was Sie wissen wollen. Und ich bitte darum, dass Sie nur fünf Minuten bleiben, um ihn nicht zu überanstrengen.«

»Ich denke, das wird reichen«, entgegnete Pasquale.

Der Arzt übernahm es, Bassano aufzuwecken, und erklärte ihm, dass die Polizei da sei, um ihn zu befragen. Er erinnerte ihn daran, nicht zu sprechen, und gab ihm Block und Stift in die Hand. Dann sagte er: »Ich warte draußen«, und verließ das Krankenzimmer.

Pasquale trat vor. »Buongiorno, Signore. Mein Name ist Vialli, und das ist Signore Spinelli. Wir sind von der Polizei Riva. Für uns wäre es von großer Wichtigkeit, wenn Sie sich in Bezug auf den Abend, an dem Ihnen das angetan wurde, an etwas erinnern könnten, das uns bei unseren Ermittlungen weiterhilft. Haben Sie etwas sehen oder hören können?«

In Frederico Bassanos Augen stand nackte Angst, als er an den Abend zurückdachte. Er nahm den Bleistift und schrieb: »Musik«.

»Ja, genau. Er hatte einen kleinen Lautsprecher in Ihrem Zimmer platziert. Die Musik lief noch, als wir Sie fanden. Eine Arie aus einer Oper von Puccini. Haben Sie etwas sehen können?«

Bassanos Nasenflügel weiteten sich, und er atmete angestrengt. Dann schrieb er: »Kam von hinten und flüsterte: ›Eccomi‹.«

Pasquale las und stutzte. Er zeigte Luca das Blatt.

»Er sagte ›Hier bin ich‹?«, hakte Pasquale nach.

Bassano nickte. Dann schrieb er abermals: »Das ist alles.«

»Das klingt, als ob er Sie kennen würde. Erkannten Sie vielleicht seine Stimme?«

Bassano schüttelte den Kopf.

»Und wie groß war er ungefähr?«

Bassano dachte kurz nach und schrieb dann: »Etwas größer als ich.« Erschöpft ließ er seinen Kopf aufs Kissen fallen und schloss die Augen.

»Okay, vielen Dank, Signore. Wir wissen Ihre Hilfe zu schätzen. Alles Gute für Sie. Sie schaffen das.« Pasquale tätschelte aufmunternd sein Bein, das unter der Decke lag.

Der Arzt begleitete sie noch ein Stück den Flur entlang.

»Er wird wahrscheinlich nie wieder sprechen können. Alle Gefäße im Hals sind massiv verletzt worden. Es ist ein Wunder, dass er das überlebt hat«, klärte er sie auf.

»Ein paar Minuten früher, und es wäre gar nicht erst passiert«, meinte Pasquale matt.

»Machen Sie sich keine Vorwürfe. Sie haben alles getan. Jetzt muss er sich erholen. Es wird lange dauern, aber er wird sich erholen.«

»Ist gut. Vielen Dank, Doktor.«

Sie gingen zum Fahrstuhl und fuhren allein hinunter ins Erdgeschoss.

»Was hältst du davon, Luca?«, fragte Pasquale grübelnd.

»Er flüstert ihm zu, dass er da ist, so als habe er lange auf ihn warten müssen. Damit könnte er auf die Zeitspanne seit der Veröffentlichung des Buches anspielen. ›So, endlich bin ich da, und jetzt tue ich es wirklich.‹ Das würde unsere Vermutung, dass es sich um ein und dieselbe Person handelt, untermauern.«

»Ja, so in etwa sehe ich das auch. Und es hat etwas von Sadismus.«

»Genau, er will, dass sein Opfer weiß, wer er ist.« Luca stutzte und dachte kurz über seinen eigenen Satz nach. »Was eigentlich heißen müsste, dass das Opfer seinen Henker doch kennt. Das bedeutet wiederum, dass das Opfer wissen muss, warum es getötet wird.«

»Weil sie gemeinsam das Buch verbrannt haben?«

»Das reicht für mich nicht als Motiv, da muss mehr dahinterstecken. Natürlich kann sich der Künstler in seinem Selbstverständnis und seiner Eitelkeit gekränkt fühlen, aber das allein kann nicht der Grund sein, warum er so brutal vorgeht. Zumal er eben diese Brutalität ja schon vorher in seinem Buch ersonnen hat.«

Es klingelte, und die Türen schoben sich auf. Ein kleines Mädchen kam schreiend und lachend zugleich aus der Lobby in den Aufzug gelaufen, weil es vor seinem Vater flüchtete, der das Kind mit einer Handpuppe verfolgte.

»Uuuaah!«, machte er. Pasquale und Luca stiegen lächelnd aus. Das Mädchen hatte sie aus ihren Gedanken gerissen.

»Trinken wir noch einen Kaffee zusammen?«, fragte Pasquale, und sie setzten sich auf die Terrasse des Bistros. Die Sonne schien, und die Menschen um sie herum waren guter Laune, weil sie jemanden besuchten oder besucht wurden.

»Was ich immer noch nicht verstehe, ist der Bezug zu dem Musikstück«, gestand Luca. »Er schreibt ein Buch, in dem dieses Stück oder Musik ganz allgemein überhaupt nicht erwähnt wird. Dann kehrt er zurück, vollzieht, was das Buch prophezeit hat, und nutzt jedes Mal dieses Lied. Es muss eine immense Bedeutung für ihn haben. Möglich, dass er selbst Musiker ist.«

»Könnte sein«, meinte Pasquale. »Wir wissen inzwischen,

dass es sich um eine Version aus dem Jahr 1956 handelt. Victoria de Los Angeles ist die Sängerin. Aber inhaltlich passt es nicht.«

»Nun, es ist eine Frau, die diese Arie singt. Die Theorie, dass es sich bei dem Mörder auch um eine Frau handeln könnte, haben wir bis jetzt noch nicht widerlegen können. In der Oper singt die Frau zu ihrem Vater und droht mit Selbstmord, wenn er nicht das tut, was er tun soll. Nämlich betrügen, um für sie eine Erbschaft zu erschleichen.«

»Bei so vielen verschiedenen Opfern können wir kaum von einer Erbschaftsgeschichte ausgehen. Das ist auch nicht mit dem Roman vereinbar«, sagte Pasquale zerknirscht und rieb sich die Augen. »Kann es überhaupt um Geld gehen? Schuldeten die Opfer dem Täter vielleicht etwas?«

»In diesem Dorf macht keiner finanziell große Sprünge. Nein, aber was ist denn mit dem Grundstück, auf dem jetzt ein Hotel gebaut werden soll?«

»Apartmentkomplex«, präzisierte Pasquale. »Ich meine, es gehört der Gemeinde, bin mir aber nicht sicher. Das wollte ich schon längst in Erfahrung bringen.«

»Das wäre eventuell eine Größenordnung, die interessant für uns sein könnte.«

»Okay, ich werde dem nachgehen. Luca, du musst dich jetzt um die Beerdigung kümmern. Es ist –«

»Ich weiß. Mache ich auch. Ich fahre am besten gleich nach Malcesine.«

»Gut. Hier ist die Karte des Beerdigungsinstituts. Du kannst aber auch erst zum Pfarrer fahren und mit ihm sprechen.«

Offenbar schien Pasquale Letzteres für sinnvoller zu halten. Er machte sich wohl Sorgen, ob Luca das durchstehen würde, und vertraute in dieser Sache dem Pfarrer mehr als dem Beerdigungsunternehmer.

Luca nahm die Karte entgegen. Nach dem Kaffee brachen sie auf.

27

1983

Toto lag in seinem Krankenhausbett, um seinen Hals einen dicken Verband, durch den er das Kinn stets leicht erhoben hatte. Er lag allein im Zimmer, und es war still bis auf die Geräusche, die durch das gekippte Fenster von draußen zu ihm hereindrangen. Sein Blick wanderte im Raum umher. Seine Lippen waren trocken und spröde. Er leckte mit der Zunge darüber, da klopfte es laut an der Tür, und vier Ärzte schwärmten mit wehenden Kitteln herein.

»So, da haben wir unseren kleinen Freund Toto«, sagte der Älteste von ihnen. Er war der Chefarzt, Dr. Sistello, und hatte Totos Namen vom Datenblatt in seinen Händen abgelesen.

»Mein lieber Toto, zuallererst muss ich dir eines sagen, und das musst du auch eisern befolgen: Du darfst im Moment nicht sprechen. Kein Wort, hörst du? Und zwar für ganze zwei Wochen. Kriegst du das hin? Bitte nur nicken!« Er lächelte.

Toto nickte.

»Bravo! Guter Junge. Du hast eine schwere Verletzung am Hals davongetragen, aber wir haben alles wieder in Ordnung gebracht. Deine Aufgabe ist jetzt einzig und allein, Ruhe zu halten. Mehr brauchst du nicht zu tun. Lass alle anderen reden, du bist ganz still und denkst dir deinen Teil, in Ordnung? Die Schwestern haben dir hier etwas zum Schreiben hingelegt. So kannst du kommunizieren.«

Wieder nickte Toto.

»Na, sieh mal einer an«, sagte Dr. Sistello zu seinen Kollegen, »ein Naturtalent! Also: Wenn du alles brav befolgst, wirst du wieder ganz gesund und darfst in einigen Wochen das Krankenhaus verlassen. Dann kannst du endlich wieder nach Hause.« Er strahlte Toto an.

Doch Toto wollte nicht nach Hause. Zu Hause erwarteten ihn nur die schrecklichen Leute aus dem Dorf. Zu Hause war er nicht mehr sicher. Sie wollten seinen Tod, sie wollten ihn hängen sehen. Und es würde nicht aufhören, das wusste er. Toto nickte.

»Bravo!«, rief Sistello und klatschte in die Hände. »Also, wir sehen uns morgen wieder. Und immer schön schweigen, hörst du?«

Die Ärzte verließen den Raum, und es wurde wieder still. Toto blickte zur Decke, Tränen schwammen in seinen Augen. Dann klopfte es erneut, diesmal zaghafter.

Ein schwarz gekleideter Mann kam herein und lächelte sanft.

»Buongiorno, ich bin Padre Luigi.«

Toto verstand nicht, warum ein Pfarrer ihn besuchte. Entgeistert blickte er den Geistlichen an, der eine Bibel in den Händen trug und an sein Bett kam.

»Ich habe gehört, was dir zugestoßen ist, mein Sohn, und wollte einmal hören, wie es dir geht.«

Toto wollte den Mund aufmachen, um zu antworten, als ihm wieder einfiel, dass er nicht sprechen durfte. Er suchte nach dem Schreibzeug, und Padre Luigi reichte ihm Stift und Block.

»Ja, richtig, alles nur aufschreiben, mein Sohn. Schone deine Stimme.«

Toto schrieb: »Es geht mir gut.«

Der Padre lächelte breiter. »Das ist schön. Hast du noch große Schmerzen?«

»Ein wenig«, schrieb Toto.

»Das ist schön. Sehr schön, so soll es sein. Und kannst du dich noch an den Abend erinnern, als du eingeliefert wurdest?«

Toto erstarrte und legte dann seinen Kopf auf die Seite.

»Toto, kannst du dich erinnern?«, beharrte der Padre.

Toto schüttelte den Kopf.

»Nein? Das ist ganz normal, mein Sohn. Mach dir keine Sorgen deswegen. Ich frage nur, weil du, wie mir berichtet wurde, etwas tun wolltest, das du nicht hättest tun sollen und dürfen. Ein so junger, gesunder Mann, wie du es bist.«

Er starrte Toto mit seinen kleinen Kulleraugen an, und Toto konnte darin nur schlecht ausmachen, was der Padre von ihm wollte.

»Erzähl mir doch von deinen Sorgen. Ich bin sicher, ich kann dir helfen, sie zu lösen und mit Gott auf einen Weg zu kommen, der dich von solch frevelhaften Gedanken abbringt.«

Toto hatte das Wort »frevelhaft« schon einmal gelesen und sich zusammengereimt, was es wohl bedeuten könnte. Aber in diesem Moment fand er das Wort ganz unpassend und nahm es dem Padre übel, dass er es benutzt hatte.

»Schreib mir deine Sorgen auf, schreib alles nieder, was in deinem Kopf vorgeht, und mit Gottes Hilfe wirst du sehen, wie schnell sich alles in Schall und Rauch auflöst.«

Toto wandte sich erneut ab. Padre Luigi sah ihn fordernd an. Lange, zu lange, wie Toto fand. Er konnte sein Gestarre nicht mehr ertragen.

»Nimm den Stift, Junge. Wie kommt man nur in deinem Alter auf den schändlichen Gedanken, sich selbst das Leben nehmen zu wollen? Das ist doch wirklich dumm, findest du nicht?«

Toto griff wütend zum Stift und schrieb so fest, dass er fast das Papier durchstieß: »Gehen Sie weg!«

Beleidigt hob Padre Luigi seine schmale Nase in die Höhe und atmete hörbar ein. »Das war nicht das letzte Mal, dass wir uns gesprochen haben«, drohte er Toto förmlich und machte kehrt.

***

Zwei Wochen lang hatte Toto kein Wort gesprochen. Morgen war seine Abschlussuntersuchung, bevor er das Krankenhaus verlassen und wieder nach Hause kommen sollte. Er stand im Badezimmer und besah sich das Pflaster an seinem Hals. Es war quer über den Kehlkopf geklebt. Vorsichtig tastend prüfte er, ob er Schmerzen verspürte. Es tat noch weh. Er musste schlucken. Dann drehte er sich um, schlich zur Badezimmertür und lugte hinaus in sein Zimmer. Dort saß seine Mutter zusammengesunken auf einem Stuhl. Sie war eingeschlafen. Leise schloss er die Tür und stellte sich wieder vor den Spiegel. Er sammelte Mut und Spucke, räusperte sich und öffnete den Mund. Er wollte sehen, ob er schon wieder singen konnte. Zwei Wochen ohne einen einzigen Ton waren eine Qual gewesen. Jetzt musste er es probieren.

Er öffnete seinen Mund weiter und weiter und traute sich nicht. Dann endlich presste er Luft aus seinen Lungen in die Luftröhre. Sie traf auf seinen Kehlkopf, doch das Einzige, was aus seinem Mund kam, war ein heiseres Krächzen und Kratzen, und Toto musste schmerzhaft husten. Sofort standen ihm Tränen in den Augen, und er spuckte helles Blut in das Waschbecken. Trotzdem versuchte es gleich noch ein zweites Mal. Doch wieder misslang es, seine Stimme versagte.

Jetzt rollten die Tränen unablässig über seine Wangen. War das alles, was von seiner Stimme übrig geblieben war? Wenn ja, dann wollte er tatsächlich nicht mehr leben. Wenn er nicht mehr singen konnte, wäre er lieber an dem Baum gestorben in der Nacht. Er griff zum Pflaster und riss es sich herunter. Als er die lange Narbe sah, fing er vor Entsetzen an zu schreien.

∗∗∗

Dr. Sistello begutachtete Totos Hals mit einer Lampe und einem Holzstäbchen. Toto hatte den Mund weit geöffnet. Seine Mutter saß schräg hinter ihm und verfolgte mit den schlimmsten Befürchtungen die Untersuchung.

»Mmmhh«, machte Sistello unschlüssig. »Kannst du bitte einmal ›Ah‹ sagen?«

Toto musste sich überwinden, zum einen, weil er Schmerzen erwartete, und zum anderen, weil er diese schreckliche Stimme nicht wieder hören wollte. »A-aa-a-hh!«, krächzte er und musste husten.

»Tja, die Stimmbänder sind zwar verheilt, aber natürlich hat sich Narbengewebe gebildet«, sagte Sistello zu Totos Mutter. »Seine Stimme wird nicht dieselbe sein wie vor … wie früher.«

»Aber er singt so gern und so schön. Er kann ganz hohe Töne singen«, sagte sie flehend.

»Ja, das ist natürlich im Moment nicht möglich. Andererseits wird er diese hohen Töne nach dem Stimmbruch sowieso nicht mehr treffen, glauben Sie mir. Und er ist ja bald so weit.«

»Aber wird er wieder singen können?«

»Selbstverständlich. Vielleicht nicht in der Oper in Verona. Aber für zu Hause reicht's, was?«, entgegnete er munter und klopfte Toto kumpelhaft aufs Bein.

Toto konnte darüber nicht lachen. Seine Mutter ebenso wenig. »Wir werden Toto direkt im Anschluss in ein Erholungsheim zur Rehabilitation überweisen. Dort wird seine Stimme trainiert, und im Nu ist wieder alles ganz normal für ihn, Sie werden sehen.«

»Ein Heim?«, fragte seine Mutter.

Dr. Sistello erklärte etwas, doch Toto hörte gar nicht mehr zu. Der Arzt war seiner Mutter ausgewichen, er hatte wahrscheinlich selbst keine Hoffnung mehr, dass sich seine Stimme erholte. Toto dachte an das Singen, er hörte seine eigene Stimme in seiner Erinnerung, seine frühere Stimme.

»Toto? Toto?« Sistello rüttelte an seinem Bein. »Was ist mit dir?«

»Das hat er manchmal, das ist ganz normal bei ihm«, sagte seine Mutter.

»Normal«, wiederholte Sistello so, als existierte dieses Wort für ihn nicht. Er nahm Totos Kopf in beide Hände und inspizierte seine Augen. »Wie alt bist du, Toto?«

Toto musste nicht lange darüber nachdenken, denn er hatte ja gerade erst das Grammophon zu seinem Geburtstag bekommen.

»Dreizehn«, schrieb er auf den Block.

»Und welches Jahr haben wir?«

»1983.«

»Was ist vier plus vier?«

»Acht.«

»Und was ist zehn minus fünf?«

Toto dachte daran, wie eine Rechnung klingen könnte. Zehn minus fünf könnte zwei verschiedene Töne darstellen. Er hörte sie in seinem Kopf.

»Toto? Hast du mich verstanden? Kannst du mir antworten?«

»Was?«, krächzte Toto.

Sistello sah ihn argwöhnisch und unschlüssig an. »Wo warst du eben?«

Toto blätterte ein leeres Blatt Papier auf. »Ich habe die Töne gehört«, schrieb er.

»Die Töne, welche Töne?«, fragte Sistello und sah sich um.

»In meinem Kopf. Sie sind in meinem Kopf.«

»In deinem Kopf?«, wiederholte der Arzt scheinbar sehr interessiert. »Und sie waren so laut, dass du mich nicht mehr gehört hast?«

Totos Bleistift kratzte über das Papier. »Ja, Sie wurden immer leiser.«

»Hmm.« Sistello notierte sich etwas in Totos Krankenblatt.

»So ist er einfach«, sprang seine Mutter ihm bei. »Er hört Musik, er singt immerzu und –«

»Spielt er ein Instrument?«

»Nein.«

»Hmm«, machte Sistello erneut und notierte sich etwas.

»Wo ist denn dieses Erholungsheim?«, wollte Totos Mutter wissen.

»Direkt am See. Es wird dir gefallen, Toto.« Er lächelte Toto an, doch irgendwie schimmerte in seinem Blick etwas Misstrauisches.

***

Das Heim lag an einem Steilhang am Westufer des Sees und war in den Fels hineingebaut worden. Von den Fenstern aus konnte man direkt auf den See schauen. Man hätte auch hineinspringen können, daher waren alle Fenster mit Gittern versehen, sodass das Gebäude mehr einem Gefängnis als einem Sanatorium glich.

Totos Vater hatte ihn mit dem alten Ape vom Krankenhaus abgeholt und hierhergebracht. Als sie in die schmale Einfahrt einbogen und Toto das Gebäude sah, fühlte es sich an, als drückte jemand sein Herz zusammen. Vom ersten Moment an wusste er, dass er hier keine guten Erfahrungen machen würde. Sie stiegen aus, und sein Vater nahm den alten Koffer von der Ladefläche. An dem schweren Holzportal, das mit gusseisernen Beschlägen versehen war, gab es keine Klingel, nur einen massiven Klopfring. Sein Vater schlug ihn zweimal gegen das Tor, und man hörte das Geräusch im Innern nachhallen.

Papa, ich will hier nicht rein, rief Toto in Gedanken, doch sein Vater bemerkte seinen Unwillen nicht. Er starrte nur erwartungsvoll auf die Tür. Toto hingegen hatte keine Erwartungen. Was sollte sich schon dahinter verbergen? Hier gab es mit Sicherheit kein Wunder, das seine Stimme wiederherstellte und ihm den Gesang zurückgab. Nein, Wunder durfte man hier nicht erwarten. Lass uns wieder fahren, schnell, dachte er. Doch da wurde die Tür geöffnet.

»Buongiorno«, sagte eine Schwester in einem weißen langen Kittel und weißen Schuhen. Sie trug streng zurückgekämmte Haare, die mit mehreren Haarnadeln befestigt waren. »Wie kann ich Ihnen helfen?«

Toto hatte allerdings das Gefühl, dass sie gar nicht helfen wollte.

Sein Vater erklärte, warum sie hier waren, und sie wurden eingelassen und in ein Büro geführt, das mit seiner weißen, gewölbeartigen hohen Decke einer kleinen Kirche glich. Hinter einem mächtigen Eichenschreibtisch saß ein Mann mit einer schwarzen Hornbrille und hohen Geheimratsecken, die seine wuchtige Stirn noch betonten.

»Ich bin Direktor Dr. Falconi«, stellte er sich vor und schaute über den Rand seiner Brille hinweg auf Toto. Sein Händedruck war lang und fest. Er las in den Papieren, die sie aus dem Krankenhaus mitgebracht hatten, und rauchte dabei eine Zigarette, die er zwischen seinem abgespreizten Zeige- und Mittelfinger hielt. Der Qualm umhüllte sein Gesicht und ließ nur ansatzweise erahnen, wie er das Geschriebene beurteilte. »Schön«, sagte er nach einer gefühlten Ewigkeit und klappte die Mappe zu. Er zog an der Zigarette, verengte dabei seine Augen und ließ den Rauch durch die Nase hinaus. »Wir werden uns gut um Ihren Sohn kümmern. Ich bin sicher, wir werden einige Fortschritte erzielen.«

Er stand auf, legte seine Zigarette in einen gläsernen Aschenbecher und reichte Totos Vater über den Tisch hinweg die Hand. »Besuchszeiten sind an den Wochenenden zwischen fünfzehn und neunzehn Uhr.«

»Aha«, meinte Totos Vater etwas überrumpelt und schaute seinen Sohn an, weil er nun auch ein ungutes Gefühl verspürte.

»Dann verabschiede dich von deinem Vater, Toto«, sagte Dr. Falconi und legte Toto eine Hand auf die Schulter, so als beanspruchte er den Besitz über ihn.

»Ciao, Papa«, sagte Toto.

»Ciao, Toto«, sagte sein Vater und schluckte. Er streichelte ihm über den Kopf und ging mit einem höflichen Nicken in Falconis Richtung hinaus.

»Tja, mit dir haben wir ja einen interessanten Fall bekommen«, meinte Falconi, als die Tür ins Schloss gefallen war. »Na, komm, ich zeig dir alles.«

Er führte ihn hinaus in die Halle.

»Wollen wir zuerst im Keller anfangen und uns dann nach oben vorarbeiten?«

Toto sah ihn ratlos an.

»Fein. Dann los.«

Eine breite Treppe aus Marmor führte in einem Bogen hinunter in die Kelleretage, die ebenfalls über Fenster verfügte, welche aufgrund der Lage des Sanatoriums immer noch über Seeniveau waren und damit viel Licht in das Untergeschoss brachten. Sie betraten einen langen Flur mit weißen Türen. Es roch merkwürdig nach Minze oder Zahnpasta, fand Toto, und er vernahm auch seltsame Geräusche, die irgendwie klangen wie das heisere Atmen eines riesigen Tieres.

»Hier unten ist unsere Gesundheitsabteilung«, erklärte Falconi und schritt mit auf dem Rücken verschränkten Händen neben ihm her. »Hier erhält man Anwendungen aller Art, wenn man körperlich krank ist.«

Er betonte das »körperlich« so sehr, als hätte es für Toto etwas zu bedeuten.

»Bronchialkrankheiten, Hautkrankheiten, Krankheiten des Skeletts, all das können wir hier unten behandeln.«

Er steuerte auf eine Tür auf der linken Seite zu und öffnete sie. Toto lugte in einen Raum, so groß wie sein Klassenzimmer, in dem an den Wänden fremdartige Apparate standen, aus denen Nebel drang, und es tropfte aus einer Vielzahl von etwas, das aussah wie Hähne. An diesen Hähnen hatten sich weißgrünliche Ablagerungen gebildet, die Toto an eine Tropfsteinhöhle denken ließen. Der ganze Raum wirkte wie eine einzige Tropfsteinhöhle, und von überallher hörte man das Tropfen der Hähne. Auch das Röcheln, das wie der Atem eines kranken, übergroßen Tieres klang, kam von diesen Apparaturen.

»Hier befinden sich die Inhalationsgeräte. Das könnte für dich auch noch von Belang sein«, meinte Falconi.

Toto hoffte, dass er niemals in diesem Raum behandelt werden musste. Das, was dort an Dampf herauskam, roch und sah nicht besonders gesund aus.

Falconi führte ihn in zwei weitere Räume mit Tischen und Stühlen, die mit Lederriemen und kleinen Gewichten versehen waren. Sprossenwände, Matten und Seile, die von der Decke hingen, ließen sie wie Sporträume aussehen. Anschließend führte der Direktor ihn in einen sehr dunklen Gang, in dem die Türen viel schmaler waren. Dahinter verbargen sich kleinere Kabinen, in denen man Bestrahlungen mit Rotlicht und Höhensonne bekommen konnte. Und es gab auch ein kleines Schwimmbad am Ende des Gangs, das knapp zehn Meter maß und auf allen vier Seiten über Treppen verfügte.

Im Erdgeschoss befand sich der Speisesaal mit einem großen Panoramafenster hinaus auf den See. Das war der schönste Raum von allen, fand Toto. In der ersten Etage waren Lehrräume für den Schulbetrieb untergebracht, und im zweiten und dritten Stock befanden sich die Zimmer der Kinder. Die Mädchen schliefen im zweiten Stock, die Jungen im dritten. Es gab zwölf Zimmer mit jeweils zehn Betten. Und auf jeder der beiden Etagen gab es ein Quarantänezimmer für ansteckende Krankheiten.

Toto hatte sich schon die ganze Zeit gefragt, wo die ganzen Kinder waren. Nun sah er diejenigen, die so krank waren, dass sie nicht zum Unterricht gehen konnten. Er bekam ein Bett in Zimmer 5, das zweite auf der linken Seite. Drei Jungen lagen in ihren Betten und sahen ihn traurig und müde an. Sie hatten graue Ringe unter den Augen und waren sehr mager.

»Das ist ab jetzt dein Zuhause«, sagte Falconi fröhlich und klatschte in die Hände. »Dein Bett machst du bitte nach dem

Aufstehen immer selbst. Die Jungen zeigen dir, wie es geht. Du hast Bett Nummer 2, also gehört dir auch der Schrank Nummer 2 dort drüben. Da kannst du alle deine Sachen hineintun.« Toto sah sich um und blickte wieder in die Gesichter seiner Zimmergenossen. Es hatte ihm fast einen Schauer über den Rücken gejagt, als Falconi sagte, das sei nun sein »Zuhause«. Das klang so, als ob er hier für lange Zeit nicht mehr rauskommen würde.

»Pack erst mal deine Sachen aus, macht euch bekannt, und dann kommt eine Schwester und macht eine erste Untersuchung mit dir.«

Falconi verließ das Zimmer. Toto stand unschlüssig mit seinem Koffer da und regte sich nicht.

»Pack ihn lieber schnell aus«, flüsterte der Junge, der ihm am nächsten lag.

Toto befolgte seinen Rat und legte die wenigen Kleidungsstücke, die er hatte, in den schmalen Spind.

»Was hast du denn?«, fragte der Junge und schaute neugierig auf Totos Pflaster am Hals. Jetzt reckten auch die anderen neugierig ihre Hälse.

Toto wusste nicht, was er sagen sollte. Es war zu kompliziert und zu schwer zu erklären. »Eine Operation«, sagte er daher nur.

Die Jungen hatten kaum Zeit zu reagieren, denn nun sprang auch schon die Tür auf, und eine Schwester kam herein. Sie hatte ihr langes schwarzes Haar, das schon einige graue Strähnen aufwies, zu einem festen Knoten gebunden.

»Wen haben wir denn da?«, fragte sie freundlich und kam lächelnd auf ihn zu.

»Ich bin Toto«, antwortete Toto rau.

Die drei anderen Jungen schienen sich zu entspannen.

»Buongiorno, Toto. Herzlich willkommen bei uns. Ich bin Schwester Pia.«

Sie reichte ihm die Hand. Draußen auf dem Gang schepperte etwas blechern, und dann trat eine zweite Schwester ein. Sie lächelte nicht. Ihr Mund war ein einziger schmaler Strich, und ihre großen Augen funkelten gefährlich.

»Das ist Schwester Renata.«

Toto sah ihr zu, wie sie ihn mit einem flüchtigen Seitenblick bedachte und dann mit der metallenen Nierenschale, die sie in der Hand trug, auf den Jungen zuging, der direkt am Fenster lag.

»Setz dich auf«, sagte sie, und der Junge gehorchte sofort. Sie stellte die Schale auf dem Bett ab und zog eine Nadel daraus hervor. »Finger«, sagte sie. Ängstlich streckte der Junge seinen Zeigefinger aus. Ohne zu zögern, hieb sie mit der Nadel in die Fingerkuppe. Er zuckte vor Schmerz zusammen, verbiss sich aber, auch nur einen einzigen Ton von sich zu geben. Mit einem kleinen Röhrchen nahm Schwester Renata das Blut auf, das aus dem Finger quoll, und legte es in die Schale.

»Wir starten jetzt mit deiner Untersuchung. Begleitest du uns?«

Toto wollte nicht mit Schwester Renata mitgehen, so viel stand für ihn fest. Doch was blieb ihm übrig?

Sie gingen zum Anfang des Flurs zurück und in das Schwestern- und Untersuchungszimmer, das einer schmucklosen Küche oder einem Labor glich. Toto musste sich bis auf die Unterhose ausziehen und wurde gewogen und gemessen. Die Waage hatte kleine Gewichte, die man hin und her schieben konnte, und Toto versuchte zu ergründen, wie sie funktionierte.

»Junge!«, rief Schwester Renata, die vor einem Stuhl stand und auf ihn wartete.

»Renata, hast du gelesen?«, fragte Schwester Pia leise und zeigte ihr etwas in den Unterlagen.

Schwester Renata warf einen raschen Blick auf das Papier. »Ist gut«, gab sie zurück und tippte lautstark auf die Lehne des Stuhls. »Hierhin!«, befahl sie Toto.

Toto setzte sich. Er fror. Der Stuhl war kalt, der Boden auch. Er musste Buchstaben an der Wand vorlesen, die immer kleiner wurden. Die letzte Zeile konnte er kaum noch entziffern.

»Toto, weißt du, in welchem Land du wohnst?«, fragte Schwester Renata plötzlich, seine Akte in den Händen haltend.

»Italien?« Er musste sich räuspern. Sein Hals kratzte immer noch schmerzhaft.

»Und in welchem Ort wohnst du?«

»Veluzzo.«

»In welcher Straße?«

Toto überlegte. Das Sprechen tat noch immer weh, er fragte sich, ob sie wusste, dass er nicht so viel sprechen sollte.

»Weiß nicht, unsere Straße hat keinen Namen.«

»Keinen Namen ...«, wiederholte sie. »Und weißt du, was Suizid bedeutet?«

Toto dachte, dass es wahrscheinlich eine Krankheit war. Aber krank war er doch gar nicht. Er schüttelte den Kopf.

»Es bedeutet Selbstmord«, sagte sie. »Warum wolltest du dich umbringen, Toto?«

Toto spürte, wie sein Gesicht heiß wurde.

»Aber ... ich ...« Er überlegte, was er sagen sollte und was das in den Augen von Schwester Renata bedeuten würde. Was würde sie als schlimmer erachten: wenn er sich umbringen wollte oder wenn er sich von einer Horde Jungen dazu verleiten ließ, sich aufzuhängen, obwohl er es nicht wollte?

»Was ›aber ich‹? Was wolltest du sagen? Sieh mich an, Toto!«

Sie musterte ihn streng über den Rand der Akte hinweg. Er sah sie an, konnte aber nichts erwidern.

»Toto, hast du mich verstanden? Sag mir den Grund!«

»Renata«, ging Schwester Pia leise dazwischen.

»Bitte, Pia, jetzt nicht. Das ist sehr wichtig für uns«, schmetterte sie den Einwand ab. »Toto, was ...?«

»Sie haben gesagt: ›Häng dich auf‹«, unterbrach er sie schnell, damit die Fragerei ein Ende hatte.

»Wer hat das gesagt?«, hakte sie nach und kam näher. Ihre Augen waren jetzt dunkler als zuvor.

»Jungs, ein paar Jungs.« Er räusperte sich.

»Und dann hast du dich aufgehängt?«

Toto standen die Tränen in den Augen. Er zog den Rotz hoch und zuckte mit den Schultern. Pia sah mitleidig zu ihm. Schwester Renata notierte sich etwas.

»Toto, wenn dir jemand sagen würde, schlage ein anderes Kind, würdest du das dann tun?«

Toto schüttelte den Kopf.

»Toto, wie stark bist du?«

Toto verstand nicht, warum sie das fragte.

»Kannst du einen Baumstamm hochheben?«

Toto neigte den Kopf und schüttelte ihn.

»Kannst du einen Stein hochheben?«

Toto schüttelte wieder den Kopf.

»Und ein Pfund Mehl, kannst du das hochheben?«

Toto schüttelte abermals den Kopf und hielt seine Augen starr auf seine nackten Füße gerichtet. Er hörte, wie sie etwas in die Akte kritzelte, dann klappte sie den Deckel zu.

Anschließend guckte sie in seinen Mund, seine Ohren, seine Haare und ließ ihn auf einem Bein stehen und sich hinunterbeugen. Dann war die Untersuchung beendet, und er konnte zurück in sein Zimmer.

»Claudio hat einem Jungen schon mal den Arm gebrochen«, verriet ihm der Junge aus Bett 8, als sie schlafen gingen.

»Aber Nino ist noch schlimmer«, meinte der Junge aus dem Bett direkt neben Toto. »Der hat einem Jungen beim Inhalieren auf den Hinterkopf geschlagen und ihn auf das Mundstück aufgespießt.«

Toto blickte die beiden entsetzt an.

»Mach alles, was sie sagen, auch wenn es dir komisch vorkommt. Mach es einfach«, riet der Junge neben ihm. »Wie heißt du eigentlich?«

»Toto.«

»Ich bin Carlo, aber jetzt leise, sonst kriegen wir Ärger.« Er legte sich ins Bett und zog die Decke bis unters Kinn.

Toto machte es ihm nach, und wenig später sprang die Tür auf, und Schwester Renata machte ihren Kontrollgang. Sie prüfte mit ihren finsteren Augen jedes Bett, sagte dann: »Nachtruhe!«, und ging.

Am nächsten Morgen bekam Toto einen Plan von Schwester Pia, auf dem sein Tagesablauf aufgelistet war.

Wecken: 6 Uhr
Inhalation: 6:15–6:35 Uhr
Waschen: 6:35–6:55 Uhr

Frühstück: 7:00–7:30 Uhr
Abwasch: 7:30–7:55 Uhr
Schulbeginn: 8:00 Uhr
Pause: 10:30–10:45 Uhr
Schulende: 12:00 Uhr
Mittagessen: 12:15–12:45 Uhr
Abräumen: 12:45–13:00 Uhr
Stimmtherapie Raum 24, 2. Stock: 13:15–14:00 Uhr
Schwimmen: 14:15–15:00 Uhr
Krankengymnastik: 15:05–15:30 Uhr
Untersuchung und Medikamente: 15:45–16:45 Uhr
Freizeit: 16:45–17:45 Uhr
Abendessen: 18:00 Uhr

Gemeinsam gingen sie hinunter in den Keller. Am Ende der Treppe legte Schwester Pia ermutigend eine Hand auf Totos Rücken. Es sollte eine tröstliche Geste sein, doch Toto dachte, wenn er jetzt Trost brauchte, dann würde gleich etwas passieren, das schlimm war, und bekam es augenblicklich mit der Angst zu tun.

Pia brachte ihn bis zur Zimmertür des Inhalationsraumes und winkte einem Mann im weißen Kittel. Dann verließ sie ihn.

Nino war ein Mann Anfang dreißig mit einer schwarzen Brille, breitem Unterkiefer und fettig glänzenden Haaren, die in einem Seitenscheitel wie angeklebt an seinem Kopf hafteten. Er hatte wenig Geduld mit den Jungen. Wenn er eine Anweisung wiederholen musste, wurde er sofort wütend.

»Stell dir den Stuhl ein«, befahl er Toto.

Totos Mundstück war auf Höhe seiner Stirn, und er musste die runde Sitzfläche seines Hockers hochdrehen, das hatte er sich schon von den anderen abgeguckt. So entging er zunächst einem Anschnauzer.

»Mund hier dran und tief einatmen«, sagte Nino und drückte Totos Kopf gegen das Mundstück. Toto dachte sofort an den aufgespießten Jungen und musste husten. »Klappe halten und atmen!«

Nino stellte sich in die Mitte des Raumes und sah sich einen Jungen nach dem anderen an.

»Wir haben also einen Neuen bei uns. Toto. Und Toto hat, wie ich gelesen habe, versucht, sich aufzuknüpfen, und sich dabei ein wenig am Hals verletzt, ja?«

Toto erstarrte, und die beiden Jungen neben ihm sahen neugierig aus den Augenwinkeln herüber.

»Ja, hier haben wir keine Geheimnisse voreinander, Toto, das wirst du noch lernen. Nicht wahr, Giorgio? Hast du heute Nacht wieder in die Laken gemacht, ja? Hast du Schwester Renata ein bisschen Arbeit gemacht mit eingepisster Bettwäsche?« Er lachte glucksend.

Der Junge, der Giorgio hieß, schloss die Augen vor Scham, Tränen quollen daraus hervor.

»Ja, ja, so hat jeder sein kleines Kreuz zu tragen«, fuhr Nino fort und ging wie ein Dozent im Hörsaal auf und ab. »Deswegen wird hier auch nie jemand ausgelacht, ist das nicht toll? Ihr lernt fürs Leben, während wir euch eure kranken, erbärmlichen Lungen durchpusten. Ich würde den Scheiß ja nicht einatmen. Man kann nie wissen, was genau da drin ist. Aber für euch ist es genau das Richtige.« Wieder kicherte er.

Toto war nass geschwitzt vor Angst nach dieser »Therapiemaßnahme«, und es war noch vor dem Frühstück, der Tag hatte noch nicht mal richtig begonnen.

Die Stimmtherapie bei Dr. Zanetti war dagegen eine Wohltat. Dr. Zanetti saß an einem Klavier in einem der Klassenräume, und Toto musste die Noten summen, die er anschlug. Es war wunderbar, mit Musik zu tun zu haben. Aber es war schrecklich, die eigene kaputte und zerkratzte Stimme zu hören. Oft musste er sich räuspern oder husten, was ihm immer noch Schmerzen bereitete.

»Die Noten triffst du«, sagte Dr. Zanetti. »Nur deine Stimme müssen wir irgendwie ölen, mein Junge.« Und das meinte er im wahrsten Sinne des Wortes. Er verordnete Toto, jeden Abend vor dem Schlafengehen einen Esslöffel Olivenöl zu schlucken. Das tat Toto eifrig, weil er Zanetti irgendwie vertraute.

Claudio hingegen konnte man keine Sekunde lang vertrauen. Er war ein großer, muskulöser und sehniger Mann mit Glatze und braun gebrannter Haut, der die Jungen auf Matten im Gymnastikraum Übungen machen ließ, die er mit militärischem Drill hinausschrie. Und dann ging er herum und half nach, wenn man sie nicht richtig machte. Er bog und streckte und verrenkte einen, bis die Schmerzen kaum noch zu ertragen waren. Er trat oder stellte sich auf die Kinder drauf, während sie am Boden lagen.

Einmal, als er Toto gerade die Schultern niederdrückte, während er mit seinem Knie Totos Beine zur Seite presste, besah er sich aufmerksam die Narbe an Totos Hals und grinste dann kopfschüttelnd. »Aus dir mache ich noch einen Mann«, flüsterte er ihm zu. »Feiglinge haben hier nichts verloren.«

Abends, wenn alle in ihren Betten lagen, hörte man nicht nur das Röcheln und Husten der kranken Kinder. Man hörte auch, wie sich die meisten von ihnen in den Schlaf weinten.

28

Luca saß dem Padre gegenüber und schwieg.
»Wussten Sie, dass ich Martina schon sehr lange kenne?«,
fragte dieser.

»Nein, wir haben nie über die Kirche gesprochen.«

»Sie kam früher vor ihren Wettkämpfen zu mir, und einmal
wollte sie, dass ich ihr Surfboard segne …« Padre Pilati schmunzelte bei dieser Erinnerung, und auch Luca konnte sich nicht
dagegen wehren. Trotz des Trauerfalls, wegen dem Luca ihn besuchte, war der ältere Herr unglaublich positiv und gut gelaunt,
ohne dass es irgendwie unangebracht erschien. Luca konnte sich
gut vorstellen, dass Martina ihn früher gern konsultiert hatte,
selbst als junges Mädchen.

Es klingelte im Flur vor dem Büro, und Padre Pilati schnellte
hoch. »Das ist sicher Signore Gudidi.«

Gudidi war der Herr vom Bestattungsinstitut, den Pilati tele-
fonisch zu sich eingeladen hatte.

»Bitte kommen Sie herein«, sagte er und schloss die Tür hinter
ihm. »Das ist Signore Spinelli.«

»Mein aufrichtiges Beileid.« Der kleine, rundliche Mann gab
Luca seine ebenso kleine Hand, die sich wie eine Kugel anfühlte.

»Wir haben eben schon ein wenig über die verstorbene Martina DiStefano gesprochen und darüber, wie die Trauerfeier
aussehen könnte«, informierte Padre Pilati den Bestattungs-
unternehmer. »Jetzt möchten wir mit Ihnen zusammen die
Einzelheiten besprechen und alles aussuchen.«

»Sehr gern«, sagte Gudidi und legte sorgsam ein paar farbige
Prospekte auf seinen Schoß. »Haben Sie sich schon entschieden,
ob es eine Erd-, See- oder Feuerbestattung werden soll?«, fragte
er mit dezenter Zurückhaltung in der Stimme.

Luca antwortete ihm auf diese Frage und alle darauffolgenden
Fragen und verstand gleichzeitig nicht, was er hier tat. Er entschied sich für Sarghölzer und Blumengestecke, als ob er etwas
aus dem Katalog für den Garten bestellen würde.

Am Ende, als der Bestatter gegangen war, überkam ihn eine unglaubliche Müdigkeit, und er meinte, sich augenblicklich schlafen legen zu müssen. Er wollte schlafen, schlafen, einfach nur schlafen und an nichts denken müssen.

Pilati geleitete ihn zur Tür und legte einen Arm um Lucas Schultern. »Sie war eine sehr willensstarke Frau. Und wenn sie Sie ausgesucht hat, müssen Sie jemand ganz Besonderes sein, mein Lieber. Sie können sich glücklich schätzen.«

Das war wieder eine Aussage, mit der Luca nicht gerechnet hatte. Er sah auf und stutzte erneut, als er neben einer Vitrine ein gerahmtes Foto an der Wand erblickte.

»Sie haben Dario Fo in Ihrem Büro hängen?«, fragte er ungläubig und zeigte auf das Foto des Autors, das Fo in einer sehr kindlichen Pose auf einer Bühne sitzend zeigte.

»Nun, es gibt auch weltliche Dinge, dich mich interessieren, Luca. Und das Foto ist etwas ganz Besonderes für mich, nicht nur weil ich ihn für ein Ausnahmetalent halte, sondern weil ich bei dieser Aufführung zu Gast war.« Er trat näher an das Foto heran und deutete mit dem kleinen Finger auf einen Mann, der im Publikum saß. »Sehen Sie, da hatte ich noch mehr Haare, und weiß waren sie auch noch nicht.«

Luca erkannte ihn und musste lächeln.

»Er war der größte aller Clowns«, sagte Pilati. »Und das meine ich nur im Positiven. Wenn er auf die Bühne trat, war man wie gebannt und spürte seine ungeheure Präsenz. Sein ›Eccomi‹ war nicht nur ein Ausruf, es war eine leuchtende Aura«, schwärmte er.

Luca schluckte. Hitze stieg in ihm auf, wie wenn man bemerkt, dass man etwas Wichtiges vergessen oder falsch gemacht hatte.

»Bitte was? Was sagten Sie?«

»Er war eine Erscheinung.«

»Ja, durchaus. Aber ich meinte das ›Eccomi‹. Was meinen Sie damit?«

»Oh, kennen Sie das nicht? Das stammt aus der Commedia dell'Arte. Der Arlecchino ruft es traditionell aus, wenn er die Bühne betritt: ›Eccomi!‹«

Luca verschlug es den Atem. Natürlich. Es war ganz offensichtlich. Er erinnerte sich an alte Aufführungen, die er im Fernsehen gesehen hatte. Der Arlecchino, jeder kannte ihn. Seine übertriebenen Bewegungen und Sprünge, seine Sprache, sein Lachen und sein Ausruf: »Eccomi!«

»Was haben Sie, Luca?«, fragte Pilati besorgt.

»Sie haben mich da auf etwas gebracht. Ich muss jetzt los. Ich danke Ihnen vielmals, für alles«, sagte Luca, nahm Pilatis Hand in beide Hände und eilte dann zum Wagen.

Als er in Veluzzo ankam, war es bereits dunkel. Eine Polizeistreife stoppte ihn und kontrollierte seine Papiere. Der Beamte entschuldigte sich, als er im Schein seiner Taschenlampe Lucas Polizeiausweis erkannte.

Luca fuhr auf Ginos Hof und wunderte sich, dass kein Licht brannte.

»Gino? Silvana?«, rief er ins Haus hinein, doch es blieb still. Nur der alte Hund trottete schwanzwedelnd aus der Küche und erschreckte Luca.

Plötzlich kam ihm Belmondo entgegengelaufen. Er hatte ihn für den heutigen Tag hier auf dem Hof gelassen.

»Hey, du alter Streuner, wo warst du?« Er streichelte ihn und sah sich um. Die Kühe waren nicht im Stall. Wahrscheinlich waren sie noch auf der Weide, und Gino wollte Silvana helfen.

»Na, komm. Wir machen einen Spaziergang und suchen die beiden«, sagte Luca und ging mit Belmondo aus der Ausfahrt und dann links.

***

Gino war nass geschwitzt nach dem Aufstieg auf die Weide. Silvana kam ihm bereits entgegen. Schon von Weitem hatte er die Glocken der Kühe gehört.

»Silvana«, sagte er.

Sie stieß einen hellen Schrei aus und fasste sich vor Schreck an die Brust. »Gino, Himmel, was machst du hier?«

»Ich kann dich doch nicht allein im Dunkeln hier runterkommen lassen.«

Silvana sah, dass er sein altes Messer am Gürtel stecken hatte.

»Gino, ich gehe jeden Tag diesen Weg …«

»Umso schlimmer. Er kann dich ganz einfach auskundschaften. Keiner von uns ist hier mehr sicher. Du schon gar nicht. Eine Frau ganz allein im Dunkeln, verdammt.«

»Und darum quälst du dich hier herauf? Du musst doch Schmerzen haben.«

»Das ist jetzt egal, komm.«

Er drehte sich um und humpelte den Weg entlang. Eine Weile gingen sie schweigend nebeneinanderher.

»Ihr habt sehr lange geredet gestern Abend, du und Luca«, sagte er irgendwann.

»Ja, es ist spät geworden. Er hat mir doch von dem Unfall erzählt.« Sie warf ihm einen unsicheren Seitenblick zu.

»Und du, hast du ihm auch etwas erzählt?«

»Wie meinst du das, wovon denn?«

»Silvana, wenn du ihm das von dem Buch erzählt hast, dann …« Er blieb stehen und sah sie mit zusammengepressten Lippen an.

»Ich hab nichts gesagt«, log sie kleinlaut.

»Ich schwöre dir, wenn du geredet hast, kriegen wir beide Ärger. Was hier im Dorf passiert, geht keinen etwas an. Du hast gehört, was Corso gesagt hat. Niemand braucht das zu wissen.«

»Aber es war doch nichts Schlimmes, nur –«

Seine Hand schoss vor, er packte ihren Hals. »Ich warne dich, Silvana …«, presste er wütend hervor.

Sie versuchte, seinen Griff zu lösen, und riss die Hand schließlich herunter.

»Was tust du da, Gino? Ich mache alles für dich, ich schufte den ganzen verdammten Tag bis in die Nacht hinein, und du, was machst du?« Sie rieb sich den geröteten Hals. »Fass mich nie wieder so an, Gino. Sonst bin ich weg. Ein für alle Mal.«

***

Luca stand auf der Rückseite des Hauses und spähte den Berg hinauf. Es waren nur schwarze und blaue Schemen auszumachen.

»Sind sie da oben?«, fragte er Belmondo. »Dann such sie mal, los!«, forderte er den Hund auf, der sogleich losflitzte und bald eins mit der Dunkelheit wurde.

Luca sah ihm nach, bis er neben sich ein Knacken hörte. Er drehte sich um und erkannte drei Männer, die sich ihm mit Messern und Holzschlägern bewaffnet näherten, als sei er ein wildes Tier.

»He, Moment …«, konnte er nur noch sagen.

»Jetzt bist du dran«, zischte der vordere Mann, holte mit dem Knüppel aus und schlug zu. Er traf ihn über der rechten Augenbraue, und ein gleißender Blitz schoss durch Lucas Kopf und drohte, ihn umzureißen. Schwankend stammelte er etwas, doch er verstand sich selbst nicht mehr, und schon krachte der nächste Schlag auf seine Schulter. Die Männer fielen über ihn her, und es hagelte Schläge. Luca stürzte zu Boden, krümmte sich zusammen und hörte zwischen dumpfen Aufprallgeräuschen eine Stimme schreien.

Die Schläge stoppten, und es gab ein lautes Stimmengewirr. Luca drehte sich auf den Rücken und versuchte, die Augen zu öffnen, doch Blut lief ihm hinein. Nur verschwommen konnte er mehrere Männer erkennen, einige davon waren Polizisten. Dann war auf einmal Belmondo bei ihm, leckte sein Gesicht und jaulte aufgeregt.

»Wir haben ihn erwischt, als er in das Haus einsteigen wollte«, rief einer der Männer.

»Zurück!«, befahl ein Uniformierter.

»Luca!«, rief jemand aus der anderen Richtung.

Es war Silvana.

»Was habt ihr mit ihm gemacht, ihr Monster?«, schrie sie die Männer an. »Seht ihn euch an!« Sie kniete sich neben ihn und nahm sein Gesicht in die Hände.

»Er wollte bei euch einbrechen.«

»Er wohnt bei uns, Matteo. Er ist ein Freund und arbeitet für die Polizei!«

Das ließ Matteo verstummen.

»Helft mir, bringt ihn ins Haus«, sagte Silvana barsch. Jetzt kam auch Gino dazu, er war völlig außer Atem. »Was ist passiert?«

»Deine sauberen Freunde haben Luca zusammengeschlagen«, gab sie zornig zurück.

Sie trugen ihn ins Haus und legten ihn im Wohnzimmer auf die Couch. Silvana holte Verbandszeug und Pflaster.

»Wir nehmen natürlich sofort die Namen der Männer auf«, meinte einer der Polizisten eifrig. Es war der, der bei dem ersten Mord unten vor dem Haus Wache gestanden und geraucht hatte. »Wollen Sie Anzeige erstatten?«

»Nein, lassen Sie nur«, lallte Luca und leckte sich Blut von der Lippe.

»Sollten wir nicht besser einen Krankenwagen rufen?«, fragte Gino aus dem Hintergrund.

»Nein, lass«, wehrte Luca erneut ab.

Er hatte eine klaffende Platzwunde in der rechten, geschwollenen Augenbraue, und das Pflaster an seiner Stirn war lose und blutig.

»Ich glaube, deine Narbe ist wieder aufgegangen«, sagte Silvana. Sie hob das Pflaster vorsichtig an, um darunter zu schauen.

»Soll ich Commissario Vialli Bescheid geben?«, fragte der Carabiniere.

»Nein, das mache ich selbst«, entgegnete Luca.

Der Carabiniere verabschiedete sich und ging hinaus. Gino hatte sich auf einen Stuhl gesetzt und ließ den Kopf hängen. Offenbar hatte auch er große Schmerzen, so, wie er seinen Stumpf umklammert hielt. Er schnallte sich die Prothese ab und warf sie achtlos zur Seite. Silvana drehte sich zu ihm um.

»Geht es wieder los?«, fragte sie.

Er nickte nur stumm, kniff die Augen ganz fest zusammen und verzog den Mund. Dann fing sein Bein unkontrolliert an zu zittern.

»Kümmer dich um ihn«, sagte Luca erschrocken.

Silvana gab Gino seine Schmerztabletten und stützte ihn auf dem Weg nach oben ins Schlafzimmer. Luca stand unterdessen auf und ging ins Bad, wo er sein Hemd auszog und seinen Rücken begutachtete. Er war übersät mit dunkelroten und violetten Striemen, die wie Wülste angeschwollen waren.

Von oben hörte er schnelle Schritte. Silvana kam die Treppe heruntergelaufen und platzte ins Bad.

»Oh, entschuldige«, sagte sie und verstummte entsetzt, als sie bemerkte, wie sein Rücken aussah. »Mein Gott.« Sie besann sich und griff nach einem weiteren Tablettenpäckchen. »Ich bin gleich wieder da.«

Luca setzte sich ins Wohnzimmer. Er wollte sein Hemd wieder anziehen, doch da war Silvana auch schon wieder bei ihm.

»Lass es aus, wir müssen das kühlen«, sagte sie. Sie nahm ein großes Handtuch, tränkte es in der Spüle mit Wasser, wrang es aus und legte es Luca auf den Rücken.

Sie nahm auf dem Stuhl ihm gegenüber Platz und legte die Hand über ihre Augen. »Was ist nur los mit diesem Dorf? Verlieren denn alle hier den Verstand?«, fragte sie.

Luca konnte hören, dass sie weinte. Er hob den Kopf und blickte sie ernst an. »Silvana, du musst mir helfen. Du musst mir die Wahrheit sagen, sonst wird alles nur noch viel schlimmer.«

Sie nahm die Hand nicht von den Augen, aber sie hatte ihn gut verstanden.

»Silvana, Frederico Bassano ist wieder bei Bewusstsein, und er hat uns etwas mitgeteilt. Der Mörder hat ihm etwas zugeflüstert, bevor er ihn angriff.«

Langsam sank ihre Hand herab.

»Er sagte: ›Eccomi!‹« Luca wartete ihre Reaktion ab, doch sie schien sich noch keinen Reim darauf machen zu können. »Das könnte entweder bedeuten, dass der Mörder Bezug auf das Buch nehmen und ihm damit sagen wollte: Ich bin jetzt, nach dreißig Jahren des Wartens, endlich da. Was bedeuten würde, dass er Bassano kennt. Dann bin ich aber noch auf eine andere Lesart gestoßen. ›Eccomi‹ ist auch der Ausruf des Arlecchino aus der Commedia dell'Arte. Den kennst du doch sicher?«

Ängstlich blickte sie ihn aus ihren verweinten Augen an.

»Silvana, gab es in diesem Dorf jemals jemanden, der den Arlecchino in einem Stück dargestellt hat oder der zum Beispiel Puppentheater und Figuren sammelte? Oder einfach jemanden, der Clowns und speziell den Arlecchino mochte? Fällt dir dazu irgendwas ein?«

Silvana atmete schwer. Ihre Brust hob und senkte sich stärker und stärker, und es schien, als wollte sie sich abwenden, doch ihr Blick hing untrennbar an Luca.

»Silvana, weißt du etwas?«, hakte Luca nach, weil er spürte, dass er bei ihr einen Nerv getroffen hatte. »Sag es mir. Bitte, sag es.«

»Es ... es gab da mal einen Jungen«, flüsterte sie mit zitternder Stimme. »Er wohnte hier im Dorf. Wir nannten ihn Arlecchino. Es war nicht sein richtiger Name, aber er trug so eine Flickenjacke wie ein echter Arlecchino.«

»Ein Junge? Wie alt?«

»Ein paar Jahre älter als ich, ich kannte ihn von klein auf.«

»Und sein richtiger Name?«

»Toto, meine ich. Toto Angelico.«

»Wo ist er jetzt? Lebt er immer noch hier im Dorf?«

»Nein, er ... er ging weg, als er ...« Sie verstummte und schien in ihren Erinnerungen zu versinken.

»Silvana«, sagte Luca. Er zog sich das Handtuch vom Rücken und kniete sich vor sie hin.

»Ich weiß nicht viel über ihn«, murmelte sie. »Er ist tot, glaube ich.«

»Tot?«

»Er war ein wenig zurückgeblieben und kam in ein Heim, als er so dreizehn oder vierzehn war. Ich hab ihn nie wiedergesehen.«

»Und seine Eltern?«

»Die leben nicht mehr. Ihr Grundstück ist gerade verkauft worden.«

»Ach, etwa das vor dem Dorf, abseits der Straße?«

Sie nickte.

»Und war dieser Junge irgendwie aggressiv? Wenn du sagst, er war geistig zurückgeblieben, hatte er sich dann vielleicht nicht unter Kontrolle?«

»Nein, das war es nicht. Er war wie ein ... keine Ahnung, er lächelte immer, egal wie man ihn behandelte. Er lächelte und sang und war fröhlich.«

»Mochtet ihr ihn?«

»Na ja, er wurde nicht ernst genommen. Von keinem. Er ist eigentlich von allen immer nur ausgelacht worden. Das Schlimmste, an das ich mich erinnern kann, war die Dreihundertjahrfeier unseres Dorfes. Da ist er aufgetreten und am Ende mit Kuhmist beworfen worden.«

»Arlecchino«, sagte Luca nachdenklich und stand auf. »Könnte er auch das Buch geschrieben haben?«

»Nein, er war viel zu jung, Luca. Vierzehn oder so. Und wie gesagt, er war geistig dazu gar nicht in der Lage.«

»Wann passierte denn das mit dem Buch? War er da noch im Dorf?«

»Nein, das war nach der Feier. Vielleicht ein, zwei Jahre später, ich weiß nicht mehr genau. Ich war damals noch ein kleines Mädchen.«

»Wer könnte mir mehr über ihn erzählen?«

Silvana lachte bitter. »Der, der dich so zugerichtet hat. Er hat Arlecchino das Leben schwer gemacht.«

Luca nickte abwesend, ihm war noch ein anderer Gedanke gekommen. »Im Buch war es so, dass genau eine Person nicht getötet wurde. Eine Person hat der Mörder verschont. Wer kann das gewesen sein? Hatte dieser Arlecchino jemanden, den er mochte oder der ihn mochte? Du vielleicht?«

»Ich?«, sagte sie und senkte dann den Kopf. »Nein, da muss ich dich enttäuschen. Auch ich hab mich über ihn lustig gemacht. Wir kleinen Kinder haben immer ein Lied gesungen, wenn er ins Dorf kam. ›Arlecchino, Arlecchino …‹« Sie schüttelte den Kopf. »Ich war nicht besser als die anderen. Aber da war eins von den größeren Mädchen … Gott, wie hieß sie noch? Nunzia! Nunzia wohnte ganz in der Nähe, und sie gingen jeden Tag zusammen zur Schule. Sie könnte es sein.«

»Wo wohnt sie?«

»Nicht mehr hier. Sie hat irgendwo studiert und geheiratet.«

»In Ordnung, wo sie sich derzeit aufhält, müssen wir rausfinden. Jetzt will ich zu dem Schläger.«

29

Die Polizei hatte Lucas Angreifer zu Matteos Haus begleitet, um sie dort zu befragen. Als es klopfte, öffnete Matteo im Beisein des Carabiniere, verwundert, wer ihn um diese Zeit noch besuchen wollte. Die Verwunderung nahm zu, als er Luca und Silvana erkannte.

»Wir müssen mit Ihnen sprechen«, sagte Luca entschieden. »Hören Sie, wir konnten doch nicht wissen, dass Sie von der Polizei sind ...«

»Darum geht es jetzt nicht. Können wir reinkommen?«

Matteo ließ sie eintreten und führte sie zu den anderen ins Wohnzimmer. Tito und Alfredo saßen hölzern vor einigen Bierflaschen auf einem zerschlissenen Stoffsofa.

»Ich habe Commissario Vialli doch informiert«, flüsterte der Beamte Luca zu, als sie sich um den Couchtisch versammelten.

»Silvana, was wird 'n das hier?«, fragte Tito verunsichert.

Sie senkte den Blick und antwortete ihm nicht.

»Die Männer im Dorf haben eine Art Bürgerwehr gegründet –«, hob der Carabiniere an, doch Luca schnitt ihm das Wort ab.

»Wir sind wegen einer anderen Sache hier. Ich muss Sie etwas fragen, Signori. Ich möchte, dass Sie mir helfen, einige Dinge zu verstehen, die vor vielen Jahren hier passiert sind.«

Matteo rutschte auf dem Sofa herum, als fühlte er sich nicht wohl in seiner Haut.

»Können Sie sich an einen Jungen erinnern, den alle nur Arlecchino nannten?«

Das linke Augenlid von Matteo begann zu flattern. »Was soll das?«

Die drei Männer wechselten einen Blick und schauten dann verstohlen zu Silvana, vor der sie nicht lügen konnten.

»Ja, der hat mal hier gewohnt. Lange her«, sagte Matteo schulterzuckend.

Erneut klopfte es an der Tür. Diesmal war es Pasquale, der

dem Anruf des Beamten gefolgt war und jetzt eine Erklärung für Lucas Zustand und seine Anwesenheit hier einforderte.

»Ich habe vielleicht so etwas wie eine Spur. Es geht um einen jungen Mann, der früher hier gelebt hat und dann in ein Heim gekommen ist. Er hatte bei den Dorfbewohnern den Spitznamen Arlecchino.«

Pasquale durchschaute das alles noch nicht, aber er bedeutete Luca fortzufahren.

»Diese drei Männer hier haben mit ihm zusammen die Schulbank gedrückt, ist das richtig?« Er wandte sich wieder Matteo, Tito und Alfredo zu. Sie nickten einvernehmlich. »Erzählen Sie uns von ihm. Was war er für ein Mensch?«

Die drei sahen sich unschlüssig an. So, wie sie dasaßen, konnte man meinen, sie wären immer noch die pubertierenden Jungen, die diesem Toto damals das Leben schwer gemacht hatten. Alfredo mit seinem störrischen Gesichtsausdruck, Tito mit böse funkelnden Augen und Matteo, irgendwie erhaben über alles, mit trotzigem Grinsen und aggressiver, lauernder Körperhaltung.

»Er war halt ein Junge«, gab Matteo mit rauer Stimme an. »Wohnte etwas außerhalb des Dorfes und war ein bisschen zurückgeblieben.«

»Wer gab ihm den Spitznamen?«, fragte Luca.

»Keine Ahnung«, jetzt lächelte Matteo unter seinem silbrigen Dreitagebart, »den hat er schon immer gehabt.«

»Und wie war Ihr Verhältnis zu ihm?«

Die drei Männer versteiften sich. Matteo griff in das Polster der Couch.

»Normal, würde ich sagen.«

»Waren Sie Freunde?«

»Nein.« Er musste wieder lächeln.

»Ist das so abwegig?«

»Na ja, er war halt schräg irgendwie. Keiner von uns.«

»So, so. Er wurde oft gehänselt, habe ich gehört.«

»Kann sein.«

»Auch von Ihnen?«

»Kann sein.«

»Was passierte bei der Dreihundertjahrfeier?«

Jetzt wurden seine Augen groß. Er blickte von Luca zu Silvana, und Wut flackerte darin auf.

»Nichts passierte.«

»Sind die beiden anderen Herren derselben Meinung?«

»Was soll die Fragerei?«, beschwerte sich Alfredo.

Luca hatte genug von dem Eiertanz. »Könnte es sein, dass dieser Arlecchino der Mörder ist?«

»Was? Arlecchino? Der konnte nicht mal 'ne Fliege töten. Wenn wir ihn geschlagen haben, hat er noch gelächelt. Der kann unmöglich ...«

Doch Matteo brachte den Satz nicht zu Ende. Anscheinend überdachte er seine Aussage noch mal und war sich plötzlich nicht mehr so sicher.

»Sie haben ihn geschlagen?«

»Keine Ahnung, vielleicht.«

»Was noch? Was taten Sie bei der Feier?«

»Herrgott, er hat versucht, mit seiner Fistelstimme zu singen, und wir haben ihn halt 'n bisschen beworfen.«

»Mit was?«

Er wand sich. »Kuhmist«, gestand er schließlich.

»Aha. Was passierte dann?«

»Nichts, er lief weg.«

»Das ist alles?«

»Ja.«

»Silvana?«

»Ich war noch zu klein, sie liefen alle irgendwohin, doch meine Mutter wollte nicht, dass ich mitgehe, ich musste nach Hause. Keiner hat mir erzählt, was da vorgefallen ist.«

»Was ist denn vorgefallen?«, fragte Luca die Männer jetzt schärfer.

Matteo lehnte sich zurück und bleckte frech die Zähne.

»Keine Ahnung.«

Auch die beiden anderen schwiegen trotzig.

»Sie wissen, dass es hier um Ihre Sicherheit geht? Ein Mörder geht um und tötet einen nach dem anderen im Dorf. Wenn Sie nicht zur Aufklärung beitragen, schneiden Sie sich ins eigene Fleisch.«

Das hinterließ zumindest einen Hauch von Unsicherheit bei den Männern, aber sie blieben stumm.

»Na gut, bestimmt gibt es Leute hier im Dorf, die ängstlicher sind und reden«, meinte Luca. Dann ging er hinaus.

Draußen auf der Straße verlangte Pasquale eine Erklärung für Lucas Verhör, das er eigenmächtig ohne sein Wissen hatte durchführen wollen.

»Aber Pasquale, hier ging alles Schlag auf Schlag. Silvana erzählte mir von dem Jungen, und ich bin sicher, dass es kein Zufall sein kann.« Er legte Pasquale die Hintergründe dar und fasste zusammen, was er von Silvana erfahren hatte.

»Du hättest mich zumindest informieren können. Außerdem wissen wir nicht, wie dieser Ausspruch gemeint war. Wenn es nichts mit einem Arlecchino zu tun hat, sind wir auf einem völlig falschen Weg.«

»Aber was, wenn ich recht habe? Wir müssen beide Möglichkeiten ergründen.«

»Genau deswegen möchte ich alles darüber erfahren«, sagte Pasquale ruhig und bestimmt.

»Kommen Sie«, sagte Silvana, »wir reden bei uns zu Hause.«

Gino saß wie ein Häufchen Elend auf den unteren Stufen der Treppe, als sie nach Hause kamen.

»Wer ist das, und wo wart ihr?«, fragte er erschöpft.

»Schatz, was machst du hier unten?«

»Ich hab nach euch gerufen, aber keiner war hier.«

»Was war denn?«

»Ich konnte nicht schlafen, ich brauche noch eine Tablette.«

»Hol ich dir«, sagte Silvana.

»Das ist Commissario Vialli von der Polizei Riva«, stellte Luca Pasquale vor. »Ich arbeite für ihn.«

»Warum sind Sie hier?«, wollte Gino wissen.

»Silvana hat –«

»Was hat sie?«, stieß er wütend hervor.

»Sie hat mir von Arlecchino berichtet.«

»Arlecchino?«, wiederholte Gino verständnislos.

»Der Junge aus eurem Dorf. Ich überlege, ob er etwas mit den Morden zu tun haben kann.«

»Unser Arlecchino? Was für ein Quatsch.«

Silvana kam von oben herunter und reichte Gino ein Glas Wasser und eine Tablette. Er sah sie prüfend an und nahm beides entgegen.

»Wenn es euch recht ist, würde ich gern Padre Corso zu unserem Gespräch hinzubitten«, sagte Luca.

»Ist vielleicht das Beste«, erwiderte Gino nachdenklich.

»Soll ich ihn holen?«, fragte Silvana.

»Das wäre nett, danke.« Luca lächelte ihr zu. »Erinnerst du dich noch an den Abend der Dreihundertjahrfeier?«, fragte er Gino. »Dieser Matteo und seine Kumpels waren nicht sehr mitteilungsfreudig.«

Gino lachte abschätzig. »Kann ich mir vorstellen. Sie tauchten damals überraschend bei mir auf dem Hof auf. Boten mir ihre Hilfe an«, begann er zu erzählen. »Ich hab mich noch gewundert, denn ich hatte mit ihnen nichts zu tun, sie waren ja älter als ich. Aber am Tag der Feier wollten sie mir helfen, und ich hab es nicht durchschaut.«

»Was nicht durchschaut?«

»Na ja, sie kamen nicht meinetwegen, sie kamen wegen Arlecchino. Während ich oben auf der Weide war, haben sie den Stall ausgemistet und sich die Säcke mit Kuhmist vollgestopft. Und am Abend steht der arme Kerl singend auf der Bühne, und sie bewerfen ihn mit der frischen Scheiße aus unserem Stall.« Er rieb sich müde die Augen, die Tablette zeigte Wirkung.

»Was geschah dann?«

»Sein Vater rastete aus, wollte sich die Jungs schnappen. Aber sie flohen. Irgendwann kam ein Krankenwagen, der Arlecchino mitnahm. Ich hab's nicht gesehen, aber ich habe gehört, dass er sich erhängen wollte.« Gino stöhnte angestrengt. »Ich glaube, ich muss nach oben.«

»Ich helfe dir«, sagte Luca und stützte ihn, bis er ihn oben ins Bett verfrachtet hatte. Pasquale stand stumm und nachdenklich in der Küche, als er wieder herunterkam. Er drehte sich zu Luca um, und sie sahen sich einen Moment lang schweigend an. Gerade als Pasquale etwas sagen wollte, kam Silvana mit Padre Corso ins Haus.

»Buonasera«, grüßte er.

Luca ging auf ihn zu und reichte ihm die Hand. »Buonasera, wir kennen uns ja bereits. Danke, dass Sie kommen. Das ist Commissario Vialli.«

Auch Pasquale begrüßte den Padre per Handschlag, und Silvana bot ihnen einen Platz am Küchentisch an.

»Padre Corso, wir haben eben mit Silvana, Gino und Matteo gesprochen«, begann Luca.

»Hat er Sie so zugerichtet?«, fragte Corso.

»Ja, er und zwei weitere Männer. Offenbar haben sie eine Bürgerwehr gegründet.«

»Davon wusste ich nichts«, gab Corso zurück. Luca konnte seine Fahne riechen.

»Wie auch immer. Wir haben über einen Jungen namens Toto gesprochen, der vor Jahren hier im Dorf gelebt hat und den alle nur Arlecchino nannten. Erinnern Sie sich an ihn?«

»Natürlich tue ich das«, sagte Corso ernst. Seine Augen verengten sich, wohl weil er sich fragte, warum sie ausgerechnet über ihn etwas wissen wollten. »Ich habe ihn getauft und unterrichtet.«

Luca nickte und wandte sich dann an Pasquale. »Ich weiß nicht, was ich alles preisgeben darf, wenn wir hier sprechen.«

Pasquale hatte die Details der Morde aus ermittlungstaktischen Gründen nicht an die Presse weitergegeben. Nicht mal die Angehörigen wussten über alle Einzelheiten Bescheid. Und es war nicht an Luca zu entscheiden, was er sagen durfte und was nicht.

»Padre Corso, ich möchte Sie bitten, das, was wir hier besprechen, diskret zu behandeln. Das sind keine Informationen, die für die Öffentlichkeit bestimmt sind«, sagte Pasquale und sah dabei auch zu Silvana.

»Selbstverständlich, Signori«, antwortete Corso und faltete die Hände auf dem Tisch. »Wie kann ich Ihnen helfen?«

Pasquale gab Luca ein Zeichen, dass er fortfahren solle.

»Wir versuchen gerade, einige Geschehnisse zu rekonstruieren, die sich am Abend der Dreihundertjahrfeier von Veluzzo ereignet haben«, sagte Luca, und auch jetzt erkannte er eine Reaktion bei Corso. Ein kurzes Flackern in seinen Augen. »Wir wissen, dass der Junge bei seinem Auftritt mit Kuhdung beworfen wurde.«

»Ich hatte ihn davon abhalten wollen zu singen«, sagte Corso. »Aber er war nicht umzustimmen.«

»Ahnten Sie, dass so etwas passieren würde?«

»Nicht in der Form, auf keinen Fall. Ich fürchtete nur, dass er sich eventuell dem Spott einiger Leute aussetzen würde. Ich hoffte es nicht, aber es passierte.«

»Gino und Silvana konnten nicht genau sagen, was im Anschluss daran passierte. Matteo und seine beiden Freunde wollten es offenbar nicht. Können Sie uns bitte aufklären?«

Corso atmete tief und unzufrieden ein. »Ich verstehe nicht, was das mit unserer derzeitigen Situation zu tun hat. Wir haben doch ganz andere Fragen zu klären.«

»Padre Corso, wir prüfen gerade, ob vielleicht ein Zusammenhang mit den aktuellen Taten besteht.«

»Was meinen Sie damit?« Er blickte irritiert zwischen Luca und Pasquale hin und her.

»Nun, es deutet vieles darauf hin, dass der Täter und der Autor des Buches, von dem hier niemand etwas wissen will, ein und dieselbe Person sind. Für mich beziehungsweise für uns stellt sich nun die Frage, ob vielleicht dieser Junge der Autor des Buches sein könnte.«

»Arlecchino? Das hieße ja, er ist der Mörder! Das ist doch völlig absurd.«

»Ist es das?«, fragte Luca und beobachtete ganz genau, was in Corsos Gesicht vor sich ging.

»Der Junge war absolut harmlos, ein friedlicheres Kind habe ich selten gesehen. Ob er fähig war, ein Buch zu schreiben … Nein, das wäre ihm nicht möglich gewesen. Er war …«

»Zurückgeblieben«, nahm ihm Luca das Wort aus dem Mund, »das habe ich schon gehört. Konnte er denn schreiben und lesen?«

»Das schon. Er war gar nicht mal schlecht. Aber er war oft geistig abwesend. Mathematik war sein schlechtestes Fach. Er sang sehr gern und hatte ein einfaches, aber sonniges Gemüt.«

»Und was passierte, nachdem er von der Bühne geflüchtet war? Gino sagte, er habe sich erhängen wollen?«

Corso sah Luca mit einer seltsam abschätzenden Distanz an. »Das ist nicht ganz die Wahrheit.«

»Padre, Sie müssen uns alles erzählen, es ist im Grunde schon zu spät. Wir haben vier Opfer, und er kann jeden Moment, in dem wir hier reden, wieder zuschlagen«, erinnerte Luca ihn.

»Silvana, hättest du vielleicht etwas gegen eine trockene Kehle?«, fragte Corso nach einer kurzen Pause. Silvana verstand sofort und holte eine Flasche Schnaps und vier Gläser. Der Padre wartete geduldig, bis sie eingeschenkt hatte, und trank nach einem kurzen Zuprosten das Glas leer. »Ich war nicht dabei. Ich sah nur, wie Toto davonlief und die Jungs hinter ihm her. Totos Vater folgte ihnen wenig später und fand sie schließlich auf einer Wiese unter einem Baum. Wie mir später berichtet wurde, hatten die drei Jungs von Toto verlangt, sich selbst zu erhängen. Ich weiß nicht, ob sie damit rechneten, dass er es tatsächlich tun würde, oder ob es nur ein Unfall war. Aber am Ende hing der Junge am Strick, und ein Mädchen, mit dem er befreundet war, rettete ihm das Leben, indem es ihn zusammen mit dem Vater herunterschnitt. Dennoch war sein Hals so schwer verletzt, dass er keine Luft mehr bekam. Sein Vater musste vor Ort einen Luftröhrenschnitt machen. Der Junge überlebte und kam für lange Zeit ins Krankenhaus.«

»Wo ist er heute?«, wollte Pasquale wissen.

»Das weiß ich nicht. Die Eltern starben letztes Jahr. Angeblich lebte er seit dem Vorfall in einem Heim.«

»Silvana glaubt, er sei tot«, sagte Luca und schenkte nach.

»Das ist ein Gerücht, ja, aber keiner weiß es genau.«

»Seitdem hat ihn also niemand mehr gesehen?«

»Nein, aber wie gesagt, ich kann mir nicht vorstellen, dass der Junge zu so etwas fähig wäre.«

Sie tranken ihre Gläser leer und saßen eine Zeit lang schweigend um den Tisch. Im Licht der alten Lampe lagen tiefe Schatten auf ihren Gesichtern.

»Wäre er doch nur nicht aufgetreten«, sagte Padre Corso dumpf.

»Was hat er denn aufgeführt?« Luca hob seinen Kopf ein wenig.

»Singen wollte er. Ich habe ihm gesagt, dass dieses Lied für die Leute aus dem Dorf nichts ist. Er hatte eine Sopranstimme, müssen Sie wissen. So etwas hatte man hier noch nicht gehört.«

»Welches Lied?«, fragte Luca und bemerkte, dass ihm aus irgendeinem Grund der Atem versagte.

»Ein Stück aus einer Oper. ›O mio babbino caro‹.«

Lucas Kopf schnellte zu Pasquale herum. Das war es. Das war das fehlende Puzzlestück. So viele Zufälle konnte es nicht geben.

»Was?«, fragte der Padre, als er sah, wie geschockt sie waren.

Diesmal antwortete Pasquale. »Bisher«, sagte er leise, »wurde bei jedem der Morde diese Arie gespielt. Der Mörder hat sie als Endlosschleife von einem kleinen Lautsprecher abspielen lassen.«

Corso schluckte hart. »Ich hatte gehört, dass ein Lied gespielt wurde, aber ich wusste nicht, welches.«

»Dann ist Toto wirklich der Mörder?«, fragte Silvana schaudernd. »Heißt es das?«

»Wir sind verflucht, allesamt«, hauchte Corso heiser und mit leerem Blick. »Verflucht zu sterben.«

30

1984

Toto räumte das Geschirr vom letzten Tisch auf ein Tablett und trug es in die Küche. Es war so schwer, dass seine Arme zu zittern begannen, und er schaffte es gerade noch, das Tablett auf die Ablage zu stellen, bevor ihn die Kraft verließ. Die anderen Jungen verstauten bereits die Tabletts in einem Ständer, wo sie auf den Abwasch warteten. Wenn die Jungen abräumten, waren die Mädchen mit dem Abwasch dran. Ein großes, fülliges Mädchen mit wilden lockigen Haaren und dunklen Ringen unter den Augen öffnete den Unterschrank und holte eine Flasche Spülmittel heraus, um damit die Tabletts abzuwaschen. Toto ging mit seinem leer geräumten Tablett zu ihr und gab es ihr in die Hand.

»Hier«, sagte er.

Das waren die einzigen Worte, die er manchmal mit einem der Mädchen wechselte. Bei allen anderen Gelegenheiten waren sie getrennt. Er vermisste Nunzia. Das morgendliche Zusammensein auf dem Schulweg. Erst jetzt bemerkte er, wie viel ihm das bedeutet hatte.

»Danke«, sagte das Mädchen und legte das Tablett in die Spüle.

Er kannte nicht mal ihren Namen, traute sich aber auch nicht zu fragen.

»Was ist mit dir?«, fragte sie irritiert. Er musste wohl eine ganze Weile neben ihr gestanden haben, denn inzwischen waren alle anderen Jungen aus der Küche verschwunden. »Du musst jetzt gehen.«

Toto lächelte.

»Toto?«, hörte er Schwester Renata rufen.

Alles wurde still, keine Stimmen mehr, kein Klappern von Tellern.

»Ich komme schon«, sagte Toto und eilte ihr entgegen.

Als sie allein im Flur standen, zupfte sie verärgert an den Manschetten ihrer Bluse.

»Du kennst die Regeln für den Umgang zwischen Mädchen und Jungen?«

»Ja, es darf keinen Kontakt geben.«

»Und ist Sprechen ein Kontakt?«, fragte sie barsch und reckte ihre Nase empor.

»Ja, Schwester Renata.«

Sie blickte auf ihre Armbanduhr und schnaubte unzufrieden.

»Melde dich bei Nino. Sag ihm, warum.«

Damit ließ sie ihn stehen, und ihre Schritte verhallten auf dem Flur. Toto ging nach unten in den Keller und klopfte an die Tür zum Inhalationsraum. Er vernahm ein entferntes »Ja« und trat ein.

»Ah, unser Toto, die kleine Singdrossel«, sagte Nino und kam aus einem angrenzenden kleineren Raum grinsend auf ihn zu.

»Was kann ich für dich tun?«

»Schwester Renata sagt, ich soll mich bei Ihnen melden.«

»Oh, weshalb denn, junger Freund?«

»Ich habe mit einem der Mädchen geredet.«

Ninos Augen wurden immer größer und sein Grinsen gleichzeitig breiter. »Unser lieber, braver Toto ist ein kleiner Schwerenöter. Das hätte ich nicht erwartet.«

»Es tut mir leid«, sagte Toto, um seine Strafe dadurch vielleicht abzumildern, doch als es klopfte und Claudio eintrat, wusste er, dass es vergeblich war.

»Claudio, stell dir vor, unser Toto hat mit einem Mädchen Kontakt gehabt. Schwester Renata schickt ihn zu uns.«

»Mit Schwester Renata hätte ich auch gern Kontakt.« Claudio lachte und ließ seine schwere Hand auf Totos Schulter fallen.

»Na schön, dann wollen wir mal«, sagte Nino und ging zurück in den kleinen Raum, um schließlich mit zwei Paar Gummiclogs und Gummihandschuhen wiederzukommen.

»Komm, wir gehen schwimmen«, sagte Claudio und ließ seine Hand während des gesamten Gangs zur Schwimmhalle auf Totos Schulter liegen. Allerdings bogen sie vor dem Schwimmbad nach rechts in die Bäderabteilung ab.

»So, dann wollen wir dich mal richtig sauber machen. Von außen und von innen.« Nino zwinkerte ihm mit diebischer Freude zu. Claudio ließ derweil kaltes Wasser in eine Badewanne laufen. »Zieh dich aus«, befahl Nino.

Claudio ließ nur wenig Wasser ein, vielleicht eine Handbreit. Dann holte er etwas aus einem der Schränke, das Toto verwirrte. Es war eine Autobatterie, an der zwei Drähte befestigt waren. Am Ende dieser Drähte hing ein ganz normaler Schwamm.

»Na, komm, leg dich rein«, wies Nino ihn an. Während Toto in die Wanne stieg, zogen Nino und Claudio sich die Schuhe an und streiften die Handschuhe über. Toto begriff, dass das hier nicht gut enden würde. Er begriff, dass die Bestrafung für das Wechseln von ein paar Worten mit einem Mädchen härter ausfallen würde, als er es sich jemals hätte vorstellen können. Und dennoch war er trotz dieser Erkenntnis völlig ahnungslos, wie schmerzhaft es für ihn werden würde.

Nino tränkte den Schwamm mit Wasser. Zitternd vor Kälte und Angst lag Toto in der Wanne. Über ihm tauchte Claudio auf, der ihn mit seinen dicken Gummihandschuhen fest auf den Boden der Wanne drückte.

»So, jetzt waschen wir dich mal gründlich, mein Lieber. Und wer weiß«, Nino zeigte voller Vorfreude seine Zähne, »vielleicht kannst du danach ja wieder singen wie früher.«

Das laute Lachen von Claudio hallte durch den Raum. Dann nahm Nino den Schwamm, legte einen Schalter an der Batterie um und begann, Toto die Füße zu »waschen«.

Der Schmerz war jenseits von allem, was er je erfahren hatte. Er brachte ihn fast um, zumindest fiel er dabei in Ohnmacht und wurde in diesem Zustand schließlich von Claudio in einem Bett auf sein Zimmer geschoben.

Als er erwachte, glaubte Toto, ein anderer Mensch zu sein, und sah sich nach Narben und Wundmalen an seinem malträtierten Körper um, aber da war nichts zu sehen. Keine Wunde, kein Fleck, nicht mal eine Rötung. Es war nichts geblieben. Von ihm selbst war allerdings auch nicht mehr viel übrig.

Stunden später wurde er von Carlo geweckt.

»Toto, was ist mir dir? Bist du krank?«

Toto schüttelte den Kopf.

»Wir haben eine Stunde frei. Wollen wir rausgehen?«

Toto schüttelte abermals den Kopf.

»Gehen wir in die Bibliothek?«

Toto dachte, dass ihn ein Buch vielleicht trösten konnte. Etwas Schönes wollte er lesen, eine Geschichte, in der gute Menschen vorkamen. Er schälte sich aus dem Bett und schlurfte mit seinem Freund in die Bibliothek. Sie glich einem Klassenraum mit weniger Bänken und dafür mehr Schränken und Regalen, in denen man Bücher, Brettspiele und Zeichenpapier und Stifte finden konnte. Zumeist traf man hier nur die besonders Kranken an, die sich in dieser einen Stunde am Tag, die man für sich hatte, nicht einmal mehr groß bewegen konnten. Toto fühlte sich wie einer von ihnen. Auch er war irgendwie bewegungsunfähig, alles an ihm fühlte sich tot an.

Unschlüssig stand er vor dem Regal. Die Bücher schienen eher etwas für jüngere Kinder zu sein, es war nichts dabei, das ihn interessierte. Einige Bücher kannte er auch schon. Sein Blick fiel auf einen grauen, unscheinbaren Kasten, der hinter den Zeichenblöcken fast nicht zu sehen war. Toto klopfte dagegen, und er klang hohl und wie aus Plastik. Als er ihn aus dem Regal nahm, war er überrascht vom Gewicht des Gegenstands und hätte ihn beinah fallen lassen. Nachdem er den Kasten auf den Tisch bugsiert hatte, stellte er fest, dass es vorn so etwas wie einen Druckknopf gab, den er aufspringen ließ und dann einen Deckel anheben konnte. Der Anblick der Schreibmaschine verschlug ihm fast den Atem, so schön war sie. Die schwarz schimmernden Tasten mit den goldenen Lettern darauf, die treppenartige Anordnung. Fasziniert ließ er seine Finger darübergleiten. Dann suchte er im Schrank nach Papier, das er in die Rolle einlegen konnte, und nach einigen Versuchen hatte er begriffen, wie die Maschine funktionierte. Vorsichtig drückte er die »A«-Taste, und ein kleiner silberner Hammer löste sich aus der halbkreisförmigen Reihe und näherte sich dem Farbstreifen vor dem blanken Papier. Er ließ los, der Hammer schnellte zurück. Toto wischte sich seine vor Aufregung schweißnassen Hände an der Hose ab und überlegte, was er schreiben sollte. Unschlüssig biss er sich auf die Unterlippe.

Schließlich hob er beide Hände, streckte die Zeigefinger aus und begann zu tippen. Die Hämmer flogen auf das Farbband und hinterließen ihre tintenfrischen Abdrücke auf dem Papier.

Kapitel 1
Von der Straße aus gesehen, die den See an der Westseite einfasste wie ein Rahmen ein Bild, existierte das Dorf nicht.

Er stoppte, ließ die Hände sinken und las, was er geschrieben hatte. Nein, von hier unten betrachtet war Veluzzo nicht existent. Es war einfach nicht da. Nur in seinem Inneren war es allgegenwärtig und ließ ihn nicht zur Ruhe kommen.

Er schrieb weiter. Den nächsten Satz und den übernächsten und schließlich eine ganze Seite. Er schrieb, bis die Stunde vorüber war, und versteckte das Blatt hinter einem der Schränke.

31

Luca konnte sich am nächsten Morgen kaum bewegen. Sein Kopf pulsierte vor Schmerz, als er aufgestanden war und sein Kreislauf langsam in Schwung kam. Sein Rücken war tiefblau und violett, und die Stellen, an denen die Knüppel ihn getroffen hatten, waren immer noch geschwollen. Jeder Schritt tat weh. Entsprechend verhalten und geduckt kam er an den Frühstückstisch. Alles war gedeckt. Gino schien noch im Bett zu sein. Silvana war im Stall. Hin und wieder konnte er sie an der geöffneten Stalltür vorbeihuschen sehen. Luca setzte sich und aß etwas, bis die Tür aufging und Silvana in die Küche kam. Sie legte entsetzt eine Hand auf den Mund.

»Du siehst schrecklich aus.«

»Vielen Dank auch.« Er lächelte, und selbst das tat weh.

Sie kam zu ihm und prüfte mit einem Finger, ob die von ihr aufgeklebten Klammern für die Platzwunde noch hielten. Sie drückte die Enden vorsichtig fest, was Luca kurz aufstöhnen ließ. Dann ließ sie ihre Hand zu seiner Wange hinabgleiten und dort einen Moment verweilen. Luca lehnte sich in ihre Berührung, woraufhin sie mit schuldig wirkender Miene ihre Hand fortzog und zum Herd ging.

»Möchtest du Kaffee?«

»Gern, ja.«

»Was habt ihr jetzt vor?«, fragte sie und goss ihm eine Tasse ein.

»Hat Nunzia noch Angehörige hier im Dorf?«

»Ihre ältere Schwester wohnt noch hier.«

»Dann werde ich sie gleich besuchen. Wir müssen dringend mit Nunzia sprechen.«

***

»Oh, ja, Arlecchino«, erinnerte sich Nunzias Schwester Michaela. Luca hatte sie und ihren Mann Carlo in der Garage angetroffen, wo er unter dem Toyota Pickup gelegen und etwas am Motor repariert hatte. Seine Frau hievte Holzkisten voll mit Pfirsichen auf die Ladefläche. »Er war ein wenig behindert, aber meine Schwester mochte ihn. Ging jeden Tag von unten an der Straße mit ihm zur Schule. Sie hat ihn damals gerettet. Hätte ich ihr nicht zugetraut.«

»Sie haben ihn nicht zufällig noch mal wiedergesehen, oder? In letzter Zeit vielleicht?«, fragte Luca.

»Wen, Arlecchino? Nein, ich dachte, der sei längst tot.«

»Ja, das ist ein Gerücht, das ich auch gehört habe.«

»Und warum suchen Sie ihn?«, wollte Carlo wissen, der sich seine Hände mit einem dreckigen Lappen abwischte.

»Er könnte eventuell mit den Morden im Zusammenhang stehen.«

»Arlecchino?«, fragten beide wie aus einem Mund.

»Niemals«, meinte Carlo amüsiert. »Der Junge war so was von harmlos. Eher würde ich's dem Vater zutrauen. Wie der damals auf dem Marktplatz gestanden hat, so voller Zorn, ich hab gedacht, er will uns alle erschlagen. Aber der ist ja inzwischen auch schon gestorben.«

»Ja«, sagte Luca leise und dachte an das Grundstück, das unterhalb des Dorfes von Baggern planiert wurde. »Könnten Sie mir bitte die Adresse Ihrer Schwester geben? Ich möchte so schnell wie möglich mit ihr sprechen«, bat er Michaela.

Sie notierte Adresse und Telefonnummer auf einem Zettel, und Luca bedankte sich bei den beiden. Wieder im Wagen, entschloss er sich, kurz bei Totos altem Grundstück vorbeizuschauen. Der Bauzaun war geöffnet, und einer der kleinen Bagger schaufelte die zerschlagenen Reste des Hauses zusammen. Luca parkte und stieg aus.

»He, das ist eine Baustelle, Sie dürfen hier nicht rumlaufen!«, schrie ihn der Baggerführer mit einer Zigarette im Mundwinkel an.

»Schon gut, ich bin von der Polizei«, sagte Luca und hob seinen Ausweis in die Höhe. Der Bauarbeiter stoppte die Maschine und lehnte sich aus der Tür heraus.

»Polizei?«, fragte er und las. »Berater? Was zum Henker wollen Sie? Ich hab nichts Falsches gemacht. Mach hier nur meine Arbeit.«

»Nein, nein, Sie haben damit gar nichts zu tun. Es geht um das Grundstück. Haben Sie hier irgendwas gefunden?«

»Gefunden? Was soll denn hier zu finden sein?«

»Irgendwas Auffälliges vielleicht oder persönliche Sachen der Vorbesitzer?«

»Oder eine Leiche, was?«, mokierte sich der Baggerführer und zog mit schiefem Mund an seiner Zigarette. »Nee, alles normal. Bis auf das ganze Zeug, das noch im Haus war.«

»Die Möbel etwa? Wieso sind die dringeblieben?«

»Keine Ahnung. Wollte wohl keiner haben. Wir haben das Ding abgerissen, wie es war. Schränke und Küche inklusive.«

Luca blickte zu dem Haufen Holzschutt.

»Können Sie bitte vorsichtig weitermachen? Wenn ich was entdecke, was ich brauchen könnte, schreie ich, okay?«

Der Baggerführer verzog das Gesicht, so als halte er das für mehr als albern, aber er widersprach nicht. Luca blieb also neben ihm stehen und sah zu, wie er die Holzbalken entfernte. Bald konnte er das Seitenteil einer Bank erkennen und Schubladenfronten.

»Stopp!«, rief er und hob die Hand. Er kletterte auf den Schutt und versuchte, einzelne Holzlatten und Balken aus dem Weg zu räumen.

»Tun Sie sich bloß nicht weh. Da sind überall noch Nägel drin und so. Mein Chef dreht durch, wenn Sie sich hier 'n Bein brechen. Sie sehen eh schon ein bisschen mitgenommen aus.«

Luca sah kurz zu ihm hinüber. Der Baggerfahrer grinste hinter seiner schmutzigen Scheibe und pustete Rauch in den Innenraum.

Luca zog an den Knäufen der Schubladen und fand alte Handtücher und Laken.

»Irgendwo hinter Ihnen steht noch 'n gusseiserner Herd«, rief der Baggerführer. Offenbar hatte er inzwischen Gefallen an Lucas Bemühungen gefunden. Luca suchte weiter nach irgendwelchen Hinweisen, die ihm helfen konnten. Was er stattdessen fand, war ein völlig zerstörtes Grammophon.

»Schade drum«, sagte er zu sich selbst und wühlte weiter, bis ihm eine metallene Box auffiel, die allerdings so weit entfernt unter einem Dachbalken lag, dass er sie nicht erreichen konnte. »He, können Sie mir hier mal helfen?«, rief er und winkte den Mann zu sich. Der fuhr mit seinem Gefährt um den Haufen herum und zog den Balken mit der Schaufel weg. Luca hob den Daumen, kniete sich hin und griff nach der Kiste. Sie war eingedellt und verrostet, aber sie ließ sich öffnen.

»Und, ist Gold drin?«, scherzte der Bauarbeiter.

»So was Ähnliches«, sagte Luca tonlos und nahm den ersten von ungefähr einem Dutzend Briefen heraus.

Liebe Mama, lieber Papa,
es ist eine Weile her, seit ich euch geschrieben habe. Nicht mehr lang, und es ist Weihnachten.

Luca begriff, was er hier in den Händen hielt. Er rief sofort bei Pasquale an, um ihn zu informieren.

»Ich stehe gerade auf den Überresten von Totos Haus«, sagte er. »Rate mal, was ich in den Händen halte.«

»Luca, bitte«, sagte Pasquale ungeduldig.

»Ich habe hier einen Stapel Briefe von ihm an seine Eltern. Der letzte ist datiert vom 12. Dezember 2015.«

»Das gibt's doch nicht. Komm gleich her.«

»Ich habe auch die Adresse von Nunzia. Sie wohnt in Imola. Wollen wir zusammen hinfahren?«

»Sicher. Ich hole dich ab. Dein Auto in allen Ehren, aber ich fahre.«

Damit legte er auf.

✳✳✳

Pasquale fuhr langsamer als gewöhnlich über die Gardesana nach Süden, während Luca ihm die Briefe von Toto vorlas. Es waren nicht mehr als kurze Meldungen, dass es ihm gutging, und mitunter machte er vage Andeutungen darüber, wo er sich befand. Er bat seine Mutter stets, die Briefe zu vernichten, so als habe er schon immer gewusst, dass er eines Tages zurückkommen und seine Drohung in die Tat umsetzen würde. Dann wären diese Briefe gefährlich für ihn gewesen. Doch seine Mutter hatte es wohl nicht übers Herz gebracht, das, was ihr von ihrem Sohn noch geblieben war, wegzuwerfen.

»Und das hier ist das wohl älteste Schriftstück«, sagte Luca und hob einen Zettel aus der Box. »Es ist auch kein richtiger Brief, zumindest gibt es keinen Umschlag.« Er faltete das vergilbte Blatt auseinander und las vor:

Liebe Mama, lieber Papa,
es tut mir so leid, dass ich euch jetzt enttäuschen muss. Aber ich habe entschieden, dass ich nicht wieder in unser Dorf zurückkehren kann. Ich werde einen anderen Ort suchen, an dem ich leben kann, ohne dass ich als das angesehen werde, als was ich in Veluzzo immer angesehen wurde. Ich bin jetzt frei und werde etwas aus mir machen, das verspreche ich euch. Ich verspreche euch auch, dass ich mich immer melden werde. Ihr habt mir ein gutes Zuhause gegeben, ihr wart gute Eltern und seid es noch. Darum werdet ihr mich auch verstehen. Ich kann unmöglich wieder in Veluzzo leben.
Habt keine Angst. Ich passe auf mich auf. Im Dorf könnt ihr allen sagen, dass ich im Heim geblieben bin. Oder dass ich tot bin. Aber nur für die. Für euch lebe ich weiter. Und verbleibe auf ewig

euer euch liebender Sohn, Toto

Sie konnten zunächst beide nichts darauf sagen. Sie blickten nur hinaus auf die Straße, die unter ihnen hinwegglitt.

»Das ist starker Tobak«, meinte Pasquale schließlich. »Wie alt war er, als er entlassen wurde?«

»Mit dreizehn oder vierzehn kam er in das Heim. Je nachdem, wie lange er dort war …«, antwortete Luca.

»Ein Kind noch, und ganz allein auf sich gestellt. Kein Geld, keine Papiere, nichts. Es ist ein Wunder, dass der Junge es geschafft hat zu überleben.«

»Seine Eltern wollten ihn wohl abholen, sind aber allein ins Dorf zurückgekehrt. Das muss sie hart getroffen haben.«

»Aber was macht ein Junge, der vollkommen auf sich gestellt ist? Der Brief klingt nicht nach einer überhasteten Entscheidung. Er klingt wohldurchdacht. Vor allem klingt er nicht wie der Brief eines geistig Behinderten.«

»Nein, eher im Gegenteil. Er klingt darin reifer als die meisten anderen Kinder in seinem Alter«, stimmte Luca zu.

Sie benötigten drei Stunden bis Imola und erreichten den Stadtteil mit größtenteils kleinen Einfamilienhäusern im beginnenden Regen. Die Wolken waren von Westen her aufgezogen und schoben sich träge bei kaum auffrischendem Wind über den Himmel. Unter der Adresse in der Via Mazzanti fanden sie ein rotes, allein stehendes Zweifamilienhaus vor. Der Zaun war vor der Einfahrt mit einem Tor verschlossen. Im kleinen Vorgarten saß ein Kind in einer Sandkiste und spielte, während neben ihm ein riesiger weißer Hund auf einem Plastikspielzeug herumkaute. Er lag gemütlich da, sah aber aus wie ein Kampfhund, und Pasquale prallte augenblicklich zurück, als er ihn sah.

»Ach du Scheiße! Was ist das für ein Monster?«

Das Kind spielte seelenruhig weiter. Der Hund dagegen hatte sie bemerkt und hob neugierig den Kopf.

»Ja, der ist ein bisschen größer«, gab Luca zu.

»Ein bisschen größer? Herrgott, der sieht aus wie ein weißer Hai auf vier Pfoten. Lass uns wieder ins Auto gehen, wir rufen sie an.«

»Vielleicht ist er harmlos. Er ist ja nicht mal angeleint«, sagte Luca, der froh war, dass er Belmondo nach kurzer Überlegung auf dem Hof gelassen hatte. Er wollte nicht wissen, wie die beiden Hunde aufeinander reagiert hätten. Ohne sich groß zu bewegen, legte er eine Hand auf den Zaun. Sofort stand der Hund auf allen vieren und starrte mit seinen kleinen, schwarzen Augen in ihre Richtung.

»Komm schon«, zischte Pasquale und wollte Luca wegziehen.

»Entschuldigung? Kann ich Ihnen helfen?«, fragte in diesem Moment jemand hinter ihnen. Eine Frau mit Einkaufstüten in beiden Händen stand vor ihnen und beäugte sie misstrauisch.

»Wir wollten zu Signora Nunzia Scalpetti«, sagte Pasquale.
»Aber da ist so ein Hund, der ...«

»Django!«, rief sie bestimmt, aber nicht zu streng. Der Hund kam schwanzwedelnd und mit angelegten Ohren zum Zaun gelaufen. »Ich bin Nunzia Scalpetti. Wer sind Sie?«, fragte sie und blickte prüfend bis zu ihren Schuhen an Pasquale und Luca hinunter.

»Wir sind von der Polizei. Erschrecken Sie bitte nicht, es ist alles in Ordnung«, ergänzte Pasquale rasch, als er ihren besorgten Ausdruck bemerkte. »Wir haben nur ein paar Fragen an Sie, was Ihren Geburtsort betrifft.«

»Veluzzo?«, fragte sie entgeistert, wenngleich Luca glaubte, eine Art unterschwelliges Wissen, worum es gehen könnte, wahrzunehmen.

»Ja, könnten wir das im Haus besprechen?«, bat Pasquale.

»Sicher.« Sie öffnete die Tür und streichelte ihren Hund.

»Django.« Pasquale lächelte ängstlich. »Toller Name für diesen ... diesen ... Hund.«

Seine Angst amüsierte sie. Sie führte sie den Weg hinauf und begrüßte das Kind im Sandkasten mit einem dicken Kuss und einer Umarmung. Der Kleine fiel ihr um den Hals und freute sich, dass sie wieder zu Hause war.

»Kommen Sie bitte«, sagte sie mit einer einladenden Geste, und sie betraten den Flur durch die offen stehende Haustür. Drinnen rief sie »Ciao, ich bin zurück!« die Treppe hinauf, und von oben hörte man zwei »Ciaos« zurückhallen. »Ich habe Besuch, wir sind im Wohnzimmer!«, setzte sie nach und stellte ihre Einkäufe in der Küche ab.

Als sie im Wohnzimmer Platz genommen hatten und Luca sich aufmerksam umschaute, ergriff sie als Erste das Wort. »Meine Schwester hat mir erzählt, was gerade in Veluzzo vorgeht.«

»Ja, es sind mehrere Morde begangen worden, und alle haben Angst, dass weitere geschehen«, meinte Pasquale. »Die Situation ist unerträglich. Nun sind wir auf eine Spur gestoßen, bei der Sie uns vielleicht weiterhelfen können.«

»Aber, was kann ich denn ...?«

»Können Sie sich an einen Jungen namens Toto erinnern?«

»Ja, natürlich«, sagte sie, und ein Lächeln legte sich auf ihr Gesicht.

Pasquale sah Luca an, der bis dahin die Familienfotos an der Wand betrachtet hatte.

»Tja, wissen Sie«, begann Luca, »wir sind da auf etwas gestoßen, das vermuten lässt, dass Toto als Verdächtiger in diesem Fall in Frage kommt.«

»Toto? Als Verdächtiger? Vollkommen unmöglich«, sagte sie entschieden.

»Wir haben bereits mehrere Personen über ihn befragt, und alle sagten, dass sie Toto niemals als Täter in Betracht ziehen würden«, erklärte Luca. Sie schien wenig überrascht darüber.

»Dennoch gibt es dafür eindeutige Hinweise, Signora.«

»Nein, tut mir leid«, sagte sie und schüttelte den Kopf. »Das kann ich nicht glauben. Er war der gutmütigste Mensch, den ich kannte. Wissen Sie, er ist nicht sehr gut behandelt worden bei uns. Niemand nahm ihn ernst, alle machten sich lustig über ihn oder malträtierten ihn.«

»Ist das nicht ein Grund, Rache zu üben?«, fragte Pasquale.

»In Ihren Augen vielleicht. Toto nahm das alles hin, und eine Minute später lächelte er wieder. Er war ein Phänomen.«

»Viele meinen, dass er einfältig oder gar geistig behindert war«, sagte Luca.

»Ich denke das nicht. Er war merkwürdig, ja. Aber er war intelligent, mit Sicherheit. Ich bin jeden Tag mit ihm den Schulweg gegangen. Natürlich war er manchmal abwesend. In seinem Kopf spielten sich Dinge ab, die niemand verstand. Er konnte mit der Musik sehr viel anfangen. Sie war alles für ihn. Und er konnte singen. Nur nicht so, wie man es von einem Jungen erwartete.«

»Ein männlicher Sopran.«

»Ja, das war es wohl.« Sie blickte auf ihre Finger, mit denen sie nervös an den Nägeln zupfte.

»Nun, die Musik, die Sie gerade erwähnten, ist eins der Indizien, die für ihn als Täter sprechen.«

»So?«

»Kennen Sie die Arie ›O mio babbino caro‹?«, fragte Luca.

»Das war sein Lieblingslied.« Sie blinzelte aufgewühlt. »Er hat es zur Dreihundertjahrfeier singen wollen. Das war die Nacht, in der ...«

»... er sich erhängte«, brachte Pasquale den Satz für sie zu Ende. Ihr Kopf fuhr aufgeregt zu ihm herum.

»Nicht *er* erhängte sich. *Sie* erhängten ihn! Sie warfen den Strick über den Ast und rieten ihm, sich zu erhängen, dann stellten sie ihn auf einen Holzblock und legten die Schlinge um seinen Hals. Sie feuerten ihn an, es endlich zu tun. Und dann passierte es.«

»Wer sind ›sie‹?«, wollte Pasquale wissen.

»Matteo, Tito und Alfredo. Sie waren es immer, die ihn drangsalierten und schlugen und die ihn fast umgebracht hätten.«

»Wenn Sie nicht gewesen wären«, meinte Luca ruhig, und das schien auch ihre Emotionen wieder etwas zu drosseln.

»Aber was hat es genützt?«, flüsterte sie leise.

»Nun, er hat überlebt.«

»Er war schwer verletzt. Sein Vater musste seinen Hals aufschneiden. Er kam ins Krankenhaus und anschließend ins Heim, wo man ihn zwei Jahre lang wegsperrte. Er wurde als behindert eingestuft und im Namen der Medizin unter Drogen gesetzt. Seine eigenen Eltern haben ihn nicht wiedererkannt.« Heiße Tränen der Wut standen in ihren Augen, und sie wischte sich die laufende Nase.

»Wann haben Sie das letzte Mal etwas von ihm gehört?«, fragte Pasquale.

Sie senkte traurig den Kopf und schnäuzte in ein Taschentuch.

»Seit damals nie wieder.«

Ihr Blick wurde starr, sie schien an einer Erinnerung hängen geblieben zu sein.

»Wenn ich Ihnen nun sage, dass der Mörder bei jeder seiner Taten das Lied ›O mio babbino caro‹ abgespielt hat, auf einem eigens dafür mitgebrachten Lautsprecher?«, sagte Luca und holte sie damit in die Realität zurück.

Mit großen, ungläubigen Augen sah sie ihn an.

»Zunächst dachten wir, dass dieses Lied dazu gedacht war,

die Geräusche zu übertönen. Warum es ausgerechnet dieses Lied war, erfuhren wir erst vor Kurzem. Und es warf sofort ein anderes Licht auf den Fall.«

Sie entgegnete nichts, sank einfach nur in sich zusammen und wandte sich nachdenklich ab.

»Eines der Opfer hat den Überfall überlebt«, berichtete Luca weiter. »Der Mann gab an, dass der Täter ihm kurz vor der Tat etwas zuflüsterte.«

Nunzia musste sich zwingen, Luca wieder anzusehen.

»Er sagte: ›Eccomi‹, bevor er ihm die Kehle durchschnitt.«

Sie schien zu überlegen, was das mit Toto zu tun haben könnte.

»Toto wurde doch von allen nur Arlecchino genannt«, erinnerte Luca sie.

Nunzia schwieg weiterhin. Sie versuchte wohl, das alles in ihrem Kopf zu einem stimmigen Bild zu ordnen. Von draußen hörte man das Lachen ihres Sohnes und das Bellen des Hundes.

»Wir fanden außerdem Briefe von Toto an seine Eltern. Er konnte gut formulieren und könnte tatsächlich der Autor des Buches sein, das die Ausrottung des gesamten Dorfes beschreibt: ›Das Dorf der Verdammten‹. Sie kennen es, jeder Dorfbewohner erhielt damals eine Ausgabe.«

Jetzt rollten Tränen über ihre Wangen und ihre Oberlippe, die sie mit der Zunge auffing.

Luca und Pasquale tauschten einen Blick. Wusste sie etwas? Verheimlichte sie etwas? Da stand sie mit einem Mal auf und ging zu dem Wandschrank, in dem ein Fernseher, Bücher, DVDs und Schallplatten standen. Mit zitternden Fingern blätterte sie durch den Schallplattenstapel und zog schließlich ein dunkles Cover hervor. Schluchzend reichte sie es Luca. Es war eine Platte von Victoria de Los Angeles. Die Arie, die Toto gesungen hatte.

»Schauen Sie hinein«, sagte Nunzia mit erstickter Stimme.

Luca öffnete die Hülle und fand darin neben der Schellackplatte einen gefalteten Brief. Er nahm ihn an sich und las vor:

Liebe Nunzia, ich habe mich entschieden, nie wieder nach Hause zu kommen. Es tut mir leid für meine Eltern, aber ich kann un-

möglich wieder in diesem Dorf leben. Du wirst das besser ver-
stehen als jeder andere. Du warst die einzige Freundin, die ich je
hatte, und ich weiß, dass ich dir mein Leben verdanke. Ich muss
es aber an einem anderen Ort weiterführen. Du sollst wissen, wie
gern ich dich habe und wie weh es mir tut, dich zurückzulassen.
Nimm die Schallplatte als Geschenk von mir. Sie bedeutete die
Welt für mich und soll dich an mich erinnern. Ich wünsche dir
alles Glück dieser Welt,

dein Freund Toto

Luca blickte auf. Nunzia wischte sich mit dem Ärmelsaum ihrer
Strickjacke die Augen.

»Das lag eines Morgens vor meiner Tür«, sagte sie leise. »Ich
hab nie wieder was von ihm gehört.«

»Keine weiteren Briefe mehr?«, fragte Pasquale.

Sie schüttelte den Kopf.

»Sie wissen nicht, wo er sich heute aufhält?«

»Nein«, sagte sie verzweifelt. »Nein.«

»Haben Sie damals geahnt, dass er das Buch geschrieben haben könnte?«, fragte Luca.

Jetzt nickte sie vorsichtig. »Er war mit der Sprache immer viel
weiter als wir anderen. Er las viel. Ich schätze, er war der Einzige
im Dorf, der die Bücher aus der Bibliothek in die Hand nahm.
Ich dachte insgeheim, dass er es gewesen sein könnte. Aber dass
es wirklich passiert, hätte ich im Traum nicht …« Ihre Stimme
erstickte, und sie musste sich sammeln.

»Mama, Django hat meine Schaufel zerbissen«, sagte auf einmal eine Jungenstimme, und alle erschraken, weil keiner Nunzias
Sohn hatte reinkommen hören. Er stand enttäuscht im Türrahmen und kratzte sich den Bauch, während Django neben ihm
saß und schuldbewusst den Kopf gesenkt hielt.

»Ach, Schatz, das macht nichts, wir kaufen eine neue, ja?«

»Ist gut, aber eine rote.«

»Machen wir.«

»Ich geh nach oben«, rief er und zischte ab. Seine Schritte
donnerten die Treppe hinauf. Der Hund blieb sitzen und schaute

Nunzia an. Dann tapste er auf sie zu und legte seinen riesigen Kopf auf ihr Bein.

»Schon gut, Django, alles in Ordnung«, beruhigte sie ihn und kraulte ihn hinter dem Ohr. Er setzte sich neben sie und blickte aufmerksam von Pasquale zu Luca.

»Er beschützt Sie«, sagte Luca.

Nunzia strich dem Tier über die Augen.

»Beschützen Sie jemanden?«, fragte Pasquale.

»Sie meinen, ob ich Toto schütze?«, entgegnete sie. »Ich habe ihn seit dreißig Jahren nicht mehr gesehen. Die Platte ist alles, was ich von ihm habe. Ich wusste nicht mal, dass er seinen Eltern noch geschrieben hat.«

»Wie lange leben Sie jetzt hier?«, wollte Pasquale wissen.

»Achtzehn Jahre hier in Imola.«

»Würden Sie ihn wiedererkennen, wenn Sie ihn heute sähen?«, schaltete sich Luca wieder ein.

»Toto? Gott, ja, wahrscheinlich, aber ich kann es nicht versprechen.«

»Ich habe eine große Bitte an Sie.« Luca streichelte Django, der das willig geschehen ließ, über den Rücken. »Würden Sie mit nach Veluzzo kommen und uns helfen, ihn zu identifizieren?«

»Luca, wir wissen nicht einmal, ob er es ist, geschweige denn, wo er sich aufhält«, wandte Pasquale ein. »Er kann unter falschem Namen und mit völlig anderem Aussehen unterwegs sein.«

»Aber er wird wieder nach Veluzzo kommen. Wenn Nunzia dort ist und ihn erkennt … Sie ist diejenige, die er verschonen will. Ihr wird nichts passieren.«

»Aber ich lebe jetzt hier«, wehrte Nunzia ab. »Ich habe Kinder, eine Familie. Ich kann nicht einfach hier weg und wieder nach Veluzzo gehen.«

»Wo ist der Vater der Kinder?«, fragte Luca sie ganz direkt.

»Mein Mann ist bei der Arbeit. Wir haben drei Kinder. Der Kleine ist erst fünf, und der Hund ist auch noch da.«

»Könnten Ihre Schwiegereltern aufpassen?«

Nunzia schnaubte und verzog verständnislos das Gesicht. »Wie stellen Sie sich das vor?«

»Nunzia«, sagte Luca eindringlich und neigte sich ihr näher zu, »Sie sind die Einzige, die ihm etwas bedeutet. Er wird Ihnen nichts tun und vielleicht ... vielleicht können Sie ihn von seinem Vorhaben abbringen.«

»Ich? Wie denn?«

»Einfach indem Sie da sind. Es würde alles verändern, denke ich. Er hat begonnen, seinen Plan in die Tat umzusetzen, seine Eltern sind tot, es gibt keinen, der ihn noch zurückhalten könnte. Bis auf Sie.« Luca lehnte sich wieder zurück, ließ seine Augen aber nicht von ihr, und sie hing mit ihrem Blick gebannt an seinen. »Er wird erneut ins Dorf kommen. Ihre Anwesenheit wird für Irritation sorgen.«

»Luca ...«, hob Pasquale an.

»Pasquale, was spricht dagegen? Sie würde die Polizeiarbeit doch in keiner Weise behindern. Könnten Sie bei Ihrer Schwester wohnen?«

»Ja ... ja, wahrscheinlich ... ja«, stammelte sie überfahren.

»Ich bitte Sie inständig. Keiner weiß, wer das nächste Opfer sein wird. Auch Michaela und ihr Mann sind gefährdet. Helfen Sie den Menschen von Veluzzo.«

32

1984

Toto stand mit den anderen Kindern in einer Schlange auf einem Gang im Untergeschoss. Eine der Türen war geöffnet, und davor war ein Tisch platziert, hinter dem Schwester Renata und Schwester Pia die Medikamente verteilten. Von einem fahrbaren Metallwagen konnte man sich ein Glas nehmen, um es an einem der Wasserhähne zu befüllen und im Beisein von Nino die Tabletten damit runterzuspülen. Hinter der Tür, in dem Raum, wo die Medikamente gelagert waren, fuhrwerkte Dr. Rizzeti herum, den man eigentlich nie zu Gesicht bekam, es sei denn, man war wirklich krank.

»Toto«, sagte Schwester Renata scharf und riss Toto aus seinen Gedanken. Er stand mit hängenden Armen direkt vor dem Tisch, ohne zu wissen, wie er hierhin gekommen war. Schwester Pia lächelte ihn an und reichte ihm einen Plastikbecher mit drei Kapseln, zwei weißen und einer roten.

»Nehmen, jetzt«, befahl Schwester Renata und deutete mit ausgestrecktem Zeigefinger unmissverständlich zu Nino, der grinsend den Wasserhahn bewachte und sich mit einer Hand lässig gegen die Wand stützte. Toto schlurfte zu ihm.

»Na, Totochen? Bunte Bonbons für deinen kleinen Schwamm im Kopf?« Er grinste noch breiter.

Toto zuckte bei dem Wort »Schwamm« kurz zusammen und öffnete dann schnell den Hahn. Seine Hände zitterten, als er das Wasser einließ.

»Und jetzt schön brav schlucken, Toto, sonst gehen wir wieder baden, wir zwei.« Ninos Augen funkelten vor Vergnügen.

Toto schluckte die Pillen hinunter und trank das Glas leer.

»Braver Toto, fein«, lobte Nino ihn wie einen Hund und sah ihm hinterher, als er wegging.

Toto war unglaublich froh, aus dem Keller zu entkommen. Er musste kurz raus und frische Luft schnappen. Es war ein kühler Tag im Herbst, und ein stärkerer Wind blies über den See. Er schloss die Augen und sog die Luft durch die Nase ein. Als er sie wieder öffnete, sah er etwas Dunkles neben einem der rundgeschnittenen Büsche im Kies liegen. Toto ging näher und erkannte, dass es eine Ratte war. Sie lag auf der Seite und atmete noch, doch ihre Augen waren ganz matt. Dann hörte auch das Atmen auf.

»Sie ist tot, ein Glück«, sagte der Direktor hinter ihm. Er trug seine Aktentasche in der Hand und war wohl auf dem Weg nach Hause. »Diese Biester sind schwer zu kriegen. Sag Franco Bescheid, er soll sie wegräumen.«

Franco war der Hausmeister. Toto sah dem Direktor hinterher und lief dann zur Rückseite des Hauses, wo Franco einen eigenen Eingang zu seinem Pausenraum und dem Geräteschuppen hatte.

»Hallo?«, fragte Toto schüchtern an der Tür. Er konnte Franco nicht sehen.

»Was ist denn, Junge?«, fragte eine kratzige Stimme zurück.

»Vorn liegt eine tote Ratte auf dem Weg. Ich soll Ihnen Bescheid sagen.«

Franco ächzte unzufrieden und kam aus irgendeiner dunklen Ecke auf Toto zu, der sogleich einen Schritt zurück machte. Obwohl man vor Franco keine Angst haben musste. Er war zwar immer schlecht gelaunt, wie es schien, aber im Grunde ein ganz netter Kerl.

»Na, dann beseitigen wir mal den kleinen Scheißer«, sagte er und zog sich Handschuhe über. »Hilfst du mir?«

»Ja, kann ich machen«, sagte Toto, und Franco drückte ihm eine Plastiktüte gegen die Brust.

Franco packte die Ratte am Schwanz und drehte und wendete sie, um sie von allen Seiten zu betrachten.

»Verflucht groß werden die Biester. Verflucht clever sind sie auch, aber nicht so clever wie der alte Franco.« Er lachte und warf den Kadaver in die Tüte, die Toto aufhielt.

»Na, gib her. Danke, Toto.«

Er nahm die Tüte mit zu den Mülleimern auf der Rückseite und ließ Toto vorne stehen. Neugierig suchte Toto in den Büschen nach dem Giftköder und fand schließlich rosafarbenes

Granulat. Er sah sich kurz zu dem hoch aufragenden Gebäude hinter ihm um und überlegte.

***

Am Besuchstag fiel der Unterricht aus, und man putzte und schrubbte stattdessen das gesamte Haus von oben bis unten. Die Eltern kamen um fünfzehn Uhr und durften bis neunzehn Uhr bleiben. Toto arbeitete heute in der Küche und polierte die Spülbecken und Wasserhähne, bis sie glänzten, als wären sie neu.

Es wurde lediglich Kaffee gekocht und in große Thermoskannen gegossen, die man zusammen mit dem Kaffeegeschirr in den Speisesaal stellte, wo sich die Besucher selbst bedienen konnten. Carlo war zum Kaffeekochen eingeteilt worden, er goss Kanne um Kanne in den großen Behälter.

»Hey, ihr Jungs«, rief plötzlich Claudio in die Küche hinein. »Macht uns mal zwei gute Kaffee und bringt sie uns in den Speisesaal. Mit Milch und Zucker«, sagte er und lächelte schadenfroh. »Und wehe, der ist nicht heiß.«

Dann verschwand er. Carlo wartete mit zwei Tassen darauf, dass die Kaffeemaschine fertig war und er den Kaffee direkt eingießen konnte. Er stellte Tassen, Milch und Zucker auf ein kleines Tablett und wollte es gerade zu den beiden Männern bringen, da hielt Toto ihn auf.

»Lass, ich mach das schon.«

Carlo sah ihn zweifelnd an. Der Kaffee war heute seine Aufgabe, aber wahrscheinlich war es egal, wer ihn brachte, Hauptsache, es ging schnell.

»Ich bin fertig hier, mach du nur weiter«, sagte Toto und nahm das Tablett entgegen. Carlo ließ es geschehen, und Toto ging hinaus auf den Flur.

Es waren noch keine Eltern da. Nur die Stimmen von Nino und Claudio drangen aus dem Speisesaal zu ihm. Toto griff in seine Tasche und holte eine kleine Bonbontüte hervor, während er das Tablett auf einer Hand balancierte. Er drückte die kleine Tüte so, dass das bereits aufgerissene Stück sich zu einem Mund öffnete, und hielt es dann über eine der Tassen. Rosa Granulat rieselte in den Kaffee und löste sich kleine Bläschen bildend auf. Er tat das Gleiche mit der zweiten Tasse und musste durchatmen, bevor er in den Saal gehen konnte. Nino und Claudio saßen, die Füße großspurig auf die Stühle gelegt, an einem Tisch am Fenster und rauchten. Nino sagte etwas, und Claudio lachte so heftig, dass er ein Geräusch wie eine Trompete machte und der Rauch aus seinem Mund schoss. Sie hörten ihn nicht, bis er direkt hinter ihnen am Tisch stand.

»Herrgott, Toto, du erschrickst uns ja zu Tode«, rief Nino. »Ist der auch heiß?«

»Ja, direkt aus der Maschine«, antwortete Toto und stellte das Tablett zwischen die beiden Männer.

»Wollen wir mal hoffen«, sagte Nino und warf zwei Stück Zucker in den Kaffee. Claudio nahm Milch und ein Stück Zucker. Toto stand wie angewurzelt da und sah zu, wie die beiden ihren Todestrank umrührten.

»Na, was ist, willst du vielleicht Trinkgeld?«, fragte Nino, und wieder trompetete Claudio los. Er warf seinen kräftigen Körper nach vorn und schlug begeistert die Hand auf den Tisch.

»Na, los, schieb ab«, befahl Nino glucksend und machte eine Bewegung, als wollte er eine Fliege verscheuchen.

Toto ging. An der Saaltür stellte er sich so, dass er die beiden gerade noch sehen konnte. Sie lachten und schnaubten vor Vergnügen. Und dann endlich hoben sie die Tassen zum Mund und tranken.

***

Die Kinder wurden an den Besuchstagen auf die Zimmer und die Klassenräume verteilt, sodass alle ein wenig Raum bekamen, um mit ihren Eltern sprechen zu können. Toto saß in seinem Klassenraum hinten in der rechten Ecke, und seine Mutter und sein Vater saßen vor ihm. Die Mutter weinte. Der Vater sah ihn besorgt und forschend an.

»Ist denn alles in Ordnung, Toto?«, fragte er mit gedämpfter Stimme. Am Tisch direkt neben der Tür waren Schwester Renata und Direktor Falconi im Gespräch mit einem Jungen aus Totos Zimmer und dessen Eltern.

»Toto, warum sagst du nichts?«, flüsterte seine Mutter. Toto sah sie an und wusste, wie besorgt sie waren, doch es war ihm merkwürdig egal. Alles war so weit entfernt und verschwommen.

»Was geben sie dir hier nur?« Seine Mutter betrachtete ihn ängstlich. Da ging Toto zum ersten Mal auf, dass die Medizin, die sie hier täglich bekamen, vielleicht gar keine Medizin war. Hatte er sich verändert, seit er hier war? Kein Kind hätte sich je getraut zu fragen, was das für Pillen waren, die sie hier bekamen. Es hätte damit geendet, dass Nino und Claudio ihre brutalen Spielchen mit ihnen spielten. Aber das ist bald vorbei, dachte Toto. Er versuchte, so etwas wie Genugtuung zu empfinden, doch auch das fiel ihm schwer. Angst hätte er haben müssen. Angst davor, dass man herausfand, was er getan hatte. Dann würde etwas passieren, was er sich gar nicht vorstellen mochte. Womöglich würden sie ihn töten und seinen Eltern eine dreiste Lüge auftischen, und damit hätte es sich dann. Niemand würde ihm nachweinen, keiner würde nachforschen und Fragen stellen.

»So, wie ich sehe, sind Sie schon ins Gespräch vertieft«, sagte da Dr. Falconi. Er lächelte und reichte Totos Mutter die Hand.

»Was hat Toto?«, fragte sie mit einem Taschentuch vor dem Mund.

»Was soll er denn haben?«, fragte Falconi mit freudig leuchtenden Augen. »Er macht sich großartig. Er wird jeden Tag stärker und kräftiger. Die Behandlung schlägt weiterhin gut bei ihm an, aber es liegt natürlich noch viel Arbeit vor uns, wie Sie sich sicher vorstellen können.«

»Aber er ist ja ganz abwesend«, sagte seine Mutter.

»Nein, meine Liebe, er ist entspannt und ruhig. Dank unserer Ärzte, die ihn wunderbar eingestellt haben und sich tagtäglich um seine geistige und körperliche Gesundheit kümmern. Dir geht's doch gut hier, nicht wahr, Toto?«, fragte er laut.

Toto sah ihn an. »Ja, alles bestens«, krächzte er und räusperte sich.

»Sehen Sie?« Falconi steckte zufrieden seine Hände in die Kitteltaschen.

»Was ist mit seinem Hals, seiner Stimme?«, wollte der Vater wissen und blickte zu Falconi auf.

»Tja, in dem intensiven Training mit unserem Stimmtherapeuten hat sich gezeigt, dass er vielleicht nicht mehr singen, aber auf jeden Fall bald wieder normal sprechen kann. Die Nähte an den Stimmbändern sind gut verheilt, aber es bleibt auch hier wie an jeder anderen Stelle des Körpers eine Narbe. Und die verändert seine Stimme. Aber das wird bald kaum noch auffallen, erst recht nicht, wenn er in die Pubertät kommt. Dann verwächst sich alles.«

»Nicht mehr singen?«, fragte seine Mutter.

Toto blickte zu dem selbstgefällig lächelnden Falconi. Obgleich er sich innerlich völlig stumpf und taub fühlte, stiegen ihm heiße Tränen in die Augen. Sein Vater bemerkte das.

»Der Junge findet sicher ein neues Hobby. Machen Sie sich mal keine Sorgen. Es wird alles gut.« Falconi legte eine Hand auf ihre Schulter.

33

Luca klingelte an der Tür der Giancarlos. Lia öffnete. Es war ein guter Tag. Der Verstand erhellte ihre braunen Augen.

»Luca, wo ist dein Hund?«

»Ich konnte ihn nicht mitbringen«, sagte er und umarmte sie.

»Zu schade, komm rein. Tomasio ist schon wieder zu Hause.«

»Hab ich gehört.«

Luca ging zielstrebig ins Wohnzimmer, wo Tomasio mit dem Rücken zu ihm auf der Couch lag und schlief. Ein Pflaster leuchtete weiß auf seinem rasierten Kopf. Er hatte sich eine Wolldecke bis über die Schultern gezogen.

»Wie geht's ihm?«, fragte Luca leise.

»Ich denke, ganz gut«, antwortete Lia unsicher. »Ich hole uns einen Kaffee.«

Luca stand einfach nur da und sah sich um. Es sah aus wie immer. Nur auf dem Esstisch lagen Tablettenpackungen und die Entlassungspapiere aus der Klinik. Irgendwo musste sich auch Lias Pflegerin aufhalten. Luca hörte ein kratzendes Geräusch. Tomasio kritzelte etwas auf seinen Block. »Kannst du nächstes Mal vielleicht leiser klingeln?« las Luca, als er näher zur Couch gegangen war.

»Ach, nee, der Kranke ist gar nicht so krank, wie er tut.« Luca hockte sich auf die Kante der Couch, und Tomasio setzte sich auf.

»Du siehst übel aus«, schrieb er.

»Sagt der Richtige.«

»Wie geht es mit dem Fall voran?«

»Wir haben einen Verdächtigen. Einen Jungen aus Veluzzo.«

»Ein Junge?«

»Nicht mehr, er hat als Kind dort gelebt und kam dann in ein Heim. Wir versuchen gerade, mehr über ihn herauszufinden, aber alles deutet auf ihn hin.«

Luca erzählte die ganze Geschichte, nachdem Lia ihnen Kaffee gebracht hatte.

»Der Kerl muss sich also hier am See aufhalten«, folgerte

Tomasio und schrieb eifrig weiter: »Er muss das Dorf schnell erreichen können.«

»Ja, wir haben seine Jugendfreundin ausgemacht und sie gebeten, nach Veluzzo zu kommen, um ihn so vielleicht aus dem Konzept zu bringen.« Luca blickte auf den Block und Tomasios ungeduldige Hände. »Wie lange wirst du noch auf diesen Notizblock angewiesen sein?«

Tomasio öffnete den Mund. »Ich ... w-w-weiß n-n-nein«, mühte er sich um eine Antwort ab.

Luca war entsetzt zu sehen, dass sein Freund um jedes Wort kämpfen musste. Tomasio nickte lächelnd, als wolle er sagen: Tja, so sieht es aus.

Dann nahm er schnell wieder den Stift zur Hand.

»Aber ich habe ein Sprachprogramm auf dem Laptop, gib ihn mal rüber«, schrieb er.

Luca schaute sich um und entdeckte den Laptop im Wandschrank. Tomasio klappte ihn auf und schrieb etwas. Dann drückte er verschmitzt die Entertaste und sah Luca an. »Ich-rede-jetzt-übrigens-mit-einer-Frauenstimme-ha-ha-ha«, sagte die Frauenstimme, die man von Google Maps kannte.

Luca lachte lauthals los, und die beiden stimmten mit ein, Lia kichernd, Tomasio stumm. Als es erneut an der Tür klingelte, stand Lia auf.

»Wie geht es ihr?«, flüsterte Luca.

Tomasio wiegte seine Hand als Zeichen ›für mal so, mal so‹.

Luca senkte den Kopf.

»Ich möchte euch noch ... einladen«, sagte er dann stockend. »Zu Martinas Beerdigung. In drei Tagen in Malcesine. Zehn Uhr.«

Tomasio streckte seinen Arm aus und zog Luca an seine Schulter.

***

Als Luca an diesem Abend nach Veluzzo zurückkehrte, begrüßte ihn nicht nur Belmondo bereits auf dem Hof, es wartete auch Besuch in der Küche.

Nunzia saß mit Pasquale, Silvana und Gino am Tisch, und es klang, als sprachen sie über alte Zeiten. Die Stimmung war recht gelöst.

»Luca, da bist du ja endlich«, freute sich Silvana.

»Nunzia, schön, Sie hier zu sehen.« Luca reichte ihr dankbar die Hand. Pasquale stand auf und gab Luca ein Zeichen.

»Können wir kurz allein reden?«, fragte er.

»Wir sind gleich wieder bei euch«, sagte Luca, und die beiden gingen nach oben in sein Zimmer.

»Es gibt einige Neuigkeiten. Seit heute haben wir zwei weitere Ermittler in unserer Soko. Du kennst sie beide noch nicht, aber es sind gute Männer. Die Briefe werden jetzt untersucht und die Handschrift mit der in den Briefen an Bretone verglichen. Wir können wahrscheinlich schon übermorgen mit einem Ergebnis rechnen. Ich denke zudem nicht, dass er diese privaten Briefe mit Handschuhen geschrieben hat, es sollten also auch Abdrücke dabei sichergestellt werden können.« Pasquale trat ans Fenster und warf einen Blick auf die Gasse, in der man Luca zusammengeschlagen hatte. »Die Kriminaltechnik hat inzwischen herausgefunden, was das für Splitter im Stoff waren, den wir im Olivenhain gefunden haben. Es sind Holzdielen, die man vorwiegend zum Bühnenbau benutzt. Er könnte also vom Theater kommen.«

»Ein echter Arlecchino«, dachte Luca laut.

»Ja, vielleicht. Oder ein Bühnenbauer. Wir suchen nun an den Theatern hier in der Nähe nach Männern, die ins Profil passen. Die Nadel, die wir gefunden haben, passt auch ins Bild. Er könnte etwas tragen, das im Theater benutzt wird und geändert werden musste. Und ich habe noch etwas«, kündigte er an und hob den Finger. »Wir haben die Klinik gefunden, in der Toto behandelt wurde, und eine der Schwestern ausfindig gemacht, die Toto damals betreut haben. Sie ist bereit, mit uns zu sprechen.«

»Das ist phantastisch, Pasquale. Das wird uns schnell weiterbringen. Wann können wir mit ihr reden?«

»Gleich morgen, wenn du willst.«

Luca lächelte im dumpfen Licht der alten, stoffbezogenen

Deckenlampe. »Wir kommen ihm näher, Pasquale. Immer näher.«

Pasquale kam auf ihn zu, bis sich ihre Nasenspitzen unter dem Lampenschirm fast berührten. »Luca«, hauchte er verschwörerisch, »wenn er es wirklich ist, stellen wir diesem Arlecchino eine Falle.«

Lucas Augenbrauen schoben sich düster zusammen.

»Wir nehmen unsere Präsenz hier im Dorf scheinbar zurück. Scheinbar, denn wir werden mit Kameras arbeiten. Und wir errichten Sperren an bestimmten Stellen, sodass nur bestimmte Wege in den Ort zugänglich sind. Aber genau hier erwarten wir ihn.«

»Was, wenn er doch schon hier wohnt?«, fragte Luca. »Wenn er weggegangen ist, so wie Nunzia, und wiederkam?«

»Und keiner erkennt ihn? Keiner schöpft Verdacht? Gibt er sich für jemand anderen aus, oder wie stellst du dir das vor?«

Luca verzog unzufrieden die Lippen. »Du hast recht. Aber dass er so geisterhaft auftauchen und wieder verschwinden kann ...«

»Luca, dieses Dorf ist umgeben von Bergen und sonst nichts. Er könnte aus jeder Richtung unbemerkt hereingekommen sein. Womöglich hat er sich da oben irgendwo ein Zeltlager aufgeschlagen und tut weiter nichts, als den lieben langen Tag das Dorf zu beobachten.«

»Er könnte aber auch ...«

»Was, Luca?«

»Er könnte doch jemand sein, der regelmäßig hier ins Dorf kommt. Ein Lieferant zum Beispiel.«

Pasquale erstarrte kurz und bewegte sich dann wieder zum Fenster. Er sah hinaus in die Dunkelheit und fuhr sich über das Kinn.

»Postbote?«, fragte er.

»Ja, Paketdienst, Busfahrer ... Wer kommt noch hierher? Bauarbeiter?«

»Die Baustelle.«

»Wir müssen alle Männer in der Firma überprüfen, auch Subunternehmer und so weiter. Jeden, der hier vor Ort zu tun hat.«

»Aber er müsste ein verdammt gutes Zeitmanagement haben, wenn er zwei Berufe, den Bau und das Theater, unter einen Hut bringt«, gab Pasquale zu bedenken.

»Aber das eine ist morgens, das andere abends«, sagte Luca. »Er wäre tagsüber hier auf der Baustelle und könnte von da aus jederzeit ins Dorf gelangen. Und …« Luca wurde nachdenklich.

»Was?«

»Na ja, er wäre quasi zu Hause, verstehst du? Auf dem Grundstück seiner Eltern.«

Pasquale nickte und lenkte seinen Blick erneut hinaus in die Nacht. »Ein Detail verrät ihn auf jeden Fall«, sagte er gegen die Scheibe gelehnt und drehte sich dann zu Luca um. »Die Narbe an seinem Hals. Er muss eine Narbe haben.«

∗∗∗

Später am Abend begleitete Luca Nunzia mit Belmondo nach Hause. Pasquale hatte ihm eine Pistole mitgeben wollen, nur für den Fall. Doch Luca hatte abgelehnt.

Nunzia war schrecklich nervös, sie blickte sich ständig nach allen Seiten um. Luca fühlte mit ihr, doch er nahm absichtlich den Weg über den Marktplatz. Er wollte, dass Toto sie sehen konnte, wenn er hier war, er wollte, dass er wusste, dass sie im Dorf war, seine einzige Freundin.

»Haben Sie keine Angst?«, fragte Nunzia leise.

»Natürlich habe ich die.«

»Aber warum tun Sie das dann? Sie sind doch kein Polizist, Sie müssen sich doch nicht selbst in Gefahr bringen?«

»Nun, ich denke, ich fühle mich besser, wenn ich mich nützlich machen kann. Außerdem will ich nicht nach Hause zurück«, sagte er und lächelte traurig.

»Probleme?«

»So könnte man es nennen. Wissen Sie, Ihr von Rachegedanken erfüllter Toto hat gleichzeitig ein schlechtes Gewissen.«

»Wie meinen Sie das?«

Sie waren auf dem Marktplatz angekommen, der in orangefarbenes Licht getaucht war. Die Kirche ragte dunkel über den Bäumen auf, und links schimmerten die Fenster des Gemeindehauses aus dem nächtlichen Schatten hervor.

»Er war bei mir zu Hause.«

»Toto?«, fragte sie erschrocken.

»Ja.«

»Aber dann weiß er, wer Sie sind und was Sie tun ...«

»Ganz bestimmt. Ich war mit einer Polizistin ... also, wir waren ein Paar. In der Nacht war sie bei mir, und wir verfolgten ihn mit dem Auto. Wir hatten einen schweren Unfall seinetwegen, und ... meine Freundin hat es nicht überlebt.«

Nunzia war fassungslos vor Entsetzen. Mit großen, weit aufgerissenen Augen schaute sie ihn an.

»Und als ich im Krankenhaus war, da schickte er einen kleinen Jungen zu mir, der mir ausrichten sollte, dass es ihm leidtue.«

Sie konnte nichts antworten, starrte ihn nur an.

»Dann ist es ... etwas Persönliches für Sie?«, meinte sie schließlich zaghaft.

»Nein, merkwürdigerweise nicht. Zuerst schon, doch ich fühle eigentlich gar nichts mehr. Keine Wut, keine Rachegefühle. Aber ich will ihn stoppen, das ist wichtig für mich. Und ich will ihn sehen.«

Mit diesen Worten blickte Luca über den Platz. »Ich würde gern zurückkreisen können und sehen, wie es hier damals gewesen ist«, sagte er.

»Nicht viel anders als heute. Die Bühne zur Dreihundertjahrfeier stand direkt da vorn. Ringsherum waren die Stände aufgebaut. Toto stand dort oben ganz allein. Niemand half ihm, als Matteo und seine feinen Freunde ihn vor allen anderen demütigten und mit Mist bewarfen. Auch ich nicht. Bis sein Vater aufstand. Da erst flüchtete Toto nach dort hinten, in Richtung von Micheles Hof.«

»Zeigen Sie mir, wo es passiert ist?«, bat Luca und suchte ihren Blick. Es war ihr unangenehm, mit dieser Erinnerung so direkt konfrontiert zu werden, das konnte er sehen, doch er wollte es nachvollziehen können.

Sie gingen einfach weiter und begegneten in der ersten Gasse, die sie einschlugen, zwei Carabinieri. Luca wies sich aus, und sie durften passieren.

Der Schotter unter ihren Füßen knirschte. Jetzt verdunkelten größere Bäume die Straßenlaternen, und ungefähr fünfzig Meter weiter vorn hörten sie ganz auf. Belmondo ging voran, die Nase aufmerksam in die Höhe gereckt. Der Hof lag rechter Hand an einem kleinen Hang.

»Mein Gott, alles sieht aus wie früher«, flüsterte Nunzia. »Sogar der Zaun ist noch derselbe.«

Sie gingen etwas erhöht an dem Hofgebäude und den Stallungen vorüber und blickten nun auf die im Mondlicht liegende Wiese. Nunzia blieb stehen.

»Hier bin ich über den Zaun. Dort hinten ist der Baum.« Sie deutete über den Hang hinweg, und Luca konnte den schwarzen Schatten in der Ferne erkennen. Er stieg als Erster über den Zaun und reichte ihr die Hand. Zögerlich nahm sie die Hilfe an und folgte ihm. Belmondo machte lediglich einen fast lautlosen Sprung und war auf der anderen Seite. »Der alte Michele hat Schweine gezüchtet«, erklärte Nunzia weiter und war im Dunkeln neben ihm kaum noch zu erkennen.

Je näher sie dem Baum kamen, desto kälter wurde es. Luca begann zu frösteln. Vor dem Stamm blieben sie stehen.

»Das ist er.« Nunzias Stimme klang unheilvoll. Der Baum reckte seine knorrigen Äste in den Mondschein. »Das ist der Ast.« Sie deutete auf den untersten Ast rechts von ihnen.

Luca blickte lange hoch.

»Dies ist kein guter Ort«, murmelte er.

»Man hätte den verfluchten Baum fällen sollen«, meinte sie. »Aber daran sehen Sie, wie egal es allen war.«

»Was ist eigentlich mit Padre Corso?«, erkundigte sich Luca, »wie hat er reagiert? Er ist ja immerhin die moralische Instanz des Ortes.«

»Ich glaube, er war schlichtweg überfordert. Das Ganze ist ihm entglitten, er hatte einfach keine Lösung parat. Er wollte Toto im Vorfeld zwar davon abbringen zu singen, das ja. Aber hinterher ... Er hat zumindest seine Eltern ein paarmal besucht.

Ihn eine moralische Instanz zu nennen, ist allerdings eine kleine Übertreibung«, sagte sie. »Er war ein Trinker und ist es immer noch. Er war streng und hat uns geschlagen und erniedrigt. Er war keinen Deut besser als alle anderen.«

34

Pasquale hatte Pia Scagli gebeten, sich früh mit ihnen in der alten Ruine zu treffen, die von dem Sanatorium übrig geblieben war. Luca war bereits in dem Gebäude gewesen. Für seinen letzten Film hatte er junge Klippenspringer interviewt, die unter anderem auch hier ihre Kunststücke vollführten. Er hatte es immer für ein Hotel gehalten, was es wohl auch einige Jahre gewesen sein musste. Jetzt stand nur noch eine fensterlose, bröckelnde und teilweise eingestürzte Burg am Steilhang über dem See. Die verrosteten Gitter an den Fenstern waren noch zu sehen und offenbar aus Sicherheitsgründen auch vom Hotel übernommen worden. Die Fassade war mit Graffiti besprüht, und das Hauptportal hing schief und zerschlagen in den Angeln.

Als Luca in die von Unkraut überwucherte Einfahrt einbog, stand bereits ein alter hellblauer Fiat Ritmo vor dem Eingang, und eine ältere Frau schlich um die Ruine herum. Luca hielt an, und kaum hatte er die Tür geöffnet, sprang Belmondo hinaus und begrüßte die Dame freudig.

»Sie müssen Signora Scagli sein«, sagte Luca und reichte ihr seine Hand. »Luca Spinelli, ich bin Berater der Polizei. Commissario Vialli … ah, da kommt er ja.«

Der schwarze Alfa rollte die abschüssige Einfahrt herab auf sie zu. Luca sah Schwester Pia an, die schüchtern und etwas unentspannt dreinblickte.

»Haben Sie sich umgesehen?«, fragte er, um das Eis ein wenig zu brechen. »Kommen alte Erinnerungen hoch?«

»Ja, in der Tat. Ich kann gar nicht glauben, dass es jetzt einfach verfällt. Hier war mal so viel Leben.« Sie wirkte etwas erschrocken über ihren eigenen Satz und versuchte, es zu überspielen. Pasquale erreichte sie und begrüßte zuerst sie und dann Luca.

»Waren Sie schon im Gebäude?«, fragte er.

»Nein, nein, ich bin nur drum herumgegangen.«

»Wollen wir? Vielleicht können Sie uns alles erklären?«

Sie betraten das Gemäuer durch die schiefe Tür. Schwester

Pia musste sich erst orientieren, denn natürlich hatte es einige Umbauten gegeben, als das Haus zum Hotel umfunktioniert worden war.

»Hier waren einmal die Büroräume untergebracht. Man hat einen größeren Salon daraus gemacht. Dort vorn ist der Speisesaal, der wird geblieben sein.«

Sie gingen durch den Flur auf eine offene Rundbogentür zu. Der Saal war entkernt, nur der Boden aus großen Steinfliesen war teilweise noch vorhanden. Dadurch, dass keine Fenster mehr intakt waren, war der Raum von Wind und Wetter wie angefressen. Wasser, Regen, Staub, Wind, Kälte, alles hatte ihm das genommen, was er einmal gewesen war. Und obwohl die Sonne ungehindert eindringen konnte, wirkte der Saal merkwürdig dunkel.

»Hier haben wir alle gegessen. Die Kinder, das Personal.«

»Und was hatten Sie für einen ersten Eindruck von Toto, als er hier ankam?«

Sie sah ihn ein wenig hilflos an. »Mein Eindruck?«

»Ja, man hat doch einen ersten Gedanken zu einem Menschen, wenn man ihm begegnet«, meinte Pasquale, »was war Ihrer?«

»Ich mochte ihn gleich«, sagte sie mit einem winzigen Lächeln im Mundwinkel. »Er war anders als die anderen Kinder, das konnte man schnell erkennen.«

»Inwiefern?«

»Nun, er war … Ich weiß nicht, wie ich das ausdrücken soll. Aber er verhielt sich anders, hatte eine andere Ausstrahlung, irgendwie ein bisschen wie ein Außerirdischer.«

»Mmh«, machte Pasquale. »Ist das positiv oder negativ?«

»Weder noch, es hob ihn nur von den anderen ab. Aber als ich dann mit ihm sprach, war ich überzeugt, dass er ein gutes Kind war.«

»Mit welcher Diagnose kam er hierher?«

»Suizidgefährdet. Manisch-depressiv. Geistige Behinderung. Und natürlich wegen der Halsverletzung. Trauma der oberen Atemwege, Stimmbänder und Kehlkopf.«

»Hatten Sie den Eindruck, dass das mit der geistigen Behinderung stimmte?«, wollte Luca wissen.

»Nein«, sagte sie, und ihre Miene erhellte sich. »Er war meines

Erachtens ein sehr aufgeweckter Junge. Wie schlau er war, hab ich zwar erst später wirklich erfahren. Aber zu Anfang habe ich das auch schon nicht glauben können.«

»Was, würden Sie sagen, traf wirklich zu?«, fragte Pasquale.

»Nun, ich bin kein Arzt ...«

»Nur Ihr persönlicher Eindruck.«

»Ich würde eher sagen, dass er hochintelligent war, besonders, was das Musische anbelangte. Er war mit Sicherheit in irgendeiner Form autistisch veranlagt oder wie man das heute so nennt. Und er war traumatisiert. Eine gepeinigte Seele. Und das wurde hier leider nicht besser.«

»Wie dürfen wir das verstehen?«, hakte Luca nach.

Sie blickte von einem zum anderen. »Wenn Sie glauben, dass das hier ein Haus war, in dem den Kindern geholfen wurde, dann muss ich Sie enttäuschen. Hier war echte Hilfe alles andere als an der Tagesordnung. Und zu meiner Schande muss ich gestehen, dass ich ein Teil davon war.« Sie senkte beschämt den Kopf und fuhr mit dem Finger über ihre Nase. »Ich habe den Kindern nie etwas Böses angetan ... aber ich habe es auch nicht verhindert oder dagegen protestiert oder ...« Sie brach ab und wandte ihnen den Rücken zu.

»Signora, wir sind nicht hier, um über Sie zu urteilen oder zu bewerten, was Sie getan haben«, erklärte Pasquale. »Wir möchten lediglich hören, was Sie über Toto wissen. Es geht uns nur um ihn.«

»Ich verstehe schon«, sagte sie, »aber ich muss mich jeden Tag im Spiegel ansehen, und wenn ich das tue, weiß ich, dass ich ihm und vielen anderen Kindern nicht genug geholfen habe.« Sie wandte sich wieder zu ihnen um. »Es gab strenge Regeln hier«, begann sie, nachdem sie einmal tief durchgeatmet hatte. »Und wer nicht folgte, wurde bestraft. Meine Kollegin Renata war eine der Personen, die gern bestraften. Außerdem zwei Mitarbeiter, von denen ich sagen würde, dass sie Sadisten waren, die die Kinder gequält haben. Und nicht etwa im Geheimen. Alles geschah im Wissen der Leitung. Es wurde nicht nur gebilligt, es war Teil der Philosophie des Hauses.« Sie biss sich auf die Unterlippe. »Ich habe nicht alles mitbekommen, aber mir oft meinen

Teil gedacht. Die schlimmsten Dinge sind da unten passiert.«
Sie deutete auf den Abgang zum Keller. »Außerdem stellten wir
die Kinder mit Medikamenten ruhig. Es gab Medikamente ohne
jeden Nutzen, außer zum Ruhigstellen. Grundsätzlich wurden
alle Kinder länger hierbehalten, als eigentlich notwendig gewesen wäre, um so mehr Geld zu machen.« Sie ließ zitternd die
Luft aus ihren Lungen.

»Was war da unten?«, fragte Pasquale.

»Die Bäderabteilung, die Inhalationsräume, Sport- und Gym-
nastikräume und das Schwimmbad.«

»Wollen wir?« Pasquale ging bis an den Rand der Treppe, die
wie ein dunkler Tunnel hinabführte. Der Wind pfiff durch das
Gemäuer.

»Ich geh nicht gern da runter«, sagte sie.

»Bitte«, beharrte Pasquale, und sie setzte sich widerstrebend
in Bewegung.

Unten waren aus fast allen Räumen die Türen entfernt worden. Teppich und Tapeten hatten Fliesen und nackten Putz er-
setzt, wirkten nun jedoch kaum wertvoller oder ansehnlicher.
Der Inhalationsraum sah noch fast genauso aus wie damals.
Sogar die Geräte waren noch installiert, inzwischen allerdings
durch Vandalismus zerstört.

»Hier unten war das Reich von besagten männlichen Mitarbeitern. Nino und Claudio. Sie waren … Sie haben die Kinder
gezüchtigt, sie psychisch und physisch misshandelt. Ich kann
gar nicht sagen, was hier alles passiert ist, aber ich habe merkwürdige Dinge gesehen und gefunden, die ich mir damals lange
nicht so recht erklären konnte.«

»Wo sind die Männer jetzt, können wir mit ihnen reden?«,
wollte Pasquale wissen und holte bereits seinen Notizblock
heraus.

»Sie leben nicht mehr«, sagte Schwester Pia. »Und wenn Sie
mich fragen, haben sie das auch nicht anders verdient.« Sie hob
trotzig ihr Kinn, doch ihre Lippen bebten. »Und ich sage Ihnen
noch etwas, das ich bis jetzt keinem gesagt habe.«

Pasquale und Luca sahen sie aufmerksam an.

»Ich bin mir sicher, dass Toto sie getötet hat.«

Pasquale warf Luca einen überraschten Blick zu.

»Sie … Sie sagten doch eben noch, er sei ein gutes Kind gewesen.«

»Ja, das sagte ich. Und ich sagte auch, dass die beiden es verdient haben.«

»Was ist passiert?«, fragte Luca.

»Totos Zustand verschlechterte sich von einem Tag auf den nächsten. Ich erfuhr, dass er mit einem Mädchen gesprochen und dafür eine Strafe erhalten hatte. Nino und Claudio hatten ihn anschließend in sein Bett gebracht. Er war den halben Tag lang ohnmächtig. In der Bäderabteilung fand ich dann etwas, das mich stutzig machte. Es war eine Autobatterie mit Kabeln und einem Schwamm, der daran befestigt war. Nino hatte das Gerät wohl noch nicht wieder weggeräumt, sonst hätte ich es bestimmt nicht entdeckt. Nun sagen Sie mir, was man damit anstellen kann.« Sie kämpfte um ihre Fassung.

»Nichts Medizinisches jedenfalls. Und wie kommen Sie darauf, dass Toto die beiden Männer getötet haben könnte?«

»Ich weiß nicht, wie. Aber ich denke, er hat sie vergiftet. Eines Tages kam Nino nicht mehr zur Arbeit. Er hatte sich nicht krankgemeldet. Claudio kam zwar, aber er war sichtlich krank und geschwächt. Er brach hier unten zusammen und starb. Nino fand man wenig später in seiner Wohnung.«

»Wurde das polizeilich untersucht?«

»Schon, aber ich glaube, man wollte nicht so viel Aufhebens darum machen, wegen des Rufs der Klinik. Man erzählte uns nicht viel. Danach kam nach und nach immer mehr von den Zuständen hier zutage, und bald schloss die Klinik.«

»Was geschah mit Toto, wann wurde er entlassen?«, fragte Luca.

»Etwa vier Wochen nach dem Vorfall.«

»Wir haben eine Art Abschiedsbrief an seine Eltern gefunden, in dem er ihnen mitteilt, dass er nicht nach Hause zurückkommen wird. Wissen Sie etwas darüber?«

»Können wir bitte nach draußen gehen? Ich möchte Ihnen etwas sagen, aber nicht hier unten.«

Sie standen an dem Geländer am Ende einer baufälligen Terrasse, und Schwester Pia sog die Luft ein, die vom See herüberwehte, als wollte sie sich damit Mut antrinken.

»Ich habe einige Dinge getan in meinem Leben, auf die ich nicht stolz bin«, begann sie und blickte dabei auf das Wasser hinaus. »Dazu gehören vor allem Dinge, die ich unterlassen habe. Und das, was ich jetzt tun werde. Denn ich habe das Gefühl, dass ich ihn verrate.«

»Wovon sprechen Sie da?« Pasquale wirkte verunsichert.

»Der Junge wurde entlassen und tauchte einen Tag später bei mir auf. Er stand einfach vor meiner Tür. Was sollte ich tun? Ich nahm ihn bei mir auf.«

»Aber man hatte ihn tags zuvor abgeholt? Sie wussten also, dass er seinen Eltern weggelaufen war?«

»Ja, er hat mir alles erzählt.«

»Und Sie dachten nicht, dass es besser wäre, wenn Sie den Eltern oder der Polizei Bescheid geben?« Pasquale war ein wenig ungehalten.

»Oh doch, ich habe mir den Kopf zermartert, was richtig ist und was falsch. Aber ich fühlte mich ihm und seinen Wünschen verpflichtet.«

»Wie lange war er bei Ihnen?«

»Zwei Wochen. Dann bat er mich um etwas Geld und ging. Ich weiß nicht, wohin. Er dankte mir und schrieb mir noch ein paarmal.«

»Haben Sie die Briefe noch?«

Sie schüttelte den Kopf. »Er bat mich darin jedes Mal, sie zu vernichten.«

»Und das ist alles?«, fragte Pasquale ungläubig.

»Nicht ganz. Er klaute den Ausweis meines Sohnes, als er ging.«

Damit hatte Pasquale nicht gerechnet. Seine Überraschung war ihm deutlich anzusehen.

»Wie heißt Ihr Sohn?« Er nahm seinen Notizblock zur Hand und wartete.

»Marco Scagli. Er war damals schon achtzehn Jahre alt, also …«

»… hat Toto sich dadurch volljährig gemacht«, beendete Pasquale den Satz und notierte den Namen.

Sie blickte beschämt hinaus aufs Wasser.

»Kann er es denn wirklich gewesen sein?«, fragte sie zaghaft. Ihre Stimme zitterte.

»Alles deutet darauf hin«, antwortete Pasquale.

»Sie haben das Richtige getan«, sagte Luca und legte ihr tröstend eine Hand auf den Rücken.

***

Sie hatten sich von Pia Scagli verabschiedet und sich in Pasquales Alfa Romeo gesetzt, um sich zu besprechen. Als der blaue Fiat Ritmo über das Unkraut auf dem Beton davonfuhr, wandte sich Pasquale Luca zu, der auf dem Beifahrersitz vor sich hin starrte.

»Wie kannst du sagen, dass sie das Richtige getan hat?«, fragte er mit wenig Verständnis in der Stimme.

»Weil sie die Einzige war, die dem Jungen etwas Gutes getan hat. Nachdem man ihn hier so lange misshandelt und gefoltert hat.«

Das brachte Pasquale erst mal zum Schweigen. Per Telefon gab er seinen Kollegen den Namen von Pia Scaglis Sohn durch, den Toto womöglich immer noch benutzte, um nach ihm fahnden zu lassen, auch wenn die Chancen eher gering waren, dadurch jemand anderen als den echten Marco Scagli zu finden.

»Fahren wir zusammen?«, fragte Pasquale. »Die Baufirma sitzt in Toscolano. Ich kann dich auf dem Rückweg wieder hier absetzen.«

Luca willigte ein, und sie fuhren durch einen aufkommenden Regenschauer hindurch ins Gewerbegebiet von Toscolano direkt an der Gardesana. Die Firma lag etwas zurückversetzt hinter einem Supermarkt.

»Was ist mit dem Chef, kommt er auch in Frage?«, wollte Luca wissen, als sie auf dem Parkplatz hielten und der Regen dumpf auf das Wagendach trommelte.

»Eher nicht. Er ist laut Homepage über sechzig und stammt aus dem Süden.«

Damit stieg Pasquale aus und zog sich seine Jacke über den Kopf. Luca ging schutzlos durch den Regen und blickte zu den Fenstern des Büros empor, hinter denen ein Mann stand und sie beobachtete.

»Na, kein schöner Tag heute, was?« Signore Delegretto empfing sie mit einem mitfühlenden Lächeln und einem kräftigen Händedruck und bot ihnen zwei Plätze vor seinem Schreibtisch an. Er schloss die gläserne Tür zum Vorzimmer, in dem seine Sekretärin am Telefon saß und neugierig zu ihnen herüberlinste. »Was kann ich für Sie tun? Man ist ja ein wenig verunsichert, wenn man hört, dass die Polizei einen sprechen will.«

»Nun, wir ermitteln in einer Mordserie und –«

»Mord?«, fragte Delegretto und war nun wirklich verunsichert, was Luca jedoch wunderte. Wenn er eine Baustelle von dieser Größe in einem Ort hatte, über den die Presse wegen mehrfachen Mordes berichtete, war er entweder uninformiert oder scheinheilig.

»Ich dachte, Sie wären bereits im Bilde«, meinte auch Pasquale und legte nun interessiert ein Bein über das andere.

»Ja, also … gehört habe ich davon, aber … na ja, man meint ja nie, dass man selbst mal mit so was in Kontakt kommt«, sagte Delegretto.

»Sie haben eine Baustelle in Veluzzo, und wir sind interessiert daran zu erfahren, wer von Ihren Angestellten dort oben tätig ist. Außerdem möchten wir wissen, welcher Architekt und welcher Auftraggeber dahinterstehen.«

»Ehrlich gesagt, weiß ich gar nicht, ob ich das preisgeben darf …«

»Oh, Sie müssen sogar, das kann ich Ihnen versichern.«

Delegretto schürzte unwohl die Lippen und tippte nervös mit einem Kugelschreiber auf der Tischplatte herum. »Nun, wenn das so ist. Der Auftraggeber ist Enrico Olivetti, der Architekt Andrea Mastroantonio.«

Pasquale notierte sich das.

»Sie haben ja sicher schon persönlich mit ihnen Kontakt gehabt, sind Ihnen da irgendwelche Besonderheiten aufgefallen? Narben im Gesicht oder am Hals, die sie unverkennbar machen?«

»Narben? Na, also, Mastroantonio hat so einen Leberfleck hier unten am Kinn, aber sonst ...«

»Wie kam die Zusammenarbeit mit ihm zustande?«

»Wir kennen uns schon länger von anderen Projekten her.«

»Ah, verstehe. Und Signore Olivetti kaufte das Grundstück und schaltete dann zunächst Sie oder Mastroantonio ein?«

»Erst den Architekten, das ist so üblich. Olivetti ist aber zurzeit noch im Ausland. Kanada, soweit ich weiß.«

»Wie ist er auf dieses Grundstück gekommen? Es ist doch sehr weit entfernt von den üblichen touristischen Lagen hier am See?«

»Genau deshalb hat er es ausgesucht, er meinte, da steckt noch Potenzial zum weiteren Ausbau drin.«

»Tja, Signore Delegretto, wir bräuchten dann bitte noch die Namen sämtlicher Mitarbeiter, die auf der Baustelle in Veluzzo tätig sind. Und die der Subunternehmer, falls sie welche beauftragt haben.«

Auch das schien Delegretto nicht zu gefallen, er zögerte lange mit seiner Antwort. »Das wird wohl gehen«, räumte er schließlich ein.

»Und wir bräuchten sie jetzt gleich«, sagte Pasquale.

»Ach ... ja, dann ...«, stammelte er und blickte zu seiner Sekretärin. »Wir machen eine Liste.«

»Wenn wir bitte Kopien der Personalakten bekommen könnten?«, bat Pasquale unnachgiebig.

Delegretto seufzte. Dann ging er hinaus zu seiner Sekretärin und besprach sich mit ihr.

»Frag ihn, ob er jemanden hat, der erst vor Kurzem bei ihm angefangen hat«, sagte Luca zu Pasquale. »Vielleicht ein Ungelernter.«

»Signore«, Pasquale stand auf und ging hinüber ins Vorzimmer, »wie sieht's mit Hilfsarbeitern aus, die erst kürzlich bei Ihnen angefangen haben? Ist so einer dabei?«

Delegretto blickte fragend auf seine Sekretärin, die mit großen, ängstlichen Augen durch ihre Brillengläser blinzelte.

»Santiago?«, sagte sie schüchtern.

»Ja, da wäre ein Mann. Danilo Santiago. Hat bei Saisonbeginn hier angefangen. Fleißiger Bursche.«

»Was hat er vorher gemacht?«

»Er war immer nur Aushilfsarbeiter, glaube ich.«

»Taxifahrer und Kellner auch«, sagte die Sekretärin. »Das hat er mir mal erzählt.«

Delegretto bedeutete ihr, dass sie sich mit den Akten beeilen solle. Sie kopierte alles und übergab den Stapel an Pasquale.

Im Auto gingen sie sofort die Fotos in den Mitarbeiterakten durch. Zwei Männer trugen am Kragen geschlossene Hemden, sodass man ihren Hals und etwaige Narben darauf nicht sehen konnte. Einer davon war Santiago.

»Er ist laut Akte 1970 geboren«, sagte Luca. »Könnte passen.« Pasquale sah auf die Uhr. »In zwanzig Minuten ist Feierabend. Wir können sie gleich hier befragen«, schlug er vor.

Sie warteten, bis die Transporter mit Arbeitern auf den Hof zurückkamen, und studierten währenddessen die Lebensläufe.

»Der da vorn ist der Baggerführer, der mir geholfen hat«, sagte Luca und deutete auf einen hageren Mann, der aus der Fahrerkabine eines Transporters stieg und seine Zigarette auf den Hof warf.

»Der Beifahrer ist Santiago«, meinte Pasquale und öffnete seine Tür, um auszusteigen. »Entschuldigung«, rief er den beiden zu.

Sie scherzten miteinander und drehten sich gelassen zu Pasquale um. Luca folgte ihm gemächlich und beobachtete ihre Reaktionen.

»Ich bin Commissario Vialli von der Polizei Riva. Sie arbeiten beide an der Baustelle in Veluzzo?«

Die Männer wechselten einen misstrauischen Blick.

»Ja, warum?«, fragte Santiago.

»He, den kenn ich doch«, sagte der andere und schaute an Pasquale vorbei zu Luca. »Sie waren doch bei mir und haben irgendwas aus den Trümmern gefischt.«

»Stimmt, ja. Wir hätten noch ein paar Fragen an Sie«, sagte Luca und stellte sich neben Pasquale.

»Klar.«

»Wie lange arbeiten Sie schon für Delegretto?«, begann Pasquale.

»Oh, ich bin seit 2002 in der Firma«, antwortete der Baggerführer, der laut Personalakte Leopoldo Crudo hieß.

»Ich bin noch nicht lange hier«, meinte Santiago und beäugte sie aus engen Augenschlitzen.

»Was haben Sie vorher gemacht?«

»Alles und nichts. Ich bin viel rumgekommen, hab nie was Richtiges gelernt.«

»Wer hat Sie für die Baustelle eingeteilt?«, wollte Luca wissen.

»Delegretto«, meinte Crudo schulterzuckend.

»Ich hab drum gebeten, ebenfalls dabei zu sein, weil ich bei Leo angefangen habe und wir uns ganz gut verstehen«, entgegnete Santiago.

»Aha.« Pasquale schaute interessiert. »Stimmt das?«, fragte er an Crudo gewandt.

»Der Mistkerl ist wie eine Klette, aber man kann ihn gebrauchen.« Crudo grinste schelmisch.

Luca lächelte zwar, visierte dabei aber das karierte Tuch an, das Santiago um den Hals trug. »Dürfte ich Sie um etwas bitten?«, fragte er freundlich.

»Ja, sicher.«

»Ihr Tuch, könnten Sie das bitte mal abnehmen?«

Santiago wirkte irritiert. »Wieso?«

»Würden Sie es bitte einmal abnehmen?«, bekräftigte Pasquale.

»Von mir aus«, sagte er verständnislos, löste den Knoten und riss es sich herunter. »Zufrieden?«

Er hatte eine ungefähr fünf Zentimeter lange Narbe unterhalb des Kehlkopfs. Luca und Pasquale erstarrten. Pasquales rechte Hand wanderte langsam zu seinem Rücken, wo er seine Dienstwaffe im Halfter trug.

»Was ist das für eine Narbe?«, fragte Luca.

»Schilddrüsen-OP«, antwortete Santiago. »Ist schon lange her.«

35

1984

Toto wachte auf, weil er einen Knall gehört hatte. Es war früh, die anderen schliefen noch. Er dachte, die Tür wäre hart ins Schloss gefallen, aber die anderen Jungen lagen alle in ihren Betten. Dann entdeckte er den Abdruck an der Scheibe. Ein weißlicher Film, hinterlassen von einem Körper und zwei Flügeln. Ein Vogel musste gegen die Scheibe geflogen sein. Toto stand auf und tapste auf nackten Füßen zum Fenster. Der See lag unter einem Nebelschleier, wie zum Schlafen zugedeckt. Um nach unten auf die Terrasse zu schauen, musste Toto mit seinem Gesicht so nah an das Fenster heranrücken, dass seine Nase das Glas berührte.

Da lag er. Ein dunkler Klecks auf dem weißen, feucht schimmernden Stein. Doch nach ein paar Sekunden begann er, sich wieder zu regen und mit den Flügeln zu schlagen, bis er sich aufgesetzt hatte. Toto atmete gegen die Scheibe, bis sie beschlug und er nichts mehr sehen konnte. Er wischte sie mit dem Ärmel trocken, und da flatterte der Vogel auch schon davon. Mit einem Lächeln auf den Lippen ging Toto zu seinem Schrank und zog sich an.

Unten im Inhalationsraum blieb er abrupt stehen, als nicht Nino, sondern Schwester Pia vor ihm stand.

»Guten Morgen, Toto. Ich vertrete heute Nino, er scheint krank zu sein«, sagte sie zur Begrüßung.

Er war so früh dran, dass nur ein einziger anderer Junge am Inhalator saß, der sich zu ihm umdrehte und freudig die Augenbrauen hüpfen ließ. Der Tag begann richtig gut, fand Toto. Auch beim Frühstück schienen alle Kinder gelöster als sonst, weil es die Runde gemacht hatte, dass Nino nicht zur Arbeit erschienen war. Toto freute sich wie jeder andere auch, aber da war noch sein Herz, das heute schneller zu gehen schien als sonst. Es galoppierte und galoppierte vorwärts, und Toto musste ein ums andere Mal tief Luft schnappen, damit es nicht ins Stolpern geriet.

Nach dem Mittagessen ging Toto beschwingt zur Stimmtherapie und fand Dr. Zanetti nicht am Klavier, sondern am Fenster vor, wo er mit auf dem Rücken verschränkten Armen dastand und eine Fähre beobachtete, die nach Malcesine unterwegs war und das Wasser hinter sich auftrennte wie ein Messer einen glatten Stoff.

»Buongiorno, Toto«, begrüßte er ihn. »Setz dich.«

»Buongiorno, Dr. Zanetti«, sagte Toto brav und ahnte, dass heute nicht der übliche Ablauf stattfinden würde. Zanetti machte einen sehr nachdenklichen Eindruck. Beklommen faltete Toto die Hände und wartete auf den nächsten Schritt seines Lehrers. Zanetti atmete tief ein und drehte sich um. Er musterte Toto lange. Hatte er etwas über das Gift herausgefunden?

»Weißt du, mein Junge, ich möchte heute einmal mit dir reden.« Er kam näher, griff sich ans Kinn und wägte seine nächsten Worte ab. »Ich habe dich ja nun einige Zeit begutachten dürfen. Und ich habe gesehen, was für ein außerordentliches Talent du hast, welche Liebe für die Musik. Wie ich gehört habe, hat der Direktor deinen Eltern neulich keine großen Hoffnungen mehr gemacht, dass deine Stimme sich je wieder erholt.«

Toto ließ den Kopf hängen.

»Toto, sieh mich bitte an«, sagte Zanetti, und Toto zwang sich, ihm in die Augen zu schauen. »Ich muss dir sagen, dass ich leider Gottes derselben Meinung bin. Aber das bedeutet nicht, dass die Musik für dich verloren ist. Ich weiß, dass es schmerzhaft sein wird, das zu akzeptieren, aber das musst du irgendwann. Und dann gibt es eine Möglichkeit, deine Stimme zu ersetzen. Und zwar mit einem Instrument. So, wie du sie mir geschildert hast, hattest du eine sehr hohe Singstimme, was sehr selten ist. Darum möchte ich dir heute ein Geschenk machen.«

Das ließ Toto aufhorchen. Zanetti griff zum Klavier, auf dem eine längliche blaue Schachtel lag. Er nahm sie in beide Hände und überreichte sie Toto.

»Die ist für dich.«

Toto konnte es nicht glauben. Er hätte niemals damit gerechnet, dass ihm jemand anderes als seine Eltern etwas schenken könnte. Er war sprachlos.

»Du musst es öffnen«, sagte Zanetti amüsiert.

Toto hob den Deckel von der Schachtel. Als er das feine silberne Instrument in dem weißen Samt liegen sah, schossen ihm Tränen in die Augen. Zanetti wartete geduldig.

»Weißt du, was das ist?«, fragte er.

Toto konnte nicht sprechen, schüttelte nur den Kopf.

»Das ist eine Querflöte. Ich denke, dass sie deiner Stimme am nächsten kommt. Heute werde ich dir zeigen, wie man damit umgeht. Sie wird deine neue Stimme sein.«

Toto war wie in Trance, als er aus der Stimmtherapiestunde kam und noch rasch sein Geschenk in seinem Schrank verstaute, bevor er hinunter zur Gymnastik ging. Sein Kopf war angefüllt mit der schönsten Musik und den schönsten Tönen. Töne, die seine Flöte hervorgebracht hatte. Er schwebte wie auf einer Wolke, als er den Gymnastikraum betrat. Der Anblick von Claudio glich einer schallenden Ohrfeige, die ihn wieder zurück in die Realität katapultierte. Die anderen Jungen saßen bereits artig auf ihren Matten. Claudio saß auf einem Stuhl, was er noch nie getan hatte. Er war grau im Gesicht. Schweiß stand auf seiner Stirn und auf der Oberlippe. Den Mund leicht geöffnet und die Augen fast geschlossen, saß er da und drohte, gleich umzufallen, so schien es.

»Buongiorno«, sagte Toto vorsichtig.

Claudio beachtete ihn gar nicht. »Fangt … an mit …«, murmelte er fahrig, stand auf, schwankte und ging einfach aus dem Zimmer, ohne ein weiteres Wort.

Die Jungen wechselten verängstigte Blicke. Bei Toto begann wieder dieses Herzrasen, und er überlegte, ob er Claudio folgen sollte. Arturro, ein kleiner, schmächtiger, quirliger Junge kam ihm zuvor und lugte aus der Tür hinaus. »Er geht zu den Bädern«, flüsterte er den anderen zu.

»Was ist mit ihm?«, fragte ein Junge besorgt.

»Zu viel Schnaps vielleicht«, sagte Arturro, und einige lachten unterdrückt. Toto konnte nicht lachen. Dann hörte man ein lautes Klatschen.

Alle erstarrten und horchten.

Arturro konnte seine Neugier nicht zurückhalten und lief los. Toto sprang auf, weil er ihn abhalten wollte, doch Arturro war schon zu weit vorgelaufen. Jetzt kamen alle hinterher, und Toto erreichte die offene Tür zu den Toiletten. Arturro stand zitternd neben dem zusammengekrümmt am Boden liegenden Claudio. Seine Hose war offen, und anscheinend machte er sich gerade in die Hose. Eine Lache breitete sich unter seinem Becken aus, nur war sie nicht gelb, sie war rot. Rot wie Blut.

Irgendwer schrie, und dann brach Panik aus. Das Nächste, woran Toto sich erinnerte, war, dass er zusammengekuschelt in seinem Bett lag und die Sirene des Krankenwagens hörte. Aufgeregte Stimmen tönten im Flur und in der Eingangshalle. Er schloss ganz fest die Augen und hoffte, dass er einfach einschlafen würde.

36

Der braune UPS-Wagen rollte über die schattengesprenkelte Straße von Pra' da Bont nach Veluzzo. Die Pakete im Laderaum rumpelten, wenn Toto durch Schlaglöcher fuhr. Er lenkte den Transporter in eine kleine Parkbucht in einer Kurve mit Aussicht auf das grüne Tal zu seiner Rechten, nahm das Tablet zur Hand und kontrollierte die Warensendungen, die für Veluzzo anstanden. Als er den ersten Namen las, sackten seine Schultern nach unten, und er lächelte dankbar, aber erschöpft. Er legte das Tablet zurück und musterte sein Gesicht im Spiegel. Mit den Fingern fuhr er sich über den dunklen Vollbart und prüfte dessen Sitz ebenso wie den der Haare, die unter seiner Kappe hervorlugten. Dann senkte er den Spiegel, sodass er nun die Narbe an seinem Hals betrachten konnte, wenn er das Kinn emporreckte.

Ein Auto fuhr an ihm vorbei. Es war ein alter Flavia aus den Sechzigern.

»Luca«, sagte Toto dumpf und startete den Motor. Mit einem Blick in den Rückspiegel vergewisserte er sich, dass dem Flavia kein anderer Wagen folgte, und fuhr dann zurück auf die Straße.

Die erste Straßensperre war bereits kurz nach der Abfahrt Richtung Veluzzo eingerichtet. Einer von zwei Carabinieri lenkte Toto mit der Kelle an den Fahrbahnrand.

»Ah, der Mann von UPS«, sagte der Beamte und zog entspannt an einer Zigarette.

»Buongiorno. Na, bald Feierabend, oder haben Sie die Spätschicht?«, fragte Toto, der beide Beamte bereits vom Sehen kannte.

»Spät«, antwortete der Carabiniere unzufrieden und pustete den Qualm nach oben weg. »Darf ich den Lieferplan sehen?«

»Natürlich.«

Toto holte erneut das Tablet hervor, schaltete es an und reichte es dem Beamten. »Meinen Ausweis auch?«, fragte er und griff sich an die Brusttasche.

»Brauch ich nicht mehr, ich kenn Sie ja schon.«

Der Beamte überflog kurz die Aufträge und schickte Toto dann weiter. »Schönen Tag noch!«, rief er und grüßte mit der Kelle in Richtung Veluzzo.

Toto verlangsamte das Tempo, als er zu der Einfahrt an seinem Elternhaus kam. Dann trat er wieder aufs Gaspedal und fuhr den Anstieg zur zweiten Kontrollstation hinauf, die er anstandslos passieren durfte. Jetzt musste er den großen Transporter mit viel Vorsicht durch die engen Gassen manövrieren, bis er den unteren Teil des Marktplatzes erreichte.

Er scannte das erste Paket und stieg damit aus, um bei Familie Villa zu klingeln. Aufmerksam registrierte sein Blick jede Bewegung, die man hinter den Fenstern erkennen konnte. Die Villas hatten zwei Kinder und zwei Hunde, die laut hinter der Tür kläfften. Die Frau öffnete und hielt beide Hunde am Halsband fest.

»Oh, hallo«, sagte sie und versuchte, die beiden Terrier zu bändigen. »Matteo, kannst du bitte die Hunde nehmen?«, rief sie über die Schulter ins Haus.

Toto senkte den Kopf ein wenig, sodass der Mützenschirm sein Gesicht besser bedeckte. Matteo kam genervt zur Tür und entriss ihr die Hunde.

»Tut mir leid«, sagte Signora Villa.

»Schon gut«, entgegnete Toto lächelnd. »Ist für Sie.« Er überreichte ihr das Paket.

»Endlich, da warte ich schon lange drauf«, meinte sie, als sie den Absender las.

»An mir liegt's nicht«, scherzte Toto und hielt ihr das Display hin, auf dem sie unterschreiben musste.

»Weiß ich doch. Manchmal glaube ich, man findet uns hier oben nicht.«

»Ich finde Sie«, versicherte Toto. »Ganz sicher.«

»Prima, vielen Dank.«

Sie verabschiedeten sich, und Toto marschierte zurück zu seinem Transporter. Ihm fiel ein Polizeivan auf, der jetzt auf dem Marktplatz parkte und eben noch nicht dagewesen war. Irgendwas war hier im Gange, das spürte er deutlich. Und dieser Van gefiel ihm ganz und gar nicht.

Er fuhr langsam in eine steil abfallende Straße, die zum Ortsausgang führte, als ihm etwas ins Auge stach, das ebenfalls neu war: An der Hauswand hing eine Kamera. Klein, aber aus seiner erhöhten Position konnte er sie gut sehen. Es war sicher nicht die einzige, die sie installierten, um ihn zu fangen. Es würde schwieriger werden ab jetzt. Er hatte weniger Raum und weniger Zeit, aber er würde sie alle narren. Heute würde er ein weiteres Kapitel aufschlagen. Es konnte das letzte sein, daher wollte er es gut und richtig machen und auf keinen Fall länger aufschieben. Heute würde er doppelt zuschlagen.

Sein nächstes Paket führte ihn wieder aus dem Dorf hinaus und die Auffahrt hoch, die er so gut kannte. Es war fast ein nostalgisches Gefühl, wieder hier zu sein. Nunzias Schwester Michaela bekam ein großformatiges, flaches Paket, wahrscheinlich ein Bild oder ein Spiegel. Nach dem Scannen sprang er hinten von der Ladefläche, nahm das Paket und klingelte an der Tür. Während er die Daten auf seinem Computer abrief, stellte er den Karton auf seinen Füßen ab.

»Ich kann grad nicht!«, rief eine weibliche Stimme im Haus. »Nunzia, kannst du gehen?«

Toto machte automatisch einen Schritt zurück und hätte beinahe den Computer fallen lassen. Sie war hier. Sie war zurück. Aber was tat sie hier? Sie hatte doch niemals hierher zurückkehren wollen! Die Tür öffnete sich, und Nunzia erschien im Türrahmen. Sie sah aus wie früher. Ihre Fältchen, ihre etwas tiefer liegenden Augen und das langsam ergrauende Haar konnten nicht darüber hinwegtäuschen. Sie war es. Und sie stand kaum einen Meter von ihm entfernt. Toto bemerkte, wie entsetzt er dreinschauen musste. Er versuchte sich zu fassen und räusperte sich.

»Ciao«, sagte sie nur, und ihr Blick glitt über das sperrige Paket. Toto senkte den Kopf und verdeckte sein Gesicht mit dem Mützenschirm.

»Hier, bitte«, sagte er und reichte ihr Display und Stift.

Sie unterschrieb, und er meinte, sie würde nun sicher seine Hände wiedererkennen, seine Haltung, seine was auch immer. Aber sie blieb unbeeindruckt. Toto schob ihr das Paket entgegen.

»Ach, könnten Sie es eben in den Flur stellen, es ist ja riesig.«
Sie blickte ihn bittend an.

»Okay«, sagte er kurz angebunden und ging an ihr vorbei ins Haus.

»Vielen Dank. Arrivederci.«

»Ciao«, sagte Toto, und es hörte sich verräterisch vertraut an. Schnell hüpfte er in den Wagen und rollte rückwärts vom Hof. Auf der Straße fuhr er hastig an und steuerte auf die nächste Haltebucht zu. Der Motor tuckerte leise und ruckelnd. Wieso? Was hatte sie bewogen, ausgerechnet jetzt hierher zu kommen? Sie hatte Kinder, die in die Schule gingen. Sie hatte einen Job, verdammt. Sie konnte von zu Hause gar nicht weg.

»Verdammt!«, schrie er und schlug dabei hart auf das Lenkrad. »Verdammt! Was tust du hier?«

✳✳✳

Luca saß bei Silvana am Esszimmertisch und hatte die Datenblätter der Delegretto-Mitarbeiter vor sich ausgebreitet.

Es klopfte an der offenen Haustür, und Belmondo hob den Kopf.

»Kommen Sie rein, ich bin hier!«, rief Luca.

»Entschuldigen Sie, ich wurde noch kurz aufgehalten«, sagte Nunzia und nahm neben ihm Platz.

»Kein Problem«, entgegnete Luca, »ich habe Ihnen hier einige Lebensläufe und Fotos hingelegt. Es sind Mitarbeiter der Firma, die auf dem Grundstück von Totos Eltern baut. Ich möchte, dass Sie diese Männer ganz genau anschauen und mir sagen, ob einer von ihnen Toto sein könnte. Bedenken Sie, dass er heute einen Bart oder eine andere Frisur haben könnte.«

Sie nickte und konzentrierte sich auf die Bilder. Luca lehnte sich zurück und ließ ihr alle Zeit der Welt.

Ein Blatt nach dem anderen zog sie zu sich heran.

»Gott, es ist so lange her, er war ja noch ein Kind damals«, sagte sie unentschlossen.

»Gibt es denn grundsätzliche Ähnlichkeiten, oder können Sie von vornherein jemanden ausschließen?«

Sie legte unbewusst einen Finger an die Schläfe und begann, sie zu massieren.

»Dieser und dieser hier, meine ich, können es nicht sein.«

»Sicher? Einer von ihnen ist erst seit Kurzem für die Firma tätig und für uns nicht nur aufgrund einer Narbe am Hals verdächtig geworden. Auch sein Alibi für die Tatzeiten ist nicht ausreichend.«

Nunzia sah erneut auf die Fotos, schüttelte aber den Kopf.

»Nein, bei den beiden bin ich mir sicher.«

»Gut, dann konzentrieren wir uns auf die übrigen Männer«, sagte Luca etwas enttäuscht und nahm die zwei Blätter aus der Auswahl.

»Am meisten sind es doch die Augen, die einen ansprechen«, sagte sie und verdeckte bei einem Foto das Gesicht, sodass sie nur die Augenpartie sehen konnte. Dabei wurde sie sehr still und nachdenklich.

»Erkennen Sie ihn?«, fragte Luca nach.

Sie erwachte wie aus einem Tagtraum und blickte grübelnd zur Seite. »Nein, ich hatte nur so ein Gefühl.«

Lucas Handy klingelte.

»Ja?«

»Pasquale hier. Ich habe gute Nachrichten. Wir haben zwei Marco Scaglis gefunden, die vom Alter her passen. Einer davon war am Konservatorium in Verona. Hat dort Querflöte gespielt. Danach ging er nach Rom ans Teatro dell'Opera, und von da an verliert sich seine Spur. Er ist wie vom Erdboden verschluckt.«

»Okay, aber wenn er sein Vorhaben umsetzen will, muss er hier in der Nähe tätig sein. Erst recht, wenn er noch einen Zweitjob als Bauarbeiter oder sonst was hat.«

»Wir überprüfen alle Orchester im Umkreis, ob sie Zugänge für Querflöte hatten. Viele sind das nicht, also können wir mit einem schnellen Ergebnis rechnen. Ich treffe mich mit einem ehemaligen Dozenten von Scagli in Verona. Wenn du dabei sein willst?«

Luca sah auf die Uhr. Es war kurz nach drei.

»Könnten wir jemanden für ein Phantombild mit Nunzia

zusammenbringen?«, wollte er wissen. »Wir haben kein Foto von ihm, und ein Bild, wie er früher aussah, könnte uns bei der Recherche weiterhelfen.«

Pasquale lachte am anderen Ende der Leitung. »Deswegen mag ich dich so. Es ist jemand unterwegs zu euch.«

»Gut, dann begleite ich dich.«

***

Toto fuhr den Laster auf das Fuhrparkgelände der UPS-Zentrale in Salò. Zu Fuß verließ er den eingezäunten Bereich mit einer Tasche, ging zu einer Bushaltestelle und fuhr bis Toscolano. Dort ging er zu einem verlassenen Parkplatz an einem Park und stieg in einen weißen Mercedes A-Klasse. Die verdunkelten Scheiben ließen nicht zu, dass man von außen beobachten konnte, wie er auf dem Rücksitz das Hemd und die Hose wechselte. Er hängte einen Spiegel an die Kopfstütze des Fahrersitzes und begann, seinen Bart abzuziehen. Zum Schluss nahm er die Perücke ab und strich sich über seine Kurzhaarfrisur. Nachdem er nach vorn gestiegen war, startete er den Motor und fuhr nach Süden in Richtung Gardone. Er musste sich sputen. Die Probe begann um siebzehn Uhr, und Simon wäre sicher nicht gnädig, wenn er ein weiteres Mal auf ihn warten musste.

Er fuhr ins Vittoriale und nahm seine Muramatsu-Flöte aus dem Kofferraum. Das gesamte Orchester war bereits auf der Bühne, bis auf Simon, Gianluigi, die erste Geige, und ihn.

»Los, mach schon«, zischte ihm Natalia, eine Oboe-Spielerin, zu.

Toto packte rasch seine Flöte aus, steckte sie zusammen und probte noch schnell, als Simon und Gianluigi auf die Bühne kamen.

Simon sah auf die Uhr und dann zu Toto. »Schön, dich zu sehen, Nicchi«, begrüßte er ihn. »Noch aus der Puste?«

Er schlug mit dem Taktstock auf den Notenständer und hob die Hände. Es wurde still. Nur die Zikaden sangen noch.

»Wir beginnen mit ›The Mission‹«, sagte er laut und sprach dabei in Totos Richtung, denn es war sein Lied. Toto blieb stehen, während alle anderen sich setzten. Simon zählte an, und dann begann Toto, die Titelmusik zum Film »The Mission« von Ennio Morricone zu spielen. Als Totos Flötenspiel erklang, schlich sich ein kaum sichtbares Lächeln auf Simons Lippen.

***

Nunzia war mit dem jungen Zeichner von der Polizei Riva bei Silvana geblieben und erarbeitete dort mit Hilfe von Silvana und Gino ein Phantombild. Luca und Pasquale hielten indes vor dem Konservatorium Dall'Abaco in Verona.

Mauro Villati, der frühere Dozent von Toto, empfing die beiden und führte sie in einen der Konzertsäle, der komplett mit Holz vertäfelt war. In der Mitte der Bühne stand ein schwarzer Flügel. Sie gingen an rot gepolsterten Sitzreihen vorbei bis nach vorn, wo Villati sich rücklings an die Bühne lehnte. Er breitete seine kurzen Arme aus. Sein weißes Haar leuchtete im Licht der Bühnenscheinwerfer.

»Hier hab ich ihn unterrichtet. Ein talentierter junger Mann. Für die Musik geboren«, sagte er mit Bewunderung in Augen und Stimme.

»Haben Sie je etwas von seiner Familie gehört? Hat er von ihr gesprochen oder sie gar mit hierhergebracht?«, fragte Pasquale.

»Nein, er sagte nur, dass seine Eltern zu arm und zu krank seien, um zu reisen, und daher zu seinen Auftritten nicht kommen würden. Wir haben sie nie kennengelernt. Bei keinem der Konzerte und auch nicht bei seinem Abschluss.«

»Hatten Sie jemals das Gefühl, dass er nicht reif genug war? Dass er jünger schien, als er offiziell war?«

»Er war ein sehr eigener Typ Mensch. Hatte kaum Bartwuchs, war unerfahren und schüchtern. Ja, ›unreif‹ hätte man es auch nennen können. Gleichzeitig war er, was die Musik betraf, zwar ungebildet, aber viel weiter als die meisten anderen Schüler.«

»Als er sich mit achtzehn hier beworben hat, war er tatsächlich erst knapp fünfzehn«, klärte Pasquale ihn auf.

Villati staunte mit großen Augen. »Wissen Sie, er hätte ein

ganz Großer werden können«, erzählte er. »Es war die Zeit einiger Flötisten damals. Griminelli, Guidetti. Das sind Ikonen geworden, Weltstars, und ich sage Ihnen, dass Marco einer von ihnen hätte sein können, wenn er es gewollt hätte. Aber er war ein Mensch, der gern im Hintergrund blieb. Und damit unter seinen Möglichkeiten.«

»Haben Sie seinen Weg verfolgt?«, wollte Luca wissen.

Villati blickte traurig auf die leeren Sitze.

»Wir sind stolz auf unsere ›Kinder‹, wie ich sie immer nenne. Und wir sind mitgenommen, wenn wir sie verlieren. Marco ging ans Teatro nach Rom, doch wie ich erfuhr, kündigte er dort und verschwand danach. Es gab viele Vermutungen, dass es Drogen, Burn-out oder etwas Ähnliches gewesen sein könnte. Einige hielten ihn auch für tot. Tatsächlich bleibt es bis heute ein Rätsel.«

Villati musste bereits über siebzig sein, schätzte Luca. Totos Studienzeit lag dreißig Jahre zurück, und trotzdem war der alte Dozent noch ergriffen, wenn er davon sprach.

»Als was für einen Menschen würden Sie ihn beschreiben?«

»Zurückgezogen, traurig, einsam, genial auf seine Art.«

»Hätten Sie ihm Selbstmord zugetraut?«, fragte Pasquale.

»Mmh, unter Umständen, vielleicht, ja.«

»Und Mord?«

»Nein … das kann ich mir nicht vorstellen.«

»Haben Sie …?« Pasquale wurde vom Klingelton seines Handys unterbrochen. Er schaute aufs Display. »Ah, ausgezeichnet«, murmelte er und öffnete eine Datei. »Wir haben ein Phantombild von ihm anfertigen lassen. Sieht es Marco ähnlich?«

Pasquale zeigte ihm das Bild auf dem Display.

»Seine Haare waren länger, aber das trifft ihn, ja.«

»Vielen Dank, Signore.«

✳✳✳

Die Sonne tauchte die Spitzen des Monte-Baldo-Massivs in rotes Licht, als sie gegen zwanzig Uhr zurückfuhren. Sie saßen schweigend nebeneinander, vertieft in ihre Gedanken.

»Wenn wir ihn finden sollten«, sagte Luca irgendwann nachdenklich, »wird er drei Dinge in seiner Wohnung haben.«
Pasquale blickte immer wieder zu ihm herüber und zurück auf die Straße. »Die wären?«
»Er besitzt hundertprozentig diese Platte von Victoria de Los Angeles. Er hat sein Exemplar zwar Nunzia geschenkt, doch ohne wird er nicht auskommen. Und er wird etwas über den Arlecchino besitzen, ein Bild, eine Skulptur, ein Buch. Das Dritte, aber das ist ja selbstverständlich, ist eine Querflöte. Ob er den Beruf noch ausübt oder nicht, er besitzt eine Querflöte.«
Pasquale nickte zustimmend. »Wenn wir tatsächlich eine Person ermitteln, werde ich bei der Staatsanwältin schnell einen Durchsuchungsbeschluss erwirken können. Ich habe bereits mit ihr gesprochen.«
»Gut.«
»Und ich habe noch etwas, das ich dir zeigen will. Aber oben im Dorf.«
Sie erreichten Veluzzo zur blauen Stunde. Pasquale hielt hinter dem Van der Polizei auf dem Marktplatz und stieg aus.
»Komm.« Er lotste Luca zum Bus und klopfte. Durch die verdunkelten Scheiben war nichts zu erkennen, nicht mal, ob Licht im Innern brannte oder nicht. Die Tür wurde von einem zivilen Beamten geöffnet, und sie stiegen ein.
Der Innenraum glich einer Kommandozentrale. Auf drei großen Monitoren konnte man mehrere grünstichige Nachtsichtbilder erkennen. Man hörte das leise Surren der Computer im Arbeitsmodus und das Geräusch der Lüfter.
»Hier laufen alle Fäden zusammen«, sagte Pasquale, nachdem sie die Tür hinter sich geschlossen hatten. »Wir haben Kameras an allen neuralgischen Punkten des Dorfes installiert, die hier kontrolliert werden. An den übrigen Eingängen sind Beamte und Hunde im Einsatz.«
Luca schaute interessiert auf die verschiedenen Observierungskamerabilder, während Pasquale einen weiteren Anruf bekam, und entdeckte eine Kameraposition direkt neben Ginos Hof. Wenn er ehrlich war, würde er diese Bilder selbst auch gern einsehen können, wenn er bei Gino war.

»Nunzias Haus habt ihr auch?«, fragte Luca, als Pasquale aufgelegt hatte.

»Zur Sicherheit«, bestätigte Pasquale knapp. »Luca, wir haben zwei Flötisten ermittelt, die letzten Winter und in diesem Frühjahr in zwei Orchestern in der Umgebung angestellt wurden. Von dem einen haben wir ein Foto. Er kann es nicht sein. Der andere ist am Orchestra I Pomeriggi Musicali in Mailand, aber es existiert kein Foto von ihm. Die spielen auch manchmal in Brescia, und jetzt rate mal, wo sie gerade gastieren?« Er sah Luca mit einem wild entschlossenen Ausdruck in den Augen an.

»Hier am See«, riet Luca.

»Im Vittoriale in Gardone.«

»Wie ist sein Name?«

»Nicchi Ginachis.«

»Klingt griechisch«, meinte Luca.

»Ich fahre sofort hin.« Pasquale kam näher und packte Luca bei den Schultern. »Luca, vielleicht kriegen wir ihn heute Abend noch. Kommst du mit?«

»Nein, ich will noch mit Nunzia reden. Halt mich auf dem Laufenden.«

»Ist gut. Bis … nachher«, sagte Pasquale mit einem Zögern, das nichts Gutes verhieß.

***

Luca war überrascht, Nunzia bei Silvana und Gino anzutreffen.

»Sie sind noch hier?«, fragte er, als er die Küche betrat und beide Hunde ihn begrüßten.

»Wir reden gerade ganz viel über damals«, entgegnete Nunzia.

»Als Kinder waren wir altersmäßig zu weit auseinander, jetzt ist das egal, und wir tratschen über alles«, bestätigte Silvana lächelnd.

»Habt ihr was erreicht?« Ginos Gesichtsausdruck verriet, dass seine Schmerzen langsam wiederkamen.

»Ja, in der Tat. Wir haben jemanden gefunden, der Toto sein könnte. Er nennt sich jetzt vielleicht Nicchi Ginachis. Pasquale überprüft ihn.«

Luca sah, dass Nunzia sich nicht wohl in ihrer Haut fühlte.

»Was haben Sie?«

»Ach«, antwortete sie, »es ist nur so ein dummes Gefühl …«

»Was meinen Sie?« Luca ging näher.

»Ich hab das Gefühl, dass ich ihm vorhin begegnet bin. Diese Augen …«

37

Toto war auf dem Heimweg von der Probe. Seine Ungeduld ließ ihn schneller fahren als sonst, obwohl er sich heute keinen Fehler erlauben durfte. Jetzt in eine Polizeikontrolle zu geraten, würde seine Pläne zunichtemachen.

Zu Hause angekommen, duschte er und zog sich um. Schwarze Hosen, ein schwarzes Hemd, schwarze Schuhe und Socken. Aus einem Safe im Wohnzimmer nahm er einen kleinen Lautsprecher und ein fast fünfundzwanzig Zentimeter langes Messer, das in einer Lederscheide steckte. Zuletzt holte er vorsichtig die Maske hervor. Schwarzes Leder, freier Mund, zwei Augenlöcher und tiefe, wulstige Falten. Die Arlecchino-Maske. Er steckte alles in einen Rucksack, in dem bereits in Stücken zusammengefalteter Stoff lag. Dann löschte er das Licht, ging hinaus und stieg in seinen Mercedes.

Er fuhr bis kurz vor Sermerio und parkte das Auto in einem Weg am Wald. Von hier ging es zu Fuß weiter. Seine Route führte ihn durch das Tal hindurch auf die andere Seite. Dafür nahm er ein Nachtsichtgerät aus dem Handschuhfach. Als er über die Straße gegangen und über die Leitplanke geklettert war, legte er es an. Die schwarze Welt um ihn herum erstrahlte jetzt in einem leuchtenden Grün. Den Weg kannte er gut. In einer knappen Dreiviertelstunde würde er am Ziel sein.

**

Pasquale präsentierte dem Pförtner am Kassierhäuschen seinen Ausweis, als jener ihn nicht reinlassen wollte.

»Aber heute ist keine Vorstellung«, meinte der Pförtner widerwillig. Er hatte wohl mehr Angst, seinen Job zu verlieren, als die Polizei in ihrer Arbeit zu behindern.

»Aber eine Probe, wie mir gesagt wurde, und ich muss dringend mit einem der Musiker sprechen«, entgegnete Pasquale mit einem unmissverständlich scharfen Blick.

»Die sind fast alle weg, im Moment probt nur noch die Technik.«

»Hören Sie, wenn Sie mich nicht sofort reinlassen, nehme ich Sie entweder wegen Behinderung der Justiz fest, oder ich schieße Ihnen gleich hier ins Bein. Sie können es sich aussuchen.«

Der Pförtner streckte sein Kinn stur noch ein Stück vor und beäugte den Ausweis und Pasquales rechte Hand, die nach hinten zum Halfter gewandert war.

»Na gut, aber ich rufe an und erkundige mich.«

»Wenn's Ihnen hilft.« Pasquale steckte den Ausweis weg und marschierte an dem Mann vorbei.

Das Amphitheater leuchtete violett im Dunkel der Nacht, grüne Laser streckten ihre endlos langen Finger gen Himmel. Die Musik von »Es war einmal in Amerika« erklang mit der typischen Flötenmusik, nur heller und klarer. Pasquale sah von oben bereits das Technikpult mit Hunderten Lichtknöpfen und Leisten sowie drei Männer, die diese bedienten. Auf der Bühne waren vor der Leinwand, auf die Ennio Morricones Name mit Szenen aus dem Film projiziert wurde, nur noch leere Stühle und Notenständer zu sehen. Zwei Männer standen vor der Bühne und diskutierten die Effekte.

»Entschuldigung«, sprach Pasquale einen der Techniker an. »Ist noch jemand vom Orchester hier?«

»Simon. Steht da unten«, antwortete der Mann laut, ohne den Blick von der Leinwand abzuwenden.

»Wer ist Simon?«, fragte Pasquale ebenso laut.

Jetzt drehte der Mann seinen Kopf.

»Simon West, der Dirigent«, sagte er, fassungslos über eine solche Frage.

»Alles klar, danke.«

Pasquale stieg die steinernen Stufen hinab und näherte sich von hinten den beiden Männern.

»Simon West?«

Beide Männer drehten sich um. Beide waren weißhaarig. Der linke groß und schlank mit langem, lockigem Haar, der rechte kleiner und rundgesichtig mit einem schütteren, wirren Haarkranz.

»Ja, bitte?«, fragte der linke.

Pasquale hob seinen Ausweis. »Polizei Riva. Entschuldigen Sie bitte die Störung, aber es ist wichtig. Ich bin auf der Suche nach Nicchi Ginachis.«

»Nicchi, ja, der ist bereits gefahren. Was gibt es denn?«

»Könnte ich Sie unter vier Augen sprechen?«

Simon West sah seinen Kollegen an, der bereits freiwillig das Feld räumte. Pasquale bemerkte erst jetzt, dass er eine Violine trug. West winkte nach oben. »Fünf Minuten Pause!« Dann wandte er sich mit besorgtem Gesichtsausdruck und etwas gehetzt an Pasquale. »Nun?«

»Wir suchen Signore Ginachis in einer dringenden Angelegenheit. Es geht um Mord.«

»Wie bitte? Tja, also … Er ist, wie gesagt, schon gefahren. Ich weiß nicht, was ich …«

»Ginachis ist noch nicht lange bei Ihnen?«

»Nein, er fing vor ein paar Monaten bei uns an. Ein absoluter Glücksfall für uns. Wenn er pünktlich ist.« West lächelte schelmisch, wurde aber gleich wieder ernst.

»Er spielt Querflöte, ist das korrekt?«

»Haben Sie gerade die Musik gehört? Das war er.«

Pasquale nickte anerkennend. »Wissen Sie etwas über seine Vorgeschichte?«

»Ich muss zugeben, dass ich bei ihm weniger informiert bin als bei meinen restlichen Musikern. Ich habe ihn zum Beispiel nie vorher in einem anderen Orchester gesehen.«

»Kennen Sie ihn persönlich?«

»Er ist sehr zurückgezogen. Wir arbeiten hier miteinander, und das reicht uns beiden auch schon.« Er lächelte.

»Wissen Sie, wo er wohnt?«

»Nicht aus dem Kopf, aber ich hab die Adresse hier …« Er holte sein Handy heraus und tippte mit dem Finger darauf herum. »Via S. Marco 4 in Piovere.«

Pasquale notierte sich das. Dann zog er sein Handy aus der Tasche und zeigte West das Phantombild. »Das ist ein Bild von ihm, als er sehr jung war. Erkennen Sie ihn wieder?«

West setzte sich eine Brille auf, die in seinem Ausschnitt

steckte. »Das ist ja noch ein Kind, wie es aussieht. Nicchi ist über vierzig.«

»Ich weiß, aber was denken Sie?«

»Ausschließen kann ich es jedenfalls nicht.«

»Vielen Dank, Mr. West.«

»Oh, Sie haben erkannt, dass ich Brite bin?«, fragte er, obwohl sein Italienisch keineswegs perfekt war.

»Der Akzent ist nicht zu überhören. Hatten Sie übrigens jemals das Gefühl, dass er psychisch labil ist?«

»Psychisch labil, was heißt das? Ich bin auch psychisch labil, mein ganzes Orchester ist es manchmal. Obwohl … einmal hatte ich einen Disput mit ihm. Das war in Brescia, da spielten wir Puccinis ›Gianni Schicchi‹, und er wollte bei einem Stück nicht die Violine, sondern seine Querflöte einsetzen. Und er war mit der Inszenierung des Regisseurs nicht einverstanden. Da hatte ich ein wenig Angst. Er war in Rage.«

»War es ›O mio babbino caro‹?«, fragte Pasquale.

»Woher wissen Sie das?«

»Danke, vielen Dank. Ich muss jetzt los.« Pasquale ließ den irritierten Dirigenten im grün-violetten Licht zurück und rannte die Stufen hoch.

✶✶✶

Matteo, Tito und Alfredo gingen ihre Streife in dieser Nacht erneut. Matteo hielt den Knüppel in der Hand, mit dem er Luca erwischt hatte. Tito spielte mit einem Messer, und an Alfredos rechter Seite baumelte ein Holzstock an einer Kette, die wiederum mit einem zweiten Stock verbunden war, wie ein selbst gebautes Chaku. Sie zwängten sich durch eine enge Gasse, in der sie nur hintereinander gehen konnten. Matteo rauchte. In jedes Fenster, das sie passierten, schauten sie hinein und hoch zu den Balkonen.

Sie kamen auf den Marktplatz.

»Nun seht sie euch an, die Bullen«, kommentierte Matteo den Kleinbus der Polizei. »Hocken im Wagen und hoffen, dass nichts passiert. Warten und hoffen, warten und hoffen.« Er warf seine Zigarettenkippe in einen Gulli und pustete den Rauch aus seinen Lungen. »Er sollte besser uns in die Hände fallen.«

»Da kommt unsere Ablösung.« Alfredo machte seine Kumpels auf die drei anderen Männer aufmerksam, die von Norden her auf den Platz traten. Sie begrüßten sich alle per Handschlag und besprachen sich kurz und leise.

»Macht's gut, wir sehen uns morgen«, sagte Tito zum Abschied.

Matteo steckte sich eine neue Zigarette an. »Alles klar.«

»Ich geh auch, bin hundemüde«, sagte Alfredo. Matteo blieb stehen. Alfredo sah ihn auffordernd an.

»Ich bleib noch einen Moment hier und rauch zu Ende.«

»Okay.« Alfredo winkte müde und verschwand mit einem letzten Blick zum Polizeibus.

Matteo wartete, bis alle außer Sichtweite waren, warf dann seine Zigarette weg und ging zur Kirche. Leise quietschend drückte er die schwere Klinke hinunter und schob die Tür auf. Es brannte elektrisches Licht, nur am Altar waren vier Kerzen angezündet, die jetzt zu flackern begannen. Die Tür fiel hinter ihm zurück ins Schloss. Erst jetzt erkannte er in der ersten Reihe eine dunkle Gestalt. Langsam ging auf sie zu. Seinen Knüppel hielt er immer noch fest umklammert. War er es? Wartete er dort auf ihn? Dann würde es jetzt zur unausweichlichen Konfrontation kommen. Er war bereit.

Die Person bewegte sich kein Stück. Matteo kam näher und ging seitlich um sie herum, als er Padre Corso erkannte. Zusammengesunken saß er in der ersten Bank, eine Flasche Schnaps in den Händen. Müde blickte der Alte zu ihm auf. »Matteo«, sagte er überrascht, aber unaufgeregt. »Ich dachte, du wärst jemand anderes.«

»Warten Sie auf ihn?«, fragte Matteo und setzte sich langsam auf den ersten Sitz auf der anderen Seite des Mittelgangs.

»Ich habe darüber nachgedacht, mir das Leben zu nehmen. Aber ich bin wohl zu schwach und zu alt. Vielleicht, dachte ich, erledigt das ja auch der Alkohol für mich. Und ich sterbe, wie ich gelebt habe.« Er nahm einen Schluck aus der Flasche. »Jetzt warte ich einfach darauf, was er oder Gott mit mir vorhat.«

Matteo stellte seinen Knüppel gegen die Bank. Das Geräusch ließ Corso den Kopf drehen. »Ich sehe, du hast andere Pläne.«

»Wir können das nicht zulassen, Padre. Er schlachtet unsere Leute ab. Wir können dabei nicht einfach zusehen.«

»Ich versteh dich schon. Aber gerade du ...«

»Was?«, fragte Matteo verständnislos.

»Wann hast du das letzte Mal gebeichtet, Matteo?«

»Darum bin ich nicht hier.«

»Nein, warum dann? Ich bin ziemlich überrascht, dich überhaupt hier zu sehen.«

»Ich will ... dass Sie mir Absolution erteilen.«

»Wie bitte?«, fragte Corso und wandte sich ihm zu.

»Ich will Absolution von Ihnen für das, was getan werden muss.«

Corsos Blick wanderte zu dem abgewetzten Knüppel. »Ich bin ein Mann Gottes. Wie könnte ich das tun?«

»Sie wissen doch, was er vorhat. Sie wissen, was er schon getan hat. Ich will das beenden, ich will ... ich muss ihn aufhalten.« Verbissen bleckte Matteo die Zähne.

»Wir haben ihn ... Arlecchino getauft. Du insbesondere.«

»Sie sind betrunken«, keifte Matteo verächtlich.

Daraufhin nahm der Padre noch einen Schluck.

»Wenn er zu mir kommt«, setzte Matteo erneut an, »dann werde ich mich wehren, Padre. Ich werde nicht zulassen, dass er mir oder noch jemandem aus dem Dorf etwas antut. Und ich will, dass Sie mir sagen, dass das richtig ist. Weil es richtig ist.«

»Wozu brauchst du mich, wenn du schon alles weißt?«

»Erteilen Sie mir Absolution!«, schrie er, sprang auf, packte den Knüppel und drückte ihn Corso auf die Brust.

»Das hab ich schon viel zu lange getan, Matteo«, entgegnete Corso unbeeindruckt.

»Sie sind ein Schwächling. Ich tue, was getan werden muss«, sagte Matteo und zog den Knüppel zurück. In diesem Moment begann das Lied zu spielen.

❋❋❋

Gino saß etwas abgerückt vom Tisch und massierte sein schmerzendes Bein, während Luca im Hintergrund Pasquale die Vermutung durchgab, dass der Paketbote Toto gewesen sein könnte. Silvana reichte Gino ein Glas Wasser und eine Tablette. Nunzia saß stumm am Tisch und schaute auf die schwarzen Fensterscheiben.

»Können wir die Fensterläden schließen?«, fragte sie ängstlich. Sie sah nur noch sich selbst wie in einem Spiegel in den Scheiben.

»Natürlich.« Silvana eilte zu einem der Fenster.

»Die Hunde würden sofort anschlagen, wenn jemand kommen würde«, sagte Luca, der gerade aufgelegt hatte, beruhigend.

Silvana hatte den Knauf schon in der Hand, bewegte sich aber nicht.

»Ich kann es nicht öffnen«, stellte sie verzweifelt fest. »Ich hab den Mut dazu nicht.« Sie ließ los und entfernte sich. Energisch stand Gino auf, humpelte zum Fenster, öffnete es und verriegelte die Läden.

»Wir müssen ruhig bleiben«, mahnte Luca. »Das gesamte Dorf ist gesichert. Und vielleicht bekommen wir bald Nachricht von Pasquale, dass sie ihn haben.«

»Willst du nicht schlafen gehen, Gino? Du quälst dich doch nur hier unten«, meinte Silvana besorgt.

»Damit er mir da oben die Kehle aufschlitzen kann, während ihr hier unten sitzt? Niemals.«

»Gino«, sagte Luca, um ihn zur Räson zu rufen.

Schweigend saßen sie da und schmorten in ihrer Angst, während Luca immer wieder auf das Display seines Handys schaute, das vor ihm auf dem Tisch lag. Aber der Anruf wollte einfach nicht kommen.

***

Pasquale hatte ein Einsatzkommando organisiert. Mit drei Fahrzeugen standen sie an einer Straße, keine dreihundert Meter von Totos Haus entfernt. Alle Einsatzkräfte trugen schusssichere

Westen und schwarze Mützen. Pasquale wartete auf dem Beifahrersitz des führenden Wagens auf den Rückruf der Staatsanwältin, bis es endlich klingelte.

»Ja?«

»Commissario, Sie haben das Okay.«

»Gut, vielen Dank.« Pasquale legte auf und sah zum Fahrer hinüber. »Zugriff!«

Die Wagen starteten und fuhren mit quietschenden Reifen an. Mit hohem Tempo näherten sie sich dem abgeschiedenen Haus am Hang und hielten vor der Einfahrt. Die Einsatzkräfte brachten sich in Schussposition, während Pasquale zum Haus ging und klingelte. Als niemand öffnete, befahl er, die Tür aufzubrechen. Mit drei Männern und einer Ramme drangen sie ins Haus ein. Ein Alarm ging los, die Polizisten verteilten sich im Haus und sicherten die Räume.

»Negativ!«, erklang es von überallher.

»Ist ein Auto in der Garage?«, rief Pasquale zur linken Seite des Gebäudes.

»Negativ!«, kam es zurück.

»Scheiße, er ist nicht da«, sagte Pasquale zu sich selbst und zückte sein Handy. »Luca, er ist nicht zu Hause. Richtet euch darauf ein, dass er vielleicht heute Nacht wieder zuschlagen will.«

»Pasquale, ist es sein Haus? Hat er die Platte?«, fragte Luca am anderen Ende der Leitung.

Pasquale ging suchend durchs Wohnzimmer, fand eine Plattensammlung und sah sie hastig durch, bis er zu einer Aufnahme von Youngok Shin kam. Es war eine von vielen.

»Er hat Dutzende Aufnahmen von dem Lied«, sagte Pasquale.

»Aber diese eine, ist sie auch dabei?«, beharrte Luca.

Pasquale stieß auf einen flachen, reinweiß glänzenden Karton, den er herausnahm und öffnete. Darin lag die Platte, in Samt eingefasst und mit einem Glas bedeckt.

»Hier ist sie, Luca. Ich hab sie.«

***

Luca horchte aufmerksam in den Hörer. Gino, Silvana und Nunzia starrten ihn an, ohne zu atmen. Dann sanken Lucas Schultern kraftlos herab, und er legte auf.

»Er ist es«, sagte er zu den anderen. »Aber er ist nicht zu Hause.«

»Was tun wir jetzt?«, fragte Nunzia panisch.

»Warten«, antwortete Luca.

***

Matteo fuhr herum und packte den Knüppel mit beiden Händen. Irgendwo in der Dunkelheit sang die wunderbare Stimme von Victoria de Los Angeles und füllte die gesamte Kirche mit ihrem Klang.

»Wo bist du?«, schrie Matteo, jeder Muskel seines Körpers war angespannt.

Padre Corso erhob sich, stellte die Flasche ab und sah sich um.

Nichts tat sich. Nur das Lied spielte immer weiter.

»Verdammt!«, fluchte Matteo und ging auf die Schallquelle zu, bis er den kleinen schwarzen Lautsprecher auf der Lehne der letzten Bank bemerkte. Er holte aus. Mit energisch vorgestrecktem Kinn schlug er zornig auf den Kasten ein, der von der Wucht sofort zerquetscht wurde. Es wurde still in der Kirche. Man hätte jetzt eine Stecknadel fallen hören können, und genau in diesem Moment erklang eine listige Stimme hinter ihm.

»Eccomi!«, hauchte sie.

Matteo wirbelte herum. Der Schatten der Kanzel spuckte die Gestalt eines Mannes aus, eines Teufels, wie es schien. Eine Flickenjacke trug er, ein Messer blitzte in seiner Hand, und eine grässliche schwarze Maske verhüllte sein Antlitz. Dahinter glänzten seine Augen seltsam lebendig.

Padre Corso stand immer noch mit dem Rücken zu ihm, hatte ihn aber bereits bemerkt. Schleichend, auf Zehenspitzen, trat der Arlecchino auf ihn zu und streckte eine Hand aus. Padre Corso entfaltete gleichzeitig seine Hände und ließ sie ergeben sinken.

»Hier bin ich«, sagte er. »Ich bin bereit.«

Der Arlecchino ergriff mit einer Hand von hinten Corsos Kopf.
»Nein!«, schrie Matteo.

✳✳✳

Der Schrei durchbohrte die Stille, und die Hunde hoben ihre Köpfe. Alle hatten es gehört. Luca stand auf. Die Frauen sahen ihn an, Gino kauerte unentschlossen auf seinem Stuhl. Luca lief aus dem Haus.
»Nicht, Luca!«, rief Silvana ihm noch hinterher, aber sie konnte ihn nicht mehr aufhalten.

✳✳✳

»Commissario!«, rief ein Beamter aus dem Schlafzimmer.
Pasquale stieg die Treppe in den ersten Stock empor und sah über dem Bett im Schlafzimmer ein großformatiges Gemälde von Domenico Ferretti hängen. Es zeigte einen Arlecchino, der eine sich ihm zuneigende Frau untergehakt hatte und seinen Hut hob. Er fühlte sich unwillkürlich an Toto und Nunzia erinnert, die gemeinsam zur Schule gingen. Der Habitus des Arlecchino und seiner Begleitung war heiter, doch der Schatten seines Hutes hüllte sein komplettes Gesicht ein und warf auch einen Schatten auf das Gesicht der Dame. Pasquale schauderte, weil er fand, dass dieser Arlecchino sein böses Gesicht zeigte und das Böse gleichzeitig weiterzugeben schien. Er machte kehrt und eilte aus dem Haus zum Einsatzwagen.

✳✳✳

»Bei Gott, ich schwöre, ich werde dich totschlagen«, presste Matteo hervor.
Der Arlecchino grinste teuflisch unter seiner Maske und winkte ihn mit dem Messer näher zu sich. Padre Corso hielt still und schloss die Augen.
»Ich hab keine Angst vor dir«, sagte Matteo. Er schritt durch den Mittelgang auf die beiden zu.

Toto legte das Messer an Corsos Kehle.

Da wurde die Tür aufgerissen, und Luca stürzte herein. Matteo erschrak, blieb stehen, drehte sich aber nicht um.

»Luca«, sagte Toto.

»Toto«, sagte Luca. »Bitte lass ihn gehen.«

»Nein. Du wirst gehen. Das hier ist nicht deine Angelegenheit.«

»Ich kann nicht gehen, Toto.«

»Dann musst du zusehen. Vielleicht komme ich hier nicht mehr raus, aber diese zwei gehören mir.«

Er drückte die Klinge fester in Corsos Hals und spannte seine Muskeln im Arm an, als jemand fast lautlos an Luca vorbeiging.

»Was tust du da?«, fragte Nunzia traurig.

»Nunzia!«, rief Toto erschrocken.

Matteo wandte sich vorsichtig um.

»Geh, Nunzia. Geh! Lass mich!« Totos Stimme klang fast flehend.

»Toto, ich war deine Freundin und bin es noch. Sieh, was aus dir geworden ist.«

»Ist das meine Schuld?«, schrie er, und es hallte in der Kirche laut nach.

»Nein, aber du kannst es beenden«, sagte sie.

»Ich weiß nichts mehr, Nunzia, ich weiß nicht mehr, wer ich bin. Ob ich eine Maske trage oder meine Maske darunter ist. Ich …«

»Zeig mir dein Gesicht«, sagte sie. Ihre Lippen bebten.

»Du musst gehen«, erwiderte er müde.

»Nein, ich bleibe bei dir.«

Toto begann leise zu lachen, doch bald ging das Lachen in ein Weinen über. Er ließ seine Hand sinken und gab Corso frei.

Alle schienen den Atem anzuhalten. Matteo musste glauben, dass der Moment gekommen war, um anzugreifen, er bewegte sich leicht. Doch Corso stoppte ihn mit einem Blick und schüttelte mahnend den Kopf.

»Dann ist es auch egal«, sagte Toto tonlos und nahm sich mit der freien Hand die Maske vom Gesicht. Auf Nunzias Miene zeichneten sich Erleichterung und Hoffnung ab. Luca machte einen Schritt auf sie zu, da hob Toto das Messer an seine eigene Kehle, doch Padre Corso fuhr herum und griff mit beiden Händen nach Totos Arm und dem Messer. Corsos Finger umklammerten die massive Klinge, sodass Toto erst seine Hand hätte durchtrennen müssen, bevor er in seinen eigenen Hals hätte schneiden können. Ihre Gesichter waren ganz nah beieinander. Padre Corso wollte gerade etwas sagen, da sprangen hinter ihnen und seitlich von ihnen die Türen auf, und Beamte stürzten herein. Luca war bewegungsunfähig, er konnte nur zusehen, als sie mit angelegten Waffen auf Toto zustürmten, ihn packten und zu Boden drückten. Am Ende lag er bäuchlings auf dem Kirchenboden und starrte in das Gesicht seiner eigenen Maske, während sie ihm mit Handschellen seine Hände auf dem Rücken fesselten.

Mit drei Mann führten sie ihn hinaus. An Matteo und Nunzia vorbei, die Toto am Arm berührte, und schließlich auch an Luca. Die beiden Männer wechselten einen Blick, bei dem jeder versuchte, den anderen zu ergründen.

Als sie auf den Marktplatz hinaustraten, wo noch mehr Polizeiwagen mit Blaulicht vorfuhren und Einwohner aus ihren Häusern strömten, führten die Beamten Toto durch die Schaulustigen wie durch ein Spalier.

Erschöpft lächelnd blickte er in die Gesichter der Menschen im Dorf. »Na, kennt ihr mich alle noch?«, fragte er laut. »Könnt ihr euch noch erinnern? Könnt ihr das? Ich tue es jedenfalls.«

Pasquale stieg aus einem der Einsatzfahrzeuge und hörte ihn noch diesen letzten Satz sagen.

»Hier hinein«, befahl er und deutete auf die geöffnete Tür eines mit Stahlgittern gesicherten Busses der Polizei.

38

1984

Schwester Pia stand hinter Toto im Speisesaal und legte ihm eine Hand auf die Schulter. Er war mit einer Jacke bekleidet, und neben ihm stand sein alter Koffer.

»Ich freu mich für dich«, sagte Pia. »Ich freu mich.« Sie nahm seinen Koffer. »Komm, wir gehen nach vorn, sie sind sicher gleich da.«

Sie gingen durch die Eingangshalle und durch die Tür hinaus in die Sonne. Es war kühl, der Wind recht kräftig, und die Zypressen wiegten sich wie nickende Gestalten, grüne Riesen, die ihm sagen wollten, dass ab jetzt alles besser werden würde. Dann hörte Toto auch schon den Motor des alten Ape. Beide waren gekommen, um ihn abzuholen.

»Da sind sie«, sagte Pia und hob den Koffer an, um ihnen entgegenzugehen.

»Toto«, rief seine Mutter und breitete die Arme aus. Sie trug ihre besten Sachen und hatte sich frisch frisiert. Sein Vater trug seinen Anzug. Beide umarmten ihn und drückten ihn.

Schwester Pia überreichte ihnen die Entlassungspapiere und Totos Koffer. Toto ging zu ihr und nahm sie ohne ein Wort in den Arm.

»Mach's gut«, flüsterte sie und küsste ihn auf den Kopf.

Toto blickte aus dem Rückfenster und sah sie ihnen noch lange hinterherwinken.

»Wir freuen uns so, dass du endlich wieder nach Hause kommst«, sagte seine Mutter mit tränenerstickter Stimme. Sie streichelte ihm über den Arm. Er saß zwischen den beiden, und sie entfernten sich immer mehr von der Klinik.

»Groß bist du geworden«, sagte sein Vater stolz.

Beide blickten ihn an, weil sie zwar glücklich waren, ihn wiederzuhaben, aber auch weil sie bemerkten, dass etwas fehlte. Er lächelte nicht mehr so wie früher. Er lächelte gar nicht mehr.

»Können wir da vorn mal anhalten? Ich möchte einmal ans Wasser gehen.«

»Natürlich«, sagte sein Vater und setzte den Blinker. Sie hielten in einer kleinen Parkbucht, die eigentlich nur eine Aussparung in der Straßenabsperrung war, und kletterten über einige Felsen hinunter ans Wasser. Aus dem steinigen Boden wuchsen ein paar Bäume, die Schatten spendeten, und seine Mutter setzte sich auf einen der Felsen. Sie sah zu, wie Toto zum Wasser ging, sich hinhockte und die Hände eintauchte. Sein Vater nahm einen Stein und warf ihn ganz weit hinaus auf den See. Weiße Segel zogen über die Wasseroberfläche. Es war ein wunderbarer, sonniger Tag. Sein Vater entledigte sich seines Jacketts und legte es sich über den Arm.

»Ich geh kurz zum Auto, soll ich deine Jacke mitnehmen?«, bot Toto an.

»Danke«, sagte sein Vater. Toto warf sich die Jacke über die Schulter und stapfte, seiner Mutter zuwinkend, den Hang hinauf zum Ape. Oben angekommen, blieb er einen Augenblick stehen und beobachtete seine Eltern von hinten. Seine Mutter trat neben seinen Vater und legte ihm einen Arm um die Hüften.

Toto wischte sich eine Träne aus dem Auge und legte den Brief und das Jackett seines Vaters auf den Sitz. Dann drehte er sich um und ging.

Alessandro Montano
DIE TOTEN VOM GARDASEE
Broschur, 272 Seiten
ISBN 978-3-7408-0070-3

Dokumentarfilmer Luca Spinelli kennt den Gardasee und die Menschen dort besser als jeder andere. Deshalb bittet ihn die Polizei um Mithilfe in einer Mordserie, die das Tal erschüttert: Der »Teufel vom Gardasee« macht Jagd auf junge Männer. Zusammen mit Kommissar Tomasio Giancarlo begibt sich Luca auf die Spur des Serienkillers. Doch der Teufel hat sie längst im Blick, und das Tor zur Hölle öffnet sich langsam, aber sicher ...

»Ein sehr gelungenes Krimi-Debüt vor beeindruckender Kulisse. Fesselnde Unterhaltung.« ekz

www.emons-verlag.de